Du même auteur :

Au nom d'Elisa (2008)

Amnésie (2010)

L'autre (2013)

Sans illusion (2017)

Guérillera (2018) - **Prix Coup de cœur ACAI 2019**
        décerné par l'Association Comtoise d'Auteurs, Indépendante.

L'une ou l'autre (2020) - Suite de L'autre

Quatre temps (2021)   Recueil de nouvelles - **Finaliste Prix ACAI 2023**
        décerné par l'Association Comtoise d'Auteurs, Indépendante

Indiana Dog (2023) – Roman jeunesse

.

© 2023, Nathalie Faure Lombardot (Réédition de 2003)
Édition : BoD - Books on Demand, info@bod.fr
Impression : BoD - Books on Demand, In de Tarpen 42, Norderstedt (Allemagne)
Impression à la demande

ISBN : 978-2-3225-0400-8
Dépôt légal : Octobre 2023

Un grand merci à :

Mon papa Jean-Michel FAURE et ma grand-mère Paulette CASELLES sans qui mon premier roman n'aurait jamais été publié ; mon mari Gilles LOMBARDOT, mes enfants Mélodie et Dylan, qui m'ont toujours soutenue et encouragée ; mes amis qui ont su me motiver et parfois me rassurer, mes nombreux lecteurs qui me poussent à toujours écrire plus…

Merci à l'A.C.A.I., l'Association Comtoise des Auteurs, Indépendante, qui m'a décerné son prix en 2015 pour La fille de l'ombre..

Merci également à Jean-Marie SCHREINER (GRAPH'X25), un ami plein de talent, créateur et réalisateur graphique de la couverture de mon livre.

Merci à Bernadette (et au hasard qui a provoqué notre rencontre) pour son aide précieuse s'il en est, pour son savoir, sa culture et pour tout le temps qu'elle a bien voulu consacrer à mes manuscrits.

Merci, pour finir, à tous ceux qui m'ont encouragée, qui m'ont soutenue, qui ont cru en moi…

Rendez-vous sur mon site :

http://nathaliefaurelombardot.jimdo.com

ou sur Facebook :

https://fr-ca.facebook.com/nathaliefaurelombardotauteur/

Nathalie FAURE LOMBARDOT

La fille de l'ombre

Pour mes enfants : Mélodie et Dylan,

En hommage à Maman,

Pépé Jean, Pépé Lucien et Mamie Guite…

Prologue

Le paysage défilait derrière les vitres du train, il faisait beau. Les villes devenaient plus rares et laissaient place à la campagne. Les prairies cédaient de temps en temps le terrain à des bosquets encore verts. L'été n'allait pas tarder à sécher la végétation. Les quelques forêts de pins plongeaient le compartiment dans une ombre bienfaisante, quoique éphémère. Le soleil derrière les vitres dispensait une chaleur difficilement supportable. Éric avait fermé la fenêtre pour atténuer le bruit du tortillard dans lequel il avait pris place quelques heures auparavant.

Ce paysage réveillait ses souvenirs, il en avait tellement dans cette région. Il n'avait rien oublié, rien ! Le plus étonnant, c'était ce souvenir, le plus vivace, le plus omniprésent dans son esprit. Il concernait quelqu'un qu'il avait en fait très peu connu lorsqu'il habitait le village. Son image était devenue de plus en plus obsédante au fil du temps. De toutes les personnes qui avaient traversé sa vie, elle était celle qu'il avait le moins côtoyée, celle dont personne ne se souciait, celle qui n'était pour beaucoup qu'une ombre. Et pourtant c'est elle qui revenait le hanter très souvent. Il avait vécu tout près d'elle pendant des années, sans réussir à l'approcher. Cependant, quand il s'était éloigné, elle lui avait manqué. Il savait qu'au fond de lui, s'il faisait ce voyage, c'était pour la revoir, pour découvrir ce qu'elle était devenue, celle que tout le monde appelait *la sauvageonne*.

Éric pensa à Isabelle. Il se demandait surtout à quoi ressemblerait le village à présent. Quatre ans plus tôt, le village *c'était* Isabelle. Elle incarnait la beauté, la jeunesse, mais aussi la provocation, la sensualité.

Tous les hommes, jeunes, matures ou âgés, ne parlaient que d'elle. Les femmes la détestaient autant qu'elles la craignaient ; et pourtant, Isabelle n'avait alors que dix-huit ans. Le village vivait au rythme de ses "*aventures*". À cette époque, Éric était son petit ami officiel, mais elle en avait d'autres, il l'avait toujours su. Seulement elle n'était pas la femme d'un seul homme et, pour la garder totalement, il fallait savoir la perdre en partie.

C'était également à cette époque qu'Éric avait eu son bac et avait *osé quitter* Isabelle pour poursuivre ses études dans la capitale. Il n'avait jamais remis les pieds au village.

Il y avait deux ans de cela, alors qu'elle conduisait sa mère en ville, Isabelle avait perdu le contrôle de son véhicule. Celui-ci avait heurté un arbre à grande vitesse. Elle avait été tuée sur le coup, sa mère était morte deux jours plus tard à l'hôpital. Éric avait été prévenu par téléphone par son propre père. Il en avait été profondément bouleversé, mais il n'avait pas assisté à son enterrement. Son père lui avait conseillé de ne penser qu'à ses examens. Mieux valait pour lui qu'il garde le souvenir d'elle bien vivante.

Quelques jours plus tard, les parents d'Éric avaient déménagé. Son père, comptable chez Camperro, avait été licencié. Il avait retrouvé un emploi à plus de cinq cents kilomètres du village.

Il avait du mal à imaginer la vie là-bas sans la "belle". Camperro tenait un haras et il n'avait que deux passions dans la vie, sa fille aînée et les chevaux. Il avait pourtant une autre fille de quatre ans la cadette d'Isabelle, mais celle-ci n'avait pas la prestance de sa sœur. Personne n'y avait jamais prêté attention. Des rumeurs sous-entendaient qu'elle était attardée mentale ou muette. On la voyait peu, elle ne vivait que pour les chevaux et même, on aurait pu dire qu'elle ne vivait *qu'avec les chevaux*.

Éric s'en souvenait, lui, de la petite Jennifer. Elle avait quatorze ans à l'époque du règne de la "*Reine Isabelle*". Elle ne souriait jamais et elle avait toujours de grands yeux tristes. Ses parents ne semblaient pas beaucoup s'occuper d'elle. Elle était considérée comme la femme de chambre d'Isabelle, sa dame de compagnie, sa servante... Qu'était-il advenu de la petite à présent qu'elle devait vivre seule avec son père ?

Éric avait essayé de lui parler, de l'apprivoiser. Elle l'avait toujours attiré, intrigué. Chaque fois, ses yeux n'avaient reflété pour lui que mépris, arrogance. Plus on tentait de l'approcher "*la sauvageonne*", plus elle se cabrait et se renfermait sur elle-même. Une fois Éric l'avait vue sourire mais, c'était à un poulain du haras. Elle paraissait communiquer silencieusement avec les chevaux, elle en faisait ce qu'elle voulait, elle montait à cru comme personne ; pas même les chevaux sauvages ne lui faisaient peur. C'était là *son univers*. Il allait bientôt savoir ce qu'elle était devenue *la petite sauvage,* il allait vivre quinze jours au Domaine.

En quatre ans, il était devenu journaliste. Deux ans d'études supérieures lui avaient permis d'entrer dans une école de journalisme. Avec beaucoup d'audace et un peu de culot, il avait décroché un contrat dans un journal spécialisé dans les reportages sur les animaux. Il avait quinze jours pour remplir quatre pages du magazine sur le dressage des chevaux sauvages dans cette région. Il avait choisi la propriété du père d'Isabelle et avait presque été surpris que celui-ci accepte de le recevoir. Pourquoi ce haras ? Il ne le savait pas lui-même. Peut-être était-ce parce qu'il était réputé dans le dressage des chevaux (mais les haras spécialisés dans le dressage n'étaient pas rares ici)... Peut-être était-ce aussi pour retrouver les souvenirs de son passé avec *elle* ou tout simplement pour revoir la petite ?

- 1 -

Mercredi 2 juillet

Le train entrait en gare. Éric interrompit donc le cours de ses pensées pour attraper ses bagages et descendre. Il n'y avait que cinq minutes d'arrêt, la gare était de moindre importance et peu de monde la fréquentait. Il était à peine plus de dix heures et pourtant la chaleur laissait augurer un été torride.

Du regard, il parcourut le quai de la gare. Il avait appelé Julien Guermandes, l'un des villageois, ouvrier palefrenier chez Camperro, le meilleur ami de son père à l'époque, pour le prévenir de son arrivée. Il avait un souvenir plein d'affection pour cet homme qui l'avait vu naître, grandir, qui lui avait appris la pêche, le braconnage, qui lui avait souvent sauvé la mise en réparant en douce toutes les bêtises qu'il avait pu faire en compagnie de son meilleur ami Ted.

Ses yeux s'arrêtèrent sur Julien, à l'ombre de la porte de la gare, qui semblait le chercher du regard. Éric s'offrit quelques secondes pour l'observer. Julien avait à présent les cheveux grisonnants. Son visage s'était creusé de petites rides, il avait un peu grossi aussi mais, son visage basané et sa corpulence prouvaient qu'il était toujours aussi actif et dans l'ensemble, il paraissait en pleine forme. Éric s'approcha de lui et murmura à son oreille :

— Vous pouvez peut-être me renseigner ?

Julien lui lança d'abord un regard en coin agacé, avant de se retourner vivement.

— Éric ? Bon Dieu, j'ai failli ne pas te reconnaître, qu'est-ce que tu as changé ! Comment tu vas, petit ? Je me demande si je peux toujours t'appeler comme ça d'ailleurs ! s'écria-t-il en riant. J'espère que tu as fini de grandir cette fois. Je suis obligé de lever la tête pour te regarder ! Tu as doublé de taille par rapport à l'époque où tu venais détacher mes chiens en pleine nuit ! continua Julien en l'étreignant. Viens ! On va boire un verre avant d'aller au domaine, on a plein de choses à se dire depuis tout ce temps, donne tes bagages !

— Et quoi encore ! sourit Éric, tu es vieux maintenant, laisse porter les jeunes !

Ils sortirent de la gare côte à côte en se lançant des tapes amicales dans le dos, pénétrèrent dans un petit bar qui n'existait pas quatre ans auparavant.

— Ça a changé ici, murmura Éric.

— Ah ça, pour avoir changé, ça a changé ! Le village a doublé en superficie et en habitants. En fait, ce n'est plus vraiment un village. Le tourisme s'est développé, il y a des hôtels, des bars, des courts de tennis, un cinéma. Deux des criques du bord de mer ont été complètement aménagées et on a même — comble de la luxure — deux boîtes de nuit. Tu peux y croire, toi ? ronchonna Julien.

— C'est super, ça attire la jeunesse. Vous deviez vous ennuyer ici avant, non ? le charria Éric.

— Une fois que Ted et toi avez foutu le camp, tu m'étonnes qu'on s'ennuyait ! Plus de bruits de moto en pleine nuit, presque plus de bagarres dans les bars... Vous en faisiez un cirque ! Mais ça mettait de l'ambiance, répondit Julien avec une note amère dans la voix. Tu sais, continua-t-il, c'est comme s'il y avait eu une malédiction après ton départ. La petite s'est tuée, tes parents sont partis... Plus rien n'a été comme avant !

— Et Ted ? Qu'est-ce qu'il est devenu ? On est resté en contact pendant presqu'un an et d'un coup, plus rien !

— Écoute, dans le coin, si tu veux rester peinard, tu oublies Ted, O.K. ? Il a disparu de la circulation. Moins on en parle, mieux c'est ! Compris ? C'est un conseil d'ami.

Julien avait pris un air sérieux et le ton de sa voix dénotait plus une menace qu'un conseil. Son front s'était barré et il avait soudain l'air préoccupé. Éric préféra ignorer le sujet pour l'instant. Il reprit :

— Et chez Camperro, comment ça va ?

— Bof ! Toujours le même ! Son haras s'est agrandi, je suis passé responsable des employés. Depuis la mort de sa femme et d'Isabelle, il est devenu aigri. Il parle peu, il est dur avec le bétail — humain comme animal — et difficile à supporter. Je me demande si tu as bien fait de venir chez lui ; et pourquoi chez lui ? Ton père est au courant ? grogna Julien.

— Non ! Tu sais, avec mon père, j'ai des rapports plutôt... difficiles en ce moment. Je ne lui ai pas parlé de ce reportage. Je suis certain que ça ne lui aurait pas plu que je revienne ici. Pourquoi ? J'en sais rien, il n'a jamais voulu en parler. Et puis, je fais ce que je veux de ma vie, répondit Éric.

Il vit le visage de Julien se fermer un peu plus.

— Une chose est sûre au moins, ironisa Julien, tu n'as rien perdu de ton caractère de tête de mule.

Éric sourit puis :

— Julien, pourquoi mes parents sont partis d'ici ?

— Il n'y avait plus de boulot, marmotta Julien en évitant le regard d'Éric.

— Mais il y en avait encore pour toi apparemment ! railla Éric.

— T'as bien de qui tenir ! Ton père est un gars génial, mais il n'a jamais su se la fermer quand il le fallait, voilà ! Et toi, si tu veux que ton séjour ici se passe le mieux du monde, occupe-toi uniquement de ton reportage, ça vaudra mieux pour tout le monde ! Pour une fois, écoute ce que je te dis ! sermonna Julien. Maintenant on va y aller, Camperro va nous attendre. Et encore une fois, évite de parler du passé, d'accord ? L'évoquer ne peut que faire du mal à ceux qui sont restés.

— Mais de quoi ou de qui tu parles ? De Ted, d'Isabelle ou du départ de mes parents ? Qu'est-ce qui s'est passé ici ? s'énerva Éric.

— Rien ! Il ne s'est rien passé ! C'est le temps qui a fait changer beaucoup de choses. C'est la vie, comme on dit. Tes parents ont tenu à partir d'ici et bien leur en a pris parce qu'ils ont réussi ailleurs, et ils t'ont éloigné. C'est tout ce qui compte ! répondit Julien du tac au tac.

— M'éloigner d'ici ? C'est moi qui l'ai décidé, pas eux. Et pourquoi fallait-il qu'ils m'éloignent ?

— Pourquoi ? Pour qui, plutôt ! Isabelle et Ted, ils étaient les plus mauvaises fréquentations que tu pouvais avoir, la preuve, Isabelle est morte et Ted...

— Ted, où il est ? Et pourquoi de mauvaises fréquentations ? questionna Éric de plus en plus surpris.

— Pourquoi, pourquoi ? s'emporta Julien, tu ne peux pas t'empêcher de poser des questions ?

— Non !

— T'as vraiment pas changé, toi ! Toujours aussi casse-pieds ce môme ! Isabelle, c'était une vraie diablesse, elle aurait fait faire n'importe quoi à n'importe qui. Quant à Ted, qu'il aille au diable, lui et ses compères ! Avec une mère morte à sa naissance et un père escroc et alcoolique, il ne pouvait pas aller bien loin. Il est devenu ce qu'il devait devenir, c'est tout. Ne cherche pas à le revoir. De toute façon, tu ne le reconnaîtrais pas et vice versa. Ton copain d'adolescence est mort, considère-le comme ça ! s'emporta Julien.

Son visage était devenu rouge de colère. Malgré ses cinquante-cinq ans, Julien était demeuré très alerte, très vif. Le travail à la campagne et le grand air avaient fait de lui un homme dans la force de l'âge. Il avait saisi le sac de sport d'Éric, s'était levé et atteignait déjà le pas de la porte quand ce dernier le rejoignit. Ils grimpèrent dans la Jeep garée un peu plus loin dans la rue.

— Toi, tu as changé ! reprocha Éric. Dans le temps, tu nous soutenais Ted et moi, tu te souviens ? Tu me couvrais, mais tu protégeais Ted aussi. Je veux savoir ce qu'il est devenu. Et si ce n'est pas toi qui me le dis, ce sera quelqu'un d'autre. Je finirai bien par le savoir !

— Bordel de Nom de Dieu ! jura Julien, quelle sale tête de mule ! Ted a mal tourné. On ne sait pas vraiment où il est, mais il rôde dans la région. Il a fait plusieurs bêtises, si on peut appeler ça comme ça... Il m'a piqué ma Jeep, il y a quelques mois. Je suis sorti avec un fusil de chasse et j'ai pas eu le courage de tirer quand je l'ai reconnu. On l'accuse même du viol d'une jeune touriste espagnole l'été dernier, voilà ! T'es content ?

— Tu n'as pas eu le courage de tirer parce qu'il avait certainement une bonne raison de faire ça. Et tu dis qu'on l'accuse de viol, mais toi tu n'y crois pas, n'est-ce pas ? Parce que tu le connais comme moi, mieux que personne sans doute. Tu as porté plainte pour ta Jeep ?

— Bien sûr que non ! De toute façon, je l'ai retrouvée deux jours plus tard, alors... et qu'il ait violé cette fille ou non, il est recherché. Il est devenu un bandit de grands chemins, un point c'est tout ! s'emporta de nouveau Julien. J'ai toujours fait tout ce que j'ai pu pour vous deux, pas vrai ? Pour lui, je ne peux plus rien.

— Et c'est ça qui te rend fou de colère, tu l'as toujours bien aimé. Et aujourd'hui encore tu as toujours de l'affection pour lui. Tu te sens frustré parce que tu ne peux plus rien pour lui, pas vrai ? questionna Éric.

Julien ne répondit pas, les yeux rivés à la route. Il se contenta de donner un violent coup de poing sur son volant. À la sortie d'un virage, la route devint plus étroite et Julien y lança la Jeep à vive allure sans desserrer les dents. Enfin, il ajouta :

— Ted n'a plus ni amis, ni famille. Il ne respecte plus rien ni personne. Il tuerait père et mère pour cinquante balles. Il a disjoncté et plus personne n'y peut rien, oublie-le !

Julien se tut et la conversation cessa. La route était défoncée et n'avait pas été refaite depuis le départ d'Éric.

— *Julien conduit toujours aussi vite !* pensa Éric avec une joie contenue.

Il avait toujours adoré rouler en Jeep avec lui. À présent, il se cramponnait et concentrait son attention à ne pas être éjecté du siège de la voiture !

- 2 -

Il était presque midi quand ils arrivèrent au haras. Éric sentit sa gorge se nouer. L'immense cour en terre battue, les trois bâtiments anciens autour – la maison d'habitation au centre, flanquée sur la gauche des écuries contenant les box des chevaux, sur la droite des hangars où se trouvaient le matériel, le foin – en apparence rien n'avait changé. Pendant quelques instants, il s'attendit à voir Isabelle sortir par la porte principale. Il secoua la tête pour y chasser sa soudaine émotion. Il avait l'impression d'être revenu en arrière, quatre ans auparavant. Non, rien n'avait changé…

Deux jeunes hommes arrivaient en tenant par la bride deux magnifiques alezans. Il ne les connaissait pas, de nouveaux palefreniers sans doute ? Du bruit jaillissait des écuries, elles semblaient grouiller d'activité, comme avant.

Monsieur Camperro sortit de la maison. Le sourire aux lèvres, il s'avança vers eux.

— Eh bien, Éric ! Ça fait quelques années ! Je m'attendais à voir arriver un adolescent en moto, mais tu as bien changé ! lança-t-il joyeux.

Lui, par contre, avait vieilli. Malgré son sourire, sa bouche gardait en ses coins des rides amères ; ses yeux paraissaient plus enfoncés, il semblait avoir pris dix ans. Ses cheveux étaient clairsemés de fils gris, il avait maigri.

Ils passèrent la porte principale qui ouvrait sur la grande cuisine. Éric avait entendu dire que le haras avait prospéré financièrement. Pourtant, ici non plus rien n'avait bougé, ni les tableaux au mur ni la grande table en chêne massif ni les vieux buffets et la grosse cuisinière près de laquelle Isabelle venait se réchauffer lorsqu'elle rentrait trempée d'une balade à cheval en plein hiver. Éric avait l'impression de sentir encore son parfum flotter dans l'air. Ses yeux s'attardèrent sur un cadre posé sur un meuble bas, à côté de la télévision. Il s'agissait d'une photo d'Isabelle prise devant la maison. Elle tenait un cheval par la bride. Ses longs cheveux noirs volaient dans le vent, ses grands yeux foncés pétillaient de malice, ses lèvres rouges et pulpeuses souriaient, découvrant une dentition blanche et parfaite. Elle incarnait la beauté, la sensualité faite femme.

— Ça fait deux ans maintenant qu'elle est partie, murmura José Camperro derrière son épaule. Et dire que tu ne l'as pas revue ! Elle te manque aussi, n'est-ce pas ? Peut-être que vous vous seriez mariés si tu étais resté !

— Je ne crois pas, murmura Éric en souriant. Votre fille n'était pas le genre d'oiseau à se faire mettre en cage !

José sourit tristement lui aussi, puis retourna résolument à la grande table vers Julien et entreprit de servir l'apéritif. Éric était soulagé de ne pas avoir eu à répondre à José. Isabelle ne lui manquait pas ! Il avait cru l'aimer un temps, il pensait qu'il ne pourrait pas vivre sans elle pendant la durée de ses études, mais elle n'avait pas voulu le suivre et, tout compte fait, il l'avait oubliée. Il se rendait compte, avec le temps, qu'elle n'avait été pour lui qu'un faire-valoir. Il était fier d'être son petit ami en titre, mais s'il l'avait aimée, aurait-il accepté si facilement ses incartades ? Surtout avec son meilleur ami Ted ? Non, certainement pas. Isabelle avait été un défi, un combat. Aujourd'hui, ce n'était pas le genre de femme qu'il souhaitait rencontrer pour fonder une famille. Elle était trop instable, trop volage... trop superficielle. Oui, c'était cela : Isabelle était le genre de poupée que l'on prenait plaisir à exhiber, la maîtresse, plutôt que la « maîtresse de maison ». Éric sourit intérieurement, se moquant de lui-même. Fonder une famille, quelle idée ! Lui qui était si farouchement attaché à son indépendance, à sa liberté, n'avait pas l'intention de se laisser passer la corde autour du cou de sitôt.

Éric avait toujours été un *beau gosse*. Adolescent, il était déjà grand et musclé, large d'épaules avec des hanches fines qui lui prêtaient la démarche d'un félin. Les cheveux longs dans le cou, bouclés, ébouriffés, avec des yeux d'une incroyable beauté, d'un bleu gris lumineux, des yeux légèrement étirés, bordés de longs cils, une bouche sensuelle aux lèvres épaisses, un menton volontaire. Le plus souvent, il arborait une expression de moquerie, d'espièglerie. Il savait qu'il plaisait et qu'aucune fille ne restait indifférente à son sourire, son charme et son arrogance. Il était toujours sûr de lui, dans n'importe quelle situation ou du moins, en donnait-il l'impression. Il jouait de son charme comme d'un couteau !

Aujourd'hui, son physique dénotait une plus grande maturité. Son regard, bien que souvent rieur et moqueur, devenait de glace lorsqu'il éprouvait colère ou mépris. Son visage avait perdu les traits de l'insouciance due à l'enfance. De toute sa personne se dégageait une aura de mystère, et son attitude parfois ténébreuse accentuait encore son pouvoir de séduction. Son corps d'athlète, il le devait au sport qu'il avait toujours pratiqué avec assiduité : les arts martiaux, la natation, l'équitation... avant ! Bref, quel que fût le lieu ou la situation dans laquelle il se trouvait, il ne passait jamais inaperçu.

Éric reporta son attention sur Camperro et Julien qui discutaient du domaine. José Camperro s'adressa à Éric, abordant le sujet du reportage. Il voulait savoir ce que le jeune journaliste attendait comme informations, quels étaient ses projets, comment allait-il s'y prendre pour que le sujet attire les lecteurs et rapporte, en définitive, un maximum au propriétaire. José Camperro ne faisait jamais rien au hasard, Éric allait bientôt s'en rendre compte.

Quand la porte s'ouvrit, ce dernier ressentit une curieuse impression. Il lui tournait le dos, pourtant il sentit son pouls accélérer, sans pouvoir se l'expliquer, il savait qu'elle était entrée.

Jenny ne prononça pas un mot. José s'était tu, Éric s'était retourné. Pendant un court instant, son regard avait croisé celui de Jenny. Il put y lire de la stupeur. Elle le fixait comme si elle avait vu un fantôme, mais cela ne dura qu'une fraction de seconde. L'instant suivant, son regard était redevenu vide et froid. Elle baissa la tête, murmura un *bonjour* en passant près de lui, sans lever les yeux et se dirigea vers les fourneaux devant lesquels elle s'affaira.

— Où tu étais passée, toi ? interrogea José d'une voix sèche. Je suppose que rien n'est prêt ?

Jenny ne retourna pas pour lui répondre. Elle haussa les épaules et se contenta de murmurer :

— Ce sera prêt dans cinq minutes.

— Tu as préparé la chambre d'amis ?

Elle acquiesça de la tête toujours sans se retourner.

— Si c'est pas malheureux d'avoir des gosses comme ça, grogna José à l'adresse d'Éric. Ça, c'est pas Isabelle ! Rien dans la tête ! Elle est nourrie, logée, blanchie et je suis presque obligé de me battre pour qu'elle me rende un minimum de services. Ce serait quand même la moindre des choses, non ? Si j'étais pas là, c'est à l'asile qu'elle aurait atterri !

Éric regardait Camperro, incrédule, estomaqué. Comment un père pouvait-il réagir comme ça ? Décidément, rien n'avait changé ici. Pour Jenny, la situation avait même dû empirer depuis la mort d'Isabelle. Il sentit son cœur se serrer. Pauvre gamine, comment pouvait-elle supporter tout cela ?

Camperro avait sorti une bouteille de Whisky et s'en servit deux rasades de suite avant d'attirer Éric vers le couloir, à l'autre bout de la cuisine, où naissait l'escalier qui montait à l'étage.

— Viens, je vais te montrer ta chambre, si tu veux t'installer avant le déjeuner. De toute façon, c'est pas prêt !

Éric s'apprêtait à prendre la défense de Jenny quand Julien lui fit signe de n'en rien faire. Il suivit donc José presque à contrecœur, sentant un début de colère le gagner. Impulsif comme il l'était, il valait mieux qu'il s'éloigne.

Il se souvenait de Jenny comme d'une petite fille de quatorze ans. À l'époque, elle avait les cheveux mi-longs, ondulés, toujours retenus par une queue de cheval sur la nuque. Elle était blonde comme les blés, ce qui ne manquait pas d'étonner, ses parents étant tous deux très bruns. Elle était plutôt petite pour son âge et si menue qu'elle en paraissait maigre. Son visage était fin, doux, et ses yeux semblaient presque trop grands. Ils étaient d'un bleu tirant sur le vert selon la luminosité. Il ne connaissait pas le son de sa voix. Il avait longtemps cru qu'elle était muette, comme le disait la rumeur. Isabelle avait démenti :

— *Ne t'inquiète pas ! Parfois, on préférerait qu'elle soit vraiment muette, elle est si mauvaise quand elle parle !*

Pourtant, elle ne faisait toujours que passer, traverser une pièce silencieusement. Elle était si discrète qu'on pouvait facilement oublier son existence. Elle ne souriait jamais et ses yeux étaient toujours tristes ou n'avaient pas d'expression, comme si elle était ailleurs. C'était pour cela que les gens la disaient attardée mentale. D'ailleurs, elle n'était jamais allée à l'école. Quand Éric s'en était inquiété, Isabelle lui avait alors confié :

— *Jenny n'est pas normale, il faudrait l'envoyer dans une école spécialisée. Mes parents n'en ont pas les moyens et ça arracherait le cœur de ma mère de se séparer d'elle. De toute façon, elle est mieux ici ! Elle apprend à s'occuper des chevaux, c'est la seule chose qui retient son attention. Non seulement c'est la meilleure solution pour elle, mais en plus, elle se rend utile...*

Éric n'avait jamais été dupe. Il avait vite compris qu'on vivait avec elle parce qu'elle était là, sans plus ! Si ses parents n'avaient pas les moyens de l'envoyer dans une école spécialisée, alors qui les avait ? Les Camperro ne pouvaient cacher leur aisance financière. *Ils avaient les moyens* plus que quiconque. Quant à dire que le départ de sa fille arracherait le cœur de Madame Camperro, c'était à en mourir de rire. Elle ne lui adressait la parole que lorsqu'elle y était obligée et ne s'en occupait pour ainsi dire jamais. Jenny avait dû apprendre à se débrouiller seule. Sans vraiment se l'expliquer, il avait toujours été convaincu qu'elle n'était pas attardée mentale et que cette explication arrangeait tout le monde. Elle était peut-être plus renfermée que les autres enfants, c'était tout ! Et il y avait de quoi !

Il n'avait jamais passé beaucoup de temps en sa présence, mais il avait souvent été frappé par son regard.

Ce n'était plus celui d'une enfant, il était trop sérieux, trop grave. Parfois, il reflétait du mépris, de la tristesse ou encore de la moquerie cruelle. Éric avait déjà surpris des regards ou des attitudes de la petite fille qui dénotaient une certaine intelligence. Il ne pouvait se résoudre à croire qu'elle était attardée.

Plusieurs fois, il avait tenté de l'approcher, de lui parler. Elle s'était alors reculée, craintive, presque agressive, voire méprisante.

Tout à l'heure, lorsqu'elle était entrée, il avait eu l'impression bizarre d'avoir déjà vu l'expression de son visage chez quelqu'un d'autre. Depuis, il tentait de fouiller sa mémoire pour trouver à qui elle lui avait fait penser, en vain. Elle avait eu l'air surprise. De toute évidence, personne n'avait songé à la mettre au courant de son arrivée. On avait simplement dû lui demander de préparer la chambre d'amis, sans plus.

Elle avait grandi, avait laissé pousser ses cheveux et les gardait attachés en une natte, toujours blonde, qui descendait jusqu'au bas de son dos. Les traits de son visage s'étaient affinés, tel celui d'une poupée de porcelaine, autant pour sa régularité que pour le teint pâle de ses joues. Elle aurait pu être jolie si elle avait été coiffée avec plus de soin, si ses beaux yeux bleu-vert n'avaient pas été aussi cernés par de vilaines marques bleues, si elle n'avait pas eu les traits aussi tirés, si elle avait souri, s'il y avait eu la moindre expression dans son regard. Au lieu de cela, elle ressemblait à un fantôme, se déplaçant à la manière d'un spectre, sans bruit, presque sans mouvement. Elle était vêtue d'un tee-shirt noir délavé, sans forme, d'un jean usé, trop large pour elle, et de petites baskets noires en tissu. Éric eut le sentiment qu'elle essayait de se faire oublier, de passer inaperçue. Malgré tous ses efforts, elle ne pouvait cacher une certaine féminité. Il se surprit à l'imaginer avec un visage reposé, des vêtements seyants. Elle serait sans doute très belle, mais pas comme Isabelle, d'une beauté délicate, fragile. Éric se sermonna. Il ne devait pas oublier qu'il était là pour faire un reportage, et pour rien d'autre ! Il avait assez de problèmes avec sa propre famille sans s'occuper de celle des autres.

- 3 -

À présent, Jenny était seule dans la cuisine. Elle devait se reprendre. Ne jamais montrer ses sentiments, ne jamais se laisser aller, ressentir le moins d'émotions possible, c'était sa devise, sa recette à elle pour tenir le coup et pour continuer à vivre. Elle écrasa subrepticement une larme au coin de ses yeux. Elle sentait encore son cœur battre la chamade dans sa poitrine. Quand il s'était retourné, qu'il l'avait regardée, elle avait cru un instant qu'elle allait s'écrouler, que ses jambes se dérobaient sous elle. Elle avait tenté de recouvrer ses esprits, elle espérait simplement que personne ne s'était rendu compte de son soudain émoi.

Pourquoi est-ce qu'il était revenu maintenant qu'*elle* était morte ? Combien de temps allait-il rester là ? Elle ne pourrait pas vivre normalement tant qu'il serait dans ces murs. Elle devrait recommencer à l'éviter, à se cacher, comme avant.

Et celui qui lui servait *accessoirement* de père allait profiter de sa présence pour se montrer toujours plus cruel, plus blessant dans ses propos. Il se ferait un malin plaisir de la traîner dans la boue, de l'humilier devant son invité. Ça, elle le savait, c'était son habitude. Chaque fois que venait quelqu'un, il se conduisait de la sorte. Jenny en avait pris son parti, cela ne la dérangeait pas plus que ça. Elle se concentrait pour « fermer ses oreilles » et ne l'entendait plus. Mais pas devant Éric. Ça, elle ne le supporterait pas. Elle ne l'avait jamais supporté, ni de la part de son père ni de la part de sa sœur.

C'était paradoxal, mais elle avait toujours gardé précieusement dans sa mémoire l'image d'Éric, tout en espérant qu'elle ne le reverrait jamais. De tout ce qu'elle avait vécu et supporté depuis sa naissance, c'était Éric qui lui avait fait le plus de mal, sans le savoir. Elle ne voulait pas le revoir, elle ne voulait pas qu'il reste là. Elle ne savait pas encore pourquoi il était revenu, mais quelque chose lui disait que ça n'allait pas être facile de l'éviter et cette idée la rendait folle, elle en attrapait mal à l'estomac.

Elle se sentit soudain très mal, fébrile, avec l'impression que ses membres ne lui répondaient plus. Ses gestes devenaient maladroits, elle tremblait et sentait monter en elle des sueurs froides, signes avant-coureurs d'un malaise. Elle aurait voulu s'asseoir quelques secondes pour pouvoir se remettre de ses émotions, mais elle n'osa pas. Elle savait qu'*il* ne le permettrait pas. S'*il* entrait et qu'*il* la trouvait assise, alors qu'elle était déjà en retard pour le déjeuner, *il* serait encore violent. Depuis son plus jeune âge, elle savait à quel point elle devait éviter de le contrarier.

Pourtant, le malaise ne diminua pas, bien au contraire. D'un geste de la main, elle tenta d'essuyer son front. Ses membres lui répondaient de moins en moins. Lorsqu'un voile noir passa devant ses yeux, elle se décida quand même à s'asseoir. Elle tenta de s'appuyer sur le dossier de la chaise la plus proche, mais n'eut pas le temps de l'atteindre. Ce fut le trou noir, elle s'écroula sur le sol.

Après avoir rangé ses affaires dans l'armoire, Éric était sorti prendre l'air dans la cour. Il respira à pleins poumons, retrouvant le parfum de jadis. Il aimait l'odeur de cette propriété, l'odeur forte des chevaux mélangée au parfum des fleurs... l'air de la campagne.

C'est là que Julien le rejoignit.

— Je voulais te dire petit ! Ne fais pas attention à l'attitude de José par rapport à Jenny, il ne l'a jamais aimée et, depuis la mort d'Isabelle, c'est encore pire. Il lui reproche de n'être pas morte à sa place, expliqua Julien.

— C'est con ! Elle n'avait pas encore le permis à cette époque ! railla Éric.

— Elle ne l'a toujours pas et ne l'aura sans doute jamais. Ne te mêle pas de leurs rapports. De toute façon, la pauvre petite ne comprend pas...

— Arrête ! s'écria Éric. Elle ne comprend pas quoi ? Sortez un peu vos yeux de vos poches. Elle n'est pas idiote ! Arrêtez de la prendre pour ce qu'elle n'est pas. Je sais qu'elle est normale, elle est mise à l'écart depuis sa naissance, personne ne s'est jamais préoccupé d'elle, c'est tout. Et je ne supporte pas qu'il lui parle comme ça ! Jusqu'où est-ce qu'il peut aller avec elle ? Jusqu'à la frapper ?

— Éric, écoute-moi ! Ne t'en mêle pas ! Est-ce que ton père t'a déjà parlé d'ici ? reprit Julien.

— Non, pourquoi ?

— Tant mieux ! Ne commets pas les mêmes erreurs que lui. Ne rien voir, ne rien entendre, ne rien dire, telles sont les trois lois de la sagesse.

— Non, sérieux ? Tu vas me sortir trois petits singes ? ironisa Eric.

Cela faisait deux fois en quelques heures que Julien faisait allusion à ce que savait son père. Celui-ci avait toujours refusé d'aborder le sujet de son départ du village avec Éric, mais il s'était manifestement passé bien des choses ici. Soit il était trop jeune pour en prendre conscience, soit il était déjà parti. D'une façon ou d'une autre, il se promit de découvrir ce qu'on lui cachait.

Il ne voulait pas se mêler des histoires de famille de Camperro, et pourtant il ne pourrait s'empêcher de prendre la défense de Jenny. L'attitude de son père lui faisait mal, mais pas autant que la souffrance silencieuse de cette dernière. Il ne pourrait pas rester indifférent devant la haine de Camperro. Son séjour s'annonçait plutôt mal. Il songea qu'il devrait prendre des notes, des informations et des photos, le plus vite possible. Il ne pouvait se permettre de manquer son premier reportage. Or, quelque chose lui disait qu'il ne resterait pas très longtemps au domaine. Il se promit de rendre visite à ses parents très rapidement. Cela faisait presque deux mois qu'il ne les avait pas revus.

Julien s'était promptement éclipsé après leur conversation. Éric reprit donc le chemin de la cuisine. Il ouvrit la porte juste à temps pour voir Jenny s'écrouler sur le sol.

Le cœur battant, il se précipita, s'agenouilla près d'elle, lui souleva les épaules pour poser sa tête sur son genou. Julien entra à cet instant.

— Elle est tombée dans les pommes, trouve-moi un linge mouillé, vite ! ordonna Éric.

Julien avait déjà atteint le grand buffet de bois près de l'évier. Tout en lui posant le tissu mouillé sur les tempes, Éric la secouait doucement en l'appelant.

Jenny reprit connaissance peu à peu. Ses yeux s'ouvrirent, mais ne virent rien dans un premier temps, puis les couleurs revinrent progressivement sur ses joues et sur ses lèvres. Elle se redressa lentement, resta assise par terre quelques instants, la tête dans ses mains.

— Jenny, ça va ? demanda-t-il avec douceur.

— Oui, ça va ! murmura-t-elle en évitant de croiser son regard.

— Ça t'arrive souvent ce genre de malaise ? s'inquiéta-t-il.

— Oui... non... enfin, de temps en temps.

— Tu as vu un médecin pour ça ?

— Tu devrais aller t'allonger un peu, petite ! proposa Julien. Je vais finir.

— Et quoi encore ? lança Camperro qui venait d'entrer.

Jenny avait sursauté et s'était aussitôt relevée, chancelante. Éric la retint par le bras alors qu'elle perdait l'équilibre. Elle se dégagea rapidement et se dirigea vers le buffet pour dresser le couvert.

Éric lança un regard noir à Camperro.

— Qu'est-ce que vous attendez pour lui faire voir un médecin ?

— Pour quoi faire ? Elle va bien ! C'est juste un peu de fatigue. Elle n'a qu'à se coucher plus tôt. Le soir, il y a de la lumière jusqu'à point d'heure chez elle. On n'a pas idée d'être fragile à la campagne !

— Elle aurait plus de temps, elle pourrait peut-être se reposer un peu plus. Avec les moyens que vous avez, vous pourriez prendre quelqu'un pour le ménage et la cuisine, non ? répondit Éric rageusement.

— Et je la nourrirais pour rien ? Si je prends quelqu'un ici, elle, elle dégage ! cracha Camperro.

— Elle ne demanderait peut-être pas mieux !

— Éric ! intervint Julien.

— Ça suffit, je vais bien, je n'ai pas besoin de médecin ! lança Jenny pour calmer tout le monde. À table !

Après les avoir servis, elle quitta rapidement la pièce.

— Elle ne déjeune pas avec nous ? questionna Éric.

— Non !

Ce fut la seule réponse de Camperro. Éric était prêt à se lever pour aller la chercher quand il reçut un coup de pied sous la table. Le regard de Julien lui intima de ne rien en faire et d'attendre la suite des événements.

Éric sentait son cœur battre à coups redoublés dans sa poitrine, ses poings étaient serrés et son estomac noué. Il avait les nerfs à fleur de peau. Il dut se faire violence pour rester à table et tenter de se calmer. C'était pire que ce qu'il avait imaginé. Son séjour n'allait pas être de tout repos. Très vite, Camperro aborda le sujet du reportage.

— Je suppose que tu veux suivre un dressage du début à la fin ?

— Mon reportage ne comprendra pas seulement le dressage, mais aussi la vie au haras, la façon de travailler du personnel, répondit Éric s'efforçant de parler calmement.

— Tu veux commencer aujourd'hui ? questionna Camperro.

— Oui ! Je voudrais faire le tour du domaine aussi, histoire de me faire une idée.

— Jenny t'accompagnera cet après-midi. Autre chose ?

— Oui ! J'aimerais connaître l'historique du haras, si c'est possible.

— J'ai toute l'histoire de cette propriété. Elle appartenait à mon grand-père. Tout a été mis par écrit. Je laisserai le dossier dans ta chambre, avec les livres de compte du domaine, ça doit t'intéresser !

Camperro parlait tout en mangeant, sans regarder Éric. Julien déjeunait silencieusement, sans lever la tête.

— Les livres de compte ne m'intéressent pas et la gestion du domaine ne me regarde pas ! rétorqua Éric.
— Vraiment ? ironisa Camperro. Pourtant, ils devraient ! C'est ton père qui s'en est occupé pendant quelques années. Je te les propose !
— Pourquoi ? demanda Éric sur le qui-vive.
— Pour être tranquille vis-à-vis des Corsini !

À présent, José Camperro fixait Éric et son regard n'avait plus rien d'amical.

— Quand tu auras trouvé ce que tu cherches, tu me lâcheras peut-être les baskets ! Je dis *peut-être* parce que si tu y trouvais la moindre anomalie, tu la devrais à ton père ! articula Camperro avec un petit sourire cynique.
— Je ne sais pas de quoi vous parlez. Si vous avez eu des problèmes avec mon père, c'était après mon départ et je ne suis pas au courant. Il ne m'a jamais parlé de quoi que ce soit en ce qui concerne le domaine, vous et tout le reste, expliqua calmement Éric.
— Alors pourquoi venir chez moi faire ce reportage ?
— Parce que j'ai prospecté dans plusieurs autres haras, mentit Éric, qu'ils ont tous refusé et que j'ai besoin de faire ce reportage pour gagner ma vie. Et puis, vous avez la réputation d'être l'un des meilleurs éleveurs du pays. D'autre part, j'ai passé toute mon enfance ici, j'avais envie de retrouver tout ça, continua Éric.
— En effet, tu as passé ton enfance ici, reprit Camperro sans prêter attention au compliment que venait de lui faire Éric. Tu y as vécu ton adolescence aussi, et tu l'as passée à sauter ma fille. Le pire c'est que tu n'es même pas venu à son enterrement !

Éric retint son souffle, le terrain devenait glissant. Il comprenait maintenant pourquoi Camperro avait l'air si ravi de l'accueillir. Il allait pouvoir régler ses comptes, non seulement avec lui, mais avec son père aussi. Il se sentit pris dans une souricière.

— Vous ne devriez pas parler comme ça d'Isabelle. Je l'aimais !
— Et tu l'as prouvé par ton absence à son enterrement ! ricana José.

— Parfaitement ! Qu'est-ce que ça aurait changé que je sois là ? Elle n'y était plus, elle. J'ai préféré garder en moi l'image d'une Isabelle vivante, pas celle d'un cercueil ! se défendit Éric, avec la fâcheuse sensation de mentir. Ça ne m'a pas empêché de penser à elle.

— Évidemment ! En fait, tu es revenu ici pour vénérer sa mémoire ! Et du coup, du moment que tu es là, autant te taper Jenny, aussi ? Après tout, tu ne seras pas venu pour rien, n'est-ce pas ?

Éric bondit de sa chaise et se retrouva face à Camperro qui s'était levé aussi subitement, les poings serrés, les narines pincées. Ses lèvres étaient devenues blanches de colère et ses yeux de glace le fixaient sans ciller. Julien s'était levé vivement et se tint entre les deux adversaires, prêt à intervenir.

— Ça suffit maintenant ! Vous vous emportez, vous n'êtes plus des gosses. Du calme ! Allez, asseyez-vous !

José baissa les yeux le premier en ricanant. Il se dirigea vers le coin de la table où se trouvait son éternelle bouteille de Whisky et s'en servit une dose généreuse.

— Arrête de boire, José ! C'est pour ça que tu deviens agressif. Tu sais bien que tu regrettes toujours ce que tu dis ou fais quand tu es saoul ! Allez, mange un peu.

Au lieu de ça, Camperro arborait un sourire narquois tout en fixant Éric. Celui-ci préféra tourner les talons et sortir. Il traversa la cour sans même saluer le personnel qui allait et venait. Il sortit de sa poche un paquet de cigarettes et un briquet, en alluma une nerveusement et se perdit dans la prairie qui entourait les bâtiments. La rage l'étranglait, il pestait silencieusement contre Camperro, mais également contre son propre père. Celui-ci, en se taisant, le mettait dans une situation difficile. Camperro en voulait à son père, pour quelle raison ? Que s'était-il passé ici ? Était-ce pour ça que ses parents étaient partis ? Et dans quelles conditions avaient-ils quitté le village ? De leur propre gré ou contraints et forcés ? Camperro semblait puissant dans le coin.

Il était fermement décidé à connaître le fin mot de l'histoire. Il devait rentrer chez lui et mettre tout au clair avec son père. Un pressentiment lui soufflait que Jenny était impliquée dans l'histoire. S'il la détestait tellement, pourquoi

Camperro l'avait-il gardée au domaine après la mort de sa femme et d'Isabelle ? Elle n'était pas indispensable, loin de là. D'ailleurs à l'époque où il vivait encore ici, c'était Marianne, la femme de Julien, qui faisait office de femme à tout faire. Elle s'occupait du ménage, de la cuisine... Non ! Camperro devait avoir besoin de la présence de Jenny, sinon il s'en serait débarrassé depuis longtemps. Il revoyait les yeux apeurés de la jeune femme quand son père était entré dans la cuisine après son malaise. Elle le craignait comme la peste. Éric sentit un frisson lui parcourir le dos. Il ressentait un malaise, un danger, mais ne savait pas d'où ni de qui il viendrait. Si seulement Jenny voulait bien lui raconter ce qu'elle savait ! Mais avant même de lui avoir posé la moindre question, il savait qu'elle ne dirait rien. Elle avait trop peur.

— *Dès ce soir, j'irai chez Julien* ! décida Éric.

Il questionnerait Marianne, Julien aussi, bien qu'il n'espérât pas en tirer autre chose qu'une engueulade. Il avait également envie de revoir Ted. Il n'arrivait pas à croire que son meilleur ami fût devenu un gangster. Ted avait toujours été turbulent, certes. Il avait toujours aimé se donner un genre « *mauvais garçon* », mais de là à passer le pas, non ! Ted aimait à rire, faire des plaisanteries d'un goût parfois douteux, il aimait les filles, évidemment, comme tout adolescent. Mais l'accuser de viol, c'était pousser le bouchon un peu loin. Ted respectait trop celles qui avaient traversé sa vie.

— *Il a disjoncté* ! avait dit Julien.

La mort d'Isabelle lui aurait-elle causé un tel choc qu'il en perde la tête ? C'était peu crédible. Il fallait qu'il le revoie, Ted lui manquait. Mais comment entrer en contact avec un type en cavale ? Avec qui celui-ci aurait-il pu garder un contact ? Avec son père, peut-être ? Éric envisagea de se rendre au village pour y glaner quelques informations.

Quand il rejoignit le domaine, il croisa dans la cour l'un de ses anciens camarades d'école qu'il n'avait jamais vraiment apprécié.

— Éric ? Alors c'est toi le fameux reporter ? s'écria Hervé en lui tendant la main.

— Salut ! Euh oui ! C'est moi. Comment vas-tu ? Tu travailles ici ?

— Ouais ! Je bosse ici depuis presque quatre ans. Très intéressant comme boulot. J'suis pas mal ici. Et toi ? Ça t'a réussi les études ! commenta l'autre.

— Ça peut aller pour l'instant, mais je crois que je ne vais pas rester dans le coin très longtemps.

— Je comprends ! Pas toujours marrant le boss, hein ? Surtout que tu l'as foutu en pétard en arrivant. Il est pas mauvais, il a un peu tendance à forcer sur la bouteille, c'est tout. Et il y a d'autres avantages ici. Vise un peu la poupée ! lança Hervé en direction de Jenny qui arrivait. Je préférerais sauter sur elle que sur une mine, mais pas facile à dompter la donzelle ! Tu vas essayer de te la faire ? Si j'me rappelle bien, t'étais plutôt doué pour la drague. Tu nous piquais toutes les gonzesses correctes de la région, et comme tu t'es farci sa sœur...

Éric le fusilla du regard et s'avança résolument vers lui, agressif.

— T'es toujours aussi con, toi ! T'as pas changé !

— Eh, cool ! T'énerve pas ! Je plaisantais !

— Je crains que nous n'ayons pas le même sens de l'humour, tous les deux ! gronda Éric, les dents serrées. Alors, garde le tien pour toi, O.K. ? Et n'oublie pas que c'est la fille du boss, comme tu dis ! continua Éric en le repoussant.

— Pour ce qu'il en a à foutre ! maugréa Hervé en s'éloignant rapidement.

Il passa tout près de Jenny qui fit un écart pour l'éviter alors qu'il la foudroyait du regard. Elle s'était vivement effacée pour le laisser passer, les yeux rivés au sol.

- 4 -

— *Il* veut que je te fasse visiter le domaine, murmura Jenny, timidement. Je suis allée seller les chevaux. C'est quand tu veux ! continua-t-elle les yeux baissés, en essayant de maîtriser le tremblement de sa voix et de ses mains.

— Tu as déjeuné d'abord ?

Elle acquiesça.

— Tu as sellé les chevaux toute seule ? lui demanda-t-il, étonné, se souvenant du poids d'une selle.

— Hum ! J'ai l'habitude.

— Personne ne pouvait t'aider ?

— Je ne dois pas parler au personnel, murmura-t-elle, et puis je n'avais plus rien d'autre à faire.

— Tu aurais dû m'attendre, je l'aurais fait. Laisse-moi juste deux secondes, je vais chercher mon appareil photo.

Jenny se contenta de hausser les épaules en s'éloignant vers les box où se tenaient deux superbes pur-sang déjà tout harnachés. La rejoignant, Éric voulut l'aider à monter, mais avec une agilité et une rapidité surprenantes, elle se hissa sur son cheval. Il sauta en selle à son tour, avec un immense plaisir. Il n'était pas remonté à cheval depuis quatre longues années. Jenny prit les devants, ils quittèrent la cour sans un mot. Elle lui montra l'enclos dans lequel se trouvaient trois chevaux en phase finale de dressage. Éric prit des photos, puis ce fut le tour du manège. Enfin, ils partirent vers les bois. Le domaine s'étendait sur plusieurs hectares. D'un tacite accord, ils lancèrent les chevaux au galop. Jenny ne tarda pas à le dépasser. Son poids léger et sa pratique de l'équitation en faisaient une cavalière hors pair. Quant à Éric, il manquait de pratique depuis tout ce temps. Elle arrêta son cheval à l'orée du bois, juste quelques secondes, le temps qu'il la rejoigne.

— Tu montes toujours aussi bien ! la félicita-t-il en souriant.

— J'ai triché, dit-elle doucement en baissant les yeux. J'ai pris le meilleur cheval de l'élevage. Satan est mon préféré, le plus rapide.

— Tu ne montais pas à cru, avant ?

— Si, mais *il* ne veut plus. Je suis tombée et le cheval s'est blessé. *Il* était furieux. *Il* a dit que si je ne sellais pas mon cheval, *il* m'interdirait de monter. *Il* ne veut pas risquer de perdre une bête de prix pour...

Elle laissa sa phrase en suspens, serrant les lèvres. Éric devina la suite.

— Et toi, tu étais blessée ?

Elle leva vivement les yeux sur lui, étonnée.

— Moi ?... Un peu, mais ce n'était pas important, c'était de ma faute !

Éric serra les dents mais continua.

— Il se conduit toujours comme ça avec toi ?

Elle ne répondit pas tout de suite, hésitante. Elle fuyait son regard. Mon Dieu, elle s'était juré d'éviter Éric, et voilà qu'*il* la forçait à passer du temps avec lui. C'était une torture. Elle aurait préféré que ce dernier l'ignore comme tout le monde. Elle ne voulait pas qu'il se mêle de sa vie, encore moins qu'il prenne sa défense. Sans s'en rendre compte, il compliquait les choses. D'ailleurs, il ne s'était jamais préoccupé d'elle avant, alors pourquoi aujourd'hui ? Il fallait qu'elle trouve le moyen de le lui dire, mais ce n'était pas chose facile. Elle n'avait pas l'habitude de parler avec qui que ce soit. Elle n'était pas à l'aise avec les êtres humains, elle n'était qu'un paria, un parasite. Comment pouvait-il lui adresser la parole, à elle, le laideron de la famille, après avoir tant aimé Isabelle ? Ça ne pouvait être que par pitié, et de cela, elle n'en voulait pas.

— Il n'est pas foncièrement mauvais, finit-elle par dire. Il est même bon avec moi, il me permet de vivre avec les chevaux. Il me nourrit, me loge, je n'en demande pas plus !

Ils se baissèrent pour passer sous une branche basse. Le tee-shirt de Jenny s'y accrocha légèrement, dénudant la naissance de son épaule. Elle eut un geste vif pour le remettre en place, mais le regard acéré d'Éric n'avait pas manqué de remarquer la trace bleue à la base de son cou, cachée par le col de son léger vêtement. Il sentit son cœur se serrer.

— Jenny, est-ce qu'il lui arrive d'être... violent avec toi ? demanda-t-il à brûle-pourpoint.

Elle lui jeta un vif coup d'œil en coin et comprit qu'il avait vu.

— Je me suis cognée en montant chez moi, dit-elle précipitamment.

— Chez toi ? C'est où ?

De nouveau, elle hésita.

— *Il* a été d'accord pour que je m'installe une pièce au-dessus de l'écurie.

— Quoi ? s'écria Éric.

— C'est moi qui ai voulu ! s'empressa-t-elle d'ajouter. Je préfère rester seule là-bas. Je me sens plus chez moi. Et lui, ça ne l'a pas dérangé, il ne se servait pas du grenier.

Sur ce, elle se tut, ne lui adressant plus la parole que pour parler du domaine. Ils s'arrêtaient de temps en temps afin qu'Éric prenne des photos. Au bout d'une bonne heure, il lui demanda, sans savoir d'ailleurs si elle lui répondrait :

— Tu n'as jamais songé à partir d'ici ?

Elle le regarda stupéfaite.

— Pour aller où ? Avec quel argent ? Je ne sais rien faire d'autre que m'occuper des chevaux. Je suis bien ici, vraiment !

Éric eut un sourire amer.

— De toute façon, je ne suis majeure que depuis peu de temps, je n'aurais pas pu partir. Maintenant non plus d'ailleurs, je suis sous *sa* responsabilité, je veux dire sous tutelle. C'est lui qui décide de tout pour moi. Il dit que je serais incapable de me débrouiller en dehors du domaine.

— Et toi ? Qu'est-ce que tu en penses ? Tu pourrais travailler pour un autre haras ? la questionna-t-il.

— Je crois qu'il a raison. Je ne peux vivre qu'ici. Ils disent tous que je suis... Enfin, tu sais ?

— Oui, mais toi et moi, nous savons que c'est faux, n'est-ce pas ?

Pour la première fois, elle posa un regard mi interrogateur, mi soupçonneux sur lui pendant quelques instants avant de baisser les yeux. Où voulait-il en venir ? Elle ne répondit pas. Ce qu'il venait d'entendre confortait Éric dans son opinion. Jenny était loin d'être une attardée mentale. Une chose l'étonnait. Elle n'était jamais allée à l'école. Il avait eu l'occasion d'entendre parler des gens analphabètes. Leur façon de s'exprimer trahissait leur illettrisme. Jenny s'exprimait très bien, avec des tournures de phrases que n'avaient pas ces gens-là. Se pourrait-il qu'elle ait pu apprendre à lire ? Il en doutait de moins en moins. Il était persuadé qu'elle possédait une certaine culture. Si elle l'avait acquise seule, cela voulait dire qu'elle avait une volonté et une intelligence plutôt remarquables.

— Tu sais ce que veut dire « *sous tutelle* » ? lui demanda-t-il.

— Oui, certaines personnes sont déclarées « *incapables* » selon le terme en droit. Elles ont besoin d'être « *protégées* ». Elles souffrent d'une altération de leurs facultés mentales, causée par une maladie, une infirmité ou par l'affaiblissement dû à l'âge. L'altération de leurs facultés corporelles peut aussi empêcher l'expression de la volonté. Par prodigalité, intempérance ou oisiveté, les incapables s'exposent à tomber dans le besoin ou compromettent l'exécution de leurs obligations familiales, récita-t-elle. Ce qui veut dire que ces personnes sont incapables de se gérer ou de gérer quoi que ce soit sans l'aide d'autrui. Elles pourraient faire de grosses bêtises, dilapider leurs biens par exemple. *Lui, il* gère mes biens. *Il* m'a fait déclarer « *incapable* », lui expliqua-t-elle tranquillement, comme si ce fût la chose la plus naturelle du monde.

— Quels biens ?

— Je ne sais pas. Je suis censée être trop bête pour m'y intéresser. C'est bien connu, les fous ne sont pas matérialistes...

— Mais, tu as vu un médecin ? Ça ne se décide pas comme ça ! s'étonna Éric.

— La décision d'une ouverture de tutelle est prise par le « Juge des tutelles » sur avis médical. Ll'altération des facultés doit toujours être médicalement établie. C'est le Médecin-chef de l'hôpital de Blignac qui a établi mon incapacité mentale. Il venait de temps en temps quand j'étais petite. Il est revenu le jour de mes dix-huit ans, expliqua Jenny.

—... Où as-tu appris tout ça ?

Jenny se mordit les lèvres. Elle s'était laissée aller à parler sans faire attention. Ça ne lui arrivait jamais d'habitude. Elle faisait toujours attention à ce qu'elle disait. D'ailleurs elle avait tellement rarement l'occasion de parler à quelqu'un... Quel pouvoir avait-il sur elle pour la faire sortir ainsi de son silence ? Elle se referma comme une huître dans sa coquille. Éric s'en rendit compte et n'insista pas. Un moment plus tard, il changea de sujet.

— Jenny, est-ce que tu sais ce qu'est devenu Ted ?

Elle s'était imperceptiblement raidie sur son cheval. Éric vit les jointures de ses doigts devenir blanches tant elle serrait les rênes. Elle s'humecta les lèvres avant de répondre :

— Non, je ne l'ai pas revu depuis la mort d'Isabelle.

— C'était mon meilleur ami, j'aimerais tellement le revoir, il me manque !

Jenny l'observait sous l'écran de ses cils, discrètement. Il avait l'air sincère, mais elle n'avait pas le droit de prendre le moindre risque.

— Je ne pense pas qu'il soit dans la région, il est recherché, ajouta-t-elle simplement.

— Julien pense que si ! Qu'il est dans le coin. Il est recherché pour le viol d'une touriste, non ? Comment a-t-il pu faire cela ? murmura Éric.

— Non ! Ce n'est pas lui...

Jenny avait réagi si vivement qu'elle se tut immédiatement, le cœur battant. Elle se serait battue, comment pouvait-elle être si bête ?

— Comment tu le sais ? demanda Éric.

Évidemment ! La question était inévitable. Jenny avait rougi. Elle baissa la tête, hésita, puis répondit :

— Je n'en sais rien... mais au fond de moi, j'en suis sûre. Ça ne lui ressemble pas... enfin, je crois.

Éric, à présent, était certain d'une chose. Elle en savait plus qu'il ne le pensait sur Ted. Il comprit qu'il était inutile d'insister aujourd'hui, elle ne dirait plus rien. Il avait déjà réussi à la faire parler un peu.

— *C'est un bon début pour une débile muette !* pensa-t-il amèrement.

Il devait gagner sa confiance petit à petit, c'était la seule solution pour en savoir plus et peut-être aussi pour la protéger.

Ils continuèrent le tour du propriétaire en silence. Jenny s'en sentit soulagée. Quand ils revinrent au haras, elle arrêta son cheval avant d'entrer dans la cour, à l'abri des oreilles indiscrètes et s'adressant à Éric qui s'était arrêté lui aussi :

— Éric ! C'est gentil de te préoccuper de moi, mais... il ne faut pas, il ne faut rien dire. Ne prends plus ma défense. Je me suis toujours débrouillée sans toi, je peux continuer. Plus tu t'opposeras à lui, plus il te causera de problèmes... Et après, tout retombera sur moi quand tu ne seras plus là, murmura-t-elle sans oser lever les yeux sur lui.

— Jenny, je ne peux pas rester sans rien faire...

— Si ! coupa-t-elle. Il le faut, s'il te plaît !

Elle avait presque chuchoté les derniers mots, cette fois en le fixant. Leurs yeux s'accrochèrent, et dans ceux de Jenny, Éric put y lire une prière silencieuse. Il sentit sa gorge se serrer.

— Je ne peux pas le laisser faire ! laissa-t-il tomber.

— Pourquoi ? Parce que tu as pitié de moi ? s'écria-t-elle soudain, les yeux pleins de larmes. Alors, garde-la pour les morts, je n'en veux pas ! J'ai toujours vécu sans toi, pourquoi ça changerait ? Est-ce que tu as fait quoi que ce soit pour moi quand Isabelle était encore là ?

Elle avait crié ces derniers mots avant de lancer son cheval au galop. Cette fois les larmes coulaient sur son visage sans qu'elle puisse les retenir. Elle ne s'arrêta pas aux écuries, mais lança son cheval sur le chemin et disparut aux limites de la propriété.

Éric était resté planté là, le cœur serré, la gorge douloureuse, sans pouvoir bouger. C'est vrai qu'il n'avait rien fait pour elle. Mais à cette époque, il ne s'était pas rendu compte de sa situation. Isabelle l'accaparait complètement. Et pourtant, depuis des mois, des années, c'était à Jenny qu'il pensait. C'était Jenny, une petite fille de quatorze ans, qu'il voyait en rêve. Elle riait aux éclats, l'appelait, alors il la suivait. Et plus il avançait, plus elle s'éloignait et plus le chemin se couvrait de sang. Ce rêve, il ne savait même plus combien de fois il l'avait déjà fait. C'était peut-être un signe, c'était peut-être elle qui l'appelait au secours, et il n'en avait jamais compris le sens.

- 5 -

L'après-midi était déjà bien avancé quand Éric se mit à la recherche de Julien. Il voulait aller au village et pour ce, il avait besoin de sa Jeep. Il pénétra dans l'écurie. Derrière un box, il aperçut Jenny et une autre tête : celle d'un homme de dos. Il n'entendait pas ce qu'ils se disaient, mais Jenny s'était plaquée contre le fond, très pâle. Elle semblait avoir peur. Éric s'approcha jusqu'à la porte du box. Quand elle l'aperçut, Jenny poussa un imperceptible soupir de soulagement et en profita pour passer devant l'homme précipitamment et s'éloigner. L'autre n'avait pas bougé. Il s'agissait du fameux Hervé, qui regardait Éric, indécis quant à l'attitude à adopter. Ce dernier remarqua immédiatement la cravache qu'il tenait encore à la main. Posément, mais d'un ton menaçant, il murmura :

— Ne l'approche plus jamais ! Si tu la touches, je t'écrase la face de façon à ce que même ta mère ne te reconnaisse pas !

Hervé se targua d'un petit sourire méprisant, une simple frime, car son regard trahissait une certaine crainte.

— Tu n'as pas changé, Éric ! Toujours aussi hargneux ! C'est pas mon genre les bagarres de bar ! lança-t-il sur un ton arrogant.

Les deux jeunes hommes se jaugeaient du regard lorsque Julien intervint.

— Eh ! T'as rien à faire, toi ? Alors au boulot.

Puis quand Hervé se fut éloigné :

— Éric ! Je commence à regretter que tu sois venu, tu vois ? J'en ai déjà assez alors que tu n'es là que depuis quelques heures. Camperro ne te suffit pas ? Tu t'en prends à ses employés maintenant ?

— Il allait agresser Jenny...

— Laisse-la de côté ! Elle vit ici depuis dix-huit ans sans toi et elle s'est toujours débrouillée seule ! Et moi, je ne suis jamais bien loin. Il n'y a que des hommes qui bossent ici, des jeunes en plus, et pas que des lumières, crois-moi ! Je les connais, je les ai déjà entendus parler d'elle. Ils rêvent tous de la coincer quelque part. Tu ne l'as peut-être pas remarqué, mais elle possède un corps superbe, pourquoi crois-tu qu'elle s'habille avec ces frusques ? Avec un jean serré ou une minijupe, elle se serait déjà fait violer des dizaines de fois, mais je suis là et je veille au grain, O.K. ? Alors, lève le pied, calme-toi et laisse-moi faire ! Fais-toi un peu oublier pour aujourd'hui, conseilla Julien sur un ton résigné.

— Justement, je voulais aller en ville, je te cherchais. Tu peux me prêter ta Jeep ?

— Prends-la, les clés sont dessus ! Ne roule pas comme un taré, et viens dîner chez nous ce soir. Marianne sera contente de te revoir, et cette chère Jenny ne sera pas obligée de cuisiner pour toi. Camperro va manger liquide ce soir, vu l'état dans lequel il est !

Éric le remercia d'un sourire. Il sauta dans la Jeep et prit la direction du village.

Il se dirigea droit sur l'ex-maison de ses parents. Le jardin et la décoration extérieure avaient été changés. Le portail avait été repoussé d'un bon demi-mètre vers le garage, sur la gauche. Éric, le cœur serré, ne s'attarda pas. Une voiture était garée sur le trottoir et la femme qui sortait de l'habitation en compagnie de deux jeunes enfants venait d'en ouvrir une portière pour les faire monter. Elle jeta un regard soupçonneux dans sa direction. Visiblement, elle n'appréciait pas le regard intéressé du visiteur. Éric tourna les talons. Dieu ! Qu'il avait aimé cette maison ! Il se souvenait de chaque détail à l'intérieur. Il aurait pu faire l'inventaire de chaque bibelot, chaque meuble. Il se souvenait des couleurs du sol, des tapisseries, des odeurs de chaque pièce, de sa chambre surtout. Il revoyait sa petite sœur courir dans les escaliers... Il aurait certainement du mal à pardonner à son père d'avoir vendu leur maison pour une bouchée de pain et d'avoir quitté cette région qu'il aimait. Oui, il l'aimait ce village, il ne s'en était jamais rendu compte à ce point.

Le cœur lourd, il se dirigea vers le bar qu'il fréquentait quelques années auparavant. Le propriétaire qui n'avait pas changé, mit un moment avant de le reconnaître. Puis, après une tape amicale et les habituelles questions sur ce qu'ils étaient devenus, le barman lui offrit un verre.

— Alors, comme ça, tu fais un stage chez Camperro ?
— Pourquoi ? Ça t'étonne ?
— Ben... depuis le drame que tu sais, il crache pas sur la bibine et il est pas devenu très agréable, commenta le patron du café. Et la petite simplette, elle est toujours là-bas ? Il y a des années qu'on ne l'a pas revue !
— Oui, je crois, je l'ai à peine aperçue...

Éric n'avait pas envie de se battre pour leur faire comprendre. Au village, les gens n'étaient pas vraiment responsables, ils colportaient les bruits tels qu'ils arrivaient et ils finissaient par y croire. De plus, il n'avait pas envie de parler de Jenny avec quiconque.

— Tu revois des gens qui étaient à l'école avec moi ? tenta prudemment Éric.
— Ben... pas mal ont quitté la région, quelques-uns passent de temps en temps, d'autres se sont mariés... Et tu sais pour Ted ?
— J'en ai entendu parler, oui. Et son père est toujours dans la région ? questionna Éric
— Le vieux Kolinsky ? Il est mort quelque temps avant Isabelle. Une histoire bizarre d'ailleurs... On l'a retrouvé électrocuté dans sa baignoire. Les flics se sont dépêchés de conclure à un suicide. D'autres ont pensé que, comme il avait escroqué des clients avec son cabinet d'assurance, c'était un règlement de comptes. On n'a jamais vraiment su.
— Et sa maison ?
— Abandonnée ! Ted a déserté le coin après le fameux viol.

Quelques minutes encore, Éric continua à papoter de la pluie et du beau temps. L'annonce de la mort du père de Ted l'avait ébranlé. Ted avait une raison de plus d'avoir « *disjoncté* », il avait toujours été très proche de son père, d'autant plus qu'il n'avait jamais connu sa mère.

En quittant le bar, il se dirigea vers le commissariat de police. Il ne savait pas encore très bien ce qu'il allait y faire, mais il pourrait peut-être y glaner quelques renseignements. Au guichet, la personne le précédant demanda à parler au commissaire. Éric entendit la jeune femme en uniforme derrière le guichet répondre que le commissaire Camperro serait absent pour la journée, qu'il était parti sur le terrain et qu'il serait de retour le lendemain. Lorsque l'autre fut sorti, Éric arbora son plus beau sourire et questionna la jeune femme.

— Camperro, cela me dit quelque chose. Ne serait-il pas de la famille du propriétaire d'un haras des environs ?

— José Camperro ? Si ! C'est son frère. Vous connaissez le commissaire ? Vous vouliez lui parler ? répondit la jeune pervenche, gratifiant Éric d'un sourire éclatant, manifestement déjà séduite.

— Un peu, je l'ai connu il y a quelques années. Bien, je repasserai plus tard. De toute façon, cela n'était pas très important, merci, ajouta-t-il en rendant son sourire à la jeune fille qui en rougit d'aise.

Décidément, il allait de surprise en surprise. Camperro avait un frère flic, qui plus est, chef de la police locale !

— De mieux en mieux ! Mais qu'est-ce que je fous là ? tempêta-t-il intérieurement.

C'était déjà l'heure de l'apéritif. Le temps d'acheter un bouquet de fleurs pour Marianne, une bonne bouteille pour Julien, et Éric se rendit immédiatement chez eux. Ils possédaient une petite maison avec un joli petit jardin, à proximité du haras. Ils n'avaient jamais eu d'enfant et Marianne dissimulait son manque en reportant tout son amour sur ses fleurs, les plus belles de la région, comme elle se plaisait à le dire.

Il fut accueilli par elle comme le fils prodige. Elle s'affairait autour de lui, ne sachant qu'inventer pour lui faire plaisir, à tel point que Julien feignit de s'en offusquer. Le repas fut très gai, Julien semblait s'être détendu. À aucun moment on n'évoqua le haras. Ce ne fut qu'au café qu'Éric rompit la trêve.

— J'ai appris que le père de Ted était mort depuis deux ans et que le frère de Camperro était le chef de la police locale. Tu ne m'en avais rien dit ?

— Je t'ai dit que Camperro était puissant ici. Ne t'avise surtout pas de t'attaquer à lui, tu ne ferais pas le poids. Quant au père de Ted, je n'en sais pas plus que toi, mis à part que l'affaire a été bouclée à vitesse grand V, et bien sûr, tout cela sous la juridiction de Camperro frère ! répondit Julien.

— Donc, tu penses que les deux Camperro cherchaient à étouffer l'affaire ?

— Je n'ai pas dit ça. Disons plutôt que l'enquête ne devait pas être assez intéressante, et Kolinsky non plus, d'ailleurs !

— Hum... ou alors ils ont caché quelque chose !

— Bref ! L'affaire est close, termina Julien.

Il resservit une tasse de café à Éric. Il n'avait pas l'intention de continuer à parloter sur ce sujet. Pourtant, celui-ci fit mine de ne pas s'en apercevoir et continua :

— Et Ted ? Tu dis qu'il est devenu un gangster, mais qu'est-ce qu'on lui reproche au juste ?

— Bof... des petits larcins. Le commissaire l'a fait rechercher, je ne sais plus pourquoi... quoique Ted doive le savoir, lui, parce qu'il n'a pas demandé son reste pour s'évanouir dans la nature... Jusqu'à l'été dernier où il y a eu le viol de l'Espagnole.

— Tu es sûr que c'est lui ?

— Je ne suis sûr de rien ! Les flics ont retrouvé le corps de la gamine sur une plage. Elle avait été violée puis poignardée. Ils ont récupéré le cran d'arrêt de Ted sur place avec ses empreintes, voilà ! raconta Julien.

— C'est plus seulement un viol, c'est un meurtre ! s'exclama Éric. Ça s'est passé où ?

— Dans la crique des Trois Sœurs.

Éric sursauta. Il connaissait bien la crique puisqu'il y allait très souvent avec Ted, Isabelle et d'autres copains, pour se baigner. À l'époque, le tourisme était encore rare, ils y étaient souvent seuls. Il leur était maintes fois arrivé d'y faire des feux de camp le soir. Ils avaient l'impression que la crique n'appartenait qu'à eux. Elle se trouvait au point de jonction entre la propriété de Camperro et celle d'un paysan voisin, mais elle n'était légalement la propriété de personne. La crique portait ce nom, car une cinquantaine d'années auparavant, un homme en plein divorce s'était enfui en enlevant ses trois filles dans une petite barque. C'était l'hiver, la barque avait chaviré au large et seul le père s'en était sorti. Plusieurs jours plus tard, la mer avait rejeté le corps des trois petites filles sur la plage de la crique. Éric ne savait pas si cette histoire était vraie. Son père la lui avait racontée. En fait, elle faisait partie des « légendes » de la région.

— Eh oui ! murmura Julien qui comprenait la surprise d'Éric, une preuve de plus contre Ted. Après ton départ, il continuait à fréquenter très souvent cette crique avec les petites.

— Quelles petites ? questionna Éric.

— Isabelle et Jenny !

— Les deux ensembles ? Je croyais que Jenny ne sortait jamais du domaine ?

— De temps en temps, Isabelle avait l'immense bonté de traîner derrière elle sa pauvre petite sœur, par regain de pitié, je suppose, ou parce qu'elle en avait besoin... Et puis Ted est, je crois, le seul homme à avoir pu approcher Jenny, lui parler. Après la mort d'Isabelle, ce n'était pas rare de le voir passer au haras pour voir Jenny. Bien sûr, ça ne plaisait pas à Camperro, alors il y a mis un frein. Et avec toutes ces histoires, la mort de son père et tout le reste, Ted ne s'est plus jamais montré là-bas. Voilà, je t'ai dit tout ce que je savais à propos de ce maudit haras et de ceux qui y vivent.

— Et Jenny, elle n'est jamais allée à l'école, elle ne doit savoir ni lire, ni écrire, si ? relança Éric.

Il devait être prudent, diplomate, prêcher le faux pour savoir le vrai. Chaque fois qu'il avait questionné trop directement Julien, celui-ci s'était fermé comme une huître. Quant à Marianne, elle écoutait, mais n'était encore jamais intervenue dans la conversation. À la question d'Éric, elle avait immédiatement cherché le regard de Julien, quémandant silencieusement son avis. Ce dernier haussa les épaules. Marianne prit ce signe pour de l'assentiment et entama :

— Depuis toute petite, personne ne s'est jamais occupé de Jenny. C'est moi qui la nourrissais, qui changeais ses langes, qui lui ai appris à marcher... Et plus tard, je lui ai appris à lire, à compter, avec les livres d'Isabelle et en cachette. Je lui ai appris simplement les bases, si tu veux, mais elle apprenait très vite, elle était avide de savoir. Quand elle a su lire, elle s'est montrée beaucoup plus indépendante, secrète, elle disparaissait des heures entières. Je me suis rendu compte qu'elle lisait tout ce qu'elle trouvait, journaux, magazines, livres d'école d'Isabelle, Math, géographie, histoire et même, accroche-toi ! Chimie, physique, droit, économie... Enfin ça, c'était plus tard ! N'empêche qu'elle était douée, et plus qu'Isabelle ! Preuve en est qu'elle suivait pratiquement les mêmes études que sa sœur en parallèle, avec quatre ans de moins et aucune aide extérieure ! insista Marianne. Moi, je ne pouvais plus suivre, tu penses bien, continua-t-elle, et bien entendu, l'autre s'en est rendu compte. Elle lui est tombée dessus un jour, en train de lire ses cours, et elle s'en est servie. C'est Jenny qui lui faisait ses devoirs et, du jour au lendemain, les résultats scolaires de la Miss se sont mis à grimper, tu parles ! Et Camperro qui vantait l'intelligence de *son* Isabelle ! S'il avait su que le mérite en revenait à Jenny, il aurait fait une crise cardiaque. J'ai même surpris plus d'une fois Jenny en train de relire les cours d'Isabelle et de les lui réexpliquer !

Marianne parlait avec enthousiasme et une note de fierté perçait dans sa voix, ses yeux brillaient d'orgueil... comme si Jenny avait été sa propre fille, nota Éric.

— Marianne, Jenny n'a jamais été muette, n'est-ce pas ? affirma Éric

— Bien sûr que non ! Si elle l'a été, c'était avec sa famille, jamais avec moi. Quand on n'était que toutes les deux, elle n'arrêtait pas de babiller, elle me demandait souvent pourquoi personne ne l'aimait... et je ne savais jamais quoi lui répondre. Je lui disais que ce n'était pas vrai, que ses parents n'avaient pas beaucoup de temps à eux, qu'il ne fallait pas leur en vouloir ; mais elle ne m'a pas crue longtemps.

Marianne écrasa une larme au coin de ses yeux, visiblement toujours aussi émue quand elle parlait de Jenny. Elle avait été au premier plan du drame qui s'était noué autour de la petite dernière et elle qui ne pouvait avoir d'enfant, en avait énormément souffert, surtout depuis que Camperro lui avait signifié qu'elle n'était plus indispensable après la mort de *ses* deux femmes.

— Arrête Marianne, tu te fais du mal, murmura Julien.

— Je me souviens d'un jour, continua Marianne sans tenir compte des conseils de Julien, où la petite m'a dit :

— *Je n'aime pas ma maman, je n'aime pas ma sœur, mais j'aime bien mon papa ! Je voudrais bien qu'il m'emmène avec lui comme Isabelle, mais il veut jamais ! Dis, tata, ça veut dire quoi « attardée mentale » ? Mon papa, il a dit à maman que j'étais comme ça, c'est pour ça qu'il m'aime pas, je crois !*

— Qu'est-ce que tu voulais que je lui dise à cette petite ? Je m'en suis rendue malade ! dit Marianne en essuyant une autre larme sur sa joue. Et du jour au lendemain, elle ne m'a plus jamais parlé de sa famille, ni père, ni mère, ni sœur... Elle ne leur a pratiquement plus dit un mot et elle les évitait au maximum. Même avec moi elle prenait ses distances. Là, on aurait pu croire qu'elle était devenue muette, elle ne parlait plus à personne. Cela m'a inquiétée et j'en ai parlé à ses parents. Ils m'ont demandé de m'occuper de mes affaires, qu'ils savaient ce qu'ils avaient à faire ! Du coup, Jenny venait manger plus tôt pour ne pas être avec eux, et je peux te dire que ça les arrangeait, les Camperro. Depuis ce jour, j'ai eu l'impression qu'ils avaient effacé son existence de leur vie. Elle n'était plus qu'une ombre, une employée de bas étage à l'occasion.

— Excuse-moi, Marianne, je n'aurais pas dû te parler d'elle, murmura Éric.

— Mais ne t'excuse pas, je n'en parle jamais ; ça me fait du bien de vider mon sac de temps en temps !

— Mais pourquoi est-ce qu'ils la détestent à ce point ? C'est leur fille quand même ? s'énerva Éric.

— Camperro voulait un héritier… et puis, plus rien n'allait entre eux à l'époque où Jenny a été conçue. On se demandait s'ils n'allaient pas divorcer. Camperro est d'une jalousie maladive et il accusait sa femme de le tromper à tort et à travers. Jenny est arrivée au mauvais moment avec le mauvais sexe, c'est tout. Je suppose qu'elle a ruiné l'intention de divorcer de Camperro. Quelque part, moralement, il ne pouvait plus abandonner une femme enceinte ni une femme avec un bébé… Parce qu'une chose est sûre, c'est qu'il aurait viré son épouse mais aurait gardé Isabelle avec lui ! Jenny a été une énorme entrave pour lui, enfin, c'est ce que je pense ! expliqua Julien, résigné.

— Encore une question et après j'arrête, juré ! demanda Éric en regardant Julien. Franchement, Marianne, est-ce que tu penses qu'elle peut être devenue, pour quelque raison que ce soit, attardée mentale, à la suite de… quelque chose ?

— Non, je peux jurer qu'elle ne l'est pas ni ne l'a jamais été, bien au contraire ! Elle est même très intelligente. C'est une enfant qui a été profondément blessée et dont personne, à part moi, ne s'est jamais occupé, c'est tout. Elle est même tellement maline qu'elle a très vite compris quel parti elle pouvait tirer de sa soi-disant tare : c'est ce qu'elle a fait ! Elle a endossé un comportement de tarée pour se protéger du monde extérieur et pouvoir vivre comme elle l'entendait, avec les chevaux.

— C'est bien ce qu'il me semblait, murmura Éric avec un petit soupir de satisfaction.

— Pour parler d'autre chose, Éric ! lança Julien, est-ce que tu as appelé ton père pour lui dire que tu étais ici ?

— Est-ce que c'est primordial qu'il sache où je suis ? Il ne le sait plus depuis des mois, voire des années. Il a des nouvelles de moi quand je veux bien lui en donner, et ça marche comme ça. Je n'ai pas envie qu'il sache que je suis là parce que je sais d'avance ce qu'il va me dire et je n'ai pas précisément envie de l'entendre. Après tout, je ne suis là que pour quinze jours et...

— Et si tu ne le lui dis pas, c'est moi qui l'appelle ! coupa Julien. C'est très important, crois-moi, parle-lui-en !

— Pourquoi ?

— Appelle-le d'abord, on en reparlera après ! Ou mieux, vas-y ce week-end, tu as le temps ! Les nouveaux chevaux n'arriveront que lundi dans le courant de la journée, alors ?

— Je vais y réfléchir, termina Éric.

Il avait déjà songé à aller questionner son père, mais il savait que ça ne serait pas une partie de plaisir. Peut-être même qu'il ne pourrait rien en tirer, mais c'était une possibilité à ne pas négliger. Oui, il irait sûrement voir ses parents très bientôt.

Quand Éric fut parti, Marianne s'adressa, hésitante, presque timide, à Julien :

— Pourquoi tu le pousses à appeler son père ? Tu lui mets des doutes en tête ! Si Thierry apprend qu'Éric est ici, tu n'as pas peur de ses réactions ?... Et de ce qui en découlerait ?

— Si ! Mais on décidera à ce moment-là. J'essaie de protéger Jenny. J'ai déjà échoué avec Ted, et voilà qu'Éric se pointe. Je veux qu'il foute le camp d'ici, quitte à mettre son père dans le secret. Je tiens à ce gosse presque plus qu'aux deux autres !

- 6 -

Thierry Corsini s'était enfermé dans la pièce qui lui servait de bureau, à l'étage de sa petite maison campagnarde. Johanna son épouse, regardait la télévision au rez-de-chaussée avec ses filles : Jessica, l'aînée de dix-sept ans, et Sandy, la cadette de quatorze ans. Elle sentait son mari préoccupé. Ce n'était pas dans ses habitudes de s'isoler le soir, sauf quand quelque chose n'allait pas. Aussi le rejoignit-elle.

Quand elle ouvrit la porte sans bruit, ce fut pour apercevoir la nuque de Thierry, avachi dans son fauteuil. Il tournait le dos à la porte ainsi qu'à son bureau sur lequel s'étalaient des dossiers et des notes griffonnées. L'esprit ailleurs, il fixait un point par la fenêtre sans rien voir.

— Quelque chose ne va pas, Thierry ?

— Ah ! Je ne t'ai pas entendue entrer. Non, tout va bien, les affaires prospèrent...

— Je ne parlais pas de ton travail ; qu'est-ce qui te préoccupe ? reprit Johanna.

— Est-ce que ton fils t'a téléphoné ces temps-ci ? demanda-t-il visiblement inquiet.

— Non, pas depuis un moment. Et je te ferais remarquer que ce n'est pas seulement *mon* fils !

— Je me le demande parfois, nous sommes devenus si distants. C'est comme si je l'avais perdu, murmura Thierry amer.

— Éric est indépendant, Thierry, tu le connais aussi bien que moi, il vit sa vie. Pas de nouvelles, bonnes nouvelles. D'autre part, si vous ne vous disputiez pas chaque fois qu'il vient, il n'agirait peut-être pas comme ça.

— Donc tout est de ma faute, c'est bien ça ?

— Non, ce n'est pas ce que j'ai dit ! Mais vous avez le même caractère borné tous les deux ! Tu as trop voulu diriger sa vie.

— Il ne me pardonne pas d'avoir quitté Blignac. Il s'y plaisait et je suppose qu'il aurait voulu repartir y vivre après ses études, peut-être avec Isabelle, constata Thierry avec résignation.

— Je ne crois pas que ce soit le fait qu'on ait quitté le village qu'il te reproche, c'est que tu n'as jamais voulu lui dire pourquoi on est parti. Et puis, tu sais, je crois qu'il n'a jamais vraiment aimé Isabelle.

— Qu'est-ce qui te fait dire ça ? questionna Thierry en haussant les sourcils, ils étaient inséparables.

— C'est quelque chose qu'une mère peut ressentir. Enfin, je ne peux pas te l'expliquer autrement. Je sais qu'il n'était pas vraiment amoureux. Et puis, ce n'était pas une fille pour lui. Je l'imaginerais plutôt avec quelqu'un de plus doux, plus discret...

— Comme toi ? sourit Thierry.

— Il paraît que les petits garçons veulent tous épouser leur mère, c'est peut-être pour ça que j'ai ces idées-là, répondit-elle en riant.

— Vous avez toujours été très proches Éric et toi. Moi qui voulais un fils pour tout partager avec lui... Je t'envie ! reprit Thierry avec un air triste et fatigué.

Ses traits étaient tirés et une petite ride lui barrait le front. Il fronçait les sourcils. Son air ténébreux rappela à Johanna le visage de son fils quand quelque chose n'allait pas. Thierry resta silencieux un moment puis :

— Tu crois que j'aurais dû tout lui dire pour Blignac ?

— Non ! Plus jamais personne ne doit parler de ce qui s'est vraiment passé là-bas, surtout qu'à l'époque Éric était encore trop jeune, il n'aurait peut-être pas compris. Mais avec le temps, on aurait pu lui en dire davantage, quitte à transformer un peu la vérité, juste assez pour qu'il comprenne que nous devions partir.

— Lui mentir, alors ?

— Non, juste oublier quelques épisodes. D'ailleurs, c'est ce que tout le monde devrait faire, nous les premiers, *oublier quelques épisodes*.

Thierry fit face à sa femme, à demi assise sur le coin du bureau. Il la regarda dans les yeux, d'un air grave.

— Je ne peux pas oublier, Johanna, je ne le pourrai jamais ! Aujourd'hui encore j'en fais des cauchemars ! Je m'en veux, je n'aurais jamais dû agir comme ça ! Si seulement j'avais...

— Rien ! Tu ne pouvais rien faire d'autre, Thierry ! Tu n'as aucun reproche à te faire. Tu t'es juste conduit en père et en mari soucieux de la sécurité de sa famille. Crois-moi, tu n'avais pas le choix, sauf celui de mettre la vie de tes enfants et la mienne en jeu ! Personne ne peut te reprocher ce choix ! coupa Johanna.

— Même Éric, tu crois ? Un jour ou l'autre, il saura. Je ne sais pas pourquoi, mais je le sens... C'est quelque chose qu'un père peut ressentir !

Il avait tenté un trait d'humour en reprenant l'expression de Johanna, mais son ton demeurait grave.

— Pourquoi parler de ça ce soir ? Il y a un bon film à la télé, viens nous rejoindre, proposa Johanna.

— Éric a rendu les clefs de son studio. Le propriétaire m'a appelé ce soir. Il voulait connaître sa nouvelle adresse pour lui rembourser sa caution. Il est parti sans rien nous dire !

— Il a terminé ses études. Il a simplement décidé de prendre un peu de vacances. Il ne va pas tarder à nous appeler, tu verras !

— Mais tout de même, il pourrait nous passer un coup de fil de temps en temps ! On n'est au courant de rien ! On ne sait même pas où il est aujourd'hui. Il n'a plus d'adresse ! Et un jour, il va rappliquer avec son linge sale, réintégrer sa chambre comme s'il n'était jamais parti ! On a quand même droit à un peu plus de considération, non ? s'énerva Thierry.

— Tels que je vous connais, Éric et toi, je sais ce qu'il se serait passé s'il était revenu tout de suite après ses examens.

Tu lui aurais demandé de trouver illico un job. Tu lui aurais dit qu'avant de prendre des vacances, il fallait les gagner, et vous vous seriez encore disputés, répondit Johanna avec un petit sourire malicieux.

— Et j'aurais eu tort, d'après toi ? Avec quel argent est-ce qu'il aurait pu partir en vacances ?

— Ton fils est très débrouillard. Soit il s'est trouvé des petits jobs pendant ses études et il a mis de l'argent de côté, soit il s'est arrangé pour séduire une jeune veuve argentée et s'est fait payer ses vacances ! plaisanta Johanna.

— Ça, ça ne m'étonnerait qu'à moitié ! ronchonna Thierry, avec un début de sourire.

— Notre fils est diablement beau. Pourquoi ne profiterait-il pas de son charme et de sa beauté ?

Johanna avait murmuré ces quelques mots avec une petite mine espiègle en s'asseyant sur les genoux de son mari.

— Tu veux vraiment faire de ton fils un gigolo ? demanda Thierry dont les traits s'étaient détendus.

— Il te ressemble beaucoup. Tu n'aurais pas aimé, toi, rencontrer une jeune héritière riche à millions ?

— Si C'était mon rêve ! Au lieu de ça, je suis tombé sur une gamine capricieuse, sans un rond en poche, qui fuguait de chez ses parents parce qu'ils ne voulaient pas la laisser partir en vacances en Turquie à dix-sept ans.

Johanna éclata de rire au rappel de leur rencontre.

— Je me souviendrai toujours de ta tête le soir où tu t'es arrêté pour me prendre en stop et où je t'ai carrément dit que j'étais une délinquante en fuite d'une maison de correction, tu étais complètement paniqué.

— Ton fils a de qui tenir avec ses coups de tête !

Le souvenir de leur première rencontre avait détendu l'atmosphère. Ils en rirent ensemble avant de descendre rejoindre leurs deux filles. Sandy se hâta de leur résumer le début du film malgré les soupirs d'agacement de Jessica qui n'arrivait plus à suivre les dialogues....

- 7 -

Quand il rentra au domaine, Éric évita soigneusement le salon. Il y avait aperçu José, avachi dans un fauteuil. Dans sa chambre, il trouva les dossiers promis par ce dernier. Il commença à feuilleter le premier de trois gros livres à la couverture de cuir noir. C'était une sorte de journal où tout était consigné, jour après jour. L'écriture en était ancienne. C'était le grand-père de Camperro qui l'avait écrit. Éric prit des notes. Il serait intéressant de débuter son article par un rapide historique du domaine, d'autant plus que Grand-père Camperro y notait tout, même les ragots du village ainsi que les habitudes les plus anodines de ses habitants, les petites anecdotes familiales...

Les feuilles griffonnées de notes s'accumulaient sur le lit. Il avait survolé le premier volume très rapidement. Quant au deuxième journal, il avait été tenu par le père de José Camperro. Éric le survola succinctement. Il hésita à ouvrir le troisième ouvrage. Il était déjà très tard, mais le fait que ce dernier tome ait été écrit par Camperro lui-même éveillait sa curiosité. La première partie n'était intéressante que par sa description du dressage. Éric sourit : son reportage était pratiquement fait. Il aurait suffi que Camperro lui prête cet ouvrage et il n'aurait pas eu besoin de venir passer quinze jours ici. Il allait refermer le livre lorsque le nom de son père attira son attention.

Avec stupéfaction, il découvrit que José Camperro, Julien Guermandes, Pierre Kolinsky et Thierry Corsini avaient été associés. N'en croyant pas ses yeux, il relut le chapitre consciencieusement.

Dix ans plus tôt, le domaine tombait en ruine. Il devait être racheté par un riche citadin, mais la population du village vit cela d'un mauvais œil. Aussi, trois des employés de Camperro décidèrent de s'associer à leur patron. Ils obtinrent des emprunts et le domaine fut remis sur pied.

Éric savait que son père travaillait au haras, il en était le comptable. Quant à Julien et Pierre — le père de Ted — ils étaient également employés par Camperro, mais jamais Éric n'avait su qu'en fait ils étaient associés.

Camperro avait mis fin à l'association juste au moment de l'accident d'Isabelle et de la mort de Pierre Kolinsky. Celle-ci avait donc duré huit ans. Camperro avait racheté les parts de Thierry Corsini, puis en avait profité pour le licencier. Il avait gardé Julien, lui avait donné la responsabilité de la gestion du personnel. Éric ferma les yeux et se renversa sur le dossier de son fauteuil. Pourquoi n'avait-il gardé que Julien ? Que s'était-il passé avec les deux autres ? D'après les dates, Thierry Corsini avait quitté la région immédiatement après son licenciement. Quant à Pierre Kolinsky, il était décédé après avoir démissionné, dans la même période. La coïncidence était pour le moins surprenante ! Éric eut l'impression que Camperro avait *fait le ménage* autour de lui.

Une autre question l'intriguait. Le propriétaire du bar où il s'était rendu dans l'après-midi lui avait confié que la population avait pensé à un règlement de comptes pour Kolinsky. Son cabinet d'assurance aurait escroqué plusieurs personnes, or nulle part, il n'était question d'un cabinet d'assurance. Kolinsky se serait donc installé en tant qu'assureur et aurait eu le temps d'escroquer du monde en quelques jours ? Cela n'était guère possible. Éric fouilla rapidement les dossiers que lui avait laissés Camperro, mais n'y trouva aucun livre de comptes.

— Il a dû changer d'avis en y réfléchissant, se dit-il en souriant.

Il finit par se coucher. Il fallait qu'il dorme au moins quelques heures. Tant de choses se bousculaient dans sa tête qu'il eut du mal à s'endormir. Jenny lui avait assuré qu'elle n'avait pas revu Ted depuis la mort d'Isabelle. Or, Julien avait démenti en affirmant que Ted passait souvent la voir après l'accident. Pourquoi lui avait-elle menti ? Qu'est-ce qu'elle savait au juste ? Une seule personne aurait pu l'aider à comprendre : Ted ! Mais comment le retrouver ?

Jeudi 3 juillet

Le soleil se levait à peine lorsque Julien pénétra dans la cuisine du haras. Camperro l'y rejoignit presque immédiatement. Il avait les traits tirés et le teint blafard. Ses sourcils froncés et la grimace qui déformait sa bouche trahissaient une certaine *gueule de bois.*

— C'est pas la grande forme, on dirait ! lança Julien avec bonne humeur.

— Non, mal dormi, mal à la tête, la totale ! ronchonna Camperro.

Jenny pénétra à son tour dans la cuisine et s'affaira vivement à préparer le café et le reste du petit déjeuner. Les deux hommes s'étaient tus. Comme elle s'activait au ménage à l'autre bout de la cuisine, ils reprirent :

— Il faut que j'arrête de boire tant qu'il est là, murmura Camperro. Je dois être prudent et rester lucide pour le surveiller. J'ai eu tort de m'emporter contre lui, hier !

— Tu m'étonnes ! Bien sûr que tu as eu tort, d'autant plus qu'il ne sait absolument rien ! Alors ce n'est pas la peine de lui mettre la puce à l'oreille, commenta Julien à mi-voix.

— Il est venu dîner chez toi, hier soir ?

— Oui, comme prévu ! On a passé une bonne soirée, on a parlé de tout et de rien jusqu'au café où il a commencé à poser des questions, répondit Julien.

— Quelles questions ? s'inquiéta Camperro.

— Pas très importantes : la mort de Kolinsky, le départ de ses parents, et surtout des questions sur elle ! Je ne lui ai dit que ce qu'il voulait entendre, assez pour qu'il arrête de se renseigner. Fais-moi confiance. Depuis quatre ans qu'il est parti d'ici, il n'a eu que des rapports houleux et épisodiques avec son père. Ils ne s'entendent pas et ne se donnent des nouvelles que pour se dire qu'ils ne sont pas morts. Éric ne sait absolument rien ! La seule chose à faire, c'est de lui faciliter les choses pour son reportage, faire mine de rien, et il repartira comme il est venu. Pas de nouveau drame, O.K. ? Parce que celui-là, il nous serait fatal, c'est compris ?

— Tu dois avoir raison, acquiesça José. Son père sait qu'il est là ?

— Non, mais je lui ai demandé de l'appeler.

— Quoi ? Tu as fait quoi ? rugit José en élevant la voix.

Julien jeta un vif coup d'œil sur Jenny, mais celle-ci continuait à briquer les meubles, leur tournant le dos, elle semblait ne rien entendre.

— Du calme ! Je connais ce gosse par cœur, reprit Julien. Si j'ai insisté pour qu'il appelle son père, c'est justement parce que je sais qu'il ne le fera pas ! Il sait que son père n'apprécierait pas et il veut éviter un nouveau conflit. Il ne lui dira rien, crois-moi !

— Peut-être... En tout cas, c'est ton intérêt qu'il ne dise rien. Si seulement les flics pouvaient arrêter ce maudit Ted ! Il ne faut pas qu'ils se voient tous les deux, tu m'entends ? Sinon, c'est la catastrophe ! Aucun des deux ne représente de danger pour nous s'il reste isolé. Mais ensemble, tu les connais mieux que moi, ils sont comme deux frères. Là on ne maîtrisera pas les dégâts !

José semblait inquiet et nerveux. Ses doigts torturaient le manche de la petite cuillère posée dans son bol. En jetant les derniers mots à la figure de Julien, le manche avait cédé sous ses doigts, il jeta les deux morceaux rageusement sur la table et lança à l'adresse de Jenny :

— Eh, toi ! Tu ne vois pas que j'ai besoin d'une autre cuillère ?

Jenny s'exécuta immédiatement sans un mot et se remit au travail, les ignorant totalement.

— Calme-toi ! Il n'y a pas lieu de paniquer ! reprit Julien d'une voix posée. Ted ne risque pas de s'aventurer à des kilomètres à la ronde. Il ne sait que trop qu'il est recherché ici et que s'il tombe entre les mains de ton frère, il est foutu. Des preuves, on en a tant qu'on en veut contre lui. Et tu sais bien qu'on le tient ! Tu vois ce que je veux dire ! Il en est conscient aussi. Il a déjà perdu son cher papa, il ne va pas risquer la dernière vie qui lui tient à cœur.

— C'est vrai, t'as raison, on n'a rien à craindre ! s'apaisa José qui lança à l'adresse de Jenny :

— Eh ! Évite de croiser Éric ! Et évite de lui parler aussi ! Tu sais ce qu'il attend de toi, n'est-ce pas ? minauda-t-il en s'approchant d'elle par-derrière. Il a sauté ta sœur et il va essayer de faire pareil avec toi. Tu le sais ça ? Et je ne veux pas de *putain* chez moi !

Il l'avait brutalement prise par le bras et la força à lui faire face brusquement. Elle retint une grimace de douleur et ne tenta pas de résister. Il lui aurait cassé le bras.

— Remarque, je lui souhaite bien du plaisir s'il essaie ! En général, on n'apprécie jamais le boudin après le caviar ! lança-t-il cruellement ironique. Alors c'est compris ? Tu l'évites !

Il la lâcha aussi brusquement qu'il l'avait attrapée. Elle en perdit l'équilibre et heurta durement de l'épaule le gros buffet en chêne massif qu'elle était en train de briquer, mais aucun son ne sortit de sa bouche. Julien s'était levé, prêt à intervenir, si vraiment cela s'était avéré nécessaire, ce qui n'était pas le cas, puisque José quittait déjà la pièce.

Dès qu'ils furent sortis, Jenny essuya une larme au coin de ses yeux et tenta de réprimer les sanglots qui montaient en elle. Elle se frotta le bras, encore endolori par la poigne de Camperro. Il ne manquait jamais une occasion de la traîner dans la boue. Comment aurait-elle pu se conduire en fille facile, alors qu'elle ne pouvait sortir du domaine, ne rencontrait jamais personne et n'avait pas le droit d'avoir le moindre contact avec les employés.

— *Il croit que toutes les filles sont aussi faciles qu'Isabelle*, se dit-elle avec amertume.

Car elle était bien placée pour savoir que sa sœur n'avait pas eu qu'un seul amant. Seulement, elle, elle en avait le droit, et les employés la respectaient, tandis qu'à la moindre occasion, ils essayaient de *coincer Jenny dans un coin*, comme le disait Camperro. C'était d'ailleurs de sa faute à lui : des employés ne peuvent respecter une personne que le patron — son propre père — ne respecte pas lui-même. Ses propos résonnaient encore à ses oreilles. Elle savait bien qu'elle était loin de la perfection esthétique d'Isabelle, surtout aux yeux d'Éric. Ce n'était pas la peine de le lui jeter à la figure sans arrêt, elle en souffrait déjà assez comme ça ! Chaque fois qu'il posait les yeux sur elle, elle savait qu'il la comparait à sa sœur. Rien ne pouvait lui faire plus mal. La seule solution qui lui restait le cas échéant était le suicide. Il ne pourrait pas l'en empêcher quand elle le déciderait. Quelque part, cette solution extrême, toujours en suspens face à ses menaces, la rassurait. C'était pour elle l'ultime issue de secours au cas où !

En attendant, elle avait entendu toute la conversation. Débile comme elle l'était, elle n'était pas censée avoir saisi ! Une priorité s'imposait, faire comprendre à Éric qu'il devait se méfier, surtout de Julien. Comment allait-elle s'y prendre sans éveiller sa curiosité ? Elle savait qu'ils seraient surveillés de près, maintenant.

En jetant un coup d'œil par la fenêtre, au bruit d'un moteur, elle vit José et Julien s'éloigner du haras en Jeep. C'était le moment ou jamais. Il fallait qu'elle en profite pour voir Éric. À cette idée, son cœur s'était mis à battre la chamade. Il devait sûrement dormir, il lui faudrait le réveiller... Peut-être qu'il lui en voudrait... Et comment allait-il prendre son intrusion dans sa chambre ? Comme une provocation ? Elle savait que la plupart des hommes n'avaient pas besoin de cela pour essayer de profiter de la situation. L'attitude de tous ceux qui avaient traversé sa jeune vie lui avait donné la certitude que tout contact avec un être du sexe fort ne pouvait qu'engendrer violence, souffrance. La femme n'était-elle pas sur terre uniquement pour assouvir les besoins, les instincts et les envies des hommes ? C'était pour cette raison qu'elle cherchait plus à s'enlaidir qu'à se mettre en valeur. Elle savait qu'elle n'avait pas la beauté d'Isabelle, mais elle était fine et bien faite. Elle possédait un corps superbe et elle passait son temps à le camoufler sous de vieux vêtements informes, surtout depuis le jour où Camperro lui avait jeté à la figure qu'elle n'était qu'un *appel au viol ambulant*. Elle n'avait confiance qu'en Ted. Lui, c'était différent, il n'était pas un homme comme les autres pour elle, il était... Bref ! Qu'adviendrait-il si Éric tentait de...

Elle repoussa cette idée de son esprit. Elle préférait continuer à croire qu'Éric était différent lui aussi, qu'il était en réalité comme elle l'imaginait dans ses rêves. Sans y réfléchir outre mesure, elle monta quatre à quatre l'escalier qui menait au premier. Arrivée devant sa porte, le cœur battant, elle retint son souffle et frappa deux petits coups. Pas de réponse. Elle recommença plus fort, en vain. Elle se hasarda alors à l'appeler de derrière la porte. Cette fois, elle entendit du bruit dans la chambre et la voix endormie d'Éric lui répondant :

— Deux secondes, j'arrive !

Il avait entendu les coups frappés à la porte, mais, songeant qu'il s'agissait de Julien, il n'avait pas jugé bon de répondre. Par contre aux premières notes de la voix de Jenny, il avait bondi sur ses vêtements, inquiet, et n'avait pas tardé à ouvrir la porte.

Elle rentra précipitamment en jetant un dernier coup d'œil dans le couloir, comme si quelqu'un pouvait la voir. Elle semblait très nerveuse. Éric avait enfilé juste un jean dont le dernier bouton n'était pas fermé, qui pendait négligemment sur ses hanches fines. Il était pieds nus, les cheveux ébouriffés, les yeux encore pleins de sommeil. Jenny le regardait sans pouvoir réagir. Quand elle pensait à lui, le soir seule, pendant ces quatre dernières années, elle se traitait d'idiote et se disait qu'avec le temps, elle les idéalisait, lui et les sentiments qu'elle lui avait toujours portés. Mais, à présent, l'idéalisme avait disparu, laissant la place à une réalité cruelle. Éric n'avait jamais été aussi beau, aussi sensuel. Son torse s'était musclé et sa peau avait encore bruni...

— Qu'est-ce qui se passe ? la questionna-t-il inquiet.

Sa voix la fit sortir de sa torpeur. Inconsciemment, elle se tordait les doigts, se tenant à distance respectable de lui. Quand il fit un pas dans sa direction, elle recula. Avec un pincement au cœur, il renonça à l'approcher davantage et s'immobilisa avec un geste d'impuissance. Elle sembla faire un effort surhumain pour parler, comme si les mots ne parvenaient pas à sortir de sa bouche.

— Éric... Méfie-toi de Julien, finit-elle par hoqueter d'une toute petite voix fluette.

Il écarquilla les yeux, les lèvres entrouvertes, l'air stupéfait.

— Comment ça ? Et pourquoi ?

— Ne lui pose plus de questions, ne cherche plus à savoir quoi que ce soit ! Fais ton reportage, va-t'en et ne remets plus les pieds ici ! lança-t-elle d'un trait, comme si elle avait peur de ne pas pouvoir aller jusqu'au bout de sa phrase.

Éric l'observa un instant, hésitant à comprendre ce qu'elle voulait dire. Etait-ce elle qui ne souhaitait plus le revoir, ou voulait-elle le faire partir pour sa sécurité ?

— Julien, je le connais depuis ma naissance et...

— Mais tu n'étais alors qu'un enfant !... Maintenant, c'est différent... Ils pensent que tu es venu fouiner ici, que tu cherches quelque chose... Tout ce que tu dis à Julien est répété à Camperro. Tu es surveillé... Et *il* ne veut plus que je t'approche ni que je t'adresse la parole.

Éric remarqua au passage qu'elle n'avait pas dit « *mon père* » mais « *Camperro* ». À peine eut-elle terminé sa phrase qu'elle tourna les talons et s'apprêta à s'enfuir, mais Éric avait anticipé son geste et s'était précipité. Il la retint juste devant la porte.

— Attends ! Qu'est-ce que ça veut dire ?... Je ne suis pas un ennemi !

— N'oublie pas, murmura-t-elle, qui n'est pas *avec* Camperro est forcément *contre* lui !

— Jenny, est-ce que tu savais que mon père, celui de Ted, le tien et Julien étaient associés ?

Jenny blême tenta une retraite, mais Éric la retenait, avec douceur et cependant assez de fermeté pour qu'elle ne puisse se dégager. Il sentait son poignet trembler entre ses doigts.

— Je ne sais rien ! souffla-t-elle, manifestement apeurée.

— Si, tu le sais, j'en suis persuadé. Alors pourquoi Camperro en a-t-il licencié qu'un seul ? Pourquoi pas Julien ? questionna encore Éric.

—... C'est pour ça que tu dois te méfier de lui... Je te l'ai dit, qui n'est pas avec Camperro est forcément contre lui. Julien a choisi son camp... Si tu restes ici, tu te mets en danger, Éric ! Crois-moi, va-t'en avant qu'il ne soit trop tard !

Elle l'avait supplié et son regard trahissait une telle frayeur. Elle tenta encore de lui échapper, en vain.

— Jenny, il faut que je voie Ted. Je t'en prie ! supplia-t-il à son tour.

Les yeux de la jeune fille s'arrondirent de surprise.

— Mais je ne sais pas où il est !

— Tu es la seule à pouvoir m'aider. Tu m'as dit que tu ne l'avais pas revu depuis l'accident. Julien, lui, m'a confié qu'il était souvent passé te rendre visite après la mort d'Isabelle. Tu sais sûrement comment le joindre, comment je peux le retrouver ? S'il te plaît, murmura-t-il.

Il plongea son regard dans le sien et, pendant de longs instants, ils restèrent ainsi, sans un geste, sans un mot. La pression des doigts d'Éric sur le poignet de Jenny s'était relâchée. Elle ne sentait plus que la caresse de ses doigts sur sa peau. Son contact la troublait au plus profond d'elle-même. Si seulement elle avait pu rester là, sans bouger, rien qu'à le regarder ! Elle ne demandait pas grand-chose... mais même cela lui était interdit. Elle baissa les yeux, rompant le charme, et murmura :

— Je vais voir ce que je peux faire, je ne te promets rien... mais c'est jouer avec le feu, le prévint-elle. En échange, promets-moi de ne plus chercher à me parler ni à m'approcher !

— Et comment je saurai... ?

— C'est moi qui viendrai te parler.

Sur ces derniers mots, elle ouvrit la porte et s'enfuit dans le couloir. Éric la regarda partir. Il n'avait jamais remarqué à quel point sa démarche pouvait être souple, légère, gracieuse. Son départ lui laissa un goût amer. Il lui semblait que quelque chose était passé entre eux, comme une onde, juste quelques fractions de seconde quand leurs regards s'étaient noyés l'un dans l'autre. Elle avait de si beaux yeux ! Comme c'était dommage qu'ils soient si tristes et qu'elle ne sache pas sourire...

- 8 -

Après avoir déjeuné, Éric reprit sa lecture dans sa chambre, mais il n'apprit pas grand-chose de plus. Il avait accumulé un monceau de notes qui lui permettrait de rédiger son reportage. Encore fallait-il qu'il trouve du matériel pour le taper. Il ne lui restait plus qu'à prendre des tonnes de photos et à assister en personne à un dressage de A à Z afin d'affiner sa connaissance du sujet. Malheureusement, il n'en aurait pas pour deux semaines, et il n'avait pas l'intention de partir sans avoir découvert deux ou trois petites choses. Trouver un prétexte pour rester dans le coin n'allait pas être une mince affaire. Camperro ne le croirait jamais s'il lui racontait qu'il avait décidé de prendre quelques jours de vacances dans la région !

Il ne pourrait se résoudre à partir sans Jenny. Cette vérité venait de lui éclater au visage et il ne comprenait pas lui-même d'où lui venaient ces sentiments. Dès le départ, il avait souhaité la revoir. Lors de sa dernière année d'études journalistiques, peu à peu, il avait échafaudé le projet de se trouver un reportage à faire dans le coin. Il lui fallait un prétexte pour revenir sur les lieux. Le journal qui l'avait embauché temporairement lui avait rendu un fier service. Il était attiré ici comme par une force mystérieuse, un pressentiment. C'était plus fort que lui ! Au départ, il avait cru que c'était à cause d'Isabelle, mais plus le temps passait, plus il se rendait compte qu'elle avait très peu compté dans sa vie.

La vérité, celle qu'il avait essayé d'enfouir au plus profond de lui, c'était Jenny ! Depuis son arrivée au haras, elle ne quittait plus ses pensées.

— *Il ne manquerait plus que je tombe amoureux d'elle*, pensa-t-il avec un sourire forcé. *Alors là, je ne serais pas dans la merde, tiens* ! se dit-il en secouant négativement la tête.

Songeur, il revit Ted — à l'époque où ils se disputaient *amicalement* les faveurs d'Isabelle — lui dire :

— Pourquoi tu ne fais jamais les choses simplement ? Tu te poses toujours des tas de questions. On dirait que tu ne te sens bien que dans les emmerdes jusqu'au cou. Vis cool, prends la vie comme elle vient, à l'instinct mon vieux !

Il entendait encore sa voix. *À l'instinct*, c'était la devise de Ted : pas de souci, on vit au jour le jour. Plus on réfléchit, plus on se crée des problèmes. Ted n'avait jamais eu raison à ce point-là.

— *Il rirait certainement à gorge déployée s'il pouvait me voir ici et savoir à quoi je pense*, se sermonna Éric.

Ted ne lui avait jamais autant manqué ! Il était la seule personne au monde à laquelle il avait toujours pu se confier, tout dire, demander conseil.... Quoique ceux-ci se fussent toujours avérés catastrophiques. Ils avaient toujours tout partagé, même certaines conquêtes féminines. Éric ferma les yeux et sourit. Il se laissa aller contre le dossier du fauteuil, les pieds sur la petite table de travail, froissant au passage quelques feuilles. Il laissa la vague des souvenirs l'envahir. Ils avaient fait les quatre cents coups dans le coin. Une telle amitié et une telle complicité entre deux êtres devaient être rares et il n'aurait certainement jamais plus l'occasion d'avoir un ami de cette qualité.

Deux coups secs frappés à la porte et la voix de Julien le rappelèrent brutalement à la réalité, il était plus de dix heures.

— Ne me dis pas que tu dormais encore ? lança ce dernier en riant. Le voyage t'a épuisé à ce point ?

— Non, je m'instruisais ! répondit Éric en souriant

— Tu as trouvé ce que tu voulais ?

— Oui, j'ai déjà de quoi démarrer mon article. Je voulais aller faire un tour en ville. Il faut que je me trouve un ordinateur pour le taper.

— J'ai un portable et une imprimante à la maison. Je te les ramènerai, ne te fatigue pas à chercher. On va faire un tour aux écuries ? Tu pourrais déjà te faire une idée, proposa Julien. Au fait, tu as déjeuné ? Tu as vu Jenny ?

— Oui, j'ai déjeuné et non je n'ai pas encore vu Jenny. Tout était prêt sur la table. Et j'ai réfléchi, répondit Éric innocemment. Je vais appeler mes parents, histoire de donner des nouvelles et leur faire savoir que je suis toujours vivant, mais je ne leur dirai pas que je suis ici. Si tu tiens vraiment à le leur faire savoir, tu n'auras qu'à les appeler toi-même.

— C'est déjà une bonne chose que tu donnes de tes nouvelles ! Pour le reste, j'estime que tu es assez grand pour savoir ce que tu as à faire. Je t'ai donné mon avis, fais-en ce que tu en veux ! décréta Julien.

Éric sourit intérieurement. Il trouvait étrange que Julien n'ait pas envie de reprendre contact avec l'un de ses meilleurs amis d'antan.

Ils rejoignirent Camperro aux écuries, firent le tour de tous les box. Julien prenait plaisir à présenter à Éric chaque cheval avec sa petite anecdote à laquelle Camperro ajoutait souvent un petit commentaire. Éric dut reconnaître que les chevaux étaient tous de pure race, des bêtes magnifiques ! Ils allèrent surveiller un moment les manèges. Camperro présentait le personnel à Éric au fur et à mesure des rencontres, ce qui les amena à croiser Hervé. Alors que Camperro tapait amicalement sur l'épaule ce dernier en le présentant comme le plus prometteur dresseur du haras, Hervé lui coupa la parole tout en fixant Éric :

— On a déjà l'immense joie de se connaître, José ! lança-t-il sarcastique.

— Nous étions à l'école ensemble, ajouta Éric en gratifiant le jeune homme d'un sourire ironique.

Quand ils s'éloignèrent, Camperro remarqua :

— Vous n'avez pas l'air de vous adorer tous les deux !

— C'est le moins qu'on puisse dire ! répondit Éric laconique. On se battait déjà à la récrée, dans la cour de la maternelle !

Ce qui eut le don de faire rire Camperro et ne l'empêcha pas de lui lancer :

— Avec qui tu ne t'es pas battu à l'école, si j'ai bon souvenir ? Ça avait le don de faire rire ton père et enrager ta mère ! Toujours aussi bagarreur ?

— Disons que je me suis un peu calmé en grandissant, malgré les apparences, et j'essaie plutôt de m'en prendre à plus petit que moi, je prends moins de risques, répondit Éric avec humour.

— Je tiens à m'excuser pour hier, lança brusquement Camperro. J'avais un peu bu et j'étais énervé. Eh oui ! Tu vois, depuis le drame, je force un peu sur la bouteille. J'en suis conscient, c'est déjà pas mal ! Alors j'essaie de me contenir, mais il y a des jours où c'est plus fort que moi ! Je me rends compte que je ne t'ai pas réservé le meilleur accueil.

Il avait l'air sincère, ce qui surprit Éric qui ne sut, l'espace de quelques secondes, quelle attitude adopter. Il se contenta de lui assurer que l'incident était clos, que lui-même avait eu une réaction trop agressive et qu'il devait certainement cette attitude à la fatigue du voyage et au stress de ces derniers mois d'examen. Camperro en profita pour le féliciter de sa réussite et ils discutèrent comme deux bons vieux amis. D'un côté, Éric lui était reconnaissant d'instaurer entre eux une sorte de trêve ; de l'autre, il ressentait un malaise. Cette comédie de bonne camaraderie sentait l'hypocrisie à plein nez.

Lorsqu'ils rentrèrent tous trois pour déjeuner, Éric avait déjà utilisé trois pellicules photo. Le repas se déroula dans une atmosphère plutôt sereine, mais à aucun moment, Jenny n'apparut. Le repas était prêt, la table mise, rien ne manquait sauf sa présence. Seulement, Éric se garda bien de le faire remarquer à voix haute.

Julien et José devaient s'absenter une bonne partie de l'après-midi, aussi se montrèrent-ils soulagés quand Éric leur fit part de son envie d'aller se baigner dans la crique. Ensuite, il se rendrait en ville pour faire développer ses premières pellicules. Il promit à José de choisir en sa compagnie les meilleurs clichés et de lui montrer l'ébauche de l'article quand celui-ci serait tapé. Cela dut lui convenir puisqu'il proposa à Éric de lui prêter sa voiture.

– Ça va te revenir cher d'en louer une, tu sais ? prévint Camperro.

– J'aurais fait passer ça dans mes frais, le rassura Éric. De toute façon, il faudra que je trouve une solution si je veux bouger et sortir sans dépendre du bon vouloir de chacun.

– Tu vas tester les nouveaux night-clubs du coin ? sourit Camperro.

– Pourquoi pas ? répondit Éric qui avait bien autre chose en tête.

Comme il l'avait prévu, il se rendit à pied à la crique et piqua une tête dans l'eau fraîche. Il s'y prélassa avec délice, puis il prit le temps de se faire sécher sous le soleil de ce début d'été avant de se rhabiller. Ici aussi, les souvenirs l'assaillaient. La crique avait été leur terrain de jeu préféré, elle avait souvent accueilli leurs ébats amoureux. Plus il pensait à Ted, plus il était persuadé que si celui-ci avait vraiment violé une fille, il ne l'aurait pas fait ici : c'était leur lieu sacré, Ted ne les aurait pas trahis. C'était tout simplement impossible.

Lorsqu'il prit le chemin du retour, il lui sembla apercevoir une ombre furtive disparaître derrière les arbres. Un instant, il se demanda si Camperro poussait la plaisanterie jusqu'à le faire suivre, mais bien vite, il rejeta cette hypothèse. Il était presque sûr qu'il s'agissait de Jenny : « *toujours aussi sauvage !* » pensa-t-il.

Il retourna au haras, espérant la croiser, en vain. Il se rendit en ville pour y déposer ses pellicules photo dans le premier studio qu'il trouva et se mit à la recherche d'une agence de location de véhicules, puis depuis une cabine, il appela ses parents. Tous deux travaillaient. Il était certain de tomber sur Jessica, ce qui l'arrangeait nettement. Sa jeune sœur et lui s'entendaient à merveille. Ce fut donc avec une immense joie qu'elle l'accueillit. Il lui fit juste savoir qu'il avait pris quelques jours de vacances, omettant volontairement de lui en préciser le lieu. Il lui assura qu'il rentrerait très prochainement quand elle se plaignit de son absence prolongée.

Soudain, une idée lui traversa l'esprit :

— Jessie, j'ai besoin d'un grand service, mais ça comporte quelques risques, commença-t-il.

— Tu sais bien que je ne peux rien te refuser ! répondit-elle moqueuse.

— Est-ce que tu sais où papa classe ses relevés bancaires ?

— Oui, mais... tu ne veux quand même pas que...?!

— Tu n'es pas obligée d'accepter, mais j'aurais besoin de savoir s'il a eu une ou plusieurs grosses rentrées d'argent... disons, dans les trois mois qui ont précédé le déménagement de Blignac, ainsi que dans les trois mois qui ont suivi… s'il te plaît ! supplia-t-il.

— Qu'est-ce que tu cherches, Éric ? Tu sais que papa ne veut pas que l'on parle de Blignac ! S'il apprend que...

— Jessie ! Il ne doit pas savoir que je m'y intéresse. Ça, c'est très important ! Il ne doit pas non plus te piquer en train de fouiller dans ses affaires. Si tu acceptes, il faut absolument qu'il n'en sache rien !... Alors, qu'est-ce que tu en dis ?

— C'est d'accord ! Et comment est-ce que je fais pour te joindre au cas où je trouve quelque chose ?

— Je te rappelle demain après-midi, ça suffira ? Merci ma puce, je te revaudrai ça, reprit-il après qu'elle eut acquiescé, bon gré mal gré.

Thierry avait quitté Blignac rapidement, peut-être l'y avait-on aidé ? Cette idée ne le mènerait probablement nulle part, mais ça valait le coup d'essayer.

- 9 -

Éric récupéra ses photos en fin d'après-midi. Il s'installa dans le bar le plus proche pour y jeter un coup d'œil. Elles étaient magnifiques !
— *Je me débrouille pas mal !* se félicita-t-il.
Les chevaux étaient splendides et les photos mettaient en valeur leur allure encore sauvage. Éric avait su capter leur attitude rebelle dans le manège ou dans les enclos. Inconsciemment, il avait pris plusieurs clichés sur lesquels apparaissait Jenny. Elle semblait aussi sauvage que les chevaux qu'elle montait. Éric la voyait à présent sous un jour nouveau. Une certaine beauté irradiait d'elle sur le papier, pour ne pas dire une beauté certaine ! Ses yeux cernés cédaient la place à des perles bleues qui brillaient dans le soleil couchant, sa peau paraissait plus mate. Lorsqu'elle était en selle, elle adoptait une attitude altière. Tout son corps dénotait une grâce fragile et diaphane.
— *Elle est aussi racée que les chevaux qu'elle monte !* pensa Éric sans que le terme ait rien de péjoratif, bien au contraire. Si Isabelle avait vécu, je me demande comment elle aurait réagi face à la beauté cachée de Jenny, réfléchit-il.
En fait, Isabelle travaillait son maintien, ses expressions, prenait le plus grand soin de son physique. Tout chez elle était étudié pour la mettre en valeur. C'était l'énorme différence entre les deux sœurs. Jenny, elle, faisait tout pour masquer la perfection de son corps et camoufler les attraits de

son visage. Si la situation entre les deux filles devait être inversée, le physique Isabelle deviendrait commun, banal, alors que Jenny serait d'une beauté éclatante.

    Deux clichés attirèrent tout particulièrement l'attention d'Éric. Le premier était presque un portrait de Jenny. Il se dégageait d'elle une sensualité enfantine qui le troublait au plus haut point, mais il y avait en outre, quelque chose dans son minois qui l'intriguait. Ses traits lui en rappelaient d'autres sans parvenir toutefois à les replacer sur un visage. Il avait ressenti cette impression bizarre dès l'instant où il l'avait revue. Il mit cette photo de côté afin de passer à la suivante. Jenny tenait Satan par la bride, à l'entrée de l'enclos et Camperro apparaissait en arrière plan. Éric fut frappé par le regard plein de haine qu'il jetait à sa fille. L'appareil photo avait capté ses sentiments presque palpables qui montraient à quel point il la détestait. Il aurait pu à cet instant, être animé d'un désir violent de la tuer. Éric l'observa très longuement.

    — Éric ? Je rêve, ce n'est pas possible ?

    La voix féminine l'avait fait sursauter. Un grand sourire transforma son visage songeur. Il referma rapidement les boîtiers photographiques avant de s'écrier :

    — Katia ? Si je m'attendais à te revoir ici !

    Il s'était levé et s'avançait vers elle les bras grands ouverts. Elle vint s'y jeter. Ils restèrent quelques instants enlacés, puis il lui proposa une chaise.

    — Tu es surpris de me voir ici, mais je te ferais remarquer que c'est toi qui as quitté le pays, pas moi ! Alors, permets-moi d'être un peu étonnée ! Qu'est-ce que tu fais dans la région ?

    — Je suis chez Camperro pour quelques jours, je fais un reportage sur le dressage des chevaux.

    — Ça veut dire que tu as réussi tes études ! Toutes mes félicitations ! J'ai souvent essayé de te recontacter, tu sais ? Mais plus de signe de vie de toi nulle part ! gronda la nouvelle arrivée.

    — J'avais besoin de couper les liens avec tout ce et ceux que je connaissais ici, commencer une autre vie ailleurs.

    — À cause d'Isabelle ?

    — Un peu. Et toi, pas encore mariée, mère de famille ?

Katia éclata de rire, de ce rire qui aurait fait craquer même le plus misogyne de tous. Elle avait beaucoup changé, elle était devenue une femme très séduisante. Toujours aussi mince, elle avait troqué son corps d'adolescente pour celui — ô combien plus avantageux — d'une vraie femme. Elle portait encore ses cheveux mi-longs, brun foncé, épais et ondulés. Ses yeux marron par contre, étaient toujours aussi pétillants de malice et son sourire toujours aussi espiègle et attirant.

— En fait, je me marie dans deux mois, susurra-t-elle en souriant.

— C'est vrai ? Avec qui ?

— Déjà une crise de jalousie ? plaisanta-t-elle.

— Je veux savoir, murmura-t-il volontairement aguicheur.

— Avec une personne délicieuse de Lesigny, un jeune homme de vingt-huit ans, policier et promis à une belle carrière. Tu ne dois pas le connaître, il n'a jamais fréquenté les mêmes écoles que nous et venait rarement dans le coin. Je l'ai rencontré il y a trois ans. J'avais trouvé un petit boulot près de chez lui et il m'a renversée avec sa voiture alors que je traversais la rue en courant !

— C'est ce qu'on appelle une rencontre percutante, plaisanta Éric. Et pourquoi ne t'es-tu pas mariée plus tôt si c'est l'homme de ta vie ?

— Disons que je n'en étais pas trop sûre ! Et puis, j'attendais que certaines personnes refassent surface, on ne sait jamais ! Tu vois, si j'avais été certaine que tu reviennes un jour...

— Katia ! la coupa-t-il en soupirant, je ne suis pas fait pour vivre en couple, tu le sais bien ! Je suis instable...

— Encore maintenant, si tu me le demandais, je te suivrais presque sans hésiter.

— C'est le « *presque* » qui me gêne ! plaisanta-t-il. Tu ne t'es jamais encombrée de fioritures, n'est-ce pas ? Toujours aussi directe !

Éric souriant, émit un petit rire gêné. Katia le fixait, un sourire moqueur au coin des lèvres, attendant la suite.

— Tu ne l'aimes pas vraiment, alors ?

— Si, pourtant si ! C'est le mec le plus génial que j'aie jamais rencontré. Il est tout simplement adorable !
— Alors ?
— Alors ? C'est viscéral, il y a quelque chose en toi qui m'attire irrésistiblement. Je n'y peux rien, mais je n'ai pas dit que c'était de l'amour...
— C'est sexuel peut-être ? plaisanta Éric
— Je crois, oui ! acquiesça-t-elle.
Ils se fixèrent quelques instants puis éclatèrent de rire.
— Tu n'as pas changé ! murmura Éric. Tu vois, ce que j'ai toujours adoré chez toi c'est ta franchise, ton style direct et terre à terre.
— Que ça ? railla-t-elle. Il faut appeler les choses par leur nom. Dans la vie, le plus important c'est de faire ce dont on a envie quand on en a envie !
— C'est pour ça que tu vas l'épouser ? questionna Éric, amusé.
— Disons qu'avec toi, je passerais des moments géniaux, inoubliables... mais le problème, c'est que ce ne sont que des moments... Lui, il m'offre un foyer, la sécurité...
— Une aventurière comme toi cherche la sécurité ? Tu plaisantes ?
— Non, sérieux ! J'ai besoin de ça. Je veux des enfants, une famille, des murs, un jardinet pour faire pousser des marguerites, un chien, un chat, des poissons rouges...
Éric éclata de rire.
— Excuse-moi ! Je ne t'imagine pas en pantoufles, tablier, avec des bigoudis dans les cheveux en train de suivre le dernier feuilleton américain à la télé avec trois mômes qui crient et qui te glissent entre les pattes !
— Ce que tu peux être cynique ! répondit-elle en riant aux éclats. Tu déformes tout. Mais tu verras, tu y viendras un jour, j'en suis sûre. Tu n'as pas encore trouvé l'oiseau rare, c'est tout... Dis-moi une chose. Isabelle, tu ne l'as jamais vraiment aimée, n'est-ce pas ?
— Pourquoi tu me demandes ça ?
— Satisfaction personnelle. Tu ne m'aimais pas vraiment, moi, mais il y avait beaucoup d'affection et de complicité entre nous, pas vrai ?

— Hum ! Exact ! Je n'éprouvais de l'amour ni pour l'une ni pour l'autre, mais pour des raisons différentes, j'aimais bien être avec vous ! approuva-t-il.

— Espèce de macho ! lui lança-t-elle en riant.

Ils discutèrent encore un bon moment, puis :

— Je suppose que toi non plus, tu n'as plus de nouvelles de Ted ? lança Éric à brûle-pourpoint.

Katia le fixa quelques secondes, semblant hésiter.

— Toi, tu n'en as plus eu ? C'est bizarre, vous étiez inséparables !

— On est resté en contact pendant un an, puis plus rien. Je voudrais vraiment le revoir et je ne sais pas comment m'y prendre !

Le visage de Katia s'était fermé. Elle semblait avoir envie de lui dire quelque chose, encore hésitante.

— Je crois qu'à toi je peux faire confiance... Voilà, il s'est passé des tonnes de choses ici, il y a deux ans, quand tes parents sont partis. Je n'en connais pas le dixième. Tout ce que je peux te dire, c'est que Ted a été accusé de plein de trucs, à tort. Il a dû disparaître, se cacher. À peu près à la même époque, son père est mort. Il s'était associé avec un mec pour monter une agence d'assurance immobilière. Je ne sais pas ce qui s'est passé, mais le mec en question a accusé Kolinsky d'avoir détourné la majeure partie des fonds, après quoi il a disparu de la circulation. Quand le père Kolinsky est mort, c'est Ted qui a découvert son cadavre. Il s'est barré et est venu se réfugier chez nous. Il était complètement effondré. Ça n'a pas été une partie de plaisir, car le père de Christophe, mon futur mari, était le fameux mec associé à Kolinsky.

— Celui qui a disparu ?

— Hum !

— Disparu comment ?

— On ne sait pas. On ne l'a jamais revu, on a perdu sa trace. Christophe, en tant que lieutenant à *la Crime*, a mené une enquête qui a abouti à une impasse. Résultat : on lui a retiré l'affaire. Son père est toujours porté disparu. Il a continué de son côté à chercher officieusement, mais il s'est heurté à quelques obstacles. On lui a fait comprendre qu'il valait mieux qu'il en reste là. Ses supérieurs le soutiennent à condition qu'il apporte des preuves... qu'il n'a pas ! En attendant, il poursuit les recherches en secret. Depuis environ un an, ça n'avance plus. La piste s'arrête chez Camperro chez lequel il s'était rendu le soir de sa disparition.

— Comment ça chez Camperro ? souffla Éric.

— Oui, Camperro était le principal client de l'agence. Apparemment, ils se sont engueulés. D'après Camperro, le père de Christophe est parti fâché. À partir de là, personne ne l'a plus revu.

Éric commanda deux verres. Il gardait le silence, tentant de réfléchir. Il était stupéfait par ce qu'il venait d'entendre. Lui qui depuis son arrivée cherchait une piste, voilà qu'elle lui tombait dessus par hasard. Tout ce qu'il venait d'apprendre ne le rassurait pas. Quelques pièces avaient été ajoutées au puzzle, mais ne lui permettaient cependant pas encore d'en distinguer le dessin final.

Après avoir bu son verre presque cul sec, Éric expliqua brièvement à Katia ce qu'il recherchait. Il voulait savoir pourquoi sa famille était partie. Il lui parla aussi de Jenny et surtout du besoin de plus en plus pressant qu'il avait de revoir Ted.

— Éric, j'ai peur ! À l'époque de l'enquête, Christophe a reçu des menaces de mort, son père a disparu, celui de Ted est mort, le tien a quitté la région en catastrophe, Ted est mis sur la touche par de fausses accusations.... Tous ceux qui ont eu des contacts avec Camperro ont eu des problèmes. Son frère est commissaire, il a un grand pouvoir ici.... Je ne sais pas ce qui s'est réellement passé, mais je suis certaine d'une chose : ne t'en mêle pas ! Et va-t'en de son domaine, le plus vite possible, s'il te plaît, murmura Katia.

— Je veux savoir ! Katia, tu comprends ? Je veux savoir et je ne peux pas laisser Jenny seule là-bas !

— Éric, ça fait dix-huit ans qu'elle vit là-bas, dont quatre sans toi ! Mets-toi bien ça dans la tête ! Qu'est-ce que tu peux y changer ?

— Je ne sais pas, mais j'ai le pressentiment qu'il va se passer quelque chose... Et il faudra que je sois là pour la protéger. Ça peut paraître idiot, mais je le sens tellement fort que c'en est devenu une certitude pour moi.

— Rien de ce que je pourrais te dire ne te fera changer d'avis, n'est-ce pas ?... Alors viens dîner chez nous demain soir, capitula-t-elle devant son obstination. Je te présenterai Christophe. Lui en sait davantage et ça vous permettra au moins de faire connaissance si ça ne vous apporte rien de plus. Et surtout, ça me fera plaisir.

— C'est d'accord. Donne-moi ton adresse... Tu n'as plus revu Ted depuis ? relança malgré tout Éric.

— Non ! Et je ne sais pas où il est, je te le promets.

Éric lui sourit. Il ne mettait nullement sa parole en doute. Ils se séparèrent en s'embrassant affectueusement et il reprit la route du domaine. Il était complètement absorbé par ce qu'il avait appris. Des milliers de questions se bousculaient dans sa tête. Qu'est-ce que Jenny savait au juste ? Et Ted ? Quel rôle son père avait-il joué dans ce drame ? Qui avait fait taire le père de Ted ? Dans quel but ? Car dans l'esprit d'Éric, il était fortement probable que Kolinsky avait été assassiné.

- 10 -

Après que tout le monde se fut retiré de la cuisine, comme tous les soirs, Jenny s'occupa de la vaisselle et du ménage. Lorsque la pièce fut d'une propreté irréprochable, elle sortit, ferma la porte derrière elle, traversa la cour au pas de course et se faufila dans l'écurie. Après avoir vérifié que personne ne pouvait la voir, elle disparut derrière une paroi en bois qui masquait presque totalement l'escalier de meunier qui la menait « *chez elle* ». Peu de personnes connaissaient l'existence de cet escalier et de la pièce à laquelle il menait. Camperro lui-même n'avait jamais mis les pieds là-haut. Jenny ne s'y rendait que le soir, lorsque la cour et l'écurie étaient désertes. Elle savait que si un seul employé venait à dénicher sa retraite, elle n'y serait plus en sécurité.

L'inconvénient de cette situation était que, de là-haut, elle pouvait crier tant qu'elle voulait, personne ne l'entendrait.

C'était Julien qui avait couvert les vieux murs de mouchette, qui avait restauré le plancher, et surtout qui lui avait installé un cabinet de toilette comprenant des WC, une cabine douche et l'électricité. Camperro avait bien voulu payer à la condition qu'il n'en entende plus parler par la suite. La retraite qu'elle s'était choisie lui convenait puisqu'elle ne vivait pratiquement plus sous son toit.

L'ensemble était plutôt confortable. Son lit était composé d'un sommier posé à même le sol et d'un matelas.

Elle possédait une table de chevet, ainsi qu'une vieille table bien massive, en chêne clair et deux chaises. Le reste, les piles de livres calés dans un coin, par terre, le peu de vaisselle, le linge de toilette, les draps et couvertures, lui avaient été offerts par Marianne. Ted lui avait procuré une petite télévision branchée sur une antenne intérieure, un poste de radio-CD et une cafetière électrique. Il avait permis à Jenny de se créer un petit nid douillet auquel elle n'avait jamais eu droit jusque-là. Bien sûr, la pièce n'était pas grande et mansardée sur une bonne moitié, mais c'était le seul endroit au monde où elle se sentait bien et vraiment chez elle.

Elle se démaquilla, débarrassa son visage de la poudre de riz qu'elle s'appliquait tous les matins pour obtenir ce fameux teint blafard maladif, ainsi que ses faux cernes bleutés sous les yeux, obtenus grâce à de l'ombre à paupières. Elle était passée maîtresse dans l'art de camoufler les coups ou de se composer un air épuisé, voire malade. Elle avait ainsi l'impression de s'enlaidir, de se rendre moins désirable, donc de se protéger. Une fille blafarde n'était pas une proie enviable. Elle prit une douche rapide, abandonna ses frusques et se glissa dans un long caleçon de coton côtelé gris, assorti d'une tunique noire de même matière, à l'encolure large. Elle reprenait l'apparence d'une jeune fille « *normale* ». C'était encore Ted qui lui avait offert le maquillage et quelques vêtements corrects à sa taille. Elle détacha ses cheveux et laissa retomber la masse soyeuse de sa crinière blonde et ondulée jusqu'au bas de son dos. Elle repoussa de la main quelques petites mèches qui lui barraient le visage. Elle entrouvrit la porte en bois qui donnait dans le vide — cette pièce avait été un grenier qui, à l'époque, était rempli par les ouvriers à la force des bras, grâce à une poulie — pour laisser entrer la douce fraîcheur de la nuit.

C'était le moment de la journée qu'elle préférait. Elle savoura un instant la nuit étoilée et son silence. Elle pouvait enfin souffler, se laisser aller à penser à Éric sans risquer de le croiser, sans craindre de faire un geste maladroit qui trahirait sa pensée.

Elle s'allongea sur son lit et sortit de sous le matelas la seule photo qu'elle possédait de lui. Elle l'avait volée à

Isabelle, d'ailleurs celle-ci figurait à l'origine sur le cliché, mais Jenny l'avait « *découpée* ». Éric devait avoir dix-huit, dix-neuf ans ? Mon Dieu qu'il pouvait être beau !

Elle laissa retomber sa tête sur l'oreiller et ferma les yeux. Elle l'avait toujours aimé, dès le premier instant où elle l'avait vu, la première fois où Isabelle l'avait ramené au domaine. Jenny avait alors douze, treize ans. Sa personnalité l'avait subjuguée. Elle pensait qu'avec le temps, ses sentiments s'effaceraient, mais ils n'avaient fait que s'intensifier. Elle n'avait jamais porté Isabelle dans son cœur, mais, depuis ce jour, elle l'avait détestée de toutes ses forces. Elle ne cessait de se dire que sa sœur ne méritait pas quelqu'un comme lui. Le voir se disputer les faveurs de la *belle* avec Ted la rendait folle. Comme les hommes peuvent parfois être aveugles ! L'autre les manipulait.

Par la suite, elle avait appris de la bouche de Ted que ce dernier la disputait à Éric uniquement par amusement et par défi, pour le sexe aussi, il ne le lui avait pas caché. Mais Éric, lui, l'aimait, elle en était persuadée. Et elle n'était que la pauvre petite sœur débile, inexistante. Quand il la regardait, il ne voyait qu'une petite fille, une pauvre malade. Elle ne supportait pas cette idée, pas plus que les remarques qu'Isabelle ou ses parents lui lançaient en sa présence. Ils ne manquaient jamais une occasion de rire d'elle, de l'humilier. Elle fuyait à toutes jambes, s'enfermait dans sa chambre et passait le reste de sa soirée à pleurer et à rêver qu'un jour Éric remarquerait sa présence, qu'il se battrait contre eux tous pour la sortir de sa vie minable.

Aujourd'hui, voilà qu'il était revenu et comme Isabelle n'était plus là, il tentait de se rapprocher d'elle, sauf qu'elle refusait d'arriver en deuxième position. Elle lui vouait un amour aveugle, total, exclusif mais désespéré et sans issue. Elle brûlait pourtant d'envie de céder à ses sourires, d'essayer de le voir en cachette. Elle savait qu'elle n'aurait aucune difficulté à l'attirer ici, à le séduire pour quelques heures, à se donner à lui, tout en sachant très bien qu'elle le perdrait l'instant d'après. Son amour propre lui interdisait de se laisser traiter « *en jouet* », encore moins en « *pis-aller* ». Et pourtant, elle ne souhaitait rien plus que sa présence. Parfois, elle se laissait à penser que si elle se donnait à lui, elle contrecarrerait les plans de Camperro, et qu'un moment de bonheur vaut peut-être mieux qu'une vie d'espoir déçu. Mais elle ne pouvait pas lâcher prise ! Elle savait que quand il partirait, quand il lui tournerait le dos, elle perdrait son envie de vivre, et le pas qu'elle avait failli franchir bien des fois ne lui ferait plus peur. Seulement son suicide soulagerait Camperro. Alors il fallait qu'elle vive, qu'elle continue à lui empoisonner l'existence. C'était paradoxal, mais elle était à la fois infiniment heureuse qu'Éric soit là, à la fois torturée de façon permanente.

Soudain, un petit claquement contre la trappe qui lui servait de porte, au-dessus du petit escalier de meunier, la fit sursauter. Elle se précipita, le cœur battant, et attendit. Deux petits coups secs se firent entendre. Elle entrouvrit la trappe, le temps d'apercevoir le visiteur, puis avec un sourire l'ouvrit en grand.

— C'est toi ? Entre vite, murmura-t-elle.

Puis ils refermèrent la trappe avec précaution.

— Comment « *c'est toi* » ! Tu attendais quelqu'un d'autre ? se moqua gentiment Ted. Ils s'enlacèrent longuement.

— Comment tu vas ? questionna le nouvel arrivé. Camperro est cool en ce moment ?

— Ça va, comme d'habitude. Tu veux un café ?

Elle lui en prépara un sans attendre sa réponse.

— Et toi, comment tu t'en sors ?

— Je me planque toujours, je vadrouille !

— Tu es sûr que ce n'est pas dangereux de venir ici ? Que personne ne peut le savoir ? demanda Jenny inquiète.

— Pour l'instant, c'est tranquille, ne t'inquiète pas. De toute façon, je n'ai plus que toi. Il est hors de question que j'arrête de te voir.

— Ted ! Il y a du nouveau ici !

À son air soucieux, il comprit qu'il s'agissait de quelque chose de grave. Il prit la tasse qu'elle lui tendait, s'assit sur le lit et attendit, la questionnant du regard.

— Éric est revenu, il est ici ! lança-t-elle.

Manquant de s'étouffer avec son café, il la fixa les yeux écarquillés, interdit. Après quelques minutes de silence, il parvint à répondre.

— Quoi ici ? Dans la région ? Tu es sûre ?

— Ici, au haras ! Il a terminé ses études de journalisme et il est censé faire un reportage sur le dressage des chevaux. Je dis « *censé* » parce que je crois que c'est un prétexte, il pose pas mal de questions... et surtout il veut te revoir absolument.

— C'est pas vrai ! Dis-moi que c'est un cauchemar ! s'énerva Ted.

— Je pensais que tu aurais aimé le revoir ! murmura Jenny. Il m'a demandé de vous mettre en contact.

— Comment ça ? Il sait pour nous ? Il sait que je viens ici ?

— Non, il ne sait rien ! Seulement quand il m'a posé la question, j'ai fait l'erreur de lui dire que je ne t'avais pas revu depuis l'accident d'Isabelle. Mais en discutant avec Julien, il a appris que tu étais venu me voir souvent après. Il en a déduit que, soit je savais où tu te cachais, soit je savais où te joindre, lui expliqua Jenny.

— Et qu'est-ce que tu lui as répondu ? s'enquit-il de plus en plus inquiet.

— Que je ne savais pas comment te joindre et que j'allais voir ce que je pouvais faire, mais que je ne lui promettais rien.

— Et Camperro a accepté de le recevoir ici ? demanda Ted, incrédule.

— Oui, avec grand sourire. Il l'a accueilli du mieux possible et il essaie de lui faciliter la tâche. Par contre, ils se sont pris la tête dès le départ à cause de moi. Éric a pris ma défense. Le lendemain, ça allait déjà mieux. Le premier jour Camperro m'a demandé de lui montrer tout le domaine. Comme on était seul, c'est à ce moment-là qu'on a commencé à discuter. Mais depuis, Éric a fouiné un peu partout. Julien et Camperro se sont mis à le surveiller. Je l'ai prévenu de se méfier et d'éviter de poser trop de questions. Par contre Camperro ne veut plus que je l'approche.

Suite à cette longue explication, Jenny se tut. Ted avait posé sa tête sur ses genoux.

— Bon sang ! Comme si on n'avait pas déjà assez de problèmes comme ça ! Mais quel con ! Il a toujours été comme ça ! Quand tout va bien, il faut qu'il fourre son nez dans une histoire de merde. Il doit s'ennuyer, lui, quand il ne se passe rien ! C'est pas possible ! jura Ted.

— Tu ne veux pas le revoir ? demanda Jenny d'une toute petite voix.

— Ah non, certainement pas ! Bon sang ! Jenny, j'ai déjà entraîné assez de monde avec moi. Mon père est mort, toi tu es prisonnière ici et moi je suis recherché ! Son père avait réussi à les mettre tous à l'abri. Mais non, lui, il faut qu'il revienne !... Et pourquoi Camperro l'a accueilli si facilement, à ton avis ? Dès qu'il a su qu'Éric voulait revenir, il s'est dit que le meilleur moyen de le surveiller, voire de le neutraliser, c'était de l'avoir à portée de main, chez lui ! Si on se revoit, je signe son arrêt de mort, ou tout au moins la perte de sa liberté. *Il* va trouver n'importe quel prétexte pour le faire mettre en taule...

Ils restèrent tous deux silencieux pendant un long moment, puis Ted rêva tout haut :

— Si seulement il y avait un moyen pour que nous quittions la région tous les trois !

— Ted, je te mets en contact avec Éric et vous partez tous les deux, c'est la meilleure solution, la seule, je t'en prie ! Si vous vous en sortez tous les deux, ça ira pour moi, je te le jure ! supplia Jenny les larmes aux yeux.

— Tu sais bien que je ne partirai pas sans toi. Inutile de revenir sur la question ! trancha Ted. D'autre part, Camperro te tient, donc par la même occasion, il me tient. Ça, il le sait ! Si seulement tu te décidais à te lancer, on pourrait partir tous les deux et...

— Non ! Je ne peux pas partir, tu le sais très bien, je refuse ! Même si je dois y laisser ma peau...

— Ne dis pas ça, tu m'énerves ! s'indigna Ted. Excuse-moi, on s'emballe pour rien. On en a déjà parlé des heures et des heures...

— Et si on en parlait à Éric, peut-être qu'il trouverait une solution...

— Laisse Éric en dehors de ça ! coupa Ted. Écoute, je n'ai plus que toi et lui. Vous êtes les personnes qui me sont les plus chères au monde. Je suis déjà tellement frustré de ne pas pouvoir te protéger et m'occuper de toi comme je le voudrais, alors si en plus il arrivait quelque chose à Éric par ma faute, je ne me le pardonnerais jamais. Ne lui dis surtout pas que tu m'as vu. Dis-lui simplement qu'au début je venais te voir et que c'est devenu dangereux pour moi, que tu ne m'as plus revu depuis un moment. Tu ne sais pas où me joindre parce que c'est plutôt moi qui le faisais, qu'il faut attendre et que tu ne sais pas quand tu me reverras, d'accord ?

Jenny acquiesça sans un mot. Ils restèrent silencieux pendant quelque temps puis Jenny se décida à poser la question qui lui brûlait les lèvres.

— Pourquoi est-ce que tu crois qu'il est revenu ? Pour découvrir pourquoi ses parents sont partis ?

— J'en sais rien, en partie sûrement... Mais je pense qu'il a autre chose en tête. Peut-être qu'il voulait simplement me revoir, ou savoir ce que tu étais devenue ? supposa Ted.

— Pour moi ? Je ne pense pas. Peut-être qu'il venait retrouver des souvenirs d'Isabelle puisqu'il l'aimait !

Ted la regarda sérieusement, puis il sourit en secouant la tête.

— Isabelle n'était pour lui qu'un flirt qui lui apportait quelques petits agréments. Tout le monde a toujours mis Éric sur un piédestal. C'était le plus beau, le plus fort, le plus intelligent, la coqueluche de la région. Il fallait qu'il ait une petite amie officielle digne de sa réputation, c'est tout.

— Tu te trompes Ted ! Il aimait Isabelle et...

— Éric ? Tu plaisantes ? la coupa Ted en riant. Tu le connais vraiment mal pour penser ça. C'est un mec qui a vachement d'amour propre. Tu crois que s'il l'avait aimée, il aurait supporté ses incartades avec moi sans la moindre trace d'ombre sur notre amitié ? Chaque fois que je passais une partie de la nuit avec elle, le lendemain matin, Éric me regardait avec un petit sourire et me demandait si mes performances de la nuit avaient été concluantes. Il ne serait jamais parti sans elle — même pour ses études — si elle avait compté pour lui, et il serait venu à son enterrement...

— Il était en plein examen et il a dit à Camperro que ça lui faisait trop mal au cœur, qu'il préférait la garder vivante dans son souvenir !

Jenny tentait de le convaincre, le cœur battant. C'était trop important pour elle. Ted avait éclaté de rire en entendant ses derniers mots.

— Heureusement que je n'étais pas là quand il a dit ça ! Je me serais pissé dessus tellement j'aurais ri : « *J'aurais eu trop mal au cœur !* » imita-t-il d'une petite voix nasillarde. Non, mais tu ne l'as quand même pas cru ? Isabelle est sortie de sa vie quand il est parti d'ici. Quand elle est morte, ça a dû lui faire quelque chose comme à tout le monde, mais ça ne l'arrangeait pas de venir à l'enterrement. Des examens en septembre en plus ? ironisa-t-il.

— Ça pouvait être des examens de rentrée ou de rattrapage…

— Tu veux que je te dise ? s'amusa-t-il. En fait, il ne la respectait pas. Il la considérait comme une belle poupée d'ornement qu'il utilisait à l'occasion. Mais un mec qui ne respecte pas une nana, c'est qu'il n'a pas de sentiment pour elle. D'ailleurs, tout le monde la considérait comme ça, Isabelle !

— Non ! Quand elle venait dans les écuries ou traversait la cour, tous les employés la regardaient avec déférence, la saluaient. Alors que moi, s'ils pouvaient me passer dessus, ils ne se gêneraient pas ! C'est moi qu'ils ne respectent pas, pas Isabelle ! lança Jenny les larmes aux yeux.

— Toi, c'est un autre problème. Camperro ne te respecte pas, pourquoi est-ce qu'ils le feraient, eux ? Et puis, ils ont eu l'exemple d'Isabelle qu'ils feignaient de respecter. Tu n'as jamais entendu leurs commentaires vulgaires et grossiers dès qu'elle tournait le dos. Elle les aguichait tous, ils avaient tous envie de se la faire. D'ailleurs, certains ne se sont pas gênés. Mais ils savaient qu'il ne fallait pas toucher au petit trésor à son papa. C'était Camperro qu'ils craignaient, pas elle. En bref, elle avait une réputation de petite salope ! vociféra Ted avec un rictus méprisant aux lèvres.

Jenny le regardait, perplexe. Elle n'avait jamais vu les choses sous cet angle. Si Ted disait vrai, cela changeait tout pour elle. Les yeux dans le vide, elle essayait de faire le point quand Ted reprit :

— Ça ne m'étonnerait pas qu'il soit revenu pour toi, pour savoir ce que tu étais devenue !

— Non, il ne savait même pas que j'existais jusqu'à ce qu'il revienne, répondit-elle distraitement.

— C'est faux. Il demandait souvent de tes nouvelles à Isabelle, il s'inquiétait que tu n'ailles pas à l'école. Tu étais d'ailleurs la principale cause de leurs disputes. Il ne supportait pas qu'elle dise du mal de toi, qu'elle te parle mal. Il ne disait rien en ta présence, mais le lui reprochait après. À une époque, je me moquais de lui à cause de ça. Après son départ, pendant près d'un an, on se téléphonait de temps à autre. Il me demandait toujours de tes nouvelles et parfois, il oubliait de m'en demander d'Isabelle. Tu vois ? Tu as toujours compté pour lui !

Jenny, hébétée, le cœur battant la chamade, fixait Ted sans oser croire ce qu'il lui disait.

— Tu l'aimes, n'est-ce pas ?… Oui ! Je crois que tu l'as toujours aimé, murmura Ted. Je m'en suis toujours plus ou moins douté, maintenant je le sais !

Il lui sourit, lui caressa la joue du revers de la main. Puis il se leva et s'apprêta à partir.

— Ne te fais pas trop d'illusions à son sujet. Il a toujours été le roi des play-boys. Il est conscient de son charme et de son pouvoir de séduction, il sait s'en servir mieux que personne. S'il est vraiment revenu pour toi, attends qu'il te le prouve, et laisse faire le temps. Ne précipite rien, même si c'est tentant. Je crois que ce n'est pas vraiment le moment, hein ?

Les larmes aux yeux, la gorge serrée, elle acquiesça de la tête. Elle lui tendit un sac de provisions qu'elle avait peu à peu fait disparaître de la cuisine de Camperro, lui murmura un petit « *Sois prudent* ! » d'une voix douce. Il la serra contre lui, déposa un léger baiser dans son cou, lui promit de revenir dès que possible, et disparut par la trappe, sans un bruit.

- 11 -

Vendredi 4 juillet

Debout dès sept heures trente, Éric commença à taper son article sur l'ordinateur portable que Julien lui avait apporté. Il ne cessait d'effacer son texte pour recommencer. Il n'arrivait pas à se concentrer. La journée allait être longue ! Il lui tardait d'avoir des nouvelles de Jessica. Il était également impatient de revoir Katia et de faire connaissance avec son futur époux : un flic ! Éric qui ne les portait pas spécialement dans son cœur, n'était, pour une fois, pas mécontent d'en rencontrer un. Cela pourrait s'avérer utile ! Il songea parallèlement à rentrer pour le week-end. Il avait besoin de sa voiture. Il n'avait pas les moyens d'en louer une pendant des jours et des jours, car s'il devait rester dans le coin plus de deux semaines, il devrait prendre une chambre d'hôtel. Ses finances n'en étaient pas encore à un stade catastrophique, mais tout de même, il n'allait pas tarder à se retrouver sur la brèche, en attendant la rétribution que lui procurerait son article.

Et puis, il avait l'intention d'aller rendre visite à l'avocat de son père, sans que ce dernier soit au courant, bien sûr. Il avait besoin de l'avis d'un professionnel. Il voulait connaître la procédure à suivre pour faire lever une tutelle. S'il arrivait à convaincre Jenny de partir avec lui, elle serait considérée comme fugueuse, ou lui comme ravisseur si cette tutelle n'était pas levée. D'après ce qu'elle lui avait confié,

Camperro gérait ses biens. Elle devait donc en avoir un peu, cela pouvait lui permettre de démarrer une nouvelle vie, dans le cas où elle ne voudrait pas rester avec lui. Il n'était pas dupe. Jenny était quelqu'un de très fier et indépendant. Elle ne voulait pas de «*sa pitié*» comme elle le disait. Alors, même si elle acceptait de s'enfuir avec lui, elle ne se résoudrait certainement pas à vivre à ses crochets. Ses biens pourraient être un argument de plus pour la décider à partir.

Froissant de nouveau la dernière feuille qu'il venait d'imprimer, Éric rendit les armes. Il n'avait pas la tête à ça, ce n'était pas la peine d'insister. La patience n'était pas la plus grande de ses qualités. Il descendit donc déjeuner.

Il trouva Julien, José et Hervé attablés. Il les salua brièvement.

— Vous avez prévu quelque chose pour moi aujourd'hui ?

— En fait, non ! Les nouveaux chevaux arrivent lundi. Disons que jusque-là tu es libre ! répondit Camperro.

— Voilà les premières photos. Je vous laisse choisir les clichés que vous préférez, lança Éric.

Il déposa les boîtes de photos sur la table. Il avait pris soin d'en retirer celles qui concernaient Jenny. Ce faisant, il lança un regard noir à Hervé qui le fixait, un petit sourire ironique au coin des lèvres.

— *Continue à jouer au con, toi ! Tu vas voir ce qui t'attend !* se dit Éric.

Il ne louperait pas une occasion de lui écraser sa face moqueuse. Il n'avait jamais supporté ce type mais, depuis que ce dernier avait tenté de toucher à Jenny, son hostilité s'était transformée en haine. Il trouverait bien une occasion de le lui faire sentir.

Camperro venait de s'extasier sur les clichés :

— C'est pas journaliste que tu devrais faire mais photographe. Si tu captes les formes d'une gonzesse comme celles d'un cheval, tu feras fortune !

Les trois hommes attablés éclatèrent de rire alors qu'Éric leur tourna le dos, méprisant. Il se força tout de même à adoucir le ton de sa voix pour leur répondre.

— Ce n'est pas une mauvaise idée, j'y penserai si un jour je suis au chômage ! Au fait, je retourne chez mes parents demain matin, jusqu'à dimanche soir ! jeta-t-il avec la satisfaction qu'apporte la moindre vengeance, fût-elle inutile et insignifiante.

Un froid subit tomba sur l'assistance. Du coin de l'œil, Éric surveillait la réaction de Camperro qui foudroya Julien du regard. Ce dernier se décida enfin à lancer, d'une voix qu'il aurait voulue plus nonchalante :

— Ah ! Tu t'es quand même décidé ? Comment ton père va-t-il réagir à ton avis ?

— Je n'ai pas l'intention de lui dire ni où je suis ni ce que je fais. Je veux juste passer leur dire un petit bonjour et récupérer ma propre voiture. Je prétexterai des vacances avec quelques potes. Après tout, j'ai bien mérité du repos après mes examens ! ironisa Éric.

— Parce qu'il va te croire ?

— Ça n'a aucune importance qu'il me croie ou non ! Je t'ai déjà dit que je faisais ce que je voulais. Ah ! Autre chose. Je ne serai pas là ce soir. Je vais passer la soirée avec deux ou trois copains que j'ai retrouvés, lança-t-il à l'adresse de Camperro.

— Pas de problème, bonne bringue ! lui répondit l'intéressé qui avait retrouvé un semblant de calme et de sourire.

Après quoi, les trois hommes sortirent de la cuisine pour « *retourner au boulot* ». En passant, Hervé bouscula légèrement et volontairement l'épaule d'Éric. Ce dernier serra les poings et les dents.

— *Un de ces jours, il faudra que je me le fasse ! Je ne partirai pas tant que je n'en aurai pas fait de la bouillie !* se promit-il.

Il resta un moment à flâner dans la cuisine. Il n'avait pas vu Jenny de toute la journée précédente. Elle était très douée pour l'éviter. Il s'éloigna de la fenêtre. Elle allait bien finir par venir, ne serait-ce que pour faire la vaisselle.

En effet, elle ne tarda pas à se présenter, mais elle s'arrêta net en l'apercevant. Elle s'apprêtait à ressortir quand il l'interpella.

— Jenny, tu ne vas pas continuer à me fuir comme ça ?
— *Il* veut que je t'évite et... tu m'avais promis !
— Il est parti avec Julien et Hervé.
— Il peut revenir, je préfère ne pas le contrarier ! murmura-t-elle.
— Est-ce que tu as pu joindre Ted ?
Elle lui répéta alors ce que Ted voulait qu'elle dise.
— Conneries ! répondit Éric, laconique.

Il la fixait, un léger sourire incrédule aux lèvres. Elle retint son souffle et se demanda, l'espace d'un instant, s'il ne l'avait pas surveillée et s'il n'avait pas aperçu Ted, mais elle chassa vite cette idée de son esprit. Ted était trop prudent, il s'en serait aperçu.

— Je suis certain que tu es en contact avec lui. La question c'est pourquoi tout le monde s'ingénie à nous empêcher de nous rencontrer ? demanda-t-il enfin.

— Je ne sais pas où il est ni comment le joindre ! affirma-t-elle. D'autre part, tu devrais te méfier. À force de poser des questions, de fouiner partout, tu te mets en danger. Si Camperro t'a accueilli ici c'est pour pouvoir te surveiller et te neutraliser au cas où…

— Au cas où quoi ? Si ce que tu dit est vrai, c'est qu'il a quelque chose à se reprocher, à cacher. Je veux savoir quoi exactement, et rien ni personne ne m'en empêchera. Je finirai bien par savoir le fin mot de ce qui s'est passé ici ! lança-t-il avec détermination.

Il vit Jenny pâlir, mais avant qu'il ait eu le temps de réagir, elle s'était enfuie.

D'après Éric, seules cinq personnes devaient en savoir beaucoup : Jenny — et encore, il n'était pas sûr qu'elle soit au courant de tout — Ted, son propre père, Julien et Camperro. Quelle chance ! Jenny était terrorisée et ne parlerait pas. Ted avait disparu dans la nature. Son père ? c'était inutile d'espérer seulement aborder le sujet avec lui. Quant à Julien et à Camperro, ils devenaient dangereux. S'ils avaient vraiment quelque chose à cacher, ils s'arrangeraient à coup sûr pour ne rien laisser paraître.

Il profita de l'absence de Camperro pour se servir de son téléphone, appela d'abord le service des renseignements téléphoniques pour se procurer le numéro de Maître Resner, l'avocat de son père. Lorsqu'il l'obtint, il appela à son étude et demanda à la secrétaire un rendez-vous pour le lendemain, peu lui importait l'heure.

— Vous vous y prenez un peu tard. Maître Resner est très occupé, il ne pourra vous recevoir avant la semaine prochaine, répondit la secrétaire.

— C'est impossible, je travaille à cinq cents kilomètres de chez vous. Je ne serai sur place que samedi et dimanche. Il faut absolument que je le voie, c'est très important, insista-t-il. Je n'en aurai que pour très peu de temps ! Ne peut-il pas me recevoir entre deux rendez-vous ou sur son temps de déjeuner s'il accepte que je l'invite ?

— Ce sont des choses qui ne se font pas, Monsieur ! Je suis vraiment désolée, mais....

— Est-ce qu'il est à son étude actuellement ? Veuillez me le passer ! ordonna Éric qui commençait à perdre son calme.

Elle le fit patienter quelques instants. Il poussa un soupir de soulagement en entendant à l'autre bout du fil une voix masculine.

— Monsieur Corsini, que vous arrive-t-il ?

— Corsini fils ! précisa Éric. Je n'ai pas l'honneur de vous connaître, mais j'ai besoin de vos services !

— Eh bien, enchanté, que puis-je faire pour vous ?

— J'ai besoin d'un ou deux renseignements à propos d'une mise sous tutelle. Je voudrais vous rencontrer demain dans la journée, je ne vous retiendrai pas longtemps, c'est promis, mais c'est vraiment très important ! expliqua Éric.

— Cette mise sous tutelle vous concerne-t-elle ?

— Pas directement ! Je sais que vous êtes très occupé, mais, si vous me le permettez, je pourrais vous inviter à déjeuner...

— Je vous remercie, mais c'est impossible... Écoutez ! Passez me voir vers onze heures trente mais je n'aurai que quelques minutes à vous consacrer ! consentit l'avocat.

— Ce sera amplement suffisant, je vous remercie Maître. Ah ! Autre chose. Je ne souhaite pas que mon père soit au courant de ma visite. Il n'est pas concerné par cette affaire.

Mais vous pouvez comprendre la réaction d'un père ? Il se ferait du souci s'il entendait parler de quoi que ce soit. Je voudrais que cette communication, ainsi que notre future entrevue restent totalement confidentielles ! reprit Éric.

— Bien entendu ! De toute façon, je suis tenu par le secret professionnel, ne l'oubliez pas ! répondit Maître Resner.

— Encore une fois, merci Maître, et à demain.

Un petit sourire de satisfaction se peignit sur son visage. Son opération de sauvetage démarrait, il ne pouvait plus faire machine arrière. Quoi qu'il arrive, il irait jusqu'au bout. Soulagé par sa décision, il se résigna à remonter dans sa chambre pour taper ce maudit article. Il n'avait rien d'autre à faire pour l'instant, le temps passerait peut-être plus vite s'il était occupé.

En fin de matinée, le premier jet était enfin tapé. Il chercha Camperro pour lui en remettre un exemplaire et lui demander son avis. Il se rendit ensuite à la crique pour aller nager un peu.

Après le déjeuner, Camperro lui fit plusieurs remarques sur son ébauche d'article. Ils se mirent d'accord sur plusieurs corrections puis choisirent également plusieurs clichés. Camperro tenait à apparaître sur une photo au moins. L'article devait lui apporter une certaine publicité, sinon pourquoi aurait-il accepté ?

Après quoi, Éric se rendit en ville. Il se promena dans les rues en attendant quatorze heures trente, heure à laquelle ses parents ne seraient plus chez eux. Jessica répondit immédiatement.

— Éric, j'ai trouvé ce que tu voulais, j'ai même fait des photocopies des relevés bancaires. Personne ne s'est aperçu de rien. Papa a touché soixante mille euros en six versements depuis le déménagement : un versement par mois pendant six mois.

— Est-ce que tu as pu en connaître la provenance ? demanda Éric, le cœur battant.

— Apparemment, vingt mille euros représentent son indemnité de licenciement, le reste proviendrait de Camperro, mais ça me paraît un peu élevé, non ? questionna Jessica.

— Un peu, oui ! répondit distraitement Éric déjà perdu dans ses pensées. Tu n'as rien trouvé d'autre, par hasard ?

— Non, il n'y a rien d'autre, mais je pense que tu ne peux rien prouver, car le licenciement s'est fait à l'amiable, sans le témoignage d'une tierce personne. Peut-être que ces sommes étaient prévues dans le contrat de papa. Ce n'est pas forcément illégal, n'est-ce pas ? demanda soudain Jessica inquiète.

— Non. Je ne cherche pas quelque chose d'illégal, ma puce, je voulais savoir c'est tout ! Ne t'inquiète pas ! la rassura Éric.

— Dis, tu me diras ce qui se passe et ce que tu cherches exactement ?

— Oui, c'est promis, mais plus tard ! Jessie, je reviens à la maison demain matin, jusqu'à dimanche soir. Tu préviens les parents s'il te plaît ? Je viens récupérer ma voiture.

— Super ! s'écria sa jeune sœur, tu sais que tu nous manques ? Papa et maman étaient furieux que tu aies appelé pendant qu'ils n'étaient pas là, d'autant plus qu'il y a longtemps que tu n'avais pas donné de tes nouvelles ! Maman va être folle de joie quand je vais lui dire que tu déboules à la maison.

— Et papa va me passer le savon habituel ! s'amusa Éric.

— Tu m'étonnes ! Là, je crois que tu ne vas pas y couper. Mais dis, tu ne veux pas rester plus longtemps ? se plaignit Jessica.

— Je ne reste que deux jours cette fois. Je vais repartir pendant une semaine ou deux et je reviendrai définitivement après, ça te va ?

— O.K., de toute façon, je n'ai pas le choix, n'est-ce pas ? Gros bisous et à demain !

Son père avait donc touché de grosses sommes, bien supérieures à ce qu'auraient dû être ses indemnités de licenciement. Camperro voulait sûrement que Thierry Corsini quitte la région : pourquoi ?

Éric erra encore une heure dans les rues, au hasard. Il se sentait frustré. Il ne savait plus comment faire pour glaner d'autres renseignements. Il était hors de question qu'il tente de faire parler Julien. Cela pouvait s'avérer des plus dangereux. Quant à son père, Éric ressentait un malaise. Il avait l'impression qu'il cachait quelque chose de pas très légal. Ne lui porterait-il pas préjudice en cherchant la vérité ? Il se sentait pris au piège. Il voulait sortir Jenny de l'enfer dans lequel elle vivait, il devrait peut-être agir contre le gré de celle-ci. Dans le même temps, il risquait de mettre son propre père dans le pétrin.

Il regrettait les rapports conflictuels qu'ils entretenaient. Il l'avait toujours adoré, admiré. Il aurait tellement voulu que son père lui en dise plus, lui fasse confiance. Aujourd'hui plus que jamais, il avait besoin de son aide, de son soutien, mais il ne pouvait même pas lui confier ses préoccupations. Il savait qu'il se heurterait à un mur. Son père ferait certainement tout pour qu'il laisse tomber cette histoire, pour lui mettre des bâtons dans les roues.

Il revint au haras, s'y promena sans but précis, allant du manège aux écuries, en passant par les enclos.

Dans l'après-midi, un camion vint chercher deux chevaux dressés qui devaient être vendus. Il fut invité à assister aux négociations. Les heures ne passaient pas, Jenny était introuvable.

Enfin, en début de soirée, il prit une douche et se résolut à partir sans avoir seulement aperçu la « *sauvageonne* ».

- 12 -

La ville de Lesigny se trouvait à une trentaine de kilomètres de Blignac, sous-préfecture du département, c'était une ville assez importante avec ses quinze mille habitants. Éric n'y était venu que très rarement. Grâce aux explications de Katia, il n'eut pas trop de mal à trouver le quartier ainsi que l'immeuble où elle habitait. Après avoir cherché le numéro de l'appartement et son étage sur les boîtes aux lettres, il finit par se retrouver devant leur porte.

Celle-ci s'ouvrit dès le premier coup de sonnette. Le visage épanoui et souriant de Katia l'accueillit. Sans un mot, Éric lui tendit un gros bouquet de fleurs coupées.

— Tu as fait des folies, il ne fallait pas ! dit-elle en se jetant à son cou.

Elle se recula, le faisant entrer dans l'appartement. Il se retrouva face à un jeune homme sensiblement de la même taille que lui, les cheveux très courts, très bruns, vêtu d'un jean et d'un tee-shirt. Il se tenait debout, les mains sur les hanches et les observait, un léger sourire aux lèvres. Sans préambule, Éric lui tendit une bouteille de Bourbon en précisant :

— Afin qu'il n'y ait aucune équivoque !

Le jeune homme éclata de rire en le remerciant. Katia fit les présentations.

— Alors, c'est toi Éric ? J'ai tellement entendu parler de toi que j'en ai été jaloux ! plaisanta Christophe.

— Pas de danger ! Elle n'a jamais pu me supporter plus de deux heures d'affilée ! répondit Éric sur le même ton plein d'humour. D'ailleurs, la bouteille est là pour me faire pardonner de lui offrir des fleurs !

Les trois jeunes gens s'installèrent au salon. L'humeur était plutôt gaie, l'atmosphère détendue.

Éric avait appréhendé de se trouver face au fameux Christophe, il était même un peu inquiet. Il avait toujours ressenti beaucoup d'affection pour Katia. Il aurait été profondément déçu qu'elle s'amourache d'un homme qui ne l'aurait pas méritée. Il n'avait jamais beaucoup apprécié les policiers, les trouvant généralement imbus de leur personne et se prenant pour des cow-boys, des justiciers qui croyaient avoir tous les droits. Apparemment, ce n'était pas le cas, Christophe lui parut immédiatement sympathique. Et puis, il est des couples où l'amour, l'affection et la complicité sont presque palpables. Katia et Christophe semblaient faire partie de cette catégorie d'élus. Les sourires et les regards qu'ils échangeaient ne mentaient pas et trahissaient une grande tendresse mutuelle.

La conversation dévia rapidement vers les souvenirs d'adolescence de Katia et d'Éric.

— Elle était vraiment amoureuse de toi, tu sais ? ironisa Christophe.

— Non ! nia Éric. En fait, Katia a toujours été une gamine gâtée et capricieuse qui envie les jouets des autres. Chaque fois qu'elle m'a eu pour elle toute seule, elle s'est vite détachée de moi et m'a laissé tomber comme une vieille chaussette. Je ne l'intéressais que quand j'étais avec quelqu'un d'autre !

— Tu mens ! C'est pas vrai ! D'abord, je ne suis pas gâtée ni capricieuse et en plus, c'est à Isabelle que j'essayais de te piquer, pas aux autres. Elles n'avaient pas d'intérêt pour moi. Quant à te laisser tomber, je te ferais remarquer que c'est toujours toi qui me larguais ! s'écria Katia en riant.

— Ah ! Parce qu'il y a eu plusieurs fois ? s'étonna Christophe.

— Disons que Katia et moi, c'était plutôt une histoire à épisodes ! se moqua Éric.

Ils abordèrent ensuite le sujet de leurs études, de leurs emplois actuels, des problèmes de la vie de fonctionnaire de police entre autres. Ce ne fut que pendant le repas que le sujet qui leur tenait à cœur fut mis sur table.

— Tu n'as toujours pas de nouvelles de Ted ? demanda Katia.

— Non, et je ne sais pas comment faire pour en avoir. Je comptais un peu sur Jenny, mais elle s'enfuit dès que j'aborde le sujet. En plus, elle est terrorisée par Camperro. Il lui a interdit de m'approcher. Je ne fais plus que la croiser, et encore ! Elle passe son temps à m'éviter, expliqua Éric.

— Ce mec est une véritable ordure, la plus tordue qu'il m'a été donné de rencontrer ! lança Christophe. Je crois que Katia t'a plus ou moins mis au courant de ma situation ?

— En gros oui, mais sans beaucoup de détails.

— Mon père avait un cabinet d'assureur immobilier depuis plusieurs années quand Pierre Kolinsky est venu lui demander un emploi. Il avait l'intention de quitter le haras. Ils se connaissaient depuis plusieurs années, ils avaient déjà travaillé ensemble par le passé. Ils se sont donc associés financièrement. Kolinsky a donné sa démission à Camperro tout en restant en bons termes avec lui. Du coup, Camperro a assuré le haras chez eux. Au bout de deux mois, mon père s'est rendu compte qu'il y avait d'énormes trous dans la gestion du cabinet d'assurance, et du jour au lendemain, tous les fonds se sont retrouvés à sec. Mon père a dû mettre la clé sous la porte. Il s'en est pris à Kolinsky, l'a accusé d'avoir vidé la caisse et a porté plainte. C'était le 14 septembre. Le 15 au soir, le lendemain donc, Kolinsky a appelé mon père, il comptait lui expliquer ce qui s'était passé et le mettre en garde, mais ne voulait pas le faire par téléphone. Ils devaient se rencontrer le soir même dans un restaurant. Kolinsky n'est jamais venu, et pour cause : il était mort en début de soirée. Mon père m'avait plus ou moins expliqué la situation. Tu imagines ma réaction quand Ted est venu cette nuit-là chercher refuge chez nous ?

— Il était déjà recherché ? demanda Éric.

— Plus ou moins, pour des broutilles sans grande importance, mais il savait que le Commissaire Camperro ne le louperait pas et chargerait suffisamment la mule pour le faire mettre en taule. C'est pour ça qu'il se planquait ! expliqua Christophe.

— Qu'est-ce qui s'est passé exactement ce jour-là ? s'enquit Éric.

— Mon père m'a appelé vers vingt-deux heures pour me dire que ce fumier de Kolinsky — c'étaient ses propres paroles — s'était suicidé et qu'il n'aurait plus aucun recours maintenant qu'il était mort. Quand Ted s'est pointé, il était près de deux heures du matin. Il ne savait pas que j'étais le fils de Jean-Pierre Derry. Il venait chercher refuge chez Katia. Bien sûr, je l'ai très mal pris. J'ai insulté son père alors que Ted était complètement bouleversé... On s'est pratiquement battus. C'est Katia qui s'est interposée et qui nous a un peu calmés. Ted s'est effondré et m'a assuré que son père n'était pas responsable, qu'il n'avait été qu'un pion manipulé par Camperro et qu'il ne s'était pas suicidé, mais qu'il avait été assassiné... J'ai eu envie de le croire. Malgré toute cette histoire, il m'était sympathique, et surtout Katia l'aimait beaucoup — il lança à cette dernière un regard plein de tendresse —. Avec du recul, je me suis dit que, de toute façon, que Kolinsky soit responsable ou non, Ted n'y était pour rien. Il avait besoin d'aide. On l'a caché ici. J'ai essayé de convaincre mon père de faire des recherches du côté de Camperro. C'est une erreur que je ne me pardonnerai jamais. Mon père s'est rendu chez lui en fin d'après-midi, le 16 septembre. D'après les dires de Camperro, ils se sont engueulés. Je n'ai jamais revu mon père, plus la moindre trace, ni de lui ni de sa voiture. Toujours d'après Camperro, il est parti du haras dans une colère noire. Je n'ai jamais trouvé aucun témoin l'ayant vu sortir, à part les personnes présentes : ton père et Julien Guermandes.

Christophe s'était tu, les yeux pleins de larmes. Katia posa sa main sur son épaule et le serra affectueusement, comme pour l'assurer de sa présence et de son soutien. Éric le fixait, interdit. Son père était donc présent ce soir-là. Il sentait le malaise grandir en lui.

— Mon père, vous l'avez interrogé ? Qu'est-ce qu'il a dit ? questionna Éric.

— Comme Camperro et Guermandes : Jean-Pierre Derry est reparti furieux, il est monté dans sa voiture et a disparu à la sortie du haras !

— Vous avez cherché du côté des comptes de Camperro ?

— Bien sûr ! On n'a rien pu prouver. Tout ce que je sais, c'est qu'il a eu assez d'argent pour racheter les parts de ton père dans leur association. Ce dernier a été licencié sans préavis, le 30 septembre. Tes parents ont quitté la région le 5 octobre. Ce qui me travaille le plus, continua Christophe, c'est qu'il s'est passé un tas de trucs en quinze jours, mais je n'arrive pas à en trouver le fil conducteur bien que j'aie la certitude que tout est lié.

— Quoi par exemple ? questionna Éric.

— Isabelle a accouché le 31 août et....

— Quoi ? s'écria Éric interloqué. Isabelle ? Elle a eu un enfant ? De qui ?

— Alors ça, je n'en sais rien ! Dieu seul doit le savoir, d'ailleurs ! Tu sais, les pères potentiels ne manquaient pas. Je croyais que tu étais au courant et que c'est pour ça que tu n'étais pas venu à son enterrement ! s'étonna Christophe.

— Non, rien à voir ! Je n'ai jamais su qu'elle avait eu un enfant ! protesta Éric, consterné.

— Une chose au moins est sûre, c'est que le bébé n'était pas de toi ! ajouta Katia.

— Ça, c'est le moins qu'on puisse dire ! constata ce dernier. Tu crois qu'il aurait pu être de Ted ?

— Il dit que non ! Il ne voyait plus Isabelle qu'en tant que copine après ton départ, répondit Katia.

— Bref ! Je te disais qu'Isabelle a accouché le 31 août, le bébé est mort le 10 septembre, apparemment de la mort subite du nourrisson. Isabelle et sa mère se sont tuées le 20 septembre dans l'accident de voiture dont tu as dû entendre parler, et le garagiste qui avait révisé sa voiture la veille a mis la clé sous la porte de son garage dès le lendemain pour disparaître de la circulation lui aussi. Il n'avait pas de famille, plein de copains — plutôt des clients d'ailleurs, pas de vrais amis en fait —. Personne ne sait ce qu'il est devenu.

Le silence était retombé entre eux. Christophe et Éric se fixaient comme si chacun d'eux espérait trouver la clé de l'énigme dans le regard de l'autre.

Pour rompre l'atmosphère pesante, Katia apporta dessert et café. Mais Éric reprit alors :

— Vous avez pu la désosser sa voiture ?

— C'est le Commissaire Camperro qui s'en est occupé très sérieusement ! lança Christophe laconique. Évidemment, tout était en ordre !

— Et pour le bébé, qu'ont dit les médecins ?

— Que le bébé était né en pleine forme, mais que ce genre de chose ne prévient pas. Cela est même hélas fréquent. Une chose m'a tout de même étonné. Personne n'a vu le corps du bébé, pas même à la morgue !

— Comment ça ? s'étonna Éric.

— Après sa toilette mortuaire, le bébé a immédiatement été mis en bière. Personne n'a pu le voir, même pas sa mère.

— Mais il est mort où ? Qui s'en est rendu compte ?

— Camperro. Isabelle dormait, il est allé voir le bébé. Il l'a trouvé mort, il l'a vite emmené à l'hôpital. Là, on lui a fait sa toilette, et hop ! Fini ! Camperro voulait éviter un trop grand traumatisme à sa fille.

— Qu'est-ce que tu en penses ? Qu'il a fait disparaître le gosse ? insinua Éric.

— C'est l'impression que j'ai toujours eue, mais il n'est pas forcément mort !

Christophe restait volontairement évasif. De nouveau, les deux hommes se fixaient en silence. Une idée commençait à germer dans l'esprit de chacun. Leur intention devait se lire sur leur visage, car soudain Katia hurla :

— Ah ça non ! Vous n'allez tout de même pas profaner une tombe d'enfant ? Pour faire quoi ? Qu'il soit mort ou non ce gosse, ça changerait quoi ?

— Ne t'énerve pas ! On n'a rien dit ! la calma Christophe.

— Vous l'avez pensé si fort que je l'ai entendu !

— Elle a raison, reprit Éric. Même si le cercueil est vide, ça ne nous apportera pas grand-chose de le savoir.

— C'est vrai. J'ai souvent eu envie d'aller ouvrir cette tombe, avoua Christophe. Quelque part, j'ai l'impression que ça a un rapport avec tous les événements qui ont suivi. La seule chose qui m'a retenu, c'est ce fil conducteur que je ne trouve pas !

— C'est pas vrai ! Christophe, dis-moi que ce n'est pas vrai ! s'exclama Katia. Tu te rends compte de ce que tu dis ? Aller profaner une tombe c'est déjà horrible, mais celle d'un enfant c'est... c'est...

Katia ne trouvait plus les mots. Elle regardait Christophe l'air hébété sans comprendre.

— Si la tombe est vide, on ne profane rien du tout ! tenta de lui expliquer Christophe.

— Vous avez cherché à l'hôpital ? Des témoins, je ne sais pas moi... Un toubib qui aurait eu des remords ? questionna Éric.

— Ah oui ! C'est la meilleure celle-là ! Je ne t'ai pas encore tout dit ! Camperro a subventionné la rénovation de l'hôpital de Blignac. Il continue régulièrement à leur faire des dons substantiels. Résultat : Monsieur est protégé de toute part. Les médecins, les infirmières nous ont assuré que tout avait été fait dans le respect de la médecine et de la légalité. Isabelle souffrait de dépression postnatale et elle n'aurait pas supporté la vue de son bébé mort. Tout a été organisé pour protéger la santé fragile de Mademoiselle Camperro ! Le médecin Chef s'est porté garant de toute l'affaire. Qu'est-ce que tu peux faire contre ça ?

Éric avait baissé la tête qu'il secouait négativement, un rictus de dégoût aux lèvres. Il était totalement écœuré.

— Toute la région s'est liguée avec lui, on dirait !

— Il a du pognon ! Il corrompt tous ceux dont il a besoin, il terrorise les autres et le tour est joué ! approuva Christophe.

— Il élimine ceux qui le gênent ! continua Éric.

— Quand j'ai voulu continuer l'enquête, j'ai commencé à émettre des doutes sur la façon dont le Commissaire Camperro avait mené la sienne. La voiture d'Isabelle n'a pas vraiment été expertisée, l'enquête sur la mort de Kolinsky a duré quarante-huit heures avant qu'ils ne corroborent la thèse du suicide, le garagiste d'Isabelle, quant à lui, n'a pas été recherché plus que ça. Ça faisait beaucoup de petites bavures pour un commissaire, mais j'ai reçu des menaces de mort puis mes supérieurs m'ont gentiment demandé de prendre des vacances, de lever le pied, bref, de laisser tomber. Ils m'ont même proposé une thérapie avec le psy du service parce que j'avais soi-disant été fortement perturbé par la disparition de mon père. Cette affaire m'a été enlevée. J'étais trop concerné et plus assez objectif ! termina Christophe.

— Et au centre, il y a Jenny et Ted, murmura Éric. Et Jenny, vous l'avez interrogée ? demanda-t-il soudain.

— Tu plaisantes ? Son témoignage n'est pas recevable du moment qu'elle n'a pas toute sa tête. J'aurais tout de même pu le faire, mais Ted m'a presque supplié de laisser tomber, de la laisser en dehors de tout ça ! expliqua Christophe.

— Quel rapport il y a entre Ted et Jenny ? demanda soudain Éric.

— Je ne sais pas, mais apparemment ils sont très proches, répondit Katia en observant Éric attentivement. Ted m'a confié qu'il tenait à elle plus qu'à la prunelle de ses yeux et qu'il ne quitterait pas la région sans elle.

Éric resta silencieux, les yeux dans le vague. Un sentiment nouveau s'insinuait peu à peu en lui. Au fil de ses découvertes, Ted et Jenny lui apparaissaient de plus en plus liés. Jusqu'à quel point l'étaient-ils ? Il sentait son estomac se nouer, une légère douleur sourdre au creux de son ventre. Pour la première fois, la jalousie faisait son apparition chez Éric. Il n'en avait jamais ressentie, ne serait-ce qu'une pointe, envers personne, surtout pas envers Ted. Mais à présent...

— Tu tiens beaucoup à elle, je me trompe ? s'enquit Katia avec douceur.

Il sortit de sa torpeur, sourit un peu tristement.

— Un peu, oui ! avoua-t-il.

— Il faut toujours que Ted et toi ayez les mêmes idées, les mêmes goûts, c'est fou quand même ! s'étonna Katia

— Hum ! Il va falloir que j'élimine Ted ! plaisanta Éric.

— Holà ! La folie de Camperro est contagieuse, barre-toi vite de chez lui, tu commences à être atteint ! plaisanta Christophe en servant un autre café.

Celui-ci sourit, prit le temps de le savourer avant de se lever de table et de se préparer à quitter ses hôtes.

— Je ne déconnais qu'à moitié quand je t'ai dit de te barrer de là-bas ! reprit Christophe gravement. Il est dangereux ! Seul, tu ne peux rien faire contre lui.

— Seul, non ! Mais si tu tiens toujours à continuer l'enquête, il vaut peut-être mieux que l'un de nous soit sur place, on ne sait jamais ! Je ne vais pas laisser tomber, je ne repartirai qu'avec Ted et Jenny et quand je saurai ce qui s'est passé, pas avant ! répondit Éric, d'un ton tout aussi grave et déterminé.

— C'est comme tu veux, mais sois prudent ! Appelle-moi si tu découvres quoi que ce soit. Mon chef est prêt à me soutenir et à me suivre à condition que je lui apporte des preuves.

Sur ces mots, Éric embrassa affectueusement Katia, la remerciant pour son délicieux repas, puis il serra chaleureusement la main à Christophe, scellant ainsi une sorte de pacte d'entraide.

Au-dehors, la nuit était encore chaude. Éric prit le temps de respirer l'air à pleins poumons avant de s'engouffrer dans sa voiture de location. Il se sentait fatigué. Une chance qu'il ne soit pas trop tard. Une bonne nuit de sommeil ne lui ferait pas de mal avant de prendre la route du domicile familial.

- 13 -

Au domaine, le repas s'était prolongé tard dans la soirée. Hervé y avait été convié. Camperro avait viré Jenny de la cuisine, ils avaient à parler. Elle s'était donc réfugiée dans sa chambre, faisant toujours bien attention à ne pas être suivie. Elle n'alluma qu'une lampe de poche. Elle attendait que tout le monde aille se coucher avant d'aller remettre de l'ordre dans la cuisine, et puis elle préférait qu'Hervé ne voie pas la lumière à travers la vieille porte de bois ni par la trappe. Il ne devait pas soupçonner l'existence de sa retraite. Elle craignait ses réactions. Chaque fois qu'elle était obligée de le croiser, il lui lançait des regards mauvais, lubriques, ou encore des remarques obscènes. Plusieurs fois, depuis quelque temps, il avait essayé de la coincer dans un lieu sombre. Chaque fois, elle avait eu de la chance, quelqu'un était intervenu, ou elle avait réussi à lui échapper, mais elle vivait dans la peur de ce qui risquait d'arriver. Elle en était même venue à se demander si Camperro n'était pas derrière tout ça… Comme chaque fois qu'elle y avait pensé, elle rejeta cette idée.

— *Je deviens parano* ! se disait-elle.

Elle vit enfin Hervé sortir avec Julien et José. Chacun des deux invités se dirigea vers sa voiture, puis démarra. Quelques minutes plus tard, la fenêtre de la chambre de Camperro s'éclairait. Avec un soupir de lassitude, Jenny ressortit pour aller nettoyer la cuisine, la voie était libre. Elle se hâta de tout ranger, il lui tardait de se retrouver au calme dans son antre.

Lorsqu'elle la réintégra, elle n'alluma pas immédiatement, laissant le petit faisceau de la lampe de poche éclairer légèrement la pièce. Elle se précipita dans son cabinet de toilette, se démaquilla, prit une douche, puis se mit à l'aise, pieds nus, en caleçon et tee-shirt long, les cheveux lâchés. Elle alluma la télévision qui éclaira un peu plus sa chambre. Soudain, poussant un léger cri, elle se précipita vers la trappe. Hervé était assis sur l'extrémité de son lit, dans le coin le plus sombre de la pièce. Il la regardait avec un petit sourire cruel au coin des lèvres.

Elle tenta de soulever la trappe, mais il avait immédiatement bondi et l'attrapant par la taille, il la jeta sur le lit avant de se laisser tomber sur elle. Criant, pleurant, se débattant avec la rage du désespoir, elle réussit à griffer son visage au sang. Il jura, se recula légèrement puis la frappa plusieurs fois au visage, lui éclatant la lèvre. Pour éviter les coups, elle se recroquevilla contre le mur et réussit enfin à lui décocher un violent coup de pied dans les côtes. Il tomba à la renverse. D'un bond, elle fut sur pied, attrapa au vol son poste CD à portée de main et le frappa de toutes ses forces sur la tête. Il s'écroula sur le sol, un filet de sang s'écoula sur son cou.

Tremblant de tous ses membres, haletante, le visage en larmes, elle s'était reculée contre le mur et fixait des yeux le corps qui gisait au sol, paralysée de terreur.

Au bout de quelques secondes, elle se jeta sur la trappe, l'ouvrit à toute volée, dégringola l'escalier, traversa l'écurie puis s'élança au hasard sur le chemin. Elle courait et sanglotait de plus belle, sans même savoir où elle allait. Au détour d'un virage, elle fut aveuglée par des phares qui avaient bondi de nulle part.

Éric roulait un peu trop vite sur le chemin, l'esprit ailleurs. Il eut néanmoins le réflexe de freiner pied au plancher lorsqu'il vit une silhouette se jeter presque au-devant de son capot. La voiture dérapa, se mit en travers. Il y eut un léger choc puis le véhicule s'immobilisa. Éric en jaillit et se précipita. À la dernière fraction de seconde, il avait reconnu Jenny. Elle était couchée dans l'herbe du talus, le corps secoué par les sanglots.

Il l'attrapa par les épaules pour la soulever, mais elle se débattit violemment et tenta de reculer en rampant. Il la saisit de nouveau par le poignet pour la retenir, tout en l'appelant.

— Jenny, Jenny ! Calme-toi ! C'est moi, arrête !

Après un instant d'hésitation, le reconnaissant seulement, elle se jeta contre lui, pleurant de plus belle. Il la serra dans ses bras, enfouissant ses doigts dans sa crinière dorée, puis la repoussant doucement, il tenta de voir son visage, tâter ses membres.

— Jenny, tu es blessée ? Tu as mal quelque part ?

Incapable de répondre, elle secoua négativement la tête. Il lui souleva le menton, aperçut sa lèvre ensanglantée ainsi qu'une marque de coup sous sa tempe droite qui commençait à bleuir.

— Mon Dieu ! C'est moi qui t'ai fait ça ? s'écria-t-il.

De nouveau, elle répondit par des signes de tête négatifs. Elle s'agrippait à lui comme si sa vie en dépendait.

— Éric ! sanglota-t-elle, je crois que... je l'ai... tué !

— Calme-toi, c'est fini, murmura-t-il à son oreille en la serrant contre lui. Calme-toi... Ensuite, tu me raconteras ce qui s'est passé... Allez, c'est fini, arrête de pleurer, dis-moi !

Il lui parlait avec une douceur et une tendresse infinies. Sa voix grave, ses bras protecteurs agirent comme un baume sur les nerfs à vif de la jeune fille. Peu à peu, les sanglots s'apaisèrent, mais elle resta blottie contre lui, la tête au creux de son épaule.

— Putain ! Tu m'as fait une de ces peurs, murmura-t-il en resserrant son étreinte.

Il laissa quelques secondes ses lèvres errer sur ses cheveux, ils sentaient tellement bon ! Enfin, il la repoussa avec précautions, écarta les mèches qui cachaient son visage, sortit un mouchoir de sa poche et entreprit de nettoyer ses lèvres meurtries. Elle repoussa sa main.

— Je t'ai dit que... je l'ai tué...!

Ses yeux reflétaient de la terreur.

— Tu as tué qui ? demanda-t-il doucement.

— Hervé !

— Bon ! Ce n'est pas une grosse perte ! tenta-t-il de plaisanter pour la dérider.

— Éric ! le supplia-t-elle.

— Excuse-moi, qu'est-ce qui s'est passé ?

Après qu'elle lui eut relaté le plus fidèlement possible ce qui lui était arrivé, il la souleva, l'installa dans la voiture. Les larmes coulaient toujours sur son visage, elle tremblait, et il venait de s'apercevoir qu'elle était pieds nus. Elle avait certainement dû se blesser en courant, car quelques marques de sang étaient encore visibles.

Éric avait senti son estomac se nouer en entendant le récit de Jenny. Une colère sourde montait en lui, la haine lui tordait les entrailles.

Il gara la voiture dans un coin sombre, en sortit Jenny et la transporta selon ses directives, jusqu'au pied de l'escalier. Elle se débattit pour lui échapper.

— Je ne veux pas remonter là-haut tant qu'il est là, murmura-t-elle.

— D'accord, attends-moi là quelques secondes !

Il monta, visita la pièce, puis redescendit l'escalier.

— J'ai une mauvaise nouvelle, lui dit-il. Tu l'as loupé !

— Il... il n'est plus.... là-haut ?

— Non, il y a un peu de sang par terre, c'est tout !

Il la souleva dans ses bras pour la déposer sur son lit puis referma la trappe après quoi, il prit une serviette de toilette qu'il humidifia. Il trouva même une trousse de premiers secours. Il lui nettoya le visage puis les pieds qui étaient maculés de griffures et de petites coupures. Elle s'était un peu calmée.

— Ça va, c'est pas grave, murmura-t-elle le cœur battant.

— Cette saloperie de fumier ! Je vais le massacrer, jura Éric à demi-mot, les lèvres pincées.

— Non, il ne faut surtout pas, Éric ! Promets-moi de ne rien faire !

— Quoi ? Tu déconnes, non ? ragea-t-il.

— Camperro le protège, il va faire avec toi comme avec Ted. Si tu le touches, il va porter plainte et tu vas être arrêté. Si ça se trouve, c'est exactement ce qu'ils veulent.

Éric avait soudain levé les yeux et la fixait, incrédule. Elle le suppliait silencieusement. Dieu qu'elle était belle ! Ses cheveux lâchés cascadaient sur ses épaules jusqu'à sa taille. Des mèches rebelles sur son front éclairaient ses yeux de reflets dorés. Toute trace de cernes bleutés avait disparu, supprimant par la même, l'impression de joues creuses. La peau de son visage avait perdu l'aspect blanchâtre qui la rendait si maladive, voire fantomatique. Les traces de larmes sur ses joues lui donnaient l'air encore plus fragile, plus délicat. Ses lèvres entrouvertes l'attiraient irrésistiblement. Sa tunique avait légèrement glissé et dénudait en partie son épaule, laissant apercevoir une peau lisse, dorée. La bouche sèche, le sang battant à ses tempes, Éric dut reconnaître avec regret qu'elle pouvait faire perdre la tête à un homme, mais jamais il ne pardonnerait à Hervé d'avoir succombé au charme de cette fille qui n'était encore qu'une enfant.

— Alors, qu'est-ce qu'il faut faire ? Comme tout le monde ? S'écraser et faire mine de rien ? Jusqu'à quand ? Il faut qu'il arrive un drame pour que quelqu'un se décide à bouger ? lança-t-il, rageur. C'est comme ça qu'il a agi avec Ted ? Pour le meurtre de l'Espagnole, on lui a fait porter le chapeau ? C'est ça ?

Jenny s'était retranchée dans le silence. Elle avait croisé ses bras sur sa poitrine et posé son front sur ses jambes repliées, comme si elle cherchait à se recroqueviller. À son tour, il se laissa tomber sur son séant, les mains autour des genoux.

— Et moi qui décide justement de partir demain, merde ! Qu'est-ce que je vais trouver comme excuse pour rester ! se demanda-t-il à voix haute.

Jenny leva subitement la tête.

— Il faut que tu y ailles, s'il te plaît ! Ici, ça calmera les esprits, je ne risque pas grand-chose pour les deux jours à venir. À mon avis, Hervé va se tenir à carreau.

— Ah oui ? En sachant que je ne serai plus là ? La preuve, ce soir il savait que je serais sorti !

— Que tu aies été là ou pas n'y aurait rien changé. Normalement, personne, à part Camperro et Julien, ne sait où se trouve ma chambre. Hervé a dû m'attendre dans le noir pendant que je rangeais la cuisine. Il m'a suivie et est entré pendant que je prenais ma douche. Tu aurais été dans ta chambre, tu ne t'en serais même pas rendu compte. Tu n'aurais rien entendu, protesta Jenny.

Et elle avait raison ! C'était une chance qu'il soit rentré juste à ce moment-là.

— Tu n'es pas mal installée, ici, remarqua soudain Éric.

— Hum ! C'est Julien qui a mis l'électricité et tout le reste. Les meubles lui appartenaient, ils étaient dans son grenier et il ne s'en servait pas, expliqua-t-elle.

— N'empêche que tu es moins en sécurité ici que dans la maison !

— Pas si sûr ! lança Jenny inconsciemment.

— Qu'est-ce que ça veut dire ? Camperro ?

— Il savait où me trouver quand il voulait passer ses nerfs sur quelqu'un. Ici, il n'est jamais venu, répondit Jenny mal à l'aise.

— Même la nuit ?

Jenny s'était de nouveau retranchée dans le silence. Éric lui demanda s'il ne lui restait pas un peu de café. Elle se précipita pour lui en préparer un, heureuse de trouver une diversion. Tout en buvant à petites gorgées, il l'observait du coin de l'œil puis soudain, ne put s'empêcher de lui poser la question qui lui brûlait les lèvres.

— J'ai entendu dire que Ted et toi étiez très proches, quel rapport y a-t-il entre vous ?

Il vit Jenny se raidir et se tenir sur le qui-vive.

— Nous avions des rapports amicaux, mais je ne l'ai pas revu depuis longtemps, dit-elle, prudente.

— C'est peut-être indiscret, mais... Est-ce qu'il y a quelque chose entre vous ? demanda-t-il à brûle-pourpoint.

— Quelque chose comment ? demanda-t-elle naïvement en le dévisageant.

— Quelque chose comme il peut y avoir entre un homme et une femme, sourit-il.

— Comme si un homme pouvait me considérer comme une femme ! lâcha-t-elle sur un ton amer.
— Moi, je te considère comme ça, tu en doutes ? murmura-t-il.

Elle crut un instant que son cœur allait s'arrêter de battre, tant il lui fit mal dans sa poitrine.

— Tu me considères comme Isabelle ? demanda-t-elle d'une toute petite voix, fuyant son regard.
— Elle sera toujours entre nous, n'est-ce pas ? murmura Éric en poussant un soupir d'exaspération.
— J'aurais tellement voulu qu'elle n'existe pas ! lâcha Jenny presque malgré elle.

Éric se rapprocha d'elle. Avec délicatesse, il lui prit le menton pour la forcer à le regarder. Leurs visages étaient si proches que chacun pouvait sentir le souffle de l'autre.

— Je ne t'aurais peut-être jamais connue si c'était le cas. Il suffit de se dire qu'elle n'a jamais existé et faire semblant d'y croire, murmura-t-il.

Avec une immense douceur, il approcha ses lèvres de celles de Jenny. Elle ferma les yeux, mais ne répondit pas à son baiser. Soudain, elle se recula, les tempes brûlantes, elle lui murmura :

— Ne fais pas ça… Ça va tout compliquer ! Et puis Isabelle a existé, qu'on le veuille ou non.

Éric s'était relevé d'un bond, énervé, déçu, frustré.

— Puisqu'il faut parler d'elle, j'ai appris qu'elle avait eu un gosse !

Jenny blêmit d'un coup. Les lèvres tremblantes, elle le questionna.

— Qui t'a dit ça ?
— Tu as connu Katia Domergues ?
— Non !
— C'est une ancienne copine, je l'ai rencontrée par hasard. Elle va épouser le fils de Jean-Pierre Derry !

Jenny était devenue si pâle qu'il crut qu'elle allait s'évanouir.

— Mon Dieu ! Si quelqu'un sait que tu les as rencontrés, tu es foutu ! Va-t'en Éric, quitte la région avant qu'il ne soit trop tard ! Cette fois, c'est moi qui te supplie !

Les larmes s'étaient remises à couler sur son visage : elle paraissait terrorisée.

— Qu'est-ce que tu sais au juste, Jenny ? Il faut que tu me le dises, j'ai besoin de ton aide, la pria-t-il.

— Jamais ! cria soudain Jenny. Va-t'en ! Pars d'ici ! Maintenant ! hurla-t-elle en pleurant.

Éric la regardait sans comprendre, interdit.

— Jenny, je...

— Va-t'en !

Elle avait crié ces derniers mots, prenant sa tête dans ses mains. À présent elle ne pouvait retenir ses sanglots. Il eut un geste de la main pour caresser ses cheveux, la consoler, mais ses doigts ne l'atteignirent pas. Il laissa retomber sa main, hésita quelques secondes sur la conduite à adopter, puis il ouvrit la trappe et disparut dans l'escalier. Il se sentait perplexe, frustré. Le cœur gros, il se demandait ce qu'il pouvait bien faire d'autre. N'était-il pas en train de commettre une grosse erreur en voulant à tout prix connaître la vérité ? Et si Jenny avait raison ? Peut-être qu'il ne pourrait bientôt plus maîtriser la situation. Trop de choses lui échappaient. Peut-être même qu'en voulant la sortir de là, il mettait leurs deux vies en danger. Il risquait aussi de faire tomber son propre père dans un beau guêpier. Et Ted, quel rôle jouait-il ? Qu'adviendrait-il de lui si la vérité éclatait, quelle qu'elle soit ? Il ne savait plus où il en était.

Il regagna sa chambre, s'allongea sans parvenir à trouver le sommeil. Tant de pensées se bousculaient dans sa tête. Il se sentait perdu en plein labyrinthe. Plus il essayait d'en trouver l'issue, plus les chemins se fermaient, s'assombrissaient. Que pouvait-il faire ? Que devait-il faire ?

- 14 -

Samedi 5 juillet

Il se mit en route à cinq heures du matin sans avoir dormi un seul instant. Il se sentait épuisé, mais il n'avait pas sommeil. Il était parti avec sa voiture de location. Il devait la rendre à Vélèze, la ville où vivaient ses parents.

Pendant la nuit, une idée avait germé dans son esprit. Il n'allait pas laisser Hervé tranquille. Il fallait que celui-ci paye d'une façon ou d'une autre. De plus, il ne pouvait abandonner Jenny sans aucune protection pendant son absence. Cette fois, il avait réellement peur pour elle.

Au bout d'une demi-heure de route, il s'arrêta près d'une cabine téléphonique, composa le numéro de téléphone d'Hervé.

— Allô ! Je suis bien chez Hervé Bernier ? questionna-t-il.

— Oui, c'est pour quoi ? Qu'est-ce qui se passe ? répondit une voix féminine endormie.

— Vous êtes qui ? Sa petite amie ?

— Oui, pourquoi ? Vous voulez lui parler ? Il dort et...

— Je vois que sa soirée ne l'a pas empêché de dormir ! (Il entendit au loin la voix d'Hervé demander ce qui se passait). Dites-lui simplement que je suis heureux de savoir qu'il a une petite amie, et j'espère qu'il n'a pas trop mal à la tête !

Éric raccrocha, satisfait. D'ici une demi-heure, il recommencerait. Il ne le laisserait plus tranquille. Il allait le harceler sans arrêt. Il voulait qu'Hervé vive sur les nerfs, qu'il n'ait plus un moment de répit, qu'il craque. Et surtout, qu'il foute la paix à Jenny par peur des représailles, au moins jusqu'à son retour. Il préférait de loin l'affrontement physique, il mourrait d'envie de le frapper, de le voir saigner. Cela le défoulerait plus que de simples coups de fil. D'un autre côté, comme il ne pouvait passer ses nerfs sur lui, cette solution semblait provisoirement la meilleure. Après tout, la torture morale fait parfois plus de mal que n'importe quelle autre blessure. Éric l'avait prévenu, maintenant, il allait devoir payer. D'une façon ou d'une autre, il allait regretter d'avoir touché à Jenny.

Comme il l'avait prévu, il rappela une demi-heure plus tard. Cette fois, ce fut Hervé qui répondit.

— Allô ! Hervé ?

— Oui, qu'est-ce que tu veux ? ragea ce dernier en reconnaissant la voix d'Éric. C'est toi qui as déjà appelé tout à l'heure !

— Oui, ça t'a réveillé ? Je suis vraiment désolé, surtout que tu devais être fatigué. Pas trop mal à la tête ? ironisa Éric.

— Qu'est-ce que tu veux ?

— Ne sois pas si agressif ! Je m'inquiète pour toi ! Je voulais juste savoir si tu tenais un peu à ta copine ? Parce que, tu comprends, elle pourrait peut-être apprendre des choses désagréables sur toi, par exemple comment tu termines tes soirées chez Camperro ! Elle pourrait aussi être agressée, la pauvre ! Tu sais, les rues ne sont plus sûres de nos jours ! s'amusa Éric avec une petite voix innocente.

— Espèce de fumier ! Si tu....

Éric avait raccroché, le sourire aux lèvres. Il décida cependant de ne pas rappeler avant le soir. Hervé pouvait avoir l'idée d'enregistrer les communications, et puis s'il s'attendait trop aux appels, ce ne serait plus marrant. Il fallait le surprendre, l'appeler quand il s'y attendrait le moins, en pleine nuit par exemple. De plus, la menace avait été claire. Il allait se méfier et probablement éviter Jenny. Du moins, c'est ce qu'espérait Éric.

Il arriva chez ses parents vers dix heures. Tout le monde était là. Il fut accueilli par des embrassades, des rires, des exclamations. Même son père avait l'air de bonne humeur ! La petite Sandy s'était accrochée à son grand frère et ne voulait plus le lâcher, ce qui faisait enrager Jessica qui ne pouvait plus discuter avec lui ni monopoliser son attention.

— Tu as une mine... terrible ! s'exclama Thierry. Qu'est-ce qui t'est arrivé ? Tu reviens d'où ?

— J'ai pris quelques jours de vacances.

— Ah, tu me rassures, j'ai cru que tu revenais d'un camp de concentration, ironisa Thierry. Depuis quand est-ce que tu n'as pas dormi ?

— Je suis en vacances avec des copains, on a fait un peu la bringue. C'est vrai que je n'ai pas beaucoup dormi ces derniers temps, expliqua Éric.

— Tu as déjeuné ? questionna Johanna. Tu veux un café ou quelque chose ?

Éric avoua qu'il n'avait rien avalé depuis la veille au soir et accepta avec grand plaisir de prendre un petit déjeuner. Alors qu'il mangeait, son père ne put s'empêcher de relancer la conversation malgré les grimaces dissuasives de Johanna dans le dos de son fils.

— Qu'est-ce que tu as fait depuis les examens ?

— J'ai pris des vacances avec deux copains qui étaient en cours avec moi. En fait, je suis venu chercher ma voiture. Celle du copain avec laquelle on est partis est morte. J'en ai loué une pour revenir.

— Et tu viens d'où ?

— On est dans la maison de campagne du père d'un de mes amis, dans l'Ouest.

Éric restait volontairement évasif. Il regardait son père droit dans les yeux. C'était le meilleur moyen pour que ce dernier ne mette pas en doute ses dires.

— Il y a une piscine, un cours de tennis, des boîtes de nuit et plein de jolies touristes ! affirma-t-il en souriant.

— Et tu rentres quand ?

— Dans deux ou trois semaines maximum. Et avant que tu ne m'en parles, j'ai un ou deux projets d'embauche ou plutôt de contrats, assez intéressants pour le mois de septembre. Je ne vais pas sombrer dans les plaisirs et la luxure ni me laisser vivre au gré de la générosité de mes parents ou des Assedic. Satisfait ?

— Je ne t'ai encore rien reproché, que je sache ? se défendit Thierry. Je suppose que tu es assez grand maintenant pour prendre ta vie en main ! Tu fais ce que tu veux, seulement...

— Tu ne m'as pas « *encore* » fait de reproche, autrement dit, ça va venir. Alors « *seulement* » quoi ? reprit Éric, un demi-sourire aux lèvres.

— Seulement, tu pourrais donner un peu plus souvent de tes nouvelles ! Je ne te demande pas d'appeler tous les jours. Ce n'est pas non plus pour te surveiller, loin de là ! Mais après tout, nous sommes quand même tes parents. Tu pourrais te confier davantage, demander des conseils si besoin est... Je ne sais pas moi, nous faire un peu plus confiance.

— Tu ne m'as pas vraiment habitué à ça ! remarqua Éric.

Toute trace de sourire avait disparu de son visage. Il fixait gravement son père. Johanna s'agitait devant son évier en maugréant. Elle le savait ! Éric avait à peine franchi le pas de la porte de la maison que Thierry lui avait déjà sauté dessus. Comme si cette explication ne pouvait attendre l'après-midi ! Elle enrageait silencieusement. Il était hors de question qu'elle sorte de la cuisine et les laisse parler seuls. Au moindre haussement de ton, elle s'interposerait entre eux. Elle adorait son mari tout comme son fils, et elle était malade de les voir se disputer alors qu'ils étaient, dans le fond, profondément attachés l'un à l'autre. Cette fois, elle prendrait la défense d'Éric, quoi qu'il arrive. Elle pourrait toujours calmer Thierry par la suite. Elle aurait voulu qu'Éric passe chez eux deux jours tranquilles, pour qu'il ait envie de revenir plus tard retrouver une bonne ambiance familiale. Elle n'avait qu'une peur, que son fils quitte définitivement la maison, en mauvais terme avec son père. Ils seraient trop malheureux l'un et l'autre et du coup, elle aussi.

— Tu as peut-être raison, reprit Thierry. J'ai l'impression de n'avoir pas vu grandir mes enfants. J'ai du mal à réaliser que vous n'êtes plus des gosses, Jessie et toi, surtout toi ! Mais ça part d'un bon sentiment. Je voudrais tellement que vous réussissiez dans la vie, que vous soyez bien !

— Alors, fais-nous confiance. Je sais ce que je fais ! dit-il. *Enfin je crois...!* ajouta-t-il pour lui-même.

— Ce que je veux dire, c'est que le propriétaire de ton studio m'a appelé pour avoir ton adresse afin de te rendre ta caution. Ça m'a énervé d'apprendre que tu avais liquidé ton appartement par quelqu'un d'autre. Sans compter qu'on n'avait plus de nouvelles, on ne savait pas où tu étais passé ni ce que tu faisais. Ce qui m'énerve le plus, c'est que tu disparais dans la nature, tu reviens avec ton linge sale et tu repars. J'ai l'impression qu'on tient un hôtel, pas une maison familiale, tu comprends ? expliqua Thierry. Ça n'a rien à voir avec de la surveillance. Je voudrais juste un peu plus de considération ! expliqua Thierry.

— Je comprends ! Je suis désolé si j'ai agi comme ça, je ne m'en suis pas rendu compte. D'autre part, cette fois, je n'ai pas rapporté de linge sale.

— C'était une image, Éric ! s'exclama son père.

— Je sais, je plaisante. Pour mon studio, ça m'a pris d'un coup. Dès que j'ai eu mes examens, j'ai eu envie de partir pour décompresser un peu, couper les ponts. Encore une fois, je suis désolé et, si tu fais un petit effort, je veillerai à ce que ça ne se reproduise plus, O.K. ? Qu'est-ce que je peux te dire de plus ?

Johanna était surprise de la tournure de la conversation. Ni l'un ni l'autre ne s'était énervé. Ils parlaient calmement, sans hausser la voix, comme de vieux amis. Quand Éric les laissa seuls en prétextant aller discuter un peu avec les filles, Johanna et Thierry se regardèrent, étonnés.

— Qu'est-ce qu'il a ? Il n'est pas dans son état normal ou il a anormalement vieilli et changé ces derniers temps ? Il ne s'est pas énervé, il s'est même excusé et en plus, il va s'occuper des filles ! s'exclama Thierry.

— Tu exagères ! Tu m'avais promis de ne pas t'en prendre à lui dès son arrivée ! lança Johanna.

— Je ne m'en suis pas pris à lui, j'ai mis les choses au point. Mais n'empêche que c'est la première fois depuis des années que nous discutons comme ça !

— Peut-être qu'il a besoin de nous, de nous sentir à ses côtés, au cas où !

— Peut-être, ou bien il va nous demander quelque chose ! En tout cas, ce n'est pas son genre d'être hypocrite, reprit Thierry. Je devrais être content du changement qui s'est opéré en lui, mais en fait, ça m'inquiète. Je suis sûr que s'il a un problème, il ne nous en parlera pas.

— À toi de jouer en douceur pour savoir si quelque chose ne va pas, proposa Johanna.

— Je ne pense pas, répondit Thierry. Je crois que s'il parlait à quelqu'un, ce serait plutôt à toi, voire à Jessica. Vous êtes plus proches de lui que moi.

Vers onze heures vingt, Éric sortit, prétextant aller voir un ami. Il promit de rentrer pour le repas et se rendit à l'office de Maître Resner. Il patienta dans la salle d'attente. À onze heures trente précises, la secrétaire le fit pénétrer dans le bureau de l'avocat. Éric lui expliqua brièvement le cas de Jenny en évitant de donner trop de précisions.

— Je voudrais donc, Maître, savoir en quoi consiste exactement une mise sous tutelle, questionna Éric.

— Je vais vous l'expliquer le plus simplement possible. la capacité d'exercice est l'aptitude à exercer les droits dont on a la jouissance. L'incapacité est souvent une mesure de protection à l'égard d'individus qui, pour des raisons diverses, sont en état d'infériorité. Il en est ainsi des capacités fondées sur l'âge pour les mineurs ou sur l'altération des facultés mentales ou physiques : majeurs aliénés, faibles d'esprit, prodigues, handicapés. Ce serait le cas de la jeune fille dont vous me parlez, expliqua Maître Resner. C'est donc un représentant qui exerce les droits de l'incapable pour le compte de celui-ci : c'est le système de la « représentation ». Cette représentation associe la famille et l'autorité judiciaire. L'incapacité résulte toujours d'une décision du juge des tutelles à qui il revient de choisir le régime applicable à l'intéressé. Pour le cas qui nous intéresse, le juge a choisi, le système de tutelle, c'est-à-dire de « protection continue ». Mais cette décision est prise « *sur avis médical* » : il ne peut en être autrement. Il y a toutefois un détail étrange dans votre affaire. Je vous explique. Le régime de la tutelle peut être écarté lorsqu'un membre de la famille de la personne reconnue incapable est apte à veiller sur ses intérêts ou lorsque l'importance des biens à gérer ne justifie pas la nomination d'un tuteur. Dans le cas que vous m'exposez, le père de la jeune fille remplit cette aptitude, alors pourquoi l'avoir mise sous tutelle ? Êtes-vous sûr qu'il est son père ?

— Je l'ai toujours cru en tout cas. Il semble qu'il le soit bel et bien.

— Et elle n'a plus sa mère ? Celle-ci avait-elle beaucoup de biens ?

— Non, c'est son père qui a beaucoup de biens.

— Ce n'est pas logique... Le père possède des biens, mais n'étant pas encore mort, elle n'a pas hérité. Il pouvait donc « protéger » sa fille sans faire appel à un régime de tutelle. La première hypothèse que j'entrevois, c'est qu'elle a obtenu ou hérité de biens suffisamment importants pour que son père l'ait mise sous tutelle. La seconde hypothèse : il n'est pas son père, mais il veut s'attribuer tout ce qu'elle possède sous prétexte de l'avoir élevée !

— Aucune de ces deux thèses ne me semble crédible, avoua Éric. Je ne sais quoi vous dire...

— Vous m'avez dit également que cette jeune fille était tout ce qu'il y a de plus normal et qu'elle a été placée sous tutelle parce qu'elle est soi-disant faible d'esprit ? reprit Maître Resner

— C'est ça !

— Comme je vous l'ai dit, la mise sous tutelle se fait sur avis médical. Vous mettez donc en doute un avis médical ?

— Pas vraiment, je n'en suis pas encore là. Ce qui est fait, est fait. Je voudrais savoir comment faire lever cette tutelle.

— La tutelle cesse avec les causes qui l'ont déterminée. Le majeur reprend alors l'exercice de ses droits.

— Vous voulez dire qu'un simple certificat médical suffirait ?

Éric réfléchit un instant, puis une idée lui vint à l'esprit.

— Maître, je ne vais émettre que des hypothèses, n'y voyez aucune accusation, quelle qu'elle soit. Admettons que le médecin ayant donné son avis pour la mise sous tutelle de cette jeune fille ait été corrompu et que je puisse le prouver, que se passerait-il ?

— Après une action en justice, le médecin serait probablement radié de son ordre et le père poursuivi pour abus de biens. La tutelle serait immédiatement levée et la jeune fille pourrait même demander des dommages et intérêts pour préjudice moral. Mais je me dois de vous mettre en garde : attaquer un médecin, c'est prendre beaucoup de risques. Ceux-ci ont en effet les moyens de se défendre. Le commun des mortels, en général, prête plutôt foi aux dires d'un médecin qu'à ceux qui l'attaquent. Vous avez intérêt à assurer vos arrières et à avoir des preuves qui tiennent la route, conseilla Maître Resner, et en matière de psychologie, allez prouver qu'un médecin a tort, sous-entendit-il.

Après l'avoir remercié, Éric prit congé de l'avocat, en lui promettant de le tenir au courant de la suite des événements.

Petit à petit, un soupçon commençait à germer dans son esprit. Et si Camperro n'était pas le père de Jenny, cela expliquerait son comportement vis-à-vis d'elle, son agressivité ? Peut-être même avait-elle hérité de son vrai père ? Cela pouvait justifier une mise sous tutelle de la part de Camperro. Il avait eu peur de perdre les biens de Jenny si celle-ci apprenait qu'il n'était pas son vrai père. Tant d'hypothèses se bousculaient dans sa tête... Il fallait absolument qu'il revoie Christophe Derry pour lui poser d'autres questions, cette fois plus précises. Peut-être que, à la suite de l'enquête de police qu'il avait menée, il pourrait lui donner certaines réponses. Si ce n'était pas le cas, Christophe pourrait être aiguillé sur d'autres pistes. Tout comme ce dernier, il pensait que tous les événements passés autour de leurs familles quatre ans plus tôt devaient être étrangement liés.

- 15 -

Après le repas, Éric avait rejoint sa mère à la cuisine. Pendant tout le temps du déjeuner, son père avait essayé de lui tirer les vers du nez. Il aurait voulu savoir où Éric passait ses vacances et avec qui, mais en vain.

— Éric, je me trompe peut-être, mais tu n'as pas vraiment l'air d'aller bien, qu'est-ce qu'il y a ? questionna Johanna.

— Tout va bien, je t'assure ! Je suis peut-être un peu fatigué, c'est un passage à vide, c'est tout. Tout va rentrer dans l'ordre, tu verras ! lança-t-il distrait.

— Qu'est-ce qui va rentrer dans l'ordre ?

Éric se contenta de lui sourire sans répondre, tout en l'aidant à débarrasser la table.

— Si tu avais un problème quelconque, tu nous en parlerais, n'est-ce pas ? reprit-elle.

— *Mais ce n'est pas un problème quelconque,* pensa Éric.

— Certainement ! Enfin, je pense, vu que ce n'est pas le cas, répondit celui-ci en souriant. Et si vous, vous aviez des problèmes, vous m'en parleriez ? demanda Éric à brûle-pourpoint.

— Quel genre de problème ? répondit Johanna sur le qui-vive.

— Je ne sais pas, moi ! C'est à vous de me le dire ?

— Te dire quoi ? Tout va bien ici ! Ça ira mieux quand tu seras définitivement revenu dans la région. Tu sais que c'est toi notre plus grand problème ?

— Oh ! Je ne savais pas que c'était à ce point ! Vous songez sérieusement à m'éliminer ? se moqua Éric.

— Sincèrement ? Oui ! Je voudrais oublier que tu n'es jamais là, que je ne sais jamais où tu es, que je ne sais pas si tu manques de quelque chose, si tu te nourris correctement, si tu ne te drogues pas, et que sais-je encore ? répondit Johanna sur le même ton.

— Je ne me drogue pas, je n'ai pas eu de transfusion sanguine, je ne suis donc pas séropositif ou alors pas encore ! Qu'est-ce que tu voulais savoir d'autre ?

— Si tu n'es pas séropositif, c'est déjà une bonne chose ! Alors tu as une ou plusieurs copines, ou bien tu vis aux crochets d'une ou plusieurs veuves argentées ? Tu n'en parles jamais !

— Ça m'arrive oui, d'en avoir une ou plusieurs... copines ! Pas veuves argentées. Je préfère les jeunes héritières millionnaires. Mais je te promets que je te préviendrai un peu avant mon mariage, ou avant la naissance de nos enfants. Et au cas où j'oublierais, de toute façon tu recevrais un faire-part ! ironisa Éric.

— Je te parle sérieusement, Éric ! C'est une fille qui te rend si soucieux, ou bien tu as des problèmes d'argent ? Et ne me dis pas que tout va bien. Je le vois à ta tête, à ton attitude, je le sens ! Tu ne peux pas tromper ta mère ! Que tu ne veuilles pas m'en parler, c'est une chose, mais ne me dis pas qu'il n'y a rien, ça me met en rogne !

Éric, à présent, tournait le dos à Johanna. Il avait perdu son sourire ironique et son air moqueur. Elle avait toujours été très perspicace quand quelque chose n'allait pas, et il n'avait jamais su lui mentir. Le problème était de lui en dire juste assez pour la rassurer sans la mettre sur la voie de Blignac.

— Hum, c'est une fille ! se contenta-t-il de répondre.

— Tu l'aimes ?

— Je ne sais pas !

Il fit face à sa mère, un léger sourire aux lèvres, l'air énigmatique.

— C'est ça mon problème !
— C'est une fille que tu as rencontrée à l'école ?
— Non, pas directement.
— Vous êtes ensemble ?
— Non, pas encore, et peut-être jamais ! Il n'y a rien entre nous.
— Et tu voudrais qu'il y ait quelque chose ? Pourquoi ne lui as-tu pas proposé de l'amener ici ce week-end ? Tu sais, si c'est une fille bien sous tous rapports, respectable, avisée, raisonnable ou méfiante, c'est toujours rassurant de connaître la famille de son petit ami. Et puis, si tu lui proposes un week-end dans ta famille, c'est que tu n'as pas de mauvaises intentions...

Éric avait éclaté de rire.

— T'es vraiment fleur bleue ! Je n'ai pas de mauvaises intentions, je ne veux pas lui faire de mal. Si elle est d'accord, je ne lui ferai que du bien !

Johanna lui envoya une tape sur le bras.

— Tu te moques de moi ! s'écria-t-elle.

— Eh ! On n'est plus au Moyen Âge ! Je vais te la ramener, te la présenter, on va faire un délicieux petit repas, et je vais me contenter de la regarder dans le blanc des yeux. Évidemment, comme dans toute famille respectable, tu nous auras préparé deux chambres séparées. Heureusement qu'on n'a pas un château, tu nous aurais mis chacun dans une aile. J'aurais pu aussi inviter ses parents, on aurait fait un week-end barbecue ! On aurait discuté de notre futur mariage, de notre futur appartement financé par beau-papa et on aurait pu même choisir le papier peint et la couleur de la moquette !

Éric continuait à rire à gorge déployée. Johanna qui faisait la moue se laissait peu à peu envahir par le rire communicatif de son fils.

— Tu exagères ! Je ne suis pas vieux jeu à ce point, quand même ! Oublie ce que j'ai dit, contente-toi de la draguer loin de nous et amène-nous là quand elle sera prête à nous affronter ! plaisanta Johanna.

— Un affrontement maintenant ! Il ne manquait plus que ça ! Remarque, il y aurait de quoi, elle n'est pas issue d'une famille qu'on pourrait dire.... Comment tu as dit, déjà ? R*espectable* ?

— Ah ! Je savais bien qu'il y avait un problème ! C'est sa famille qui t'ennuie ? reprit Johanna plus sérieusement.

— Oui maman, *y font rien que m'embêter !* s'amusa Éric en riant.

— Tu m'énerves, tiens ! lança Johanna en empoignant brusquement le plateau où elle venait de disposer la cafetière et les tasses. Viens boire ton café !

— Mais il n'y a pas de problème ! Le seul que j'aie, c'est que je suis attiré par une gonzesse qui ne veut pas de moi, enfin pour l'instant ! Mais je n'ai pas dit mon dernier mot ! Ça te va ? Tu es satisfaite ?

— Pour l'instant, je me contenterai de ça !

— Qu'est-ce que vous avez à rire, tous les deux ? Vous avez l'air de bien vous amuser ! s'exclama Thierry qui venait à leur rencontre.

— Figure-toi que ta femme qui est également ma mère d'ailleurs, railla Éric, veut me marier ! Ou du moins, faire la connaissance d'une jeune fille bien sous tous rapports, de bonne famille, etc.

— Eh bien, on n'est pas sorti de l'auberge ! Si Éric se met à être sérieux avec les filles, c'est la fin des haricots ! s'exclama Thierry, en riant avec eux.

Éric emmena ses deux sœurs en ville pendant tout l'après-midi. Ils firent les magasins, s'arrêtèrent dans un café pour siroter un jus de fruits. Sandy voulait absolument faire un flipper avec son grand frère. Après la première partie, il la laissa jouer seule, sans toutefois la quitter des yeux. Il rejoignit Jessica pour discuter un peu. Elle attaqua directement.

— Pourquoi tu m'as fait rechercher des informations dans les relevés bancaires de papa ?

— C'était pour moi, une simple curiosité !

— Je ne te crois pas ! Qu'est-ce que tu cherches ? Qu'est-ce que tu vas faire des photocopies que je t'ai données ?

— Rien de précis, je t'assure ! J'aurais juste voulu savoir pourquoi vous êtes partis si vite de Blignac.

— Tu as envie d'y retourner, n'est-ce pas ?

— Non ! Pourquoi j'y retournerais ?

— Tu m'avais promis de tout me dire ! Dis-moi la vérité ! Tu ne me fais pas confiance ? Je pourrais t'aider d'ici !

— Si un jour je découvre quoi que ce soit, je te promets de t'expliquer, mais pour l'instant, je n'ai absolument rien à te dire, vraiment ! la rassura Éric. Parle-moi un peu de toi, ici, tu sors ? Tu as un copain ?

— J'ai un copain, oui, un mec super chouette ! Je te le présenterai la prochaine fois que tu viendras, si je suis toujours avec lui. Il est tellement bien que je me demande s'il va se contenter de moi longtemps, plaisanta à demi Jessica.

— Personne n'est assez bien pour toi, frangine, rectifia Éric. Pars du principe qu'il doit te mériter, et pas le contraire. Papa est au courant ?

— Plus ou moins ! Il fait semblant de ne pas le savoir. J'en parle surtout à maman. Papa commence à me laisser sortir parce qu'il connaît mes copains et copines, mais il est quand même méfiant. Il me donne une heure pour rentrer, il veut savoir où je suis, avec qui... Tu le connais aussi bien que moi !

— C'est quand même normal qu'il te surveille, tu n'es pas encore majeure.

— Ça ne changera rien que j'aie dix-huit ans ou pas. Tant que je vivrai avec eux, je devrai rendre des comptes. Toi, je t'envie. Tu fais ce que tu veux, quand tu veux...

— Il n'y a pas de quoi m'envier ! Moi, tu vois, ça me manque tout ça. Il me tarde de revenir vivre près de vous, pas forcément à la maison, mais vous voir souvent. Je voudrais me rapprocher de papa. Tu sais, j'ai souvent eu besoin de ses conseils, d'avoir son avis, mais il n'était pas là au bon moment. Et puis, on est un peu con à dix-huit ans. On croit qu'on sait tout, qu'on peut se débrouiller et en fait, on tombe dans le moindre piège. C'est normal qu'il te surveille ! En fait, il veille sur toi, tout simplement. Il a peur que tu tombes sur de mauvaises fréquentations, que tu te fasses agresser, que tu aies un accident de voiture, n'importe quoi d'autre.

Aujourd'hui, il se passe tellement de choses dans la rue que les gens ont peur pour leurs enfants. Si je peux te donner un conseil, essaye de rester proche des parents. Parle-leur, raconte-leur le maximum de choses sur toi, sur ta vie. Ils te feront d'autant plus confiance. Et, le jour où tu auras besoin d'eux, ils seront là. Ce sera plus facile pour toi de leur parler si tu en as déjà l'habitude.

— Toi, tu as perdu cette habitude et tu n'arrives plus à leur parler, c'est ça ?

— Un peu, oui ! Et puis je regrette plein de choses. J'ai l'impression d'avoir loupé quelques épisodes avec eux. Tu sais, tu aurais un père qui n'a rien à foutre de toi, tu en souffrirais énormément et tu rêverais d'en avoir un comme le tien, crois-moi ! .... Tu peux encore me rendre service là, tout de suite ?

— Pour quoi faire ?

— Je vais faire un numéro de téléphone, tu vas parler, tu demandes Hervé, tu te fais passer pour sa copine et tu me le passes, c'est tout !

Jessica lança un regard soupçonneux à son frère, sans chercher à en savoir plus. De toute façon, il ne lui dirait rien. Elle obtempéra.

— Allô ! Hervé ? s'exclama Éric d'un ton enjoué, lorsque sa sœur lui eut passé l'appareil. Comment vas-tu ?

— Qu'est-ce que tu veux, encore ? hurla l'autre dans l'appareil.

— Rien, je voulais juste savoir si tu allais bien, et ta copine a passé une bonne journée ?

— Va te faire foutre !

— Pas sympa comme réponse ! Je ne voulais pas que tu m'oublies ! Parce que tu sais, maintenant, je ne vais plus te lâcher ! Allez, salut, à bientôt !

— Qui c'est ce mec ? questionna tout de même Jessica.

— Un connard que je harcèle au téléphone pour lui faire peur !

— Pourquoi ?

— Parce qu'il m'a fait un ou deux coups bas et que si je lui casse la gueule, j'aurai de gros problèmes avec les flics, alors je lui fais peur autrement.

Jessica se mit à rire en secouant la tête.

— Je croyais que tu avais changé, mais en fait, pas du tout. Tu changes juste de stratégie !

Ils se lancèrent un sourire complice puis sortirent du bar après avoir récupéré Sandy au flipper.

Ils rentrèrent juste à temps pour le dîner, après quoi, Éric consentit à sortir avec Jessica. Celle-ci devait secrètement retrouver son petit copain dans un café et elle aurait certainement eu du mal à aller le rejoindre sans l'aide de son frère.

Éric profita de la situation pour appeler Christophe Derry. En fait, il tomba sur Katia. Après avoir discuté quelques minutes, elle lui passa l'intéressé.

— Christophe, j'ai besoin d'une ou deux petites précisions.

— Vas-y, je t'écoute !

— Est-ce que tu voudrais bien glaner quelques informations sur le médecin Chef de l'hôpital de Blignac ? Sur ses patients aussi, on ne sait jamais. Si tu pouvais savoir sur quoi s'est basé ce mec pour mettre Jenny sous tutelle, ce serait le pied !

— Je vais essayer, acquiesça Christophe. J'ai une amie qui bosse là-bas. Autre chose ?

— Oui, est-ce que tu pourrais te procurer l'acte de naissance de Jenny ?

— Pas la peine, on a déjà essayé dans cette direction. Légalement, elle est l'enfant de Camperro !

— Alors si ta copine voulait bien faire une photocopie du dossier médical de Jenny, ou essayer de se renseigner sur son groupe sanguin, celui de son père et celui de sa mère ?

— Pour faire quoi, si ce n'est pas indiscret ? demanda Christophe.

— Parce que je ne suis plus tout à fait sûr que Camperro est le père de Jenny. S'il l'est vraiment, la mise sous tutelle de sa propre fille n'a plus aucun sens, à moins qu'elle n'ait hérité de quelqu'un d'autre, et donc Camperro se serait mis l'héritage dans la poche, expliqua Éric.

— Je ne vois pas de qui elle aurait pu hériter ! s'étonna Christophe.

— Moi non plus, on a un moyen de le savoir ?
— Je vais essayer, mais je ne te promets rien. Je peux te rappeler ?
— Non, surtout pas ! Je te rappelle un soir dans la semaine, proposa Éric.
— Alors, passe plutôt à la maison, on pourra discuter plus tranquillement. Je n'aime pas trop le téléphone.

Éric se permit une grasse matinée. Dès son lever, il fit la vidange et le plein de sa voiture. Tout était prêt pour le déjeuner. Il passa encore le début d'après-midi avec sa famille. Thierry tenta en vain d'obtenir un scoop sur la destination de son fils, se plaignant de ne savoir où le joindre en cas de besoin.
— On n'a pas le téléphone là-bas, c'est juste une maison de campagne. Je vous appellerai de temps en temps. De toute façon, je ne pars pas très longtemps. Je te l'ai déjà dit, dans deux ou trois semaines, je serai de retour.

Il prit la route vers dix-huit heures. Il voulait arriver au domaine suffisamment tard pour essayer de parler à Jenny quand tout le monde serait couché.

- 16 -

Souvent le samedi soir, Camperro sortait. Jenny restait seule au domaine. Elle n'avait pas fermé l'œil de la nuit précédente. Les événements survenus l'avaient profondément bouleversée. La peur la tenaillait. Jusqu'à présent, elle s'était crue en sécurité dans son refuge. Maintenant qu'Hervé en connaissait le chemin, c'en était fini de sa tranquillité. Ce soir, elle avait déplacé sa lourde table sur la trappe. Elle craignait aussi qu'Hervé ne soit allé se plaindre à Camperro. La parole de Jenny ne pèserait pas lourd contre la sienne. Il pourrait raconter n'importe quoi. Elle ferait les frais de représailles. Camperro pourrait la forcer à réintégrer la maison. Mais ce qui l'angoissait le plus, c'était qu'Éric était en danger. Il allait subir la colère et la haine de Camperro, surtout si celui-ci apprenait qu'il avait rencontré le fils Derry. Pourquoi n'écoutait-il pas ses mises en garde ? Elle vivait dans la hantise qu'il arrive quelque chose à Ted. Si elle devait se faire autant de soucis pour Éric, elle ne tiendrait pas le coup. Jusqu'à présent, elle s'était accrochée. Elle avait résisté, combattu les moments de déprime et d'abattement. Elle relevait la tête et se disait qu'elle allait s'en sortir. Mais aujourd'hui, elle n'avait plus envie de lutter.

C'est dans cet état que Ted la trouva quand il vint la rejoindre dans la nuit. D'abord, elle mit du temps pour ouvrir la trappe.

— Tu te barricades ? Qu'est-ce qui t'arrive ? la questionna-t-il.

Elle se jeta dans ses bras, éclatant en sanglots, parlant de façon décousue, spasmodique. Il ne comprenait rien et sentait l'angoisse et la colère monter en lui. Avec douceur et délicatesse, il s'évertua à la calmer. Il finit par y parvenir et lui fit lever la tête.

— Là, tu te calmes, et tu me racontes ce qui s'est passé !

Elle lui raconta toute l'histoire, du début à la fin et vit progressivement les traits de Ted se durcir. Il serrait les poings et le rictus de sa bouche trahissait toute sa rage contenue.

— Je vais le tuer cet enfoiré ! J'en suis plus à une accusation près ! Je vais l'attendre sur la route un soir et lui faire la peau, ragea-t-il.

— Non ! Tu réagis comme Éric ! J'ai réussi à le convaincre de laisser tomber, alors toi aussi écoute-moi. Camperro serait trop heureux de l'aubaine. Il se servirait de ça pour vous mettre sur la touche, Éric et toi. Pour l'instant, il t'accuse, mais tu as ta conscience pour toi ! Tu n'as rien à te reprocher. J'ai trop besoin de vous. Qu'est-ce que je deviendrais si vous disparaissiez de la circulation tous les deux ? J'ai peur, Ted. J'ai peur comme jamais. Ce mec, c'est le protégé de Camperro !

Les larmes dévalaient ses joues. Il la reprit dans ses bras pour la calmer, et tenta de réfréner ses propres envies de meurtre. Heureusement qu'Éric était arrivé à temps. Il avait fait ce qu'il fallait, il lui devait une fière chandelle.

— Il y a plus grave, Ted, murmura-t-elle. Éric a rencontré par hasard Katia Domergues. Il est allé chez elle et a fait connaissance avec Christophe Derry. Il en sait autant qu'eux maintenant !

Ted était devenu blême. Il ferma les yeux et resta un moment silencieux.

— Eh merde ! De quoi est-il au courant au juste ?

— Qu'Isabelle a eu un bébé, la disparition de Jean-Pierre Derry, que son père était associé avec le tien, Julien et Camperro. Enfin, il sait tout ce que Christophe peut savoir. Il veut que je lui dise tout ce que je sais. Il dit qu'il a besoin de mon aide, et surtout il veut absolument te voir. Il m'a même demandé ce qu'il y avait entre toi et moi parce qu'il a entendu dire qu'on était très proches, expliqua-t-elle innocemment.

Un instant, Ted eut un demi-sourire aux lèvres. Éric serait-il jaloux ?

— Et toi ? Qu'est-ce que tu lui as répondu ? questionna-t-il, les sourcils froncés.

— Je lui ai dit qu'il n'y avait rien entre nous, que je n'étais au courant de rien. Après, quand j'ai appris qu'il avait vu Christophe, j'ai craqué. Je me suis mise à pleurer. Je l'ai mis dehors, je lui ai demandé de partir. Il se trame quelque chose, je le sens et j'ai peur. Qu'est-ce qu'on peut faire ? murmura-t-elle, la voix tremblante.

— Je vais voir Éric, il ne nous a pas laissé le choix ! Je vais essayer de le faire partir d'ici avant qu'il ne soit trop tard. Il y a peut-être encore un moyen de sauver la situation, lui expliqua Ted afin de la rassurer.

— Je ne crois pas ! Il a dit qu'il ne quitterait pas la région avant d'avoir tout tiré au clair. Toi-même, tu m'as affirmé qu'il était très têtu et que quand il avait une idée derrière la tête, il ne la lâchait plus.

— S'il ne me laisse pas le choix, j'appellerai son père au secours. Thierry arrivera certainement à le raisonner et à l'éloigner d'ici. D'une façon ou d'une autre, il ne doit rien apprendre de plus, d'accord ?

Il attendait de Jenny qu'elle l'approuve, mais chez elle, l'inquiétude prenait le dessus.

— Il finira par savoir, Ted. Christophe n'a pas cessé les recherches. Il va finir par trouver quelque chose. Éric et lui vont se serrer les coudes... Ted, si elle était là, la solution ? murmura-t-elle soudain.

— Quelle solution ? s'écria Ted sur le qui-vive
— Si Katia...
— Laisse Katia en dehors de tout ça !
— D'accord, si Christophe et Éric se joignent à nous, on pourrait tout leur dire. Le scandale éclaterait. Christophe est flic, il fera arrêter Camperro et tu seras lavé de tout soupçon, on pourrait commencer une autre vie, on serait libérés, et...

Jenny parlait à présent avec exaltation, le cœur battant. L'espoir renaissait en elle. Une petite lueur apparaissait au bout du tunnel.

— Arrête de rêver Jenny ! Je sais que tu crois au prince charmant, mais là, malheureusement, il n'y a pas de solution ! Redescends de ton petit nuage. S'il y a un scandale, qu'est-ce que tu crois qu'il va se passer ? Personne n'a de preuve contre Camperro. Les seules personnes susceptibles de témoigner ne le feront pas. Les Camperro sont puissants, ils achètent les gens dont ils ont besoin et se débarrassent des autres. Mon père est mort. Julien a déjà la corde autour du cou. Le père d'Éric tient trop à la vie de ses filles et de sa femme pour prendre le moindre risque. Qui va témoigner ? Toi ? Tu es considérée comme attardée mentale. Un bon avocat te traînera dans la boue et ton témoignage ne sera pas retenu. Qui d'autre ? Moi ? Je suis recherché pour meurtre. Quoi qu'on tente, ça entraînera des morts supplémentaires. Éric et moi, on se retrouvera en taule pour une raison ou pour une autre. Toi, tu disparaîtras parce qu'il n'aura plus besoin de toi s'il me met la main dessus. C'est tout ce qu'on y aura gagné !

— Et si quelqu'un retrouve le corps de Jean-Pierre Derry ? murmura Jenny.

— Facile ! Tout me retombera dessus. Il a accusé mon père de vol, l'a traîné dans la boue, l'a poussé au suicide. J'étais fou de rage, je l'ai tué. Il y a des dizaines de personnes qui seront prêtes à témoigner de mon accès de fureur ce jour-là ! Même son propre fils sera obligé de confirmer que j'étais à la fois effondré et fou de rage. On ne peut rien faire, Jenny. On est coincés ! Il faut attendre, expliqua Ted.

— Attendre quoi ? s'énerva Jenny.

— Je ne sais pas ! trancha Ted. Pour l'instant, il faut que tu te reposes. Dors ! Je reste là jusqu'à l'aube, et je reviendrai demain soir. On décidera de ce qu'il faut faire pour Éric.

À contrecœur, Jenny s'exécuta. Elle pensait ne pas réussir à trouver le sommeil, mais la fatigue eut le dessus. À peine allongée, elle s'endormit, un peu plus sereine que d'habitude. Ted veillait sur elle.

- 17 -

Dimanche 6 juillet

Il était plus de vingt-deux heures trente quand Éric arriva au domaine. Il coupa le moteur avant de pénétrer dans la cour. Au point mort, il poussa la voiture jusqu'à l'arrière des écuries, dans une zone d'ombre. Toutes les lumières de la maison étaient éteintes. Seule, une légère lueur provenait des combles au-dessus de l'écurie. Jenny était là et ne dormait pas.

Silencieusement, il grimpa jusqu'à la trappe, la souleva à peine. Son cœur bondit douloureusement dans sa poitrine. Il la referma tout aussi silencieusement, le souffle court, la gorge serrée. La surprise était de taille ! Il n'arrivait pas à croire ce qu'il venait de voir. Il sentit ses entrailles se nouer. Il se rendit compte que ses mains tremblaient. Par la légère fente due à l'ouverture de la trappe, il venait d'apercevoir Jenny, à demi allongée contre le torse de Ted. Ce dernier jouait tendrement avec une mèche de ses cheveux. Il avait tellement souhaité revoir Ted et pourtant, une fraction de seconde, il eut une envie folle de le frapper. La jalousie l'avait envahi d'un coup, sans crier gare. Se pouvait-il qu'il tienne à Jenny à ce point-là ? Il resta un long moment immobile dans l'escalier, stupéfié. Il lui semblait entendre les battements redoublés de son cœur tant il battait fort. Prenant sur lui, respirant profondément, il se décida tout de même à remonter les marches. Cette fois, il frappa légèrement deux petits coups.

Jenny et Ted avaient sursauté en même temps. D'un bond, Ted s'était jeté dans le cabinet de toilette, fermant partiellement la porte. Le cœur battant, Jenny entrouvrit la trappe prudemment. En apercevant Éric, elle poussa un soupir de soulagement, hésita un court instant avant d'ouvrir.

— Tu me laisses entrer ? murmura Éric. Je croyais que tu ne voulais plus me revoir !

— Tu m'as fait peur ! Je ne pensais pas que tu viendrais ce soir. Entre vite ! répondit-elle.

Éric referma lui-même la trappe.

— Tu as revu Hervé ? demanda-t-il brutalement.

— Non, j'ai l'impression qu'il m'évite.

— C'est bien ce que je voulais, sourit Éric. Je lui ai téléphoné nuit et jour tout le week-end. Je lui ai foutu la trouille. Je voulais être sûr que tu ne craindrais rien pendant mon absence, expliqua-t-il, un petit sourire aux lèvres.

Jenny le fixait, stupéfaite, les yeux écarquillés.

— Ça ne m'étonne pas de toi ! lança Ted, le sourire aux lèvres, en sortant de la salle de bain.

Éric se retourna brusquement. Jenny retint son souffle. Pendant quelques secondes, ils se fixèrent sans un mot, puis tombèrent dans les bras l'un de l'autre, les larmes aux yeux.

— Ça me coûte de le dire, mais qu'est-ce que tu m'as manqué, murmura Éric.

— Et toi donc ! répondit Ted sur le même ton. Pourquoi tu es revenu ? T'es vraiment toujours le même fouille-merde ! Tu pouvais pas vivre cool, ailleurs ? Tu t'ennuyais, c'est ça ?

— Un peu, oui, je m'ennuyais de vous. Il y a longtemps que je voulais revenir. J'attendais la fin de mes études et un bon prétexte, expliqua Éric.

— C'est malin ! Tu l'as ton prétexte, t'es bien avancé, maintenant. Bienvenue en enfer, imbécile ! gronda Ted.

— Raconte-moi ce qui se passe !

— Tout baigne. Mon père a juste été tué, et moi je suis à peine accusé de meurtre ! Comme tu vois, la routine ! Tout va pour le mieux dans le meilleur des mondes ! ironisa Ted.

— Ne me dis pas que tu n'as pas d'alibi pour cette histoire ? s'étonna Éric.

— Non, je n'en ai pas ! En fait, si, j'en ai un, mais je ne peux pas m'en servir, dit Ted en lançant un regard à Jenny.
— Comment ça ?
— J'étais avec elle, ce soir-là. Je lui ai proposé de me retrouver dans la crique. Camperro ne voulait plus que je vienne au domaine et Jenny avait encore sa chambre dans la maison. On s'est donc retrouvé là-bas, mais il y avait une touriste sur la plage. On est resté au-dessus, au bord de la falaise, à couvert des arbres. Au bout d'un moment, un cheval sauvage a déboulé, suivi par une Jeep conduite par Camperro. Il essayait de rattraper le canasson, puis il a vu la voiture de la gonzesse. Il s'est arrêté, l'a vue en bas. Il est descendu, a discuté un peu avec elle, puis il lui a sauté dessus et a commencé à la violer. Comme un con, je suis descendu pour tenter de la défendre. J'ai été assommé par-derrière. Je n'ai pas eu le temps de voir par qui. Quand je me suis réveillé, Jenny essayait de me tirer à l'abri. On s'est barré, mais ni l'un ni l'autre ne s'est rendu compte que je n'avais plus mon cran d'arrêt. Tout ce qu'on a vu c'est la fille violée et poignardée. On a paniqué, on s'est tiré. Le lendemain, les flics lançaient un avis de recherche contre moi.
— Et toi Jenny, tu as pu voir qui l'a assommé ? questionna Éric en se tournant vers elle.
— Non, il faisait nuit… Et je me suis cachée quand j'ai vu Camperro, répondit-elle navrée.
— Mais, Camperro, tu as eu le temps de le frapper ? Il n'avait pas de marques ? reprit Éric.
— Si, mais c'est lui qui a prévenu les flics. Il a dit qu'il avait essayé de m'en empêcher et que je l'avais frappé et assommé. Quand il s'est réveillé, il a appelé la police en citoyen modèle ! répondit Ted cyniquement. Sa parole contre la mienne en face d'un commissaire qui est son propre frère, qu'est-ce que je pouvais faire ? Dire que Jenny était avec moi ? C'était trop facile pour Camperro d'affirmer qu'elle est tarée, que son témoignage n'est pas recevable ou pire ! Il aurait pu la faire disparaître. Je ne veux pas la mêler à ça !

Jenny prétexta aller prendre une douche et les laissa seuls. Elle se sentait de trop. Une réelle complicité émanait de leur duo. Elle comprit qu'ils avaient besoin de se retrouver.

— Pourquoi ne pas la mêler à ça si c'est ta seule chance ? Qu'est-ce qu'il y a entre vous ?

Éric avait inconsciemment pris un ton un peu agressif. Il s'alluma une cigarette, en proposa une à Ted. Ce dernier eut un léger sourire. Il fixa un instant Éric, prit le temps d'allumer la sienne, se leva pour aller entrouvrir la grande porte de bois, seule ouverture sur l'extérieur, puis il vint s'asseoir en face d'Éric, le fixant de nouveau de façon moqueuse.

— Entre Jenny et moi ? questionna-t-il.

— Tu as très bien compris !

— C'est important ?

— Bien sûr que ça l'est ! s'énerva Éric. Alors, tu me réponds, oui ou non ?

— Je croyais qu'elle t'en avait parlé, s'amusa Ted.

— Elle n'a jamais rien osé me dire te concernant. C'est à toi que je pose la question.

— C'est pour elle que tu es revenu, hein ?

Éric acquiesça nerveusement. Il fixait Ted d'un regard soupçonneux. Le fait qu'il tourne autour du pot le confortait dans son idée et décuplait son sentiment de jalousie. Ted l'avait compris et le laissait mijoter délibérément. La tension montait en Éric. Il sentait l'énervement le gagner malgré le bonheur qu'il éprouvait d'avoir retrouvé son ami de toujours.

— Jenny est ma petite sœur ! lança soudain Ted.

Éric resta stupéfait, les yeux écarquillés. Il eut l'impression soudaine de manquer d'air. Pendant quelques secondes, il fut incapable de réagir, puis son cerveau se remit à fonctionner. Il sentait poindre en lui un immense soulagement, une joie indicible. Une seule chose comptait : elle n'était pas *avec* lui ! Puis il comprit enfin pourquoi le visage de Jenny lui en rappelait un autre sur lequel il n'arrivait pas à mettre de prénom, et pourtant ! Le visage de Ted ! Ils avaient le même regard et de temps en temps, quelques expressions semblables, une façon de relever le menton avec arrogance face à l'adversité, une certaine fierté.

— Tu as eu peur, hein ? Avoue ! se moqua Ted. Comment aurais-tu réagi si je t'avais dit que je l'aimais ?

— Je t'aurais certainement étranglé ! avoua Éric en souriant, encore sous le choc de la révélation. Comment ça, ta petite sœur ? Je ne comprends pas.

— Il y a dix-huit ans de ça, mon père et la femme de Camperro ont eu une liaison. Mon père était fou amoureux d'elle. Par contre, pour elle, il n'était qu'une passade, un caprice de gosse gâtée, un moyen de faire chier Camperro. Quand elle s'est trouvée enceinte, elle a coupé les liens avec mon père, mais Camperro n'a pas été dupe. Il a consenti à lui pardonner à condition qu'elle n'avorte pas. Il voulait qu'elle ait continuellement la preuve de sa faute sous les yeux. Elle, elle aimait Camperro et son fric surtout. Elle a toujours détesté Jenny, d'autant plus qu'en grandissant, la petite s'est mise à ressembler de plus en plus à notre père. Quant à Camperro, il avait un excellent moyen de pression sur lui quoi qu'il arrive !

— Mais ton père n'a jamais essayé de la récupérer ? s'étonna Éric.

— Il a passé sa vie à ça ! Camperro et sa chère épouse ne voulaient pas d'une bâtarde, mais par contre, un otage pouvait se révéler des plus utiles, raconta Ted avec dégoût. Ils ont tout fait pour que mon père se trouve le bec dans l'eau. À partir de là, il s'est mis à boire. Il a continué à travailler au haras parce que c'était le seul moyen qu'il avait de voir sa fille. Quand le domaine a périclité, mon père et le tien avaient suffisamment d'argent de côté pour en racheter une part. C'est mon père qui a convaincu le tien de s'associer avec Camperro. Ils avaient l'intention d'en prendre peu à peu la direction. Ils auraient voulu virer Camperro. Julien était d'accord pour leur donner un coup de main.

— Et qu'est-ce qui s'est passé ?

— Camperro s'en est rendu compte. Il s'est servi de Jenny pour leur faire peur. Un jour, Julien a changé de politique et s'est rangé du côté du chef, expliqua Ted, cynique. Personne n'a jamais su pourquoi. Tout leur plan s'est cassé la gueule. C'est à partir de ce moment-là que tout s'est dégradé : la fin de l'association, la disparition de mon père... tout le reste, quoi !

— Moi qui aimais tant Julien ! Quel pourri !

— Non, coupa Ted, ne le juge pas trop durement. Je ne crois pas qu'il soit si pourri que ça. Je pense que Camperro le tient par la menace. Je ne sais pas de quoi, mais Julien a peur ! Il m'a sauvé la peau plus d'une fois en douce, mais il retourne sa veste dès qu'il est en présence de Camperro. C'est comme s'il essayait de nous protéger Jenny et moi, mais à l'insu de l'autre pourriture.

— Dès mon arrivée, il a essayé de me faire partir, tu crois qu'il était sincère ? interrogea Éric.

— Oui, mais il est prudent parce qu'il craint Camperro.

— Pourquoi ? Tu crois qu'il a peur pour Marianne ?

— Qui sait ? Camperro agit comme ça avec tout le monde. Soit il a affaire à des pourris qui font ce qu'il veut pour du fric, soit il tombe sur des gens honnêtes, mais il y va au chantage et à la menace. Pourquoi tu crois qu'il garde Jenny ici ? Pour le plaisir de l'avoir à ses côtés ?

Ted ricana en écrasant sa cigarette.

— Il la garde ici parce qu'il n'a pas pu m'avoir ! Tant qu'il a Jenny, il sait que je ne quitterai pas la région. Si jamais je suis arrêté, il s'en débarrassera immédiatement. Sans mon père et moi, elle ne lui sert plus à rien.

— Tu n'as pas peur qu'il se serve d'elle comme appât ? lança Éric.

— C'est ce que je lui dis depuis des mois, répondit Jenny qui venait de les rejoindre.

— J'ai pas le choix.

— Par contre, en ce moment, Camperro doit se faire du souci parce qu'il y en a un de plus ! Même s'il t'arrive quelque chose, il sait que je protégerai Jenny, reprit Éric.

— Il fera avec toi comme il a fait avec moi ou avec mon père. Il va t'éliminer ou te faire arrêter. Il trouvera bien quelque chose ! S'il t'a reçu au domaine, c'était pour t'avoir sous la main, te surveiller, ou encore pour que tu l'amènes jusqu'à moi... Barre-toi Éric, fous le camp pendant qu'il en est encore temps ! S'il te plaît ! Fais-le pour moi si tu ne le fais pas pour toi ! supplia Ted.

— Non, attends ! Tu crois que maintenant que je sais tout ça, je vais m'en aller ? Vous laisser dans votre merde et aller mettre les pieds sous la table chez papa et maman comme s'il ne s'était rien passé ?

Éric fixait Ted les yeux écarquillés. Ce dernier eut un petit rire amer et secoua la tête.

— Je savais que tu ne voudrais pas partir, mais...

— Écoute-moi, trancha Éric, il a assez fait chier le monde ! Maintenant, on va contre-attaquer ! On va trouver les preuves dont on a besoin et le mettre K.O. Il a beau avoir tout le fric qu'il veut, il existe bien quelque part un moyen de le faire tomber, à nous de le trouver. Il n'est pas invincible, c'est une saloperie qui doit payer pour tout ce qu'il a fait. Je vais peut-être y passer ma vie, mais je l'aurai !

— Tu vas y laisser ta vie, oui ! s'exclama Ted. C'est ce que j'essaie d'expliquer à Jenny. Quoi qu'on fasse, il retombera sur ses pattes et retournera la situation à son avantage. Est-ce que tu peux comprendre ça ? s'énerva Ted.

— Non ! Toi, tu as les mains liées, d'accord ! Moi pas. On va le prendre à son propre piège. On peut compter sur Christophe Derry. Les preuves, on va les trouver ! S'il le faut, je les inventerai ! affirma Éric.

Il croyait dur comme fer en ce qu'il disait. Une immense foi en lui-même l'avait envahi. Il parviendrait à ses fins. Ted continuait à secouer la tête négativement. Que pouvait-il dire ou faire pour convaincre Éric ? Il lança à Jenny un regard et fut soudain pris d'un doute. Il y avait tellement d'espoir dans ses yeux ! Elle s'était assise près d'eux. Le cœur battant, elle avait écouté Éric et elle se mettait à espérer. Du regard, elle suppliait Ted de lui faire confiance.

— Même toi, tu commences à y croire, hein ? Au Prince Charmant qui arrive sur son cheval blanc, qui va tuer les méchants et libérer la gentille petite fille ! Mais où vous avez la tête ? ragea Ted, en s'adressant à Jenny.

— Ted ! Qu'est-ce que vous avez à perdre tous les deux en me faisant confiance ? *À l'instinct mon vieux !* T'as oublié ? murmura Éric, sentant la partie presque gagnée.

Ted le fixait, à présent. Les souvenirs lui revenaient avec une telle force ! Éric et lui inséparables, tout ce qui arrivait à l'un touchait l'autre. Quoi qu'il arrivât, si l'un tombait, l'autre plongeait. « *C'est ça l'amitié !* » lui avait dit

Éric cinq ans plus tôt, et ses propos restaient les mêmes en dépit de leur séparation. Ted éprouva un immense sentiment de reconnaissance et d'affection fraternelle envers lui. Depuis quelque temps, il ne voyait plus le bout du tunnel, il vivait au jour le jour, il ne croyait plus en rien. Et voilà que, malgré lui, il commençait à être convaincu par son ami, dont l'optimisme et la force de caractère semblaient contagieux.

— On n'a rien à perdre, mais on part de rien, murmura Ted.

— Mon père, je le convaincrai de témoigner. On peut très bien mettre ma mère et mes sœurs à l'abri, Katia et Jenny avec ! La seule chose qui me manque, c'est tout ce que *vous* savez ! Si mon père témoigne, Julien en fera peut-être autant. Ensuite, leur prise de position fera boule de neige. Si les gens pensent que Camperro est sur le point de tomber, ils cesseront de le craindre et suivront le mouvement. Je suis persuadé qu'on ne saura plus que faire des témoignages !

— C'est plus de l'optimisme, c'est carrément de l'utopie ! lança Ted. Et les flics, t'en fais quoi ?

— Christophe bénéficie du soutien de ses supérieurs, à condition qu'il apporte des preuves. On va les trouver, ces preuves, et voilà ! conclut Éric triomphalement.

— On dirait que tu parles d'aller acheter le journal, tu me fais rire ! Tu crois que tout va se passer comme tu le dis parce que tu l'as décidé ?

— Ted ! Tu n'as pas l'impression qu'on a inversé les rôles ? Avant, c'était toi qui parlais comme ça. Je te trouvais trop insouciant, naïf, mais, en y réfléchissant, je te préférais quand même à cette époque.

Ted était resté silencieux. Il regardait dans le vide, semblant réfléchir.

Jenny, elle, ne quittait plus Éric des yeux. Il y avait peut-être une chance qu'il les sorte de cette situation. Peut-être que par la suite, elle pourrait rester près de lui. Petit à petit, elle aurait peut-être une chance de se l'attacher. Se détournant de Ted, il posa son regard bleu-gris sur elle. Avec douceur, il posa sa main sur la sienne. Elle sentit ses doigts serrer les siens dans un geste qui voulait dire « *suis-moi, on va y arriver* ».

— Jenny, depuis quand sais-tu que Camperro n'est pas ton père ? demanda-t-il doucement.

— C'est Ted qui me l'a appris, quelques semaines avant la mort d'Isabelle, répondit-elle le cœur battant.

— Et toi, tu l'as toujours su ? Interpella-t-il Ted, le faisant sortir de sa torpeur.

— Non, je l'ai su à la même époque. Toi, tu avais toujours plus ou moins fait attention à Jenny… Un jour, je me suis dit que tu avais peut-être raison. J'ai essayé de l'approcher, mais j'ai mis du temps avant d'y arriver.

Il lança un regard affectueux à Jenny qui pour la première fois esquissa un sourire. Éric sentit son cœur s'emballer.

— Un soir, j'en ai parlé à mon père, reprit Ted. Je lui ai demandé s'il pensait que Jenny était vraiment attardée mentale. Il m'a répondu qu'il ne laisserait jamais personne dire de *sa* fille qu'elle n'était pas normale. J'ai pas compris tout de suite ce qu'il voulait dire ! Je le lui ai fait répéter. Alors il m'a raconté toute l'histoire. Il a toujours été profondément malheureux de ne pas avoir pu la reprendre. Il m'a dit que lui ne pouvait plus rien faire, mais que, si un jour il devait disparaître, il espérait que je réussirais là où il avait échoué, que je pourrais veiller sur elle.

— Camperro sait que tu sais ? interrogea Éric.

— Non, surtout pas ! Il ne doit pas savoir, lui répondit Jenny précipitamment.

— Est-ce que tu aurais touché un héritage ou je ne sais quoi ? Est-ce que tu as du bien à toi ?

— Non, pas à ma connaissance, pourquoi ? s'étonna Jenny.

— Si Camperro t'a mise sous tutelle, c'était juste pour te garder au domaine, alors ? Au cas où tu découvrirais ta vraie identité et où tu voudrais partir ? supposa Éric.

— Il y a autre chose dont je n'ai jamais parlé à Jenny. La part de l'association que Camperro a remboursée à mon père est sur un compte au nom de Jenny. Cela représente une petite centaine de milliers d'euros, précisa Ted.

Jenny se tourna brutalement vers Ted, stupéfaite.

— Pourquoi tu ne m'en as jamais parlé ?

— Parce que tu ne peux pas te servir de cet argent tant que tu es sous tutelle. Mon... enfin, notre père ne voulait pas que tu restes sans ressources au cas où Camperro disparaîtrait. Quant à lui, il a beau être ton tuteur, il ne peut pas toucher à ce fric, mais il a l'impression de maîtriser la situation.

— C'est déjà une bonne chose ! conclut Éric.

Jenny en resta bouche bée. Jamais elle ne se serait imaginé pouvoir posséder le moindre bien ni le moindre argent. Souvent, par le passé, elle avait paniqué à l'idée que Camperro pouvait la jeter dehors ou encore disparaître. Elle en aurait été réduite à mendier dans la rue. Plus tard, quand Ted lui avait appris leur lien de parenté et qu'il avait juré de veiller sur elle quoi qu'il arrive, cela l'avait quelque peu rassurée. À présent, cette somme d'argent était une sorte d'assurance pour son avenir. Dès qu'elle pourrait en prendre possession — si cela arrivait un jour — elle partagerait avec Ted et ils pourraient partir tous deux loin d'ici. Perdue dans ses rêveries, elle ne put réprimer un bâillement.

— Il est déjà tard, tu ferais mieux d'aller dormir. Tu dois te lever tôt demain. Je vais regagner ma chambre. On se revoit quand ? lança Éric.

— Je te propose autre chose, répondit Ted. Ramène-moi plutôt en voiture à ma planque, on continuera à discuter. Si tu vas te coucher maintenant, tu risques de réveiller Camperro. Il a le sommeil léger le bougre !

— Jenny va rester seule ? s'inquiéta Éric.

— Oh ! J'ai l'habitude, reprit cette dernière. Je suis toujours restée seule. Je vais tirer la table sur la trappe, je ne risquerai rien, le rassura-t-elle.

— De toute façon, j'ai vérifié qu'Hervé est réellement rentré chez lui ce soir. Il est avec sa copine, précisa Ted avec un clin d'œil malicieux à l'adresse d'Éric.

Ce dernier n'avait pas vraiment envie de dormir. Il était excité par ses retrouvailles avec Ted. Tellement de choses se bousculaient dans sa tête, tellement de questions à lui poser... Il sauta sur l'occasion et remercia mentalement Ted de lui tendre la perche. Il y avait certains sujets qu'il voulait aborder, mais pas en présence de Jenny...

- 18 -

Éric et Ted poussèrent la voiture jusque sur le chemin, suffisamment loin pour que le bruit du moteur ne se fasse pas entendre depuis l'habitation. Ils se rendirent à la périphérie de la ville. Ted avait trouvé refuge dans la maison d'une femme âgée qui avait été amie avec sa grand-mère. Elle l'avait vu grandir. Elle lui était immédiatement venue en aide, lui confiant qu'elle ne faisait pas confiance à la police. Elle avait toujours été persuadée qu'il était innocent. Elle lui avait proposé une immense pièce dans les combles de sa maison. C'était là que vivait Ted depuis des mois. Personne ne passait par là. Le coin était isolé et la propriété entourée d'une haute haie d'ifs. Il ne sortait que prudemment et seulement la nuit.

Ils cachèrent la voiture derrière une haie et montèrent *chez* Ted.

— Tu as encore eu de la chance de tomber sur une brave femme comme elle, lança Éric.

— Tu m'étonnes ! En plus, c'est elle qui est venue me chercher. Elle m'avait repéré dans une rue, elle m'a suivi jusqu'à ce qu'elle puisse me rattraper et m'a proposé de venir vivre ici, *jusqu'à ce que cette sale histoire soit oubliée, même si elle devait durer dix ans* ! m'a-t-elle dit.

Ils parlèrent du bon vieux temps, évoquant leurs souvenirs communs. Ils rirent même aux larmes au rappel de leurs meilleurs coups.

— Comment tu faisais pour ne pas être jaloux quand tu savais qu'Isabelle était avec moi ? Je me suis toujours posé la question, plaisanta Ted.

— Elle le faisait volontairement. Chaque fois que je lui refusais quelque chose, je savais que dans l'heure qui suivait, elle allait t'appeler. Et ça ne loupait pas ! La première fois, quand je l'ai su, je voulais te casser la gueule et arrivé devant toi, je n'en ai plus eu le courage. Après, je trouvais ça plutôt marrant. Le pire — au cas où tu ne le saches pas — c'est qu'elle comparait nos exploits sexuels avec ses copines. Tu sais ? Les deux filles avec lesquelles elle traînait toujours, reprit Éric, riant de plus belle.

— Qu'est-ce qu'elles disaient ? pouffa Ted.

— Ben… J'ai surpris plusieurs conversations et… apparemment, je suis une bombe sexuelle par rapport à toi ! Tu ne m'en veux pas trop, j'espère ? railla Éric.

— Enfoiré !

Ils en rirent encore un moment, puis Ted reprit un air plus grave. Ses sourcils se froncèrent.

— C'était le bon temps ! Tout allait bien à cette époque. On ne se posait pas de questions, on faisait la bringue, on draguait, on mangeait, on dormait, on s'amusait. Le paradis, quoi ! J'ai l'impression d'avoir pris dix ans dans la tronche en peu de temps, lança Ted amèrement.

— T'aurais mieux fait de te la faire, l'Espagnole. Elle n'aurait peut-être pas dit non ! Ça t'aurait évité bien des ennuis, tenta de plaisanter Éric.

— Il aurait trouvé autre chose à me mettre sur le dos, reprit Ted. Mais quand même, qu'est-ce qu'une gonzesse de ce genre-là faisait sur une plage toute seule, à des kilomètres des habitations, à la tombée de la nuit… Une étrangère en plus ! gronda Ted.

— J'aurais jamais cru que Camperro, en plus de tous ses autres défauts, pouvait être un détraqué sexuel, lâcha Éric.

— Mon pauvre ! Moi, il y a longtemps que je le savais ! Un mec qui se tape sa propre fille… Il n'existe pas de terme assez dégueulasse pour exprimer ce qu'il est ! lança Ted en leur servant chacun un verre de Whisky.

Éric avait suspendu son geste. Il resta sans voix, fixant Ted, le regard hébété.

— Qu'est-ce que tu dis ? finit-il par répondre.

— Tu ne savais pas ?... Il avait des rapports sexuels avec Isabelle depuis son plus jeune âge. C'est elle-même qui me l'a confié quand elle est tombée enceinte. Elle était quasiment ivre morte lors d'une soirée. J'ai voulu la ramener avant qu'un des mecs présents ne se la fasse sur une table. C'est pas que je la respectais à ce point, mais elle avait tellement bu qu'elle se serait laissée aller à faire n'importe quoi. Une fois dans la voiture, elle m'en a parlé.

— Tu ne crois pas qu'elle aurait pu inventer ça sur un coup de colère ? lança Éric qui n'en revenait pas.

— Non ! Attends que je te dise tout. J'ai proposé à Isabelle de l'aider à porter plainte pour arrêter ça. J'étais tellement écœuré que j'avais envie d'aller le tuer. Elle m'a engueulé comme du poisson pourri, me disant que je me mêlais de ce qui ne me regardait pas. De toute façon, elle était aussi fêlée que son père, celle-là ! Elle m'a confié qu'au début, quand elle était gosse, elle croyait que c'était normal, que tous les papas agissaient comme ça. Plus tard, elle s'est rendu compte de ce qui se passait et elle culpabilisait. Elle pensait que c'était de sa faute, que tout venait d'elle, et elle aurait eu trop honte d'en parler à qui que ce soit.

— Réaction classique, coupa Éric.

— Jusque-là, oui ! Mais en grandissant, elle a avoué qu'elle ne trouvait plus ça si désagréable, que ça lui apportait certains avantages. Elle faisait du chantage à son père. S'il ne cédait pas à tous ces caprices, elle le menaçait d'aller tout raconter à l'extérieur. Et, peu à peu, c'est devenu un jeu ! Je te jure qu'elle a employé ces termes-là : *c'est devenu un jeu !* Le pire, c'est que c'était moi le fumier qui voulait tout foutre par terre. La garce ! Il ne fallait pas toucher à *son papa*. Ne me dis pas que ce n'était pas elle la tarée ! Et c'est ce gros tas de merde qui m'accuse d'avoir violé et tué une gonzesse ! Parce que l'Espagnole, c'était le portrait craché d'Isabelle !

Tout en relatant ces faits, Ted s'énervait. Chaque fois qu'il y pensait, il sentait son estomac se soulever. Rien ne le dégoûtait plus que ce souvenir ! Éric restait sans réaction, il n'en croyait pas ses oreilles.

— Tu veux dire que, quand j'étais avec elle....

— Tu la partageais avec Camperro sans le savoir !

— Et quand elle est tombée enceinte... c'était de son propre père ?

— Touché ! Enfin, c'est ce que je crois. Je ne vois pas d'autres candidats. Tu penses que le gosse ne devait pas être très net à la naissance ! Heureusement qu'il n'a pas vécu, soupira Ted

— Pourquoi elle n'a pas avorté ?

— Parce qu'elle voulait ce bébé ! Ils le voulaient tous les deux ! Quelle famille de déjantés !

— Tu es sûr qu'il est mort le gosse ?

Face à l'étonnement de Ted, Éric reprit.

— Christophe m'a parlé de ce bébé. Personne ne l'a vu mort, pas même lors de la mise en bière. On pense tous les deux qu'il vit quelque part... Bref ! Pour l'instant, ça n'a pas d'importance. Est-ce que Jenny est au courant de tout ça ? s'inquiéta Éric.

— Oui, justement ! Quand Jenny et moi sommes devenus suffisamment proches, je lui en ai parlé. Au départ, elle est restée silencieuse, sans manifester la moindre trace de surprise. Ça m'a déjà un peu étonné. Par la suite, elle a confirmé ce qu'Isabelle m'avait dit, mais sur un ton calme, pas révolté, pas... Je ne sais pas, moi ! Ça m'a fait peur et je me suis demandé ce qu'elle avait à voir là-dedans.

— Comment ça ?

Éric avait sursauté, Ted semblait hésiter.

— Tu sais, Jenny a été traumatisée qu'on le veuille ou non. Elle est très intelligente, elle a de la culture, une certaine force de caractère, ça, c'est certain ! Mais rien ni personne ne pourra effacer l'enfance qu'elle a subie. Elle a été bafouée, rejetée dès sa naissance, jamais d'affection, jamais une marque de gentillesse. Elle a grandi toute seule. Elle ne connaît rien de la vie à l'extérieur, excepté ce qu'elle a pu en lire sur les magazines ou ce qu'elle a vu à la télévision. Elle n'a jamais discuté avec qui que ce soit, à part Marianne, moi, et toi maintenant. Bref ! Quelque part, elle est restée sauvage, et parfois, il lui arrive d'avoir des réactions bizarres. Tiens, par exemple, quand je lui ai parlé d'Isabelle, elle savait déjà. Elle m'a avoué plus tard qu'elle avait à peu près quatre ans quand elle s'en est rendu compte. Il lui arrivait de voir de temps en temps Camperro et Isabelle s'enfermer dans une chambre quand sa mère n'était pas là. Dans son esprit de gosse, ils s'amusaient. Elle aurait donné n'importe quoi pour y aller aussi... jusqu'au jour où elle s'est cachée pour voir... C'est tout ce qu'elle a pu me dire. Après, les larmes lui sont montées aux yeux et elle ne pouvait plus dégoiser un mot. Apparemment, ça l'a profondément marquée aussi. D'après ce que j'ai compris, c'est à partir de là qu'elle a arrêté de parler, qu'elle s'est repliée sur elle-même.

Éric, le cœur battant, entendait encore les paroles de Marianne relatant celles de Jenny enfant : « *Je n'aime pas ma maman, je n'aime pas ma sœur, mais j'aime bien mon papa, je voudrais bien qu'il m'emmène avec lui comme Isabelle, mais il veut jamais* »... « *Et du jour au lendemain, elle ne m'a plus jamais parlé de sa famille, ni père, ni mère, ni sœur... Elle ne leur a plus dit un mot, sauf quand elle y était obligée, et elle les évitait au maximum... Là, on aurait pu croire qu'elle était devenue muette ; elle ne parlait plus à personne.* »

Éric répéta ses paroles à Ted.

— Tu vois ? reprit celui-ci, elle a été traumatisée par ce qu'elle a vu !

— C'est un peu normal, tu ne crois pas ?

— Oui, mais ça va un peu plus loin que ça. Je ne sais pas comment t'expliquer ça... J'ai peur qu'il... qu'il ait touché aussi à Jenny, murmura Ted.

Éric s'était levé brusquement, les nerfs tendus, le souffle court. Il avait presque crié un « Non ! ». Ted baissait les yeux. Ils restèrent en silence un instant.

— Non, Ted ! Ce n'est pas possible, ça n'a pas pu arriver !

— Quoi ? Tu ne *veux pas* que ce soit arrivé ? Ou tu es persuadé que ce n'est pas arrivé ? questionna Ted.

— Ça n'a pas pu se produire. Camperro la déteste, il ne peut pas avoir eu envie d'elle. Il la trouve laide, il...

— Justement ! C'est encore une toute jeune fille, elle n'a eu aucun rapport avec l'extérieur et pourtant, elle a déjà une attitude de rejet, de dégoût à l'égard des hommes. Tu te rends compte à quel point elle s'enlaidit tous les jours, en se déguisant presque ! Et crois-moi, ce n'est pas seulement pour repousser les employés. Pourquoi est-ce que tu crois qu'elle a voulu installer sa chambre si loin de celle de Camperro ?!

— Ça ne prouve rien ! Elle veut éviter qu'il lui arrive la même chose qu'à Isabelle. Ça ne veut pas dire pour autant que *ça* lui est arrivé ! s'écria Éric. Et puis il la tabasse, renchérit-il.

Il ne voulait pas entendre parler de ça. La seule pensée que Camperro ait pu la toucher le rendait fou !

— Il y a autre chose, Éric. Jenny a peur du feu...

— Attends ! Tout le monde a peur du feu. Je ne vois pas...

— Non ! Pas comme ça. La simple vue d'une flamme la rend folle comme si elle était dans un état second. Je m'en suis rendu compte en allumant une cigarette tout près d'elle. À la seule vue de la flamme du briquet, elle s'est jetée contre le mur, affolée. Comme je la regardais surpris, la flamme toujours allumée, elle m'a supplié de l'éteindre. Il y avait de la panique, de la terreur dans ses yeux. Quand je l'ai interrogée, que j'ai essayé de comprendre, elle m'a avoué qu'elle avait une peur bleue du feu, qu'elle n'en supportait pas la vue, mais sans comprendre elle-même pourquoi. Elle n'arrive pas à retrouver l'origine de cette peur. Elle n'arrive pas à se rappeler pourquoi elle a si peur.

— Peut-être que Camperro l'a brûlée un jour... Je ne sais pas, moi ? Il doit bien y avoir une explication quelconque, pensa Éric à voix haute.

— Je voudrais que tu aies raison, je le voudrais de tout mon cœur, mais, à cette époque, je suis tombé par hasard sur un film qui relatait l'histoire d'une femme qui avait subi un inceste. D'accord, ce n'est qu'un film — quoique basé sur une histoire vraie — mais il y avait tellement de points communs avec les réactions de Jenny que ça m'a mis la puce à l'oreille. Il s'agissait d'une femme mariée, heureuse en ménage. Elle et son mari ont une petite fille. Lorsque la gamine atteint environ l'âge de cinq ans, son grand-père maternel lui offre un petit cheval en peluche. La vue de ce cheval déclenche chez la femme des réactions bizarres, des visions, de l'angoisse. Elle va consulter un psy et, au fil de l'histoire, elle découvre que son père, lorsqu'elle avait l'âge actuel de sa fille, la violait. Elle avait complètement relégué dans son subconscient cette période de sa vie. Son père lui faisait faire « à dada ». D'ailleurs, elle s'aperçoit que sa propre gosse, gardée par les grands-parents, commence à avoir un comportement étrange. Elle la fait parler et se rend compte que le grand-père reproduit sur sa petite fille, ce qu'il faisait à sa fille. Bref ! La similitude des faits m'a interpellé. Je me suis dit que si Jenny avait si peur du feu, il pouvait y avoir à cela une raison psychologique. J'ai donc parlé de ce phénomène à Katia sans lui dire de qui il s'agissait. Je lui ai soumis ce cas comme si elle allait avoir à l'étudier. Je voulais savoir ce qu'elle en pensait d'un point de vue objectif, sans en connaître le contexte qui aurait pu l'influencer.

— Pourquoi Katia ? s'étonna Éric.

— Elle termine ses études de psychologie. D'ici un an, elle devrait être officiellement psy, tu ne le savais pas ?

Comme Éric lui faisait signe que non, il continua.

— Elle dit qu'il arrive parfois que des enfants ayant subi un choc psychologique, développent une amnésie partielle dite *psychogène*. Ils choisissent inconsciemment « *d'oublier* ». Mais il reste toujours des séquelles qui réapparaissent un jour à cause d'un mot, d'une situation, d'un objet... Quelque chose qui fait que ce qu'ils avaient « *oublié* » revient à leur mémoire. Pour certains, il faut une thérapie pour que ce souvenir refasse surface et qu'ils en soient libérés en l'acceptant. Pour d'autres, ce souvenir revient de lui-même. Les réactions qui en découlent peuvent être différentes selon les personnes.

Ted s'était tu. Éric fermait les yeux, secouant négativement la tête. Il ne voulait pas y croire.

— J'ai essayé plus tard d'aborder avec Jenny le sujet des hommes. Elle les considère comme des brutes qui se servent des femmes comme d'un objet. Et toujours d'après elle, les femmes sont sur terre pour assouvir leurs besoins et leurs envies. C'est leur destin, elles n'ont pas le choix, qu'elles en souffrent ou non !

— C'est révoltant et terriblement frustrant de penser ça, murmura Éric. Mais toi, elle te supporte. Et moi aussi, elle me laisse l'approcher...

— Elle ne me considère pas comme un homme quelconque. Je suis son frère ! Et toi aussi, elle te considère comme différent : elle t'idéalise, elle te voit comme quelqu'un à part. Je suis même allé jusqu'à demander franchement à Jenny si Camperro avait essayé d'avoir des rapports avec elle, un jour où on parlait d'Isabelle, continua Ted. Elle a été un peu étonnée, elle m'a répondu que non. Comme toi, elle dit que Camperro la déteste trop pour ça et qu'après Isabelle, elle ne peut pas lui donner la moindre envie. Mais d'un autre côté, spontanément, une autre fois, je lui ai fait décrire les pièces de la maison. Elle l'a fait, sauf pour la chambre de Camperro. Elle m'a dit n'y avoir jamais mis les pieds. Un jour, j'ai surveillé les alentours pendant la journée et je suis allé dans sa chambre. Je sais que j'ai pris des risques, dit-il rapidement en voyant l'air réprobateur d'Éric, mais il fallait que je voie de mes propres yeux. Et devine quoi ? Je te le donne en mille : il y a une cheminée à foyer ouvert dans la chambre de Camperro !

Éric se prit la tête dans les mains puis passant nerveusement les doigts dans ses cheveux, il persista sans trop y croire :

— Ça ne prouve rien... Ça peut n'être qu'une simple coïncidence... Si j'apprends qu'il lui a fait le moindre mal... je le tue, murmura-t-il.

— Ah ça non ! Je ne te laisserai pas faire. Je le veux ! C'est moi qui le tuerai ! De toute façon, je n'ai plus rien à perdre, je ne suis plus à un meurtre près !

Tous deux restèrent plongés dans un profond silence.

— Ted ! Pourquoi tu ne l'as pas emmenée ? Vous auriez pu vous barrer tous les deux ? supposa Éric.

— Parce qu'elle refuse de partir ! Je ne sais pas comment, mais Camperro la tient elle aussi, sous la menace. Je crois qu'elle veut protéger quelqu'un, mais qui ? Je n'ai jamais pu le lui faire avouer. De toute façon, vivre avec un mec en cavale, ce n'est pas ce que je pouvais lui offrir de mieux. Elle prétend qu'on n'aurait aucune chance, qu'elle ne peut envisager de vivre ailleurs qu'au domaine, qu'elle se sent incapable d'affronter le monde extérieur, de faire face au regard des gens. À Blignac, tout le monde la croit débile, elle a l'impression que ce sera pareil partout.

— Je vais essayer de faire lever la tutelle de Camperro sur elle. Pour ça, il faut que j'arrive à avoir l'avis d'un ou de deux autres médecins afin de prouver que le médecin-chef de l'hôpital de Blignac est corrompu. Une fois la tutelle levée, je la ferai partir de gré ou de force ! Ensuite, une fois qu'elle sera en sécurité, on s'occupera de Camperro, exposa Éric.

— Tu comptes t'y prendre comment ? Tu ne peux pas faire venir des médecins au domaine et Jenny ne sortira pas d'ici. À partir de là, on est coincés. En plus, Jenny n'acceptera jamais de voir d'autres médecins, elle n'acceptera jamais de partir. Le mieux, c'est de découvrir ce qu'elle cache. Éric, elle... elle t'est très attachée, je crois que toi tu pourrais plus facilement la faire parler. Essaie de savoir qui elle veut protéger. Une fois qu'on aura l'autre, elle suivra, expliqua Ted.

Éric resta songeur quelques minutes, puis :

— Comment ça, elle m'est très attachée ? On n'a jamais eu l'occasion de discuter avant ! Enfin, il n'y a jamais eu quoi que ce soit entre nous, qui prouve qu'elle ait la moindre affection pour moi. Au contraire, quand j'étais avec Isabelle, elle me donnait l'impression de me mépriser. Elle me jetait des regards de... C'était presque de la haine quand je la croisais, expliqua Éric.

— Et si c'était de la jalousie ? Si c'était justement parce que tu fréquentais Isabelle qu'elle t'en voulait tellement ? supposa Ted avec un petit sourire plein de sous-entendus.

Éric resta silencieux, fixant Ted d'un air ahuri.

— C'est ridicule, finit-il par murmurer. Tu veux dire qu'elle pourrait être amoureuse de moi ?... Ted, elle n'avait que quatorze ans à cette époque !

— Et alors, tu n'as jamais entendu parler de gosses qui passaient leur temps ensemble à cinq ans, quatorze ans, seize ans, et qui finissaient par se marier ? Tu n'as jamais entendu quelqu'un dire qu'à quatorze ans il était amoureux d'une personne et qu'à quarante il l'était encore ? Tu veux que je te donne des exemples ?

Éric sentait son cœur taper si fort dans sa poitrine. Un espoir naissait en lui. Si Ted pouvait dire vrai... Mon Dieu, si seulement c'était vrai !

— Est-ce qu'elle t'a déjà parlé de moi ? Est-ce qu'elle a déjà dit quelque chose à ce sujet ? questionna-t-il.

— Non ! Ce n'est pas vraiment le genre de Jenny de parler de ces choses-là, mentit Ted, mais il y a des signes... des yeux qui se baissent, un petit rougissement à l'écoute d'un certain prénom, des questions apparemment innocentes, de temps en temps... Et comment tu expliques qu'elle fuie les gens, qu'elle se fasse passer pour muette envers la plupart des personnes qui l'entourent, et qu'elle soit venue vers toi si facilement, qu'elle te fasse confiance ?

— Confiance ? Ça, c'est une façon de voir les choses !

— Attends, elle a déjà fait de gros progrès avec toi, mais c'est normal qu'elle soit encore sur ses gardes, qu'elle soit un peu réticente. C'est à toi de l'apprivoiser à présent, de te faire accepter progressivement. C'est comme un cheval sauvage. Tu dois savoir ce que je veux dire maintenant que tu es devenu incollable sur la question du dressage des chevaux ! plaisanta Ted.

— Je vais aller voir Christophe dès demain soir. Peut-être que j'en saurai davantage. Il faut qu'on s'organise, murmura Éric pour changer de sujet.

Il en avait tant appris en une soirée que tout avait tendance à se mélanger dans son esprit. Et tout était si lié qu'il n'arrivait pas à savoir par quoi il devait commencer. Une seule chose était sûre. L'espoir que Ted avait fait naître dans son esprit, lui insufflait une de ces forces...

- 19 -

Lundi 7 juillet

Il était presque huit heures quand Éric quitta Ted. Il s'arrêta près d'une cabine téléphonique et appela Christophe.

— Chris, je passe ce soir pour l'apéro, j'ai appris pas mal de trucs, il faut que je t'en parle.

— Pas de problème, je t'attends vers dix-huit heures trente. J'ai commencé à me renseigner, je devrais avoir des réponses en fin d'après-midi. À plus.

Quand Éric arriva au domaine, il trouva Camperro et Hervé dans la cuisine en train de déjeuner. Jenny s'activait déjà au ménage. Éric prit le temps de se restaurer. Il s'amusait à fixer Hervé avec un air mi moqueur mi menaçant. Celui-ci fuyait plutôt son regard et ne tarda pas à prendre congé. Éric ne chercha pas à adresser la parole à Jenny, il s'appliquait à l'ignorer comme elle le faisait elle-même envers lui, mais la discussion qu'il avait eue avec Ted lui était constamment présente à l'esprit. Il ne pouvait s'empêcher de la ressasser. Il dut se faire violence pour n'en rien laisser paraître devant Camperro et s'efforça de se montrer jovial et courtois.

Du coin de l'œil, il observait Jenny. Elle s'était de nouveau maquillée pour s'enlaidir, s'était attaché grossièrement les cheveux, ses vêtements lui paraissaient encore plus informes que les jours précédents. Ainsi fagotée et grimée, elle n'avait rien d'attirant. Quelle différence avec la magnifique poupée de la veille ! La transformation tenait presque du miracle. Le soir, la larve devenait papillon.

 Les chevaux sauvages arrivèrent dans la matinée. Le dressage commencerait dès le début de l'après-midi. Il ne restait plus à Éric qu'à jouer son rôle d'observateur. En attendant, il s'efforça de ne perdre de vue ni Camperro ni Hervé. Quant à Julien, il le regardait différemment à présent. Il lui sembla que celui-ci n'était pas très à l'aise, paraissait soucieux, mais il n'était pas sûr d'être objectif.

 En fin de matinée, Julien l'entraîna dans l'écurie, vers les box des chevaux sauvages. À contrecœur, Éric dut perdre de vue les deux lascars qu'il s'était promis de surveiller.

 Ces deux-là en profitèrent pour discuter.

 — Il continue à te menacer ? demanda Camperro.

 — Non, il ne m'a pas rappelé depuis dimanche, mais je vois dans ses yeux qu'il n'a pas l'intention de laisser tomber, répondit Hervé.

 — Bon ! Oublie Jenny pendant un jour ou deux, ne t'occupe plus d'elle. Je veux avoir Éric à l'œil pendant quelque temps. Ensuite je te confierai une petite mission qui pourrait te plaire et qui te rapportera gros si tu la réussis. On est d'accord ? minauda Camperro.

 — On est d'accord, Chef ! sourit Hervé.

 Ils se séparèrent puis Camperro rejoignit Julien et Éric.

 — Sacrées belles bêtes, non ? lança José.

 Éric acquiesça. Ils en débattirent quelques instants avant d'aller déjeuner. Comme d'habitude, Jenny les servit pour disparaître ensuite.

 Jusqu'à dix-sept heures trente, Éric suivit le dressage dans les manèges, ce qui l'obligeait à côtoyer Hervé, puisque celui-ci était l'un des principaux dresseurs. Le temps lui paraissait interminable.

 — Tu as vu tes parents ? demanda soudain Julien.

 Les sens de Camperro furent immédiatement en alerte. Éric sourit intérieurement en s'en rendant compte.

 — Je les ai vus, façon de parler ! Je me suis engueulé avec mon père dès mon arrivée. Donc je suis parti vadrouiller dans le coin, revoir quelques potes. Bref, je ne les ai supportés que pendant les repas et on n'a pas pu tenir plus d'une minute et demie de conversation d'affilée, le pied quoi ! mentit Éric, avec une mine renfrognée. Je ne pense pas aller m'installer près de chez eux avant au moins dix ou quinze ans.

Il aperçut du coin de l'œil, le petit sourire satisfait de Camperro. Julien quant à lui, fixait Éric avec insistance, comme s'il essayait de le percer à jour ou de lui faire comprendre quelque chose. Éric se contenta de lui sourire moqueusement, puis il s'excusa, courut prendre une douche et s'apprêta. Il s'engouffra dans sa voiture et déguerpit sous le regard suspicieux de Camperro. Celui-ci suivit des yeux quelques minutes la voiture qui s'éloignait. Il fit une petite moue dubitative et lança un regard complice, mais discret à Hervé qu'il finit par appeler.

— J'ai appris qu'Éric avait revu Katia Domergues, tu sais ? La copine du fils Derry, lança Camperro.

Hervé avait blêmi, les yeux rivés à ceux de son employeur, lui demandant silencieusement de continuer.

— C'est le barman du Café en face de la bijouterie Ripois qui me l'a dit, comme ça dans une conversation anodine. J'ai fait comme si cela ne m'intéressait pas, bien sûr. Mais *ça m'intéresse* ! articula-t-il presque rageusement. J'ai peur qu'ils se revoient et qu'ils discutent un peu trop ! Tu te souviens où habite le fils Derry ?

— Évidemment, murmura Hervé.

— Alors d'ici une heure, va y faire un tour. Essaie de repérer la voiture d'Éric à proximité. Si elle n'y est pas, va faire un tour du côté du commissariat. Je ne serais pas surpris qu'ils se fréquentent ces deux-là !

— Mais ils ne se connaissent même pas ! s'exclama Hervé surpris.

— Ils ne se connaissaient pas ! insista José, mais Éric connaît trop bien Katia pour qu'il n'essaie pas de la revoir et s'il la revoit, il fera certainement la connaissance de Derry...

— Et si vous avez raison ?

— Alors il faudra passer aux choses sérieuses, murmura José, un sourire cynique au coin des lèvres, les yeux perdus dans le vague... Et j'avoue que ça ne me déplaira pas, ajouta-t-il mystérieux, en émettant un petit rire sardonique.

Il s'éloigna sans autre explication, laissant Hervé perplexe.

Éric se rendit chez Katia où Christophe l'attendait déjà. Il l'accueillit comme il l'aurait fait pour un vieil ami. Éric ne perdit pas de temps en préambule, il aborda le sujet qui les intéressait, racontant ce qui était arrivé à Jenny, sa rencontre avec Ted, tout ce qu'il avait appris, le désespoir et le pessimisme de son ami. Il n'omit que le sujet qui lui tenait le plus à cœur, le probable abus sexuel qu'aurait subi Jenny. Au fur et à mesure de son récit, les yeux de Christophe et de Katia s'arrondissaient de surprise ou se voilaient de dégoût.

— J'y vois un peu plus clair par rapport à tout ce que j'ai appris de mon côté, ajouta Christophe. C'est quand même fou ! Depuis deux ans que je mène mon enquête, j'ai piétiné. Toi, tu débarques, et voilà qu'on découvre plein de trucs. Tu ne voudrais pas te reconvertir en détective privé ? lança Christophe, mi-figue, mi-raisin.

— Du détective au journaliste, il n'y a qu'un pas ! Du nouveau à l'hôpital ? questionna Éric, impatient.

— J'ai l'extrait de naissance de Jenny, lequel ne confirme rien puisque Camperro a empêché Kolinsky de reconnaître sa fille ! Par contre dans son dossier médical, on ne retrouve aucune notification de prise de sang ni de groupe sanguin. Quelqu'un a fauché la moitié du dossier. On ne sait pas comment la mise sous tutelle a été prononcée. Les papiers qui prouvent son retard mental ont disparu. Par contre, « *l'expertise* » de Jenny n'a pas été faite à l'hôpital parce qu'il n'y a trace de son passage nulle part. Je pense qu'une auscultation par un ou deux autres médecins devrait confirmer qu'elle est tout à fait normale. Le « *must* » de ce que mon « *indic* » a trouvé, c'est une sacrée surprise ! minauda Christophe.

— Quoi ? s'impatienta Éric le souffle court.

— Le médecin Chef à la base de tous nos problèmes n'est autre que le beau-frère de Camperro, le mari de sa sœur !

— Putain ! C'est pas vrai ! Ils sont combien dans la famille, des fois qu'on tombe sur d'autres notables ? s'énerva Éric.

— Camperro n'a qu'un frère et une sœur, on a du bol ! ironisa Christophe. Le bouquet c'est que le *médecin-beau-frère* dirige une clinique privée à Bellecourt, à une centaine de kilomètres d'ici. Cette clinique est une sorte de maison de repos pour attardés mentaux, en gros.

— Et alors ?

— Et alors ? En consultant la liste des patients qui y résident depuis des années, j'ai trouvé un nom que je connaissais.

Éric retint son souffle, Christophe s'était tu afin de laisser planer le suspense. Sous la pression du regard d'Éric, il continua.

— Il y a un gamin de quinze ans, là-bas, qui s'appelle Adrien Guermandes !

Éric resta sans voix, littéralement stupéfait. Il essayait de comprendre.

— Quel lien avec Julien ? questionna-t-il enfin.

— Son fils !... Maintenant, tu sais comment Camperro tient Julien sous sa coupe. Le petit a beau être autiste, son père ne l'en aime pas moins, mais comme il ne peut pas vivre ailleurs qu'au centre, Camperro a le pouvoir d'en faire ce qu'il veut par l'intermédiaire de son beau-frère.

— Y'a un moyen de faire sortir le gamin du centre, pour le mettre ailleurs ? demanda Éric.

— Si Julien le veut, peut-être ! Mais il va lui falloir de bons arguments, et encore ! Dès qu'il bougera, Camperro le saura et l'en empêchera.

— À moins qu'on ne le kidnappe. C'est encore le meilleur moyen de rallier Julien et Marianne à notre cause, proposa Éric.

— Eh, doucement, je suis flic ! Si on ne veut pas s'en sortir trop mal dans cette histoire, il faut que l'on reste dans la légalité, le calma Christophe. Il nous faudrait la complicité d'un médecin qui ait de l'influence, ou être sûr de Julien. Moi, je ne m'y fierais pas ! une autre chose m'intrigue, mais je n'ai aucune preuve, c'est juste une hypothèse. La sœur de Camperro n'a qu'un an de moins que lui. Avec le toubib, ils ont un enfant d'environ trois ans.

— Je ne vois pas où tu veux en venir, murmura Éric.

— Tu vois une femme d'une cinquantaine d'années avoir un bébé de trois ans ?

— Attends, attends ! Tu penses que c'est le gosse d'Isabelle ? s'écria Éric perplexe.

— Qui de mieux placé que le médecin pouvait récupérer le gamin s'il n'est pas mort ?

— Eh ! Tu vas un peu loin, Chris ! Qu'est-ce qui te prouve que l'enfant n'est pas mort ? Vous n'en savez rien ! rectifia Katia.

— OK ! On n'en sait rien, approuva Christophe, mais d'où il vient ce gamin ? D'une façon ou d'une autre, il y a une magouille là-dessous. J'ai vérifié son dossier médical. Elle n'a jamais eu d'enfant. Je me suis également assuré que le médecin n'en a jamais eu non plus. Du côté de la DASS, il n'y a aucune trace ni de l'un ni de l'autre. Il vient bien de quelque part ce gosse !

— Alors légalement, ils expliquent comment le fait qu'ils aient un enfant ? s'étonna Éric.

— Légalement, ils ont en garde un enfant abandonné à la naissance, mais sans avoir fait aucune démarche d'adoption, aucune action légale. La mère aurait signé un papier attestant qu'elle leur confiait son enfant en toute connaissance de cause. Le nom de la mère, c'est le nom de jeune fille de la mère d'Isabelle et de Jenny... ou de la femme de Camperro, si tu préfères !

Un silence pesant s'était à nouveau abattu sur les jeunes gens. Éric ne comprenait plus rien. Rien de tout cela n'était clair, cela ne tenait pas debout. Il devait certainement y avoir une autre explication.

— Pour changer de sujet, reprit Éric, est-ce que tu as cherché du côté du garagiste qui a révisé la voiture d'Isabelle et qui a disparu le lendemain de sa mort ?

— Non ou très peu. Tout ce que l'on sait, c'est qu'il n'avait pas de famille ni apparemment d'amis, personne, quoi ! Dans de telles conditions, où chercher ? questionna Christophe.

— Est-ce que son garage était payé ? Sinon qui l'a récupéré ? Auprès de quels organismes est-ce qu'il avait fait ses emprunts ? Et si le garage lui appartenait, qui en est le propriétaire aujourd'hui ? Bref, il faut absolument qu'on trouve quelque chose de ce côté-là.

— Pour quoi faire ? questionna Katia.

— Parce qu'à mon avis, il est mort aussi... Je veux dire comme ton père, expliqua Éric avec douceur à Christophe.

— Si seulement, par miracle, on pouvait retrouver les corps et prouver que c'est Camperro et sa clique qui les ont tués, murmura Christophe.

— Est-ce que tu tiens vraiment à retrouver et identifier les corps ? demanda Éric dans un murmure.

— Oui. Ça sera dur pour moi, approuva Christophe, mais ne pas savoir est pire que tout. Je suis persuadé qu'il est mort. Tout ce que je veux savoir, c'est pourquoi et par qui. Il faut que je sache pour pouvoir faire mon deuil !

Christophe cherchait une certaine compréhension de la part d'Éric, il la lut dans ses yeux.

— Ce qui me fait le plus rager, s'énerva Éric, c'est que je suis certain que mon père connaît infiniment plus de choses que nous, mais, si j'essaie de lui en parler, il fera n'importe quoi pour m'empêcher de m'en mêler, quitte à me faire foutre en taule. Comment je ferais après pour Jenny ?

— C'est normal, il veut juste te protéger, lui répondit Katia.

— Mais à quel prix ? Il sait tout ce qui nous manque, j'en suis persuadé !

— Éric, est-ce que tu n'as jamais... Enfin, je ne voudrais pas te vexer ou te faire du mal, mais... si ton père ne voulait pas que tu saches quoi que ce soit pour se protéger lui-même ? S'il était impliqué dans tout ça ? Ce n'est qu'une hypothèse ! avança rapidement Christophe.

— Je sais, murmura Éric. J'y pense sans arrêt en ce moment. J'ai peur de ce que je vais découvrir. En fait, je me sens pris au piège. Si en essayant de sauver Jenny, je condamnais mon père ? Je crains que ce ne soit sans issue !

— Tu peux encore tout arrêter, proposa Christophe.

— Et renoncer à Jenny ?

Éric avait posé la question, un sourire sans espoir aux lèvres. Il avait l'air désespéré soudain.

— Tu tiens à elle à ce point ? lui demanda Katia.

Éric resta silencieux un moment. À quoi bon nier l'évidence ? Tout d'abord, il avait cru être simplement attiré par cette fille, par le mystère qui auréolait son existence. À présent, même s'il continuait à fermer les yeux et à se mentir à lui-même, au fond de lui il ne pouvait plus faire semblant. Il l'aimait, peut-être plus qu'il ne voulait bien se l'avouer. La preuve : il était prêt à tout pour la sauver, quitte à faire tomber son propre père, quitte à détruire sa propre famille...

— Ça aussi, j'en ai bien peur ! finit-il par répondre.

— On va continuer à chercher sans l'aide de ton père, d'accord ? Et quand on aura tout découvert, je suppose que rien ne nous empêchera d'occulter quelques facettes de ce qui s'est passé pour le mettre hors d'atteinte, proposa Christophe d'un ton conciliant.

Éric le regardait avec une certaine admiration.

— Je ne te comprends pas ! lança-t-il. Est-ce que tu te rends compte que tu viens d'émettre la possibilité que mon père puisse être mêlé à la disparition du tien ? Et l'instant d'après, tu me proposes de le planquer ? J'ai déjà du mal à comprendre comment tu peux prendre la défense de Ted alors que vos deux pères avaient eu des démêlés. Tu es un saint ou quoi ? Jamais tu frappes du poing sur la table ? Jamais tu as des envies de meurtres ? Envie de frapper quelqu'un jusqu'au sang ?

— Et ça me servirait à quoi ? sourit calmement Christophe.

— À te défouler ! C'est nul dans la pratique, d'accord, mais bon sang ! Ça fait du bien quand tu sens la haine te tordre les tripes. Comment tu fais pour garder ton sang-froid, ne jamais t'énerver ? Pour trouver des circonstances atténuantes à tout le monde ? s'emporta Éric.

— Peut-être que mes plus vils instincts sont enfouis au plus profond de moi et qu'ils sortiront en temps voulu. Peut-être qu'un jour, je disjoncterai, je prendrai un fusil et irai tuer cinq ou six personnes en pleine rue, plaisanta Christophe.

Katia avait souri. La conversation qui virait à la plaisanterie allégea quelque peu l'atmosphère. Comme il se faisait déjà tard, Éric finit par prendre congé, ils se promirent de s'appeler au moindre indice éventuel.

- 20 -

Après le départ d'Éric, Christophe resta songeur.
— À quoi tu penses ? le questionna Katia.
— Je me demandais si... si j'appelais le père d'Éric, sans lui dire qui je suis et sans qu'Éric soit au courant, bien sûr ! Je lui expliquerais ce qui se passe en lui faisant comprendre qu'il ne peut plus arrêter Éric, mais qu'il peut, par contre, l'aider en nous donnant un coup de main, pensa Christophe à voix haute.
— Tu ne vas pas faire ça ? s'exclama Katia soudain prise de panique.
— Pourquoi pas ?
— Parce qu'Éric a confiance en toi, en nous. Tu n'as pas le droit de le doubler. Et qui sait comment son père réagira ? Il ne se laissera pas faire et sera prêt à tout. Tu n'as pas le droit de pousser les gens dans leurs derniers retranchements.
Christophe perdit son air pensif pour sourire tendrement à Katia.
— Je pensais tout haut, c'est tout. Ne t'inquiète pas, je ne le ferai pas, la rassura-t-il.

Hervé s'était garé bien avant l'immeuble de Katia et de Christophe. Il avait repéré la voiture d'Éric. Ce dernier était donc bien ici. Il rejoignit la cabine téléphonique la plus proche. Sa conversation avec son interlocuteur fut très courte. Il revint à pied vers la voiture qui l'intéressait.

Tellement d'idées se bousculaient dans son esprit, qu'Éric agissait tel un automate. Dès la sortie de la zone urbaine, il mit le pied au plancher. La route était assez dégagée pour qu'il puisse prendre ses virages un peu larges sans le moindre risque. Quelques kilomètres plus loin, sa voiture quitta la nationale et s'engagea sur une route départementale au tracé plus tortueux, qui descendait vers Blignac. Ce n'est que lorsqu'il voulut ralentir dans la descente, qu'il se rendit compte que la pédale de frein ne répondait plus. La route était bordée d'arbres. S'il quittait la chaussée, son compte était bon. Sans perdre son sang-froid, il fixa son attention sur le tracé de la route. S'il parvenait à garder sa voiture sur l'asphalte, il aurait une chance de s'en sortir, mais ce ne serait pas chose aisée. Le prochain village comprenait des petites rues aux virages parfois à quatre-vingt-dix degrés. À la vitesse où il roulait, il ne pourrait que s'écraser contre un mur. Il lui restait toutefois une petite chance. Le dernier tronçon avant le village n'était bordé que par des prairies. Tentant le tout pour le tout, il saisit le frein à main et tira dessus de toutes ses forces, d'un coup sec. Celui-ci ne répondit pas non plus. Il rétrograda d'une vitesse, puis d'une autre, le moteur hurlait. Comme il s'y attendait, la boîte de vitesse ne tint pas le coup longtemps. Il braqua les roues pour tenter de passer le bas-côté et peut-être réussir à stopper son véhicule dans un champ. Les pneus crissèrent sur le macadam, la voiture partit de travers. Éric vit arriver vers lui le talus à une vitesse phénoménale. Il contre-braqua le plus vite possible, mais ne put récupérer la voiture. Il y eut un énorme fracas. Le véhicule se souleva dans les airs. Il vit la terre et le ciel tourner devant lui dans un vacarme assourdissant. Il n'aurait pu dire combien de temps cela avait duré. En une fraction de seconde, il avait pensé à ses parents, à ses sœurs, à Jenny, à Ted... Et même à Isabelle ! Il l'imagina en train de rire du fait qu'ils étaient morts tous les deux de la même façon. Quelle curieuse coïncidence ! Puis ce fut le silence, entrecoupé de grincements sinistres. Après le choc, il ne fallut à Éric que quelques instants pour réagir. Apparemment, la voiture s'était arrêtée sur le toit. Il coupa le moteur, récupéra ses clés, chercha des doigts l'attache de sa ceinture de sécurité dont il eut vite fait de se débarrasser. Sa portière ayant été enfoncée pendant l'accident, il ne put réussir à l'ouvrir, mais aucune vitre n'avait résisté au choc. Il s'extirpa de la voiture par le pare-brise. Enfin à l'extérieur, il s'autorisa une bouffée d'air frais afin de se remettre de ses émotions. Ouf ! Il s'en était sorti vivant ! Un véritable miracle ! Quant à la voiture, elle allait finir directement à la casse. La caisse avait été complètement déformée, la portière passager était carrément arrachée et le pavillon touchait presque le siège. Heureusement qu'il était seul ! S'il avait eu un passager, ce dernier aurait certainement été tué sur le coup. Que s'était-il passé ? L'idée qu'on avait trafiqué ses freins lui vint à l'esprit. Il allait s'en assurer au plus tôt. Il sentit soudain un liquide chaud couler au-dessus de son œil droit. Du bout des doigts, il essuya un filet de sang. Dans le choc, il avait dû se cogner, son arcade sourcilière s'était ouverte. Sans plus s'en préoccuper, il entreprit de rejoindre le village suivant à pied. Après quelques enjambées rapides, il commença à ressentir des courbatures dans les épaules, les hanches et le dos. Il aurait certainement une belle collection d'ecchymoses bien bleues. De loin, il jeta un dernier regard à sa voiture. D'après la distance à laquelle elle se trouvait par rapport à la route, elle avait dû faire pas mal de tonneaux. Il marchait depuis deux bonnes minutes lorsqu'une voiture apparut au loin. Éric lui fit signe de s'arrêter.

— J'ai eu un accident un peu plus loin, vous pouvez me déposer au prochain village ?

— Bien sûr, montez ! Vous êtes blessé ? questionna l'homme au volant.

— Non, seulement quelques égratignures.

— Vous étiez seul dans la voiture ?

— Oui, heureusement ! répondit Éric

— Vous avez eu une sacrée chance ! Si c'est celle que j'ai vue dans le champ un peu plus haut, elle est dans un drôle d'état. Qu'est-ce qui vous est arrivé ?

— Je roulais un peu vite, j'étais fatigué, j'ai dû m'assoupir. Je n'ai pas vraiment eu le temps de comprendre ce qui m'arrivait, expliqua vaguement Éric.

— Vous êtes sûr que vous ne voulez pas que je vous emmène à l'hôpital ? questionna l'inconnu. Vous n'avez peut-être rien en apparence, mais vu la violence du choc, ce serait plus prudent !

— Non, je vous remercie, ça va aller. Je voudrais juste trouver un dépanneur qui puisse s'occuper de ce qui reste de ma voiture. Si je ne me sens pas bien dans la matinée, j'irai faire un tour aux urgences, le rassura Éric.

— Pour trouver un dépanneur, il faut aller jusqu'à Blignac. Il n'y en a pas avant. J'y vais justement, je vous y déposerai.

— Encore une fois, je vous remercie, j'espère que je ne vous ai pas mis en retard.

— Ne vous inquiétez pas, je suis représentant, je suis toujours sur la route, alors, si les automobilistes ne se donnent pas un petit coup de main de temps en temps...

— Vous êtes représentant en quoi ? demanda Éric, par politesse.

— En huile moteur et tout ce qui va avec !

— J'ai de la chance, alors. Je n'aurai pas de mal à trouver un garagiste, vous devez les connaître ?

— Ah ça, pas de problème ! Il n'en reste plus qu'un à Blignac. Il y a quelques années, il y en avait un deuxième, mais ça a été une drôle d'histoire, commença l'inconnu.

— C'est-à-dire ? interrogea Éric, soudain intéressé.

— Le garagiste dont je parle a réparé une voiture. Le lendemain, la propriétaire de la bagnole et sa fille se sont tuées. Le garagiste a disparu juste après. Personne n'a su ce qu'il était devenu. Je l'avais rencontré l'avant-veille et j'avais de nouveau rendez-vous avec lui ce jour-là. Le garage était ouvert, mais il n'y avait personne. Je m'en souviens parce que, l'avant-veille, quand j'étais arrivé au garage, il se disputait avec un mec, un riche propriétaire du coin. Ils n'étaient pas d'accord à propos d'un prix. D'après ce que j'ai compris, le client demandait un boulot au garagiste d'après un prix convenu et le garagiste demandait soudain plus cher. Le client l'a même menacé, raconta l'inconnu.

— Drôle d'histoire en effet, murmura Éric le cœur battant.

— Oh ! Des histoires comme ça, y'en a toujours dans les p'tits villages !

— Dites, si je peux abuser encore une seconde de votre temps, lança Éric alors qu'ils arrivaient à Blignac. J'ai un ami qui souhaiterait ouvrir un garage. Pourriez-vous me laisser vos coordonnées ? Ça pourrait l'intéresser.

—— Avec plaisir ! Et vous n'abusez pas ! Je ne refuse jamais la possibilité d'un nouveau client, répondit le représentant en riant. Voilà le dépanneur que vous cherchez. L'entrée de son appartement est derrière. N'hésitez pas à frapper fort à sa porte pour le réveiller, c'est un type sympa ! continua-t-il en tendant sa carte à Éric.

— Je vous remercie. En fait, je ne vais pas le déranger à cette heure-là. J'ai un ami qui vit ici, je vais aller attendre l'ouverture chez lui. Les restes de ma voiture peuvent patienter quelques heures de plus.

Il était plus de minuit, les rues étaient désertes. D'un pas rapide, Éric se rendit jusqu'à la propriété qui abritait Ted. Il s'assura que personne ne pouvait le voir, avant de sauter la barrière et de s'enfoncer dans le jardin. Bien entendu, la porte qui menait au grenier était fermée. Pour ne pas prendre le risque de faire du bruit et de réveiller la grand-mère, il partit à la recherche de quelques graviers et s'appliqua à les lancer dans la vitre du chien assis. Quelques minutes plus tard, la porte s'ouvrit, laissant apparaître la tête ébouriffée et ahurie de Ted qui fit entrer Éric. Enfin à l'abri, il le questionna.

— Qu'est-ce qui se passe ? Il est arrivé quelque chose à Jenny ? Qu'est-ce qui t'est arrivé ? s'inquiéta-t-il en apercevant les traces de sang sur son front.

— Aux dernières nouvelles, elle allait bien. Quant à moi, je ne sais pas trop. J'ai mal partout.

Éric raconta sa mésaventure de la soirée avec force détails. Ted resta un long moment silencieux, se passant la main dans sa chevelure hirsute.

— Ça y est, la guerre est déclarée, murmura-t-il enfin.
— Je n'ai pas de preuve que c'est lui. Tout ce que je sais c'est qu'en arrivant chez Katia, les freins de ma voiture fonctionnaient bien. C'est peut-être vraiment un accident, tenta de le rassurer Éric.
— Arrête ! J'y crois pas, et toi non plus. Le pire c'est que, si ta voiture a été trafiquée, elle l'a été devant chez Christophe et Katia. Ça veut dire que Camperro sait que tu es en relation avec eux. Et là, c'est très grave parce que tu deviens un vrai danger. Il va essayer de t'éliminer le plus vite possible. Tu devrais te barrer vite fait, termina Ted.
— Ne recommence pas avec ça, Ted ! Tu sais très bien que je ne laisserai pas Jenny ici !
— Qu'est-ce que tu vas faire alors ?
— J'en sais rien ! Je vais d'abord demander au garagiste d'appeler Camperro pour le prévenir que j'ai eu un accident et que je suis à l'hôpital. Ensuite, je rentrerai au domaine voir sa réaction. Le problème, c'est qu'il va bientôt me foutre dehors. Il faut que je trouve un moyen de rester dans le coin. Et il faut surtout que je fasse sortir Jenny du domaine, et le plus tôt possible !
— Eh bien, bonne chance ! grimaça Ted. Tu es sûr que tu ne veux pas voir un médecin ?
— Non. Je voudrais juste me laver un peu. Ah ! Au fait, le mec qui m'a ramené à Blignac est représentant en huile moteur. Il connaissait le garagiste qui a disparu. Il m'a raconté que la veille, il l'avait surpris en train de s'engueuler avec Camperro à propos d'un tarif. Avoir un témoin à ce propos, ça peut toujours servir. Je lui ai demandé ses coordonnées. Note-les quelque part au cas où je perdrais sa carte, ajouta Éric en tendant le petit bristol à Ted.
Celui-ci, ahuri, fixa son ami. Il voulait vraiment faire tomber Camperro, le bougre. Le pire, c'est qu'il arrivait à trouver des pistes là où Christophe avait échoué durant des mois. Il avait un sacré bol, celui-là ! Après un brin de toilette, Éric s'allongea sur un vieux canapé dans un coin de la pièce et tenta de dormir un peu, en vain. Ses pensées revenaient sans cesse vers Jenny : comment la sortir de là ?

- 21 -

La famille Corsini venait de s'installer confortablement au salon devant la télévision quand le téléphone sonna. Comme Sandy était au lit depuis peu, Johanna sauta sur le combiné.

— Bonsoir ! Madame Corsini, je présume ? répondit une voix aux consonances métalliques.

— Oui, c'est moi-même !

— Madame, auriez-vous l'obligeance de me passer votre mari, s'il vous plaît ?

— Mais bien sûr ! Vous êtes ?

— Contentez-vous de me le passer, ma brave dame, et évitez de poser des questions.

L'arrogance de la voix masquée de l'inconnu ne plut guère à Johanna, saisie d'un mauvais pressentiment. D'un geste du menton, elle désigna le combiné à Thierry.

— Qui est-ce ?

— Aucune idée, il ne s'est pas présenté. La voix semble maquillée.

Thierry prit le combiné, se présenta et attendit.

— Cher Thierry, comment vas-tu ?

— Qui êtes-vous ?

— Quelqu'un qui trouve que ton fils devient gênant ! À ta place, je le ferais rentrer vite fait au bercail. Un accident est si vite arrivé ! À moins qu'il ne soit déjà trop tard ?

— Qui êtes-vous ? s'enquit Thierry d'une voix plus forte.

Trop tard, l'inconnu avait raccroché. Au son de la voix de Thierry, Johanna et Jessica ne l'avaient plus quitté des yeux.

— Qu'est-ce qui se passe ? demanda Johanna déjà aux cent coups.

— Rien ! Un imbécile qui s'est trompé de numéro, murmura Thierry distraitement.

Sa soudaine pâleur et ses traits tirés n'avaient pas échappé à Johanna, mais, devant Jessica, elle se tut, attendant le moment propice pour questionner son mari. Ce ne fut qu'à la fin du film que Jessica partit se coucher. Dès qu'ils furent seuls, Johanna questionna de nouveau Thierry qui lui relata brièvement les paroles de l'inconnu. Johanna avait brusquement pâli.

— Mon Dieu ! On n'a aucun moyen de joindre Éric ! Où peut-il donc bien être ?

— Tu poses la question ? répondit Thierry avec agressivité. Il est à Blignac. Où veux-tu qu'il soit ? Depuis le début des vacances, je m'en doute, mais il ment tellement bien le petit con ! J'étais presque parvenu à me convaincre qu'il disait la vérité. Quel idiot je fais ! « *Je suis chez un copain, dans une maison de campagne, vous ne pouvez pas me joindre, on n'a pas le téléphone* ». Comment ai-je pu être assez bête pour le croire ? enrageait Thierry.

— Tu n'as pas reconnu la voix ? murmura Johanna.

— Et non, bien sûr que non ! s'énerva Thierry, mais je me doute quand même de qui ça peut venir ! Maintenant, qu'est-ce qu'on fait ? On est là comme deux idiots, les mains liées. Bon sang ! J'ai tellement prié pour que tout ça n'arrive jamais !

— Si on appelait Julien ? Peut-être qu'on en saurait un peu plus ? plaida Johanna.

— Et si Julien était surveillé, qu'il ne puisse pas parler ? En plus, qu'est-ce qui me dit que je peux lui faire confiance ? Peut-être que je mettrais Éric encore plus en difficulté en l'appelant.

— Mon Dieu ! Qu'est-ce qu'on va faire ? murmura Johanna en essuyant une première larme qui roula sur sa joue. S'il touche à mon fils, je le tuerai de mes propres mains ! ragea-t-elle.

— Pour l'instant, il n'y a rien d'autre à faire que d'attendre. Si demain je n'ai pas de nouvelles d'Éric, j'irai à Blignac.

— Thierry, c'est trop risqué. Soit Camperro s'en prendra à toi, soit tu seras arrêté ! Réfléchis ! Qu'est-ce que je vais devenir ici, moi toute seule avec les deux filles, s'il vous met hors d'état de nuire, Éric et toi ? supplia Johanna.

— Tu vas aller passer quelques jours chez tes parents avec les gamines. Et ne parle pas de rester seule, je n'ai pas encore dit mon dernier mot ! Et notre fils non plus, je te ferais remarquer !

D'un commun accord ils allèrent se coucher, mais aucun des deux ne ferma l'œil de la nuit.

Mardi 8 juillet

Dès sept heures du matin, Éric fut sur pied. Il n'avait pas réussi à dormir. Il sortit le plus discrètement possible et se rendit directement au garage. Comme il y avait de la lumière dans l'appartement, Éric frappa au carreau. Le garagiste, un homme d'une quarantaine d'années, portant la barbe, assez carré d'épaules, vint lui ouvrir la porte. Éric lui relata l'accident et lui avoua qu'il n'avait pas voulu le déranger en pleine nuit. Cette marque de sollicitude parut le toucher et le mit plutôt de bonne humeur.

— Eh ben ! Mon p'tit gars ! Si tout le monde était comme toi, ça serait le paradis ! On va aller la chercher ta caisse ! lança le garagiste d'une voix tonitruante.

— J'ai un petit service à vous demander... un service supplémentaire. Voilà, je travaille au haras Camperro et je vais être en retard au boulot ce matin. Le temps que je m'arrange avec l'assurance, je ne pourrai peut-être pas aller au haras de la matinée. Et vous savez, il n'est pas très drôle comme patron. Je ne voudrais pas me faire virer, vous comprenez ? Alors si vous vouliez bien l'appeler, lui dire que j'ai eu un accident de voiture, que je suis à l'hôpital, je pourrais ne retourner travailler que demain matin, expliqua Éric d'une petite voix qui se voulait naïve et innocente. Bien sûr, je ne voudrais pas que cela vous porte préjudice. Si vous n'êtes pas d'accord, ce n'est pas grave, je vais...

— Mais je vais te le passer, ton coup de fil. J'ai été jeune avant toi, tu sais ! J'en ai fait d'autres ! s'exclama le garagiste en riant à gorge déployée.

Il lui fit signe de le suivre. Éric lui donna le numéro de téléphone, et le garagiste obtempéra.

— Comment ça blessé, c'est grave ? questionna Camperro. Il s'agit d'un peu de sang et de quelque chose de cassé ou de bien grave, du genre coma ?

— Son état est critique, Monsieur ! tonna le garagiste agacé par le ton agressif et présomptueux de son interlocuteur. Moi, je ne suis que le dépanneur, je rends service, je ne peux pas vous en dire plus, mais vu les restes calcinés du tas de ferraille que j'ai sur les bras, faut pas s'faire trop d'illusions !

— Vous y êtes peut-être allé un peu fort ! ironisa Éric, un tantinet mal à l'aise.

— Je connais ce Camperro. Un beau con ! Non mais ! Si t'avais entendu comment y m'a répondu ! Au moins, s'il te croit mort, il ne te fera pas chier pendant deux ou trois jours, se justifia le garagiste.

Se contentant d'une grimace, Éric ne répondit pas. Dans le fond, il était plutôt satisfait. Ils partirent récupérer ce qui restait de la voiture.

— Eh ben, bravo ! Belle cabriole ! Tu devais pas rouler assez vite encore, hein ? lui lança le garagiste en arrivant près de l'épave.

— Je ne sais pas si je roulais vite. J'ai dû m'endormir au volant, je suppose. Ce qui me semble bizarre c'est que, quand j'ai voulu freiner, j'ai eu l'impression que mes freins ne répondaient plus. Mais tout a été si rapide. J'aimerais bien que vous vérifiiez, demanda Éric.

— Ah ben ça alors ! Pas besoin d'y passer des heures à vérifier ! Regarde, petit. Tout le système de freinage a été saboté ! Quelqu'un a touché à ta voiture, à part toi ?

— Non, pas à ma connaissance ! Je ne vois pas qui aurait pu y toucher, s'étonna Éric feignant un air dubitatif.

Quand ils revinrent à Blignac, il était presque dix heures. Le garagiste proposa à Éric une voiture de remplacement, le temps qu'il puisse se retourner. Ce dernier accepta avec joie. En échange, il laissait gracieusement son épave au garagiste. Une fois les derniers détails réglés, Éric se rendit à une cabine téléphonique pour appeler son père à son bureau.

— Éric ? Bon sang, tu vas me dire où tu es ? hurla Thierry.

— Je t'ai dit que j'étais en vacances, qu'est-ce qui te prend ? s'étonna Éric.

— Ce qui me prend ? C'est que je ne te crois plus. Je sais que tu es à Blignac !

— Tu délires ou quoi ?

— Éric, dis-moi la vérité maintenant ! Depuis hier on n'a pas dormi ta mère et moi. On a reçu un coup de fil anonyme disant que notre fils devenait gênant et qu'on ferait mieux de le rapatrier au plus tôt, qu'un accident était si vite arrivé, qu'il était peut-être déjà trop tard. Et bien sûr, on n'avait aucun moyen de te joindre. Alors, si tu n'es pas à Blignac, explique-moi ce que tout ça veut dire ? ragea Thierry.

— Peu importe où je suis ! J'espère rentrer dans les jours qui viennent. Je t'appelle pour que tu me rendes un service, lança rapidement Éric sans laisser le temps à son père de le couper. J'ai eu un accident de voiture cette nuit. Est-ce que tu peux t'occuper de l'assurance, s'il te plaît ? Du moment qu'elle est à ton nom...

— Quoi ? Comment ça un accident ? Alors, c'était vrai ? questionna Thierry d'un ton altéré.

— Non ! C'est une pure coïncidence, j'étais fatigué et je me suis endormi au volant, tenta de le rassurer Éric.

— Tu es blessé ?

— Quelques bleus et courbatures, rien quoi ! Par contre, la voiture est foutue, elle va partir à la casse.

— Bon sang ! Est-ce que tu vas te décider à me dire la vérité pour une fois ? Ce n'est pas ton genre de t'endormir au volant ! Explique-moi ce qui s'est passé ! ordonna Thierry sur un ton qui n'admettait aucune réplique.

Connaissant son père, Éric poussa un soupir. Il n'allait pas pouvoir lui cacher la vérité plus longtemps et d'ici à ce qu'il décide de débarquer à Blignac pour vérifier, il n'y avait pas des kilomètres. Baissant les bras, il finit par répondre.

— Mon système de freinage a été saboté ! Satisfait ?

— D'accord, alors écoute-moi bien. Je te donne jusqu'à ce soir pour rentrer. Si tu n'es pas à la maison au plus tard cette nuit, je viens te rejoindre dès demain matin.

— Ne fais pas ça. Tu vas tout foutre en l'air ! Et puis je t'interdis de laisser maman et les gamines seules, tu m'entends ?

— Donc, c'est plus grave que je ne le pensais. J'arrive ! s'entêta Thierry.

— Non ! Attends ! Je loge chez Camperro, tu t'imagines débarquant là-bas ?

Thierry manqua de s'étrangler. Éric dut tout lui raconter, depuis son simulacre de reportage jusqu'à sa rencontre et sa collaboration avec Christophe Derry, en passant par ses retrouvailles avec Ted et son intérêt croissant pour Jenny. S'il avait pu voir la tête de son père, Éric aurait sans aucun doute appelé « Police Secours ». Ce dernier était devenu si pâle qu'il ressemblait à un cadavre. Il n'en croyait pas ses oreilles, ça ne pouvait pas être possible, c'était un cauchemar !

— Moi, je t'ai tout dit ! Maintenant, si tu veux vraiment m'aider, il faut que tu dises tout ce que tu sais. J'ai presque toutes les cartes en main, mais celles qui me manquent sont capitales, et toi tu les as ! On est sur le point de gagner alors, pour une fois, fais-moi confiance. Aide-moi, s'il te plaît ! supplia Éric.

—... Éric, je ne peux rien te dire par téléphone, mais il faut absolument qu'on parle, le plus vite possible. Tu ne sais pas encore très bien où tu mets les pieds, alors, quoi que tu en penses, je viens. Je vais prendre une chambre d'hôtel à Lesigny sous un faux nom. Appelle-moi demain matin à l'hôtel de la Balance, sous le nom de.... Jérôme Bertier. Pour ta voiture, je m'occupe de tout. Et fais-moi plaisir, s'il te plaît ! Fais-toi oublier jusqu'à demain et sois prudent. Il y a déjà eu assez de victimes comme ça ! On est d'accord ? s'enquit Thierry d'une voix blanche.

— On est d'accord ! capitula Éric avec un soupir.

Son père avait parlé de « *victimes* ». Éric pensa immédiatement au père de Christophe Derry. Le malaise grandit en lui. Jusqu'à quel point son père était-il mouillé dans ce qui s'était passé à Blignac. Il ne tarderait plus à l'apprendre. Tout allait se jouer très vite maintenant. Restait à savoir qui seraient les victimes et les vainqueurs. Il demeura perplexe durant quelques minutes, sans le moindre geste dans la cabine téléphonique. Tout se compliquait trop vite. Il ne savait plus très bien où il en était ni par quoi commencer. Pourtant, il y avait tellement de choses à faire avant l'arrivée de son père ! Avant tout, il fallait prévenir Christophe. Il tenta de le joindre au Commissariat en vain et finit par tomber sur lui à son appartement. Il lui raconta dans les moindres détails son accident de la nuit, lui parla également de l'arrivée de son père, ainsi que du coup de fil anonyme que ce dernier avait reçu la veille.

— Camperro sait que je te connais et que l'on se voit régulièrement sinon je ne vois pas qui d'autre aurait pu essayer de me tuer. Il faut que tu te méfies, toi aussi. Tu deviens l'homme à abattre ! Fais partir Katia, mets-la en sécurité, O.K. ? conseilla Éric.

— D'accord, mais si ton père arrive demain, tu me permettras de lui poser quelques questions ?

— Bien sûr, une fois que je l'aurai vu, moi ! On a un ou deux trucs personnels à régler. Je t'appellerai !

Dès que Christophe raccrocha, Katia l'apostropha.

— Tu es content ? Le père d'Éric arrive. C'est ce que tu voulais, non ?

—— Qu'est-ce que tu veux dire ? s'indigna Christophe.

— C'est toi qui l'as appelé, n'est-ce pas ? questionna-t-elle furieuse.

— Non, mais ça ne va pas ? Et comment j'aurais pu lui prédire qu'Éric allait avoir un accident ? Tu ne vas quand même pas me soupçonner en plus d'avoir trafiqué sa bagnole ?! ragea Christophe.

— Excuse-moi, je perds la boule ! Cette fois, j'ai vraiment peur. J'ai le pressentiment qu'il va y avoir un bain de sang, s'excusa-t-elle doucement.

— Justement, je ne veux pas que tu sois mêlée à ça, murmura Christophe en la serrant contre lui. Tu vas appeler ta copine dans le Sud. Tu fais tes bagages et tu pars là-bas.

— Non, je reste ! Je peux me rendre utile ici. Je serai prudente. Il est hors de question que je te laisse seul dans ce guêpier !

Christophe eut beau passer en revue tous les arguments possibles et imaginables, il n'arriva pas à la faire fléchir.

Thierry fonça dans le bureau de son patron.

— Qu'est-ce qui se passe ? T'es blanc comme un fantôme, s'enquit ce dernier.

— Gérard, j'ai de gros problèmes, enfin mon fils… Bref, je vais m'absenter quelques jours. Tu me les comptes sans solde si tu veux, je m'en fous ! Et ne t'avise pas de me les refuser où je donne ma démission ! lança Thierry.

— Attends ! Attends un peu ! Calme-toi ! Loin de moi l'idée de te refuser des jours ! C'est si grave que ça ? Alors vas-y, prends le temps que tu veux, on s'arrangera quand tu reviendras ! reprit le patron interloqué, mais tiens-moi au courant, tu veux bien ?

Thierry partit en trombe jusqu'à l'agence où travaillait Johanna. En voyant sa tête, elle pâlit et l'entraîna dans un bureau vide. Il lui relata sa conversation avec Éric. Abasourdie, elle se laissa tomber sur une chaise.

— Ça recommence ! Mon Dieu ! On n'en finira jamais avec cette histoire, murmura-t-elle. D'un côté, ça me rassure de savoir que tu rejoins Éric. Mais d'un autre, je suis terrorisée à l'idée de ne pas revoir l'un de vous deux, voire les deux.

— Ne dramatise pas tout ! Éric avait l'air drôlement sûr de lui au téléphone. Après tout, c'est peut-être lui qui a raison ! Il faut en finir une fois pour toutes. On ne peut pas continuer à vivre dans la peur. Si c'est mon propre fils qui arrive à le faire tomber, je suis prêt à payer pour cette satisfaction ! la rassura Thierry. Tout va bien se passer, fais-moi confiance. Et puis, j'ai une chance de récupérer la confiance et l'affection de mon fils, je ne peux pas le laisser tomber maintenant qu'il a besoin de moi. Je ne veux pas louper l'occasion de me rattraper pour toutes ces années pendant lesquelles je l'ai déçu.

Les larmes aux yeux, Johanna serra très fort la main de son mari.

— Je partirai ce soir !

— Tu seras prudent, n'est-ce pas ? Tu me donneras des nouvelles très vite ?

— C'est promis, chérie !

- 22 -

Quand le téléphone sonna au haras, José et Hervé étaient toujours attablés à la cuisine, traînassant pour prendre leur petit déjeuner. Jenny finissait de mettre le repas de midi à mijoter sur le feu. Ce fut Camperro qui répondit. Il resta un moment silencieux, puis un sourire mauvais apparut sur ses lèvres. Il jeta un regard satisfait à Hervé.

— Comment ça blessé, c'est grave ? Il s'agit d'un peu de sang et de quelque chose de cassé ou de bien grave, du genre coma ?

Jenny qui le surveillait du coin de l'œil fut parcourue d'un frisson d'angoisse. Un sentiment de malaise s'empara d'elle. Instinctivement, elle sut qu'il parlait d'Éric, elle en était certaine. Quand Camperro eut raccroché, le regard malicieux, il se tourna vers Hervé.

— Quel malheur ! lança-t-il d'un ton faussement affligé. Éric a eu un grave accident de la route cette nuit. Il a été transporté à l'hôpital dans un état critique... On ne m'a pas laissé beaucoup d'espoir quant à ses chances de survie ! J'ai comme l'impression que le reportage qu'il a fait sur le haras ne verra jamais le jour ! Quel dommage ! Mourir si jeune !

Le sang de Jenny se glaça dans ses veines. Son visage perdit soudain le peu de couleur qui lui restait. Elle eut la sensation que ses jambes ne la portaient plus. Son cœur battait si fort dans sa poitrine qu'elle en avait du mal à respirer. Sans réfléchir, elle s'enfuit, claquant la porte derrière elle. Elle courut sans vraiment savoir où elle allait, aveuglée par les larmes. Dans la cour, elle heurta Julien sans même le reconnaître ni lui répondre quand il l'appela. Plusieurs fois, elle trébucha, tomba dans l'herbe, se releva et se remit à courir. Elle était traversée par une immense douleur, son cerveau était comme empli de coton. Elle courut longtemps, sans véritable but. Tel un automate, ses pas l'avaient amenée jusqu'à la falaise, au-dessus de la crique. Elle s'effondra au pied d'un arbre, laissant libre cours à son chagrin. Son corps secoué par de violents spasmes semblait ne plus lui appartenir. Elle ne sentait plus rien qu'une sorte de crampe à l'estomac. Toute sa vie durant, elle n'avait espéré qu'une chose, avoir la chance d'approcher Éric, de le côtoyer. Il lui avait apporté tellement plus : l'espoir ! À présent qu'elle commençait seulement à avoir envie de vivre, voilà que le sort lui enlevait celui qui comptait le plus au monde pour elle. Elle pleura, gémit pendant un long moment, durant des heures peut-être. Elle n'aurait su dire depuis combien de temps elle était là quand une idée se fraya un chemin dans son cerveau engourdi par le chagrin. Toujours secouée par les sanglots, elle se releva, chancela, se dirigea vers la falaise. Elle s'assit tout au bord, les jambes pendant au-dessus du vide. Ses yeux fixaient, quelques dizaines de mètres plus bas, l'écume des vagues qui venaient se fracasser contre les rochers. Elle n'avait plus mal, c'était comme si elle était déjà morte. Elle ne ressentait plus rien. Elle était attirée par l'eau, terriblement attirée...

Éric se décida tout de même à revenir vers le haras. Il jubilait d'avance à l'idée de la tête que feraient José et Hervé en le voyant arriver. Ils manqueraient sans nul doute, de s'étrangler de colère. Soudain, il pensa à Jenny. Il se rendit compte qu'il n'avait pas songé à elle en se faisant passer pour presque mort. Mon Dieu ! Pourvu qu'elle ne soit pas encore au courant, pourvu qu'ils ne lui aient rien dit. Une vague angoisse s'empara de lui. À présent, il lui tardait d'être arrivé. Ayant garé la voiture dans un coin de la cour, il se dirigea vers la porte. Par la fenêtre entrouverte, il entendait les voix de

Camperro et d'Hervé qui trinquaient à leur victoire. Éric pénétra dans la cuisine, ouvrant la porte à toute volée. Instantanément, José et Hervé se figèrent, la bouche entrouverte, suspendant leurs gestes.

— Bonjour ! Ben qu'est-ce qui vous arrive ? On croirait que vous avez vu un fantôme ? Plaisanta Éric.

— On... on nous a dit que... que tu avais eu un accident... bégaya José.

— Et c'est cette bonne nouvelle qui justifie le Champagne ? questionna Éric sur un ton ironique.

— Bien sûr que non ! Qu'est-ce que tu vas imaginer ? On a vendu deux chevaux ce matin, et d'un bon prix, expliqua José devenu soudain volubile, et je suis heureux de savoir que tu vas bien. On s'est fait du souci, tu sais ?

— Je n'en doute pas ! lança Éric laconique. Le garagiste qui vous a appelé a un peu exagéré, je n'ai que quelques égratignures. Alors, vous ne me demandez pas ce qui s'est passé ? continua-t-il, volontairement provocateur.

— Non, le garagiste nous a expliqué que tu t'étais endormi au volant ! répondit Camperro d'un ton sec. Tu ferais mieux de suivre mon conseil, te reposer la nuit plutôt que de courir les rues, menaça-t-il.

Camperro et Éric se fixèrent implacablement pendant de longues secondes. Leurs regards n'avaient plus rien d'amical. Celui de José devint carrément hostile. Éric lui lança un petit sourire ironique avant de sortir. Camperro enrageait, Éric le sentait, et rien ne pouvait lui faire plus plaisir. La guerre était déclarée. Iil l'avait cherchée, pensa Éric, eh bien il l'avait !

Dès qu'il fut sorti, Camperro passa sa colère sur Hervé.

— Tu m'as dit qu'il n'avait aucune chance de s'en sortir ? Tu te fous de ma gueule ou quoi ? hurla-t-il.

— Il roule toujours comme un fou. Sans freins sur cette route, il n'aurait pas dû en réchapper. J'y peux rien moi s'il a un bol de cocu, ce mec ! se défendit Hervé avec véhémence. Ce soir, je lui fais la peau, et cette fois, j'le louperai pas ! promit-il.

— Certainement pas ! Tu te tiens à carreau ! Éric n'est pas le genre de mec qu'on peut mener en bateau ! Maintenant qu'on lui a mis la puce à l'oreille, il va se méfier. Non seulement, il va falloir se montrer extrêmement prudent, mais en plus, on n'a plus droit à l'erreur. Il faut qu'ils disparaissent, lui, Jenny et Ted, et ça doit avoir l'air d'un accident ! trancha Camperro. On était presque au bout de nos peines, on n'a plus le droit de se planter maintenant.

— Et vous comptez vous y prendre comment ? persifla Hervé. Trois morts dans un même accident, vous trouvez ça normal, vous ? Et vous allez le trouver où ce Ted ?

— Certains accidents peuvent engendrer plusieurs morts sans que cela paraisse suspect, sourit cruellement José. J'ai ma petite idée là-dessus. Du moment qu'on tient Jenny, on tient obligatoirement Ted ! Il suffit qu'elle soit en danger, que cela se sache, et nos deux lascars vont arriver en courant, on parie ? Mais cette fois, c'est moi qui m'en charge personnellement ! On n'est jamais aussi bien servi que par soi-même ! Et d'ailleurs, je peux te dire que Ted est très souvent dans nos murs.

— Comment ça ? Ici, au domaine ? s'écria Hervé.

— Oui, au domaine. Éric et lui se sont revus ! C'est ce que je voulais éviter. Maintenant, ça n'a plus d'importance parce que je vais me débarrasser d'eux définitivement.

— Pourquoi ne pas avoir agi avant si vous saviez qu'il venait ? Il suffisait d'appeler votre frère pour qu'il soit arrêté ! s'étonna Hervé.

— Parce que ça m'arrangeait de savoir qu'il n'était pas loin. Je l'avais sous la main, au cas où. Et puis, je ne me suis rendu compte de ses visites nocturnes qu'une fois qu'Éric était ici. En faisant arrêter Ted, Éric aurait réagi plus vite. Il me les faut tous les deux en même temps !

Camperro sourit mystérieusement en se frottant le menton. Il paraissait perdu dans ses pensées. L'idée d'éliminer les deux importuns semblait lui faire un plaisir immense. Il était temps qu'il se débarrasse aussi de Jenny, il n'allait pas traîner ce boulet à son pied toute sa vie.

Éric partit vers l'écurie à la recherche de Jenny. En entrant, il heurta Julien qui en sortait précipitamment. Sous le coup de la surprise, ce dernier recula.

— Éric, tu n'es pas... ?
— Mort ? Non pas encore ! sourit celui-ci.

Julien affichait d'épais cernes sous les yeux, il était pâle et semblait très préoccupé.

— Je croyais que....
— Que j'étais à l'hôpital ? Je sais ! Il a dû y avoir une erreur quelque part, tu vois ? Je me porte comme un charme.
— Qu'est-ce qui s'est passé ?

Éric eut envie de lui dire la vérité, mais un reste de méfiance le retint. Il lui fit la même réponse qu'aux autres.

— Moi, je sais que ce n'est pas vrai ! J'ai failli appeler ton père. Éric, fous le camp ! S'il te plaît ! Qu'est-ce qu'il faut que je fasse pour que tu m'écoutes ? Que je me mette à genoux ? supplia Julien.
— Que tu me donnes juste un petit coup de main...
— Je ne peux rien faire pour toi ici. Je suis désolé, je suis coincé et...
— Et si je t'aide à récupérer Adrien ?

Julien recula, comme frappé en plein visage ; il était devenu livide.

— Mon Dieu ! T'es allé bien plus loin que je ne croyais ! Il faut qu'on parle. J'irai à la crique en fin d'après-midi. Viens m'y rejoindre discrètement. Autre chose : est-ce que tu as une idée de l'endroit où Jenny a pu aller ?
— Comment ça ? s'inquiéta immédiatement Éric.
— Je l'ai croisée tout à l'heure, elle est sortie de la cuisine comme une furie. Je crois qu'elle pleurait... Elle m'a bousculé, je ne sais même pas si elle m'a reconnu ! Elle avait l'air bouleversée. Je me demande si Camperro ne lui a pas annoncé ta mort un peu prématurément. Depuis, je la cherche, mais ne la trouve nulle part. J'allais partir pour la crique...
— Laisse tomber, j'y vais ! Il va me payer tout ça en vrac cette espèce de fils de... grogna Éric les dents serrées.
— J'ai sellé un cheval, prends-le. Tu iras plus vite par le bois qu'en voiture.

Éric ne se le fit pas dire deux fois. Il sauta à cheval et le lança au galop, lui talonnant les côtes pour le faire aller toujours plus vite. Il traversa les pâtures les plus proches et même le bois au grand galop, au risque de se faire blesser par une branche ou de blesser le cheval. Il ressentait un nœud à la place de l'estomac. Qu'est-ce qui avait bien pu lui passer par la tête, à Jenny ?

Il était encore à couvert des arbres quand il l'aperçut, assise au bord de la falaise. Il la vit se lever et se pencher dangereusement au-dessus du vide. Son sang se glaça dans ses veines, des sueurs froides descendaient le long de sa colonne vertébrale. Il hurla son prénom de toute sa voix, de tous ses poumons, mais elle semblait ne pas l'entendre. Il talonna plus fort le cheval pour le faire galoper plus vite, et pourtant il lui paraissait se traîner. Les derniers mètres qui le séparaient d'elle devenaient des kilomètres infranchissables. Il connaissait suffisamment l'endroit pour savoir que si elle tombait d'où elle était, elle avait de grandes chances de ne tomber que dans l'eau et d'éviter les rochers, mais elle risquait d'être assommée par le choc et de se noyer. De toute façon, inconsciente, elle n'aurait aucun moyen de lutter contre le courant et son corps serait projeté contre la paroi rocheuse.

Comme dans un cauchemar, au ralenti, il la vit se pencher de plus en plus. Il hurla de nouveau, la conjura de ne plus bouger. Avec horreur, il la vit basculer dans le vide.

Jenny ne ressentait plus rien. Elle était attirée par l'eau, tellement attirée... Son cerveau ne réagissait plus. La lutte avait cessé maintenant. Au moins, elle ne souffrait plus ! Comme un automate, elle se leva et continua à regarder dans le vide. Il y avait ce bruit dans sa tête, de plus en plus fort, comme le galop d'un cheval. Il fallait qu'il cesse. Elle avait froid, elle sentait l'eau sur elle, l'eau qui l'attirait. Soudain, elle se laissa aller. Ce fut le vide, comme un trou noir. Le choc violent de sa tête frappant la surface de l'eau froide l'abasourdit pendant une seconde, puis le froid l'envahit brutalement. Comme sous l'effet d'un électrochoc, elle reprit soudain ses esprits et l'instinct de survie fut le plus fort. Elle essaya de respirer et sentit ses poumons se contracter douloureusement. Paniquée, tout en se débattant, elle réussit à remonter à la surface. Quand elle ouvrit la bouche pour respirer, une vague vint la frapper de plein fouet et l'entraîna vers le fond. La panique redoubla ses forces, elle se débattit de plus belle, mais ses vêtements trop larges, gorgés d'eau entravaient ses gestes, l'emprisonnaient. Son cœur battait si vite et si fort qu'elle en suffoquait déjà. Elle crut que ses poumons, si douloureux, allaient éclater. Désespérément, elle chercha à s'accrocher à quelque chose. Ses forces commençaient à la lâcher quand elle se sentit attrapée par la taille et remontée à la surface. Enfin, dans un gémissement de douleur, elle parvint à aspirer une bouffée d'air qui l'empêcha de perdre complètement connaissance. Elle tenta faiblement de se débattre à nouveau, elle s'agrippa à quelque chose, quelqu'un, elle ne savait plus. Elle perçut une voix lointaine, indistincte. Les rochers tournoyaient au-dessus de sa tête et se rapprochaient dangereusement. Elle ne parvenait pas vraiment à reprendre son souffle. Les vagues qui se succédaient à une vitesse folle la submergeaient sans relâche. Elle aperçut, les yeux embués par l'eau de mer, la plage qui paraissait s'éloigner. Inexorablement, les vagues fouettaient son visage, emplissaient sa bouche, sa gorge, ses poumons. Elle sentait le courant l'emporter. À bout de souffle, à bout de force, elle tenta de se débattre encore une fois quand elle se sentit complètement immobilisée. L'eau froide et cruellement salée s'engouffra dans sa bouche, son nez, ses poumons. La douleur dans sa poitrine devint insoutenable, elle eut l'impression de hurler alors qu'aucun son ne sortait de sa gorge. Avec la force du désespoir, elle essaya en vain de se dégager de l'étreinte qui l'immobilisait. Tout son corps se raidit pour lutter contre la douleur qui se fit atroce. L'eau s'assombrit soudain. Il lui sembla se fondre dans la masse liquide. Elle cessa de se battre en perdant connaissance.

    Elle entendait le son lointain d'une voix qui l'appelait, lui conjurait de respirer. La voix revenait sans cesse par vague comme au plus profond d'un rêve, puis elle s'amplifia, devint plus proche. Jenny ressentit quelques instants, une douleur lancinante, régulière, au niveau de la cage thoracique, une sorte de pression. Cette voix, il lui semblait la reconnaître, c'était celle d'Éric, c'était impossible... Elle essayait d'ouvrir les yeux, mais n'y parvenait pas, c'était un cauchemar... elle gisait sans force. Soudain, elle ne ressentit plus rien, seulement un sentiment de délivrance, de liberté, de légèreté...

Elle ne s'était jamais sentie aussi bien. Elle avait l'impression de s'élever dans l'air, d'être libérée de son corps, de partir, mais une force au tréfonds d'elle-même la forçait à lutter pour revenir. Elle devait essayer encore et encore, rejoindre cette voix... Soudain, son corps fut secoué par un spasme. Un jet d'eau jaillit de sa bouche, lui oppressant la poitrine. Se sentant suffoquer, elle gémit, toussa plusieurs fois. Haletante, elle aspira de grandes bouffées d'air, cherchant à reprendre son souffle. La douleur au niveau de sa poitrine réapparaissait, plus lancinante que jamais. Au milieu d'une épaisse brume, elle distingua un visage flou. L'image mit plusieurs secondes avant de devenir plus distincte. Éric était penché sur elle, torse nu, le visage et les cheveux ruisselants, les lèvres entrouvertes, haletant, ses yeux brûlant d'inquiétude et de douleur. Il était si beau ! Elle le regardait sans comprendre, c'était un rêve ? Peut-être était-elle morte ? Oui, ça devait être ça. Elle était morte, elle était arrivée au paradis, celui dont Marianne lui parlait dans son enfance. Mais la douleur persistant dans ses poumons la ramena à la réalité. Elle essaya de se relever, en vain. Éric s'était redressé, toujours accroupi, les mains sur les hanches, haletant, sa tête renversée en arrière, il paraissait chercher son souffle. Quand il posa de nouveau son regard sur elle, ses yeux brillaient de larmes.

Il l'attrapa brutalement par les épaules et la secoua violemment.

— Ne me refais jamais ça, tu m'entends ? hurla-t-il. Jamais ! Ou je t'achèverai de mes propres mains ! Tu comprends ce que je dis ?

Il la rejeta sur le sable sans ménagement. Jenny aurait voulu lui expliquer, mais aucun son ne franchit le seuil de ses lèvres tant elle avait la gorge serrée. Tout se mélangeait dans sa tête. Un seul cri résonnait en elle : il était vivant ! C'était tout ce qui comptait, il était vivant ! Elle ne pouvait détacher les yeux de son visage. Soudain, elle éclata en sanglots. Éric la souleva et la serra contre lui avec passion. Elle enfouit sa tête au creux de son épaule et s'accrocha à lui comme si sa vie en dépendait encore. Il serrait son corps menu, secoué de spasmes, contre son torse, avec une force tempérée de tendresse. Il avait emmêlé ses doigts dans ses cheveux sur sa nuque et la serrait contre lui nerveusement, comme s'il avait peur qu'elle lui échappe à nouveau. Malgré les sanglots qui la secouaient, Jenny le sentait trembler contre elle.

— Tu m'as foutu la plus grande trouille de ma vie, lui murmura-t-il à l'oreille d'une voix rauque. J'ai cru que j'allais en crever, que jamais je ne réussirais à te sortir de là. Ne me refais jamais un coup pareil, mon cœur, je t'en supplie !

Un sentiment d'immense bonheur s'empara d'elle. Elle n'osait en croire ses oreilles. C'était mieux qu'un rêve. Des larmes de joie se mêlaient à ses sanglots. Elle tremblait de tout son corps. Elle aurait voulu pouvoir parler, mais les mots restaient coincés dans sa gorge. Les nerfs prenaient le dessus, elle ne pouvait plus s'arrêter de pleurer. Toutes les émotions accumulées de la matinée devenaient trop lourdes à porter. Éric le comprit et l'incita même à pleurer, à se défouler. Puis, patiemment, à force de tendresse, de murmures, il parvint à la calmer. Ses larmes d'abord cessèrent, bien que son corps continuât d'être secoué par des spasmes nerveux. Elle tremblait encore, mais cette fois, c'était d'épuisement. Il tenta de l'allonger sur le sable mais elle lui résista, s'agrippa à lui. Une nouvelle fois, il la serra contre son torse, embrassa ses cheveux...

— Il ne faut pas rester en plein soleil, murmura-t-il à son oreille.

Alliant le geste à la parole, il la souleva dans ses bras, elle ne pesait pas plus lourd qu'une plume, pensa-t-il. Il se dirigea vers le chemin tortueux qui leur permettait de rejoindre le haut de la falaise. Il déposa Jenny à l'ombre d'un arbre, à l'orée du bois. Alors qu'il la lâchait, elle s'agrippa de nouveau à lui.

— Je ne m'en vais pas. Il faut que je récupère mes vêtements. Je les ai jetés par là-bas, lui murmura-t-il en montrant le lieu du menton.

Le cheval — bien dressé, remarqua-t-il — l'attendait à l'endroit où il l'avait abandonné. Il le ramena avec ses vêtements, près de Jenny, l'attacha à quelques pas d'eux, à une branche basse. Il demanda à Jenny d'enlever ses frusques et de revêtir son tee-shirt sec. Il lui tourna le dos, le temps qu'elle se change, puis il étendit ses vêtements au soleil qui était presque à son zénith. Puis il s'abandonna, offrant son corps à la chaleur qui commençait à l'envahir. Il se sentait encore agité, oppressé, et s'il avait ressenti des courbatures après l'accident, celles-ci s'étaient transformées en véritables douleurs lancinantes. Chaque mouvement lui coûtait. Il se laissa tomber à côté d'elle sans pouvoir réprimer un léger gémissement. C'est alors que Jenny aperçut les ecchymoses au niveau de ses côtes, de sa tempe.

— Tu es blessé ? murmura-t-elle.

— C'est pas grave... Tu ne m'as pas tellement aidé à m'en remettre, ironisa-t-il gentiment.

Jenny esquissa un geste rapide pour écraser une larme sur sa joue.

— Il a dit que... suffoqua-t-elle, j'ai cru que tu étais mort ! Il a dit...

— C'est fini ! C'est moi qui ai demandé au dépanneur de téléphoner, tenta-t-il de la rassurer en la prenant par les épaules. Je n'ai pas pensé que tu saurais tout de suite. Je voulais voir sa réaction, c'était stupide, je le reconnais.

Elle se blottit dans ses bras. Elle tombait de fatigue. Il l'installa au mieux contre lui quand il la sentit s'endormir. Elle avait vraiment besoin de se reposer. Avec moult précautions, afin de ne pas la réveiller, il s'allongea, lui aussi et somnola pendant deux bonnes heures.

Quand Jenny se réveilla en sursaut, elle avait retrouvé l'entière possession de ses moyens. Avec effroi, elle regarda la montre au poignet d'Éric et bondit sur ses pieds. Elle chancela et serait tombée si Éric ne l'avait pas brusquement retenue contre lui.

— Jenny, vas-y doucement. Tu n'as rien avalé depuis ce matin. Avec ce qui t'est arrivé, tu ne tiens pas debout.

— Je dois y aller, *il* va me chercher partout ! Déjà que je n'ai pas préparé le déjeuner, *il* va me...

— J'ai bien réfléchi, Jenny, reprit Éric. Je crois que je tiens la solution. Écoute, officiellement, tu t'es suicidée et je n'ai pas pu te sauver. Entre les efforts que j'ai faits pour essayer de te sortir de l'eau en vain, et l'accident de ce matin, je me suis écroulé. Ce qui expliquera pourquoi je reviens si tard. Je vais rentrer au domaine, annoncer ta mort. Toi, tu te planques par ici. Dans quelques heures, il fera nuit. Je viens te chercher et je te planque ailleurs. Après, j'aurai le champ libre avec Camperro si tu n'es plus dans ses pattes.

— Non ! Ce n'est pas possible, Éric. Je dois y retourner. Ne me demande pas pourquoi, s'il te plaît, murmura-t-elle avec de la détresse dans les yeux.

— Eh bien si ! Je te demande pourquoi ! Quel chantage est-ce qu'il exerce sur toi pour que tu ne sautes pas sur la première occasion de te barrer d'ici ? s'énerva soudain Éric... Réponds ! Qui tu veux protéger ?... Jenny, réponds-moi ! Si tu veux qu'on ait une chance de s'en sortir, il faut que je sache ! Si tu ne le fais pas pour moi, fais-le au moins pour Ted, bon sang !

Jenny avait baissé les yeux. Ses longs cils semblaient lutter pour retenir de nouvelles larmes. Éric s'assit à côté d'elle et l'attira doucement contre lui. Avec une tendresse infinie, il posa ses lèvres sur les siennes. Elle répondit d'abord timidement à son baiser puis, emportée par la vague de désir qui s'emparait d'elle pour la première fois de sa vie, elle noua ses bras autour de son cou et se pressa contre lui. Les lèvres d'Éric devinrent plus dures, plus exigeantes. Il resserra son étreinte. D'une main, il enserrait sa nuque, de l'autre, il explorait les courbes de ses hanches, la cambrure de son dos. Puis il s'aventura lentement sous son tee-shirt, remontant vers ses seins. Haletant, il ressentit un violent désir pour elle, monter en lui. La douceur de ses lèvres, ses gestes hésitants, son attitude ingénue, la pureté et l'innocence de tout son être le rendaient fou d'elle. Il dut lutter contre l'envie presque violente qui le poussait à la renverser, à la prendre comme ça, sur-le-champ. Il buvait à pleines lèvres ses frémissements, il sentait son jeune corps s'éveiller et s'arquer contre lui, son souffle haletant dans son cou alors que ses lèvres musardaient le long de son épaule, descendant lentement jusqu'à la naissance de ses seins. Presque inconsciemment, ils se retrouvèrent allongés dans l'herbe sèche, bercés par le ressac des vagues au bas de la falaise. Une légère brise venait par instants rafraîchir leurs corps brûlants. Alors que ses lèvres découvraient avec délice le creux de son ventre, les mains d'Éric couvraient chaque parcelle de son corps de caresses.

Sa peau avait la douceur de la soie, tout son être respirait la sensualité.

Pour la première fois de sa vie, Jenny découvrait le désir, la sensualité, le plaisir. D'abord timidement puis plus passionnément, elle répondit à ses caresses, ébouriffant sa chevelure épaisse. Elle recherchait sa bouche, la repoussait pour reprendre son souffle. Haletante, elle voulait profiter de la moindre seconde, de la moindre caresse. Elle priait silencieusement pour que cet instant dure indéfiniment. Elle eut l'impression de ne plus maîtriser la situation. Son corps ne lui appartenait plus, il répondait aux baisers, aux caresses d'Éric, s'arquait, se collait à lui sans qu'elle pût le contrôler. Le désir devenait presque douloureux au creux de son ventre. Elle fit taire une toute petite voix qui au fond d'elle lui recommandait de ne pas aller trop loin, par peur de l'inconnu. Elle chassa rapidement ses dernières appréhensions. À présent, plus rien n'avait d'importance, plus rien ne comptait que son corps sur elle, ses baisers. Il n'y avait plus que lui, leurs souffles mêlés, leurs corps brûlants... Elle voulait lui appartenir, maintenant !

Encore hésitants, ses doigts s'attaquèrent à la ceinture de son jean. Elle se délecta du gémissement que ses lèvres exhalèrent. Puis soudain, il la repoussa, s'éloigna d'elle. Elle tenta de s'accrocher à lui, en vain. Il roula sur le côté, encore haletant. Quand il releva la tête, il se heurta au regard de Jenny. Elle le fixait sans comprendre, les lèvres entrouvertes, encore gonflées et rouges de ses baisers. Ses yeux limpides, brillants de passion lui posaient mille questions silencieuses. Le tee-shirt qu'elle portait, celui d'Éric, trop grand, découvrait toute son épaule, jusqu'à la naissance de ses seins, et ses longues jambes si fines...

Éric se força à détourner les yeux de son corps. Bon sang, qu'elle était belle ! Elle le rendait fou.

— Jenny, je ne peux pas, finit-il par lui murmurer. Pas comme ça, pas avec toi...

Jenny reçut le coup en plein cœur, se demandant un instant si elle allait pouvoir y survivre. Elle avait baissé les yeux et tentait de toutes ses forces de ravaler ses larmes. Sans un mot, elle récupéra ses vêtements, secs à présent. Elle dut faire un colossal effort pour réussir à sortir un son de sa gorge.

— Je prends le cheval, je t'envoie Julien.

— Jenny ! Ne pars pas comme ça ! Écoute-moi, juste une seconde, la supplia-t-il.

Peine perdue, elle avait déjà sauté en selle. Elle parvint à peine à lui répondre alors qu'elle s'était déjà éloignée, juste avant de lancer Satan au galop :

— J'ai toujours su que je ne lui arrivais pas à la cheville. Je ne me suis jamais fait d'illusion à ce sujet. J'espérais juste... que tu me ferais rêver un peu plus longtemps... Je ne t'en veux pas, tu sais ? Je comprends que tu n'aies pas envie de moi... pas après elle...

Les mots s'étranglèrent dans sa gorge. Éric sauta sur ses pieds, tenta de retenir le cheval, mais Jenny le lança au galop avant qu'il n'ait eu le temps de les rattraper. Il hurla son prénom, la conjura de revenir, mais elle ne se retourna même pas. Les larmes l'aveuglaient, les sanglots l'étouffaient...

Éric se laissa tomber à genoux et frappa du poing par terre en jurant à haute voix.

— T'as pas compris... Mais quel con ! C'est pas possible d'être con à ce point, merde !

Il tremblait de colère contre lui-même. Si seulement il s'était mieux exprimé, si seulement il avait su lui faire comprendre ce qu'il ressentait ! Au lieu de ça, il foutait tout en l'air. L'angoisse le gagna. Elle avait déjà essayé de se suicider une fois. Qu'allait-elle faire maintenant ? Et lui qui restait là, comme un imbécile et sans moyen de la rattraper. Soudain, comme par miracle, la Jeep de Julien apparut. Mon Dieu, se pouvait-il que ses prières fussent exaucées ? Julien n'eut même pas le temps de couper le moteur, Éric lui sauta dessus.

— Passe-moi ta Jeep et attends-moi, je reviens tout de suite ! ordonna-t-il.

— Une minute ! On doit mettre plein de choses au point. Il faut...

— Descends ! hurla Éric. J'en ai pour deux minutes, je reviens ! Il faut absolument que je rattrape Jenny.

— Je croyais que tu l'avais retrouvée depuis tout ce temps ?

— Je l'ai retrouvée, mais elle est repartie à cheval. Il faut que j'y aille s'il te plaît !

Éric devenait presque suppliant. Julien le dévisagea avec stupéfaction. Son visage était déformé par l'angoisse, il avait l'air complètement bouleversé. Julien ne l'avait jamais vu dans cet état, lui qui était toujours si sûr de lui !

— Qu'est-ce qui s'est passé, Éric ?

— Elle a tenté de se suicider, je l'ai sortie de l'eau. On a discuté et... bref ! Je viens de faire la plus grosse connerie de ma vie. Il faut que je la rattrape, que je la retrouve, je t'en supplie ! Après il sera trop tard. Je vais la chercher, je la ramène et ensuite, je ferai ce que tu voudras.

Julien descendit de la Jeep, Éric y sauta sans avoir le temps de le remercier. Il fit un demi-tour digne d'un pilote automobile et lança la voiture à fond de train sur la piste qui tenait lieu de chemin. Julien lui cria à pleins poumons :

— Si tu te tues avant de la retrouver, ça n'aura servi à rien !

Mais Éric ne l'entendit même pas...

- 23 -

Quand Jenny arriva au domaine, elle était aussi hors d'haleine que le cheval. Son visage était trempé par les larmes, elle ne chercha pas à dissimuler son chagrin ni à se cacher. Elle se précipita dans l'écurie. Elle ne voulait plus qu'une chose, se jeter sur son lit pour pleurer, dormir...

Elle fut stoppée en plein élan par la présence d'Hervé qui se mit en travers de son chemin. Elle s'arrêta à quelques pas de lui. Il lui barrait le passage pour gagner les escaliers qui menaient à sa chambre. Il dévisagea pendant quelques secondes son visage défait, ravagé par les larmes, ses cheveux hirsutes, ses vêtements froissés, défraîchis, qui semblaient sortir d'une benne à ordures...

— On dirait que tu ne connais pas la bonne nouvelle, chérie ? ironisa-t-il. Ton protecteur est en pleine forme. Tu ne t'y attendais pas, n'est-ce pas ?

— Laisse-moi passer, murmura-t-elle.

— Mais elle parle ! s'écria-t-il en souriant cruellement. Eh ben, sèche tes larmes, poupée, il va très bien ! Viens par ici, je vais t'aider à fêter ça dignement.

Joignant le geste à la parole, il l'attrapa par le poignet avant qu'elle n'ait eu le temps de lui échapper. Comme elle se débattait déjà, il resserra son étreinte et lui tordit le bras. Sous le coup de la douleur, elle laissa échapper un gémissement et se laissa tomber sur le sol.

— Lâche-là !

L'ordre avait claqué si fort dans le silence de l'écurie qu'Hervé surpris, avait obtempéré. Il s'apprêtait à répondre lorsqu'il croisa le regard glacial et meurtrier d'Éric. Impressionné, il ne chercha même plus à répliquer et recula vers le fond de l'écurie. Sa maigre retraite ne lui fut d'aucun secours. Dans l'état de nerfs où il se trouvait, plus rien ne pouvait arrêter Éric. Son poing atteignit Hervé à l'estomac. L'autre se plia en deux avant de tomber à genoux en geignant, suffoquant, mais déjà, Éric était sur lui. Il l'attrapa par les cheveux, le relevant de force. Il s'apprêtait à frapper de nouveau lorsque Jenny se pendit à son bras.

— Arrête, Éric, je t'en supplie ! Laisse-le ! Ne fais pas ça, je t'en supplie, murmura-t-elle de nouveau, le visage en larmes.

Le poing levé et Jenny toujours suspendue à son bras, Éric tentait de se maîtriser, non sans difficulté. Tout son corps tremblait de rage. Il finit par lâcher son adversaire qui s'écroula sans un geste sur le sol. Repoussant Jenny, il s'abaissa vers Hervé. Lui relevant la tête toujours par les cheveux, il murmura entre ses dents, la voix vibrante de colère :

— La prochaine fois, je te crève ! Je t'arrache les entrailles avec les dents et je les laisse pourrir près de toi !

Éric fit quelques pas dans l'écurie, cherchant à retrouver un semblant de calme. Il avait du mal à recouvrer son sang-froid, il sentait ses nerfs lâcher. Il fallait qu'il se reprenne. Inspirant de grandes bouffées d'air, il tentait désespérément de se maîtriser. Il n'était pas coutumier de ce genre d'accès de rage. Il passa nerveusement la main dans ses cheveux. Toutes les émotions de la journée semblaient se canaliser d'un coup en lui. Il savait que beaucoup de choses allaient reposer sur ses épaules. La suite des événements dépendrait de lui. Il n'avait pas droit à l'erreur. Le moindre faux pas pouvait nuire à Jenny, à Ted ou encore à son père. Il lui fallait garder tout son sang-froid. Il gonfla une dernière fois ses poumons, exhala un long soupir et se tourna vers Jenny.

Elle s'était assise sur la première marche des escaliers, le front appuyé sur ses genoux repliés. Elle tremblait, ou peut-être qu'elle pleurait...

Éric s'accroupit auprès d'elle. Avec mille précautions, il effleura sa nuque puis doucement, lui leva la tête, l'incitant à le regarder.

— Jenny ! Je me suis mal exprimé tout à l'heure. Je crois que tu n'as pas compris ce que je voulais dire...

— Ne cherche pas à m'épargner Éric, murmura-t-elle, je t'ai dit que je comprenais....

— Non ! Tu ne comprends pas ! Loin de moi l'idée de te comparer à Isabelle, vous êtes tellement différentes !

Il l'arrêta d'un doigt sur ses lèvres, ne lui laissant pas le temps d'ouvrir la bouche.

— Ce que je veux dire, c'est que c'est elle qui ne t'est jamais arrivée à la cheville. Comparée à toi, elle ne valait rien, pas plus physiquement que moralement ! Entre elle et moi, c'était uniquement sexuel ! Il n'y a pas de quoi en faire une montagne. Je la sautais, sans plus ! Tu comprends ce que je veux dire ?

— Et moi, qu'est-ce que je viens faire dans tout ça ? Tu m'as dit que tu me considérais comme une fille normale, mais... pas suffisamment pour que tu aies envie de moi... murmura-t-elle la gorge serrée.

— Au contraire, Jenny ! bondit Éric. Ce que j'aimerais que tu comprennes c'est que toi, je te respecte trop pour... Je ne veux pas que ça se passe comme avec elle, n'importe où, n'importe quand, n'importe comment. Pour toi, je désire ce qu'il y a de mieux, je... je ne veux pas qu'on fasse l'amour à la sauvette, comme ça, uniquement pour le sexe... Jenny, je veux tout de toi ! J'ai envie de te donner le meilleur de moi-même. Je ne voulais pas profiter de la situation. Tu es à bout de force, à bout de nerfs, tu ne tiens même plus debout. Je t'ai prise au dépourvu. C'est vrai que c'était facile pour moi de profiter de la situation. Ce n'est pas ce que je souhaite. J'aimerais que ce soit toi qui décides, toi qui en aies envie. J'aurais eu l'impression de profiter de toi, de ta faiblesse et tu aurais pu me le reprocher plus tard. Je ne me le serais pas pardonné. Et pourtant, j'ai envie de toi, si tu savais à quel point !

Il avait terminé sa tirade dans un murmure, tenant son visage au creux de ses mains, les yeux fondants de tendresse. Elle le regardait sans y croire, comme si elle cherchait à travers son regard, à déceler la vérité, le moment où il éclaterait de rire en se moquant d'elle. Mais ce moment ne vint pas. Dans un sanglot de soulagement, elle se laissa tomber contre lui, se recroquevillant contre son torse. Il la serra dans ses bras à l'étouffer. Il la sentait trembler, la savait épuisée. La journée avait été trop riche en émotions. Il craignait qu'elle ne tienne le choc longtemps. Elle allait craquer à moment donné, c'était sûr. Mais, dans l'immédiat, il lui fallait voir Julien. Il ne voulait pas la laisser seule au domaine. Il n'avait pas le choix, il devait l'emmener. Elle n'avait pas le temps de dormir, pas encore. Elle le suivit sans poser la moindre question. Éric n'avait même pas jeté un regard à Hervé qui n'avait plus osé bouger en sa présence. Celui-ci avait repris péniblement son souffle, rageant intérieurement et se jurant qu'il obtiendrait bientôt sa vengeance.

Éric gara la Jeep à l'abri des arbres. Personne ne devait savoir qu'il était là avec Julien. Sur l'insistance de celui-ci, Éric dut lui raconter brièvement ce qu'il s'était passé avec Jenny quelques heures plus tôt. Il lui relata aussi l'agression d'Hervé. La mine de Julien s'assombrit.

— Jenny, la première chose à faire serait de manger un peu et d'aller te reposer. Il faudrait que tu dormes...

— Pour qu'Hervé en profite de nouveau ? Elle n'est plus en sécurité là-bas, coupa Éric.

— Si elle ne reprend pas un peu de force, elle va tomber ! répliqua Julien, inquiet. D'autre part, continua-t-il, tu n'aurais pas dû le toucher. Il va y avoir des représailles. Camperro le soutient trop.

— J'aurais dû le laisser faire, alors ? ragea Éric.

— C'est pas ce que je voulais dire, soupira Julien. Ça va mal, les enfants, ça n'est jamais allé aussi mal. Méfiez-vous !... Éric, tu devrais quand même voir un médecin, insista

Julien en observant celui-ci grimacer en s'asseyant par terre. Tu as certainement une ou plusieurs côtes fêlées. Et quelque chose me dit que tu vas avoir besoin de toutes tes forces !

— D'accord, j'irai demain, trancha Éric. Parle-moi de ton fils.

— Oh ! Il n'y a rien de bien joyeux à dire. Adrien va avoir quinze ans, il est autiste. Quand on s'en est rendu compte, avec Marianne, ça a été un choc. On était perdus, on ne savait plus quoi faire ni à qui se fier. À l'époque, José était non seulement mon patron, mais c'était également un ami, du moins je le croyais. Il m'a proposé son aide, m'a présenté son beau-frère médecin. Celui-ci a pris Adrien dans son centre. On ne pouvait pas le garder à la maison, disait-il. Cela l'empêcherait de progresser. Alors on lui a fait confiance. On allait le voir tous les week-ends jusqu'à... Il y a environ trois mois où son cas s'est brusquement aggravé. Le toubib nous a conseillé de ne plus lui rendre visite pendant quelque temps, que ça risquait de le perturber. On téléphone plusieurs fois par semaine pour prendre de ses nouvelles, mais on ne peut plus le voir.

— Et Camperro, qu'est-ce qu'il a à faire là-dedans ? questionna Éric.

— Disons que... quand il y a eu toutes ces histoires avec ton père et Kolinsky, il y a quatre ans de cela, j'ai voulu prendre leur défense. José m'a clairement dit que si je voulais qu'il n'arrive rien à mon fils, j'avais tout intérêt à me taire.

— Et ton fils, tu n'as jamais pu le récupérer ?

— Quand on est le roi des cons, on ne se rend pas toujours compte de ce qu'on fait... Enfin, c'est la seule excuse que je me suis trouvée pour continuer à vivre. Quand Adrien a été pris en charge dans la fameuse clinique, le toubib nous a fait signer des papiers par lesquels nous reconnaissions n'être pas en mesure d'assurer l'éducation de notre enfant malade, et que nous laissions les pleins pouvoirs au directeur de la clinique.

— Julien ! Qu'est-ce qui s'est passé ici, il y a quatre ans ? interrogea Éric, le front soucieux.

— Des histoires d'association... Ton père, Kolinsky et moi, on s'était associé et on espérait, petit à petit, prendre les rênes du domaine, mais...

— Avec Derry, qu'est-ce qui s'est passé ? l'interrompit Éric.

Julien devint blême, baissa les yeux, mais ne répondit pas tout de suite.

— Tu m'as proposé de m'aider à récupérer Adrien, non ? Tu as une idée ?

Éric n'épilogua pas, il savait que si Julien n'était pas décidé à parler, rien ne pourrait le faire changer d'avis.

— Je pensais que tu allais le voir régulièrement. Lors d'une visite, tu aurais pu te barrer avec. Maintenant, ce n'est plus le cas. La seule solution par une voie légale prendrait des mois, des procès... Bref, pour l'instant, ça ne servirait à rien sinon à alarmer Camperro. Au fait, pourquoi tu disais que ça allait mal en ce moment ? questionna soudain Éric, les sens tardivement en alerte.

— ... Camperro sait que Ted vient assez régulièrement la nuit !

Jenny laissa échapper un gémissement de terreur.

— Il me surveille ! Il va faire arrêter Ted ! geignit-elle à l'adresse d'Éric.

Son regard s'était empli de détresse. Éric fixa son regard sur Julien, l'incitant à en dire plus.

— Il faut agir très vite Éric, reprit Julien. J'ai surpris une conversation. Il sait que tu vois le fils Derry. Je suppose que tu es au courant que ta voiture a été trafiquée et que tu n'aurais pas dû t'en sortir cette nuit ?

— Même si je ne l'étais pas, j'ai eu vite fait de m'en rendre compte ! Qu'est-ce qu'ils vont faire, maintenant ?

— D'après ce que j'ai compris, ils vont se servir de Jenny, la placer en situation de danger pour attirer non seulement Ted, mais toi aussi. Et il y a des chances pour que vous soyez tous les trois victimes d'un *accident*. Je n'en sais pas plus pour l'instant. Je crois qu'il ne me fait pas vraiment confiance. Écoute-moi bien ! Ils ne peuvent plus se permettre la moindre erreur. À présent, il leur faut agir et sans tarder. Vous devez foutre le camp immédiatement, supplia presque

Julien. Je ne peux rien faire de plus, Éric ! Je n'ai plus le pouvoir de vous protéger ni l'un ni l'autre. Quant à Jenny, elle ne pèse rien dans la balance. Dès qu'ils auront Ted, ils la tueront. Foutez le camp, Bon Dieu !

Jenny s'était recroquevillée contre un arbre, dans une position qu'elle affectionnait tout particulièrement, les genoux relevés, entourés de ses bras, le visage caché, elle tremblait. Éric et Julien se lancèrent un regard inquiet. Éric savait que la situation allait dégénérer, mais il ne s'attendait pas à ce que tout aille aussi vite. Il avait mille choses à faire en même temps, il ne savait plus par quoi commencer. Il devait mettre Jenny à l'abri, prévenir Ted, Christophe, Katia, tenter de récupérer Adrien pour Julien, mettre son père au courant. Le temps que Christophe arrive à convaincre sa hiérarchie, tout serait peut-être perdu. Il se sentait pris à la gorge. Et Jenny qui ne voulait pas partir...

Tout en réfléchissant, Éric l'observait. Elle avait levé les yeux et fixait Julien. Elle semblait hésiter, comme si elle voulait parler.

— Jenny, il faut que tu me suives, que tu quittes le haras. Il n'y a plus d'autres solutions, la supplia Éric.

Elle le fixa, encore hésitante, ses doigts jouaient nerveusement avec des herbes sèches. Elle jeta un regard furtif à Julien. Le silence devenait lourd de non-dits. Ce dernier paraissait embarrassé, son regard passait de Jenny à Éric. Quand Jenny croisa de nouveau son regard, Julien l'encouragea d'un signe à parler.

— Si je pars, commença-t-elle, il va se venger sur mon neveu. C'est encore un bébé et...

— Sur qui ? s'écria Éric.

— Sur le bébé d'Isabelle. Il s'appelle Anthony, il a bientôt trois ans. Je l'adore, murmura-t-elle. Si je pars, Camperro s'en débarrassera.

— J'avais raison, murmura Éric comme pour lui-même. Il n'est pas mort. Où est-il ?

— Chez la sœur de Camperro et le toubib. Ils en ont la garde. Je vais le voir plusieurs fois par semaine. Ils ne s'en occupent pas beaucoup, alors on s'est attaché l'un à l'autre. Quelque part, il est comme moi...

— Comment ça, tu vas le voir ? Tu veux dire que tu sors du domaine ? s'étonna Éric.

— En fait, ils ont la propriété voisine.

Du menton, elle montra à Éric la propriété qui s'étendait, à gauche de la falaise, derrière la petite clôture qui naissait à quelques mètres d'eux, dans le bois.

— J'y vais à cheval dans la journée. Je passe un moment avec lui, sous la surveillance de la vieille, bien sûr. Elle ne me laisse jamais seule avec lui, expliqua Jenny d'une voix hésitante.

Elle guettait avec appréhension la réaction d'Éric. Elle mourait de peur qu'il ne lui demande de faire un choix : lui ou le bébé. Elle savait à présent qu'elle pourrait difficilement survivre privée de l'un ou de l'autre. Elle n'avait pas le droit de choisir.

— Tu sais qui est le père de ce gosse ? finit par demander Éric à brûle-pourpoint.

— Isabelle a dit que c'était celui de Camperro, répondit doucement Jenny, mais c'était pour protéger le bébé. *Il* l'aurait tué s'*il* avait su... En fait, c'est le bébé de Ted.

Éric resta sans voix. Ted lui avait dit que c'était impossible, il l'avait cru. Comme s'il elle lisait dans ses pensées, Jenny précisa :

— Ted n'est pas au courant. Si je le lui avais dit, il aurait agi comme notre père. Il aurait essayé de récupérer Anthony. Isabelle n'avait pas le choix. Pour les protéger tous les deux, elle a été obligée de me faire confiance. Elle savait que son bébé n'était pas mort. Elle m'a demandé, au cas où il lui arriverait quelque chose, d'essayer de veiller sur lui. Elle est morte deux jours après. Camperro croyait que c'était son bébé, c'est à cause de ça qu'il s'est arrangé pour le confier à sa sœur. Mais en grandissant, le petit s'est mis à ressembler à Ted. Quand il s'en est rendu compte, Camperro a piqué une colère noire. Il a demandé à son beau-frère de faire un test de paternité sur Anthony et il a vite compris ! Il a dit devant moi qu'il tuerait le bébé. Alors je suis allée chez sa sœur, à cheval, en pleine nuit, et je l'ai enlevé. Il devait se douter que je tenterais quelque chose. Il m'a suivie. C'est de sa faute si j'ai eu l'accident de cheval dont je t'ai parlé. Il a récupéré le gosse, mais il a compris à quel point je tenais à lui. Il a consenti à le laisser vivre. En contrepartie, il m'a prévenue qu'au moindre faux pas de ma part, il se vengerait sur lui. Je ne peux pas le laisser tomber. Il est tellement mignon, tellement gentil, il sourit tout le temps, il a besoin de moi, supplia-t-elle.

Éric baissa les yeux. C'était vraiment une histoire de fou ! Que faire ? Julien lui avait demandé d'agir vite, très vite ! Cela ne l'arrangeait pas du tout. Son père n'arriverait que le lendemain matin, il y avait tant à faire d'ici là ! Il finit par proposer :

— Dans l'immédiat, on ne peut pas faire grand-chose. Il nous faut attendre demain pour agir. Il n'y a plus qu'à espérer que Camperro se tienne tranquille ce soir. Pour le faire patienter, je vais lui soumettre le reportage terminé, je vais essayer de gagner du temps. En attendant, Julien, tu devras protéger Jenny. Je dois aller prévenir Ted. Il faut que je voie Christophe Derry, aussi. On va avoir besoin de la police, enfin la vraie, pas *Camperro frère* ! Après ça, on ira chercher Anthony et on essaiera de récupérer Adrien dans la foulée, exposa Éric.

— C'est de la folie ! Comment tu vas t'y prendre ? questionna Julien.

— J'en sais encore rien. Pour Anthony, on peut tenter de le kidnapper en pleine nuit. Avec un peu de chance, le toubib sera peut-être à l'hosto, on aura que la vieille à maîtriser. Par contre, pour Adrien, il faut qu'on ait l'assistance de la Police, ou au moins de Christophe.

— Et après, qu'est-ce qui va se passer ? murmura Jenny. Tu vas aller voir les flics pour leur dire que tu soupçonnes Camperro d'être un meurtrier et que Ted est innocent ? Tu t'imagines qu'ils vont te croire ? Tu n'as pas la moindre preuve, ni contre lui ni contre qui que ce soit.

— J'ai ma petite idée là-dessus. De toute façon, on n'a plus le choix. Il faut bien faire quelque chose. On va rentrer au haras. Jenny, tu fonces dans ta chambre, tu t'y enfermes et tu n'en bouges plus avant que je revienne. Et toi, Julien, tu restes vigilant, O.K. ?

Julien acquiesça, les épaules voûtées, l'air résigné. Apparemment, il n'avait pas beaucoup d'espoir, il semblait crevé, vanné, pas motivé pour deux sous. Éric lui-même ne savait plus très bien où il mettait les pieds…

- 24 -

Au haras, Camperro les attendait d'un air suspicieux. Julien lui expliqua brièvement que Jenny avait essayé de se suicider, ce qui justifiait leur absence depuis plusieurs heures. Cela permettait aussi à Jenny d'aller se reposer sans avoir à répondre aux questions éventuelles. Évidemment, Camperro questionna Éric à propos de l'agression qu'avait subie Hervé. Celui-ci évoqua comme raison qu'Hervé et lui n'avaient jamais pu se blairer et qu'il était sur les nerfs depuis l'accident, qu'il se sentait fatigué, qu'il avait réagi trop violemment, qu'il s'en excuserait et qu'il espérait que son geste ne porterait pas à conséquence. Camperro parut se satisfaire de la réponse. Il signifia tout de même à Éric qu'il ne tolérerait pas d'autres violences de ce genre chez lui.

— Le reportage est fini. J'aurais voulu vous le soumettre avant de l'envoyer à la rédaction ! lança Éric pour détourner la conversation.

— O.K. ! Laisse-le sur la table, j'y jetterai un coup d'œil ce soir. Je n'ai pas le temps maintenant. Au fait, si ton article est terminé, cela veut dire que ton séjour chez nous sera plus court que prévu ? estima Camperro.

— Je suppose que oui. Je partirai demain dans la journée, si toutefois vous voulez bien m'offrir l'hospitalité encore une nuit.

Camperro acquiesça en haussant les épaules et s'éloigna.

Après qu'il eut vérifié que Jenny avait bien regagné ses pénates, Éric prit la voiture et fonça sur Blignac. Il se gara un peu en dehors du village et se dirigea vers la retraite de Ted en passant par l'arrière du village. Il tomba sur la grand-mère en train de jardiner. Il s'assura que personne ne pouvait l'entendre et s'adressa à la vieille femme.

— Il faut que je voie Ted, Madame, s'il vous plaît ! Permettez-moi d'entrer...

— Vous voulez voir qui ? cria-t-elle, l'air étonné.

— Je dois voir Ted ! Thierry Kolinsky !

— Connais personne de c'nom là. Faudrait voir chez les commerçants, pourront p't-être vous renseigner.

— Madame, je suis son ami. Je sais qu'il a trouvé refuge chez vous. Je suis déjà venu ici la nuit, avec lui. Il court un très grand danger. Est-ce qu'il est là actuellement ?

— J'vous dis que j'connais personne de c'nom-là ! Et si vous continuez à m'embêter, j'appelle la police. D'abord, j'vous connais pas, vous ! J'vous ai jamais vu dans l'coin ! Qu'est-ce qui m'dit qu'vous êtes pas un voleur ?

— D'accord ! Appelez la police ! répliqua Éric.

Il venait de se souvenir que la grand-mère avait porté secours à Ted parce que, justement, elle détestait les flics. Elle s'était redressée et devait lever la tête pour fixer Éric, mais ne se gênait pas pour le dévisager.

— Écoutez-moi. C'est vrai que vous ne me connaissez pas, mais vous avez dû connaître mes parents. Corsini, ça ne vous dit rien ?

La vieille femme avait levé un sourcil, plutôt intriguée. Elle l'écoutait avec attention, à présent.

— Ted est réellement en danger, il faut absolument que je le voie. Il devait me rejoindre cette nuit, quelque part. Or il s'agit d'un piège. Si je ne parviens pas à le prévenir, il va mourir, vous et moi aussi, et d'autres encore, peut-être... Je vous en supplie, faites-moi confiance !

Elle paraissait réfléchir. Éric pensait avoir gagné la partie quand elle vociféra :

— Moi, j'ai plus rien à perdre, je suis vieille ! Vous je ne vous connais pas, et je ne connais pas de Ted non plus. Maintenant, je ne vais peut-être pas appeler la police mais mes voisins. Si vous ne partez pas, je vais hurler. Vous ferez quoi quand tout le monde rappliquera en courant ? Hein ?

Éric baissa les bras. Il lança un regard par-dessus l'épaule de la vieille femme. Il n'avait aucun moyen de passer outre, à moins de la bousculer. C'était hors de question. S'il en avait eu le temps, il se serait planqué et aurait attendu la nuit tombante. Il aurait guetté la sortie de Ted...

Soudain, à l'abri de la haie, sa silhouette apparut tout en restant au maximum à couvert.

— Grand-mère, laissez-le entrer, c'est mon ami !

Puis il disparut de nouveau. Sans un mot, la vieille femme fit entrer Éric dans la cuisine.

— Suis désolée, mais qu'est-ce qui m'disait qu'vous étiez vraiment Éric ? Vous auriez pu être un d'ces maudits flics. Après tout, j'vous connais pas, moi !

— C'est tout à votre honneur, Grand-mère ! Au moins, j'ai pu vérifier que Ted était vraiment en sécurité chez vous.

La vieille dame se redressa et esquissa un sourire. Elle avait apprécié le compliment. Par contre, quand Ted apparut, elle attrapa une cuiller en bois qui traînait sur la table et fit mine de lui en donner un coup.

— Je t'ai dit de ne pas te montrer dans la journée, toi ! Et si quelqu'un t'avait vu ? À quoi ça sert que je prenne des risques, moi ? Gros malin !

Ted lui sourit amicalement. Il s'excusa et entraîna Éric vers le vieil escalier qui menait au grenier.

— Qu'est-ce qui te prend de venir ici en pleine journée ? maugréa-t-il en direction d'Éric.

Celui-ci se passa nerveusement la main dans ses cheveux en bataille. Il grimaça et laissa échapper un léger gémissement de douleur en se laissant tomber sur le vieux canapé. Il semblait à avoir du mal à reprendre son souffle.

— T'es toujours pas allé voir un toubib ?

Éric lui fit signe que non.

— Ted ! Ça se corse sérieusement !

Éric lui raconta tout ce qui avait pu se passer depuis son départ dans la matinée.

— Quand je l'ai vue plonger, j'ai cru que j'allais devenir fou, que je n'arriverais jamais à la falaise. J'ai plongé tout de suite, mais le temps que je l'attrape, elle ne se débattait presque plus. Par contre, une fois qu'elle a pu respirer un peu, elle s'est débattue avec une telle force que je n'arrivais pas à la tenir correctement, je ne parvenais pas à la maintenir hors de l'eau. Je te jure que je voyais le moment où elle allait me claquer dans les bras sans que je ne puisse rien faire. J'ai dû l'immobiliser de force. Quand j'ai enfin réussi, elle avait perdu connaissance. J'ai eu un mal de chien à la réanimer. À un moment, j'ai même cru que c'était fini ! Je l'ai secouée comme un fou. Elle a mis du temps avant de revenir à elle. Je crois que je n'ai jamais eu aussi peur de ma vie. Maintenant, c'est moi qui suis au bout ! lui expliqua Éric.

— Comment elle va maintenant ? s'inquiéta Ted, livide, en se passant nerveusement la main dans les cheveux.

Éric sourit en se rendant compte que Ted avait les mêmes tics que lui.

— Elle est vannée, au bout du rouleau ! Nerveusement, elle ne va plus tenir le choc bien longtemps. Mais il y a pire. Camperro sait que tu viens la nuit au haras. Il a gardé ça pour lui, afin de pouvoir te cueillir quand il en aurait envie. Apparemment, il veut nous attirer en se servant de Jenny et faire en sorte qu'on y passe tous les trois. Il va provoquer un accident. Quand, où, comment, j'en sais rien, mais ça craint !

— Super ! Tu veux être enterré où ? tenta d'ironiser Ted. Qu'est-ce que tu as l'intention de faire ? Et Jenny, tu sais pourquoi elle refuse de partir ?

Éric lui fit part des révélations de Jenny. Il hésita cependant à lui révéler qu'il était le père de l'enfant. Il ne savait pas comment Ted réagirait. D'autre part, s'il continuait à se taire et qu'il réussisse à récupérer le gosse, Ted serait mis devant le fait accompli. Il risquait de ne pas trop apprécier.

— Bon sang ! Chaque fois que je crois commencer à cerner Jenny, je tombe de haut ! Décidément, je n'arriverais jamais à la comprendre. Qu'est-ce qu'elle en a à foutre du gosse de son tortionnaire et d'Isabelle ? Elle les a toujours détestés, tous les deux. Je veux bien comprendre qu'elle s'identifie à ce gosse, qu'elle a un instinct de maternité suffisamment développé pour vouloir protéger un bébé quel qu'il soit, mais quand même ! persifla Ted.

— Ted ! Je ne sais pas comment te le dire ni si je fais bien de te le dire maintenant, mais...

Ted qui marchait de long en large s'arrêta brusquement. Il n'aimait pas ce qu'il entendait, en encore moins le ton d'Éric, cela ne lui disait rien qui vaille.

— Ben allez, parle ! Ne tourne pas autour du pot ! Qu'est-ce que t'as encore appris ?

— Eh bien... Le bébé n'est pas celui de Camperro, c'est le tien.

— Là, je crois que tu te plantes, mon grand !

— Visiblement non ! Il te ressemble trop. Bébé, ça ne se voyait pas, mais maintenant, il paraît que tu ne peux plus le renier !

— C'est une plaisanterie ? s'énerva Ted.

— Camperro croyait que c'était son fils. Pour éviter le scandale, il l'a fait passer pour mort et l'a refilé en garde à sa sœur, mais, quand le petit s'est mis à te ressembler, ça ne lui a pas vraiment plu. Il a fait faire des recherches en paternité.

— Ah ouais ? Et ils ont eu mon sang comment pour comparer ? rétorqua Ted.

— T'as pas de dossier à l'hosto ? Tu n'y es jamais allé, même tout minot pour un accident, ou autre ? insista Éric.

— Si ! Mais je... Oh, c'est pas possible ?... Je... je l'aurais su, d'une façon ou d'une autre ! Et pourquoi Isabelle ne m'en aurait pas parlé ? reprit Ted, atterré.

— Elle a voulu te protéger et surtout protéger le mouflet. Tu penses bien qu'elle craignait la réaction de son père s'il avait appris. Elle s'est confiée à Jenny, elle lui a même demandé de veiller sur lui au cas où il lui arriverait quelque chose, termina Éric.

— Et Jenny ne m'en a jamais parlé ?! Pourquoi ? C'est du délire ! s'écria Ted.

— Elle a eu peur de tes réactions. Elle a vu le gosse très régulièrement, elle s'y est attachée. Elle a eu peur que tu ne fasses tout pour le récupérer et que tu aggraves ton cas ! plaida Éric.

Ted s'était écroulé plutôt qu'assis sur le canapé. Replié sur lui-même, la tête entre les mains, il tentait de mettre de l'ordre dans son esprit. Il ne savait plus que penser et déjà, quelque part, il sentait son cœur battre pour ce gamin qui lui tombait du ciel. Il ne l'avait jamais vu, il ne voulait pas l'admettre, mais déjà le petit bout de chou prenait une place colossale dans sa vie.

— Elle avait raison, Jenny. Je dois le récupérer, ne serait-ce que pour que Jenny nous suive. Il faut la sortir du haras très vite !

— Tu connais la propriété de la frangine ? lança soudain Éric.

— J'y suis déjà allé une ou deux fois avec mon père, il y a des années. Je connais un peu la maison. Je vais téléphoner à l'hôpital pour savoir s'il y sera ce soir. Je vais aller récupérer mon fils. Pendant ce temps, tu t'occupes de Jenny, trancha Ted.

— Attends ! Avant tout, il faut que je voie Christophe et Katia. Et puis, est-ce que tu es sûr de pouvoir t'en sortir tout seul, là-bas ? Qu'est-ce que tu vas faire du gamin, une fois que tu l'auras sur les bras ? s'inquiéta Éric.

— Mais j'en sais rien ! Je le ramènerai ici, on verra sur le coup ! s'énerva Ted.

— Mon père arrive demain, heureusement ! On va avoir besoin de toute l'aide possible.

— Quoi ? Ton père ?

Éric lui expliqua la raison de l'arrivée de Thierry.

— Je vais peut-être enfin en savoir plus ! s'écria Ted.

— Tu n'es pas le seul ! Je dois aussi essayer de récupérer le gosse de Julien !

— Attends ! En voilà une excellente nouvelle ! Qui l'eût cru ! Julien et Marianne qui n'ont jamais pu avoir d'enfants ont un fils. T'en as encore beaucoup des comme ça ? Qu'est-ce que j'ignore d'autre ? Si ça se trouve, je dors. Je suis en plein rêve, et je ne vais pas tarder à me réveiller ! Ça ressemble plutôt à un cauchemar ! Tu peux me mettre une baffe, histoire de me réveiller plus vite, s'il te plaît ? plaisanta Ted ironique.

Éric ne put s'empêcher de sourire, malgré la pression qu'il avait sur les épaules. Brièvement, il relata à Ted les découvertes qu'avait faites Christophe Derry à propos de Julien.

— Quand tu m'auras tout dit ! rétorqua Ted. Très bien ! Que nous manque-t-il ? On a découvert tous les personnages ? On a remis tout le monde à sa place ? On a les bons indices ? Parfait !... Mais non ! Inspecteur Gadget ! Il ne nous manque qu'un tout petit détail : les preuves ! On n'en a toujours aucune ! ironisa Ted en s'ébouriffant les cheveux.

— Bon ! Arrête de délirer, Ted ! On n'a plus le temps et je ne suis pas d'humeur à déconner ! l'interrompit Éric.

Ted tournait en rond au milieu de la pièce. Il ne savait plus très bien où il en était. Puis finalement, il se dirigea d'un bon pas vers le coin le plus sombre. Il sortit un petit coffret d'une vieille commode vermoulue dont les tiroirs grinçaient. Il en sortit deux pistolets neuf millimétres, avec deux boîtes de munitions. Il tendit à Éric une arme ainsi qu'une boîte de balles.

— On peut en avoir besoin...

— Mais où t'as péché ça ? s'écria Éric. Tu perds la boule ? C'est pas légal, on va être encore plus dans la merde ! Est-ce que tu te rends compte du guêpier dans lequel on est déjà ? Planque ça ! gronda-t-il.

— Non ! C'était à mon père, il les a achetés légalement. J'en ai hérité !

— Mais Bon Dieu ! On n'a pas de port d'arme !

Ted éclata de rire. Éric se demanda un instant s'il n'avait pas disjoncté, il le regardait, l'air ahuri.

— Tu te souviens de ce que tu m'as dit, il y a peu de temps ? Que les rôles étaient inversés, que j'étais devenu trop pessimiste, trop raisonnable, trop prudent, que je n'agissais plus *« à l'instinct »* ! Eh ben, c'est fini. J'ai l'impression d'avoir dormi pendant tout ce temps, je me suis laissé aller ! C'est toi qui avais raison !

— Si tu savais comme ça m'emmerde d'avoir raison ! maugréa Éric.

— Eh, mec ! J'ai retrouvé une pêche d'enfer ! On ne peut plus le laisser faire ce fils de...

— Ted, si tu te fais piquer avec ça, t'es foutu ! tenta de le raisonner Éric.

— De toute façon, si je me fais piquer, je suis foutu, et je ne veux pas me retrouver comme un con si ma petite sœur ou le bébé sont menacés. On n'a plus le choix, il faut agir. Allez, bouge-toi ! lança Ted, comme galvanisé par le sentiment tout proche du danger.

Éric n'hésita plus longtemps. Il se laissait gagner par l'excitation du moment. Au diable les bonnes résolutions ! Il chargea son arme, bourra ses poches du reste des munitions, prit soin de mettre la sécurité sur le pistolet puis le glissa dans la ceinture de son Jean avant de suivre Ted.

Ils redescendirent à la cuisine où la grand-mère les attendait sur le qui-vive. Elle sentait qu'il se passait quelque chose. À leur demande, elle appela l'hôpital et apprit que le Médecin Chef Bernard Pelletier devait partir en fin d'après-midi pour sa clinique privée et qu'il y resterait toute la journée du lendemain.

— Parfait ! sourit Éric

— Qu'est-ce que vous allez faire ? demanda la mamie, vaguement angoissée.

— Grand-mère, je ne serai pas absent longtemps. Je reviens dans quelques heures, mais au cas où... Merci, merci pour tout ! Vous êtes vraiment quelqu'un de fantastique.

Pour toute réponse, elle serra Ted très fort contre elle, lui murmurant un *« Bonne chance, mon fils, et prend soin de toi ! »*. Elle ne les regarda même pas sortir par la porte de derrière. Elle avait joint les mains, commençant à prier le Bon Dieu pour qu'il protège « *ces pauvres petits* ».

Ils rejoignirent la voiture d'Éric. Ted s'allongea sur la banquette arrière. Éric l'emmena jusqu'à la limite de la propriété de Camperro, du côté du bois.

— Ça va te faire un bout jusqu'à la propriété voisine ! s'inquiéta Éric.

— J'ai l'habitude, ne te fais pas de souci. Dis à Jenny que je ne passerai pas au haras ce soir. Je suppose qu'on se rejoint chez moi ?

— Non ! Tu ne peux pas faire un chemin pareil à pied avec un gosse de trois ans et ses affaires ! N'oublie pas de lui prendre le minimum nécessaire : son nounours, sa sucette, des fringues, des couches, des biberons, j'en sais rien, moi. Tu verras bien. Il y a une vieille grange abandonnée, en limite de propriété avec les autres voisins, tu sais ? Le vieux fou...

— Ah ouais ! Il y a des années que je ne suis plus allé par là-bas ! se remémora Ted.

— Ça te fait au moins deux bornes quand même, mais il y a un chemin qui permet d'y accéder en voiture. Je fonce chez Katia et je reviens te chercher.

Ted resta pensif quelques secondes puis...

— Éric, je ne me suis jamais occupé d'un môme, moi ! Je ne crois plus que ce soit une bonne idée de le garder chez moi. En plus, il n'y sera pas vraiment en sécurité. Il vaudrait mieux que je le confie à une femme, mais de confiance. Tu vois ce que je veux dire ?

— C'est ce que je tentais de te faire comprendre chez toi, quand je t'ai demandé ce que tu allais en faire après ! Tu m'as répondu qu'on verrait sur le coup... À qui tu penses, Marianne ?

— Ben… au départ, oui ! Mais s'ils récupèrent leur gosse, je pense qu'elle aura autre chose à faire que de s'occuper du mien. Si je le confiais à Katia ?

Éric réfléchissait à toute vitesse. C'est vrai qu'elle était la seule en qui il avait vraiment confiance. Personne n'irait le chercher là-bas, sous les yeux de Christophe Derry. Restait à savoir si ce dernier serait d'accord pour couvrir un kidnapping. Pour un flic, c'était un peu gros !

— Je crois qu'on n'a pas le choix ! finit-il par dire. Voilà ce qu'on va faire. Je viens avec toi. On prend le gamin et on l'emmène chez Katia immédiatement. Pour la suite, on verra !

- 25 -

Éric coupa le moteur bien avant d'arriver à la maison. Il n'était jamais venu dans cette propriété. Il avait même toujours ignoré qu'elle appartenait à la sœur Camperro. Ils stoppèrent la voiture bien à couvert des arbres, mais suffisamment près tout de même pour permettre une retraite rapide en cas de complications. Ils attendirent une bonne heure durant, le départ du médecin chef. En effet, dès leur arrivée, ils n'avaient pu manquer la super voiture de sport du toubib garée devant la porte du garage. La nuit commençait à tomber lorsque la grosse cylindrée passa à quelques mètres du tacot d'emprunt d'Éric. Ils patientèrent encore un peu, puis se décidèrent à y aller. Il y avait de la lumière au salon. Avec mille précautions, ils jetèrent un coup d'œil par une fenêtre. Une femme d'une cinquantaine d'années, l'air austère, les cheveux tirés en un chignon strict regardait la télévision en faisant des mots croisés. Ted montra du doigt à Éric un balcon au premier qui devait être facile d'accès. Étant donné la dénivellation du terrain, il devait être possible de l'atteindre juste en sautant. La fenêtre à gauche du balcon était entrouverte.
 Sans beaucoup d'acrobaties, ils pénétrèrent dans ce qui devait être la chambre du couple. Précautionneusement, ils se déplaçaient tels des félins, passant d'une porte à une autre. Enfin, dans ce qui ressemblait plus à un débarras qu'à une chambre d'enfants, ils aperçurent dans la pénombre un lit

d'enfant à barreaux. Un petit garçon aux boucles blondes y dormait à poings fermés. Immédiatement, Éric s'empara d'une couverture qui traînait par terre dans un coin, s'en servit comme d'un baluchon, y jeta pêle-mêle tout ce qui se trouvait sur un vieux meuble bas : des couches, du lait de toilette, du coton. Dans le meuble, il ne découvrit que quelques vêtements qu'il récupéra aussi. Refermant le baluchon, il fit signe à Ted. Après une courte hésitation, celui-ci entreprit de soulever le plus délicatement possible, le petit corps. L'enfant gigota à peine, réajusta instinctivement sa sucette dans sa bouche, cala sa tête au creux de l'épaule de Ted. Il ne s'était même pas réveillé ! Éric poussa un léger soupir de soulagement. Il aida Ted à enrouler le petit dans la seule couverture qui garnissait le lit, s'empara du nounours qui semblait être l'unique jouet du gosse. Ils sortirent à pas de loup, fermèrent la porte avec précaution. Ils empruntèrent le même chemin pour sortir que celui qu'ils avaient pris pour entrer. Éric jeta de nouveau un œil dans ce qui devait leur servir de salon. La femme n'avait pas bougé d'un millimètre.

— *C'est à se demander si elle est vivante !* pensa Éric.

Ils installèrent l'enfant le plus confortablement possible sur la banquette arrière de la voiture, puis la poussèrent sur le chemin jusqu'à ce qu'ils pussent démarrer sans éveiller l'attention de quiconque.

Ted s'était de nouveau placé à l'arrière, mais par terre, afin de ne pas gêner le bébé. Une fois sur la route principale, il poussa un énorme soupir de soulagement.

— Et si c'était un piège ? C'était trop facile, murmura Ted.

— Mais non ! s'impatienta Éric. N'oublie pas que presque personne ne connaît son existence officielle, encore moins nous. Pourquoi est-ce qu'ils auraient dû se méfier ?

— J'espère qu'elle ne va pas se rendre compte de sa disparition avant demain matin. Ça nous laisserait un peu de temps, pensa Ted tout haut.

— Vu la chambre et la multitude de choses qu'il possède ce gosse, je pense qu'il ne doit pas être très gâté. À mon avis, la vieille, c'est pas le genre mère poule qui va aller voir s'il dort toutes les dix minutes. Je crois qu'on peut être tranquilles de ce côté-là.

— C'est vrai qu'il me ressemble, tu ne trouves pas ?

Éric jeta un coup d'œil dans son rétroviseur intérieur et sourit. Ted couvait le bébé d'un regard bienveillant, plein d'affection.

— *Au moins un gosse qui aura peut-être une deuxième chance !* pensa-t-il.

Alors qu'ils arrivaient à mi-chemin entre Blignac et Lesigny, Éric sentit son cœur s'emballer d'un coup. À environ cent mètres, un barrage de police avait été installé. Leur voiture était déjà visible. Impossible de faire demi-tour. Éric ralentit de façon à ce que Ted ait le temps de réagir. Il attrapa le bébé, le coucha sur le sol près de lui. L'enfant ouvrit des yeux pleins de sommeil, regarda autour de lui, puis se rendormit contre Ted. Ce dernier se recouvrit de la couverture sombre et ne bougea plus, le cœur battant. Si le barrage lui était destiné, ils étaient foutus. Les flics ne mettraient pas longtemps à le trouver. Quelques mètres avant le barrage, Éric songea avec effroi à l'arme qu'il portait à la ceinture. Rapidement, il s'en débarrassa et la jeta sous le siège passager. Il était temps. Il arrivait au niveau du premier policier. Deux voitures devant lui étaient déjà arrêtées. Éric stoppa son véhicule, descendit la vitre. Il sentait la sueur couler le long de sa colonne vertébrale.

— Bonsoir Monsieur, contrôle d'identité ! Veuillez me présenter les papiers afférents au véhicule et à votre propre personne, s'il vous plaît !

Éric obtempéra. Le policier le regarda de travers.

— Vous êtes d'ici ?

— Non, en vacances.

— Le véhicule ne vous appartient pas ?

— J'ai eu un problème avec ma voiture hier, elle est au garage. Le garagiste m'a prêté celle-là, répondit-il le plus calmement possible.

— Veuillez descendre du véhicule, s'il vous plaît !

Éric sentit son sang se glacer dans ses veines. Avec une nonchalance apparente, il ouvrit la portière et descendit. Le policier jeta un rapide coup d'œil par la portière, aidé du faisceau de la lampe.

— Vous pouvez ouvrir le coffre, s'il vous plaît ?

Éric espérait que son trouble ne se verrait pas. Il luttait pour qu'aucun tremblement ne transparaisse dans ses gestes. Il sentait son cœur battre à toute vitesse dans sa poitrine. Le moindre faux pas et Camperro n'aurait pas à se salir les mains.

— Vous connaissez quelqu'un dans la région ? questionna le policier.

— Non, c'est la première fois que je viens dans le coin, mentit Éric. Si c'est pas indiscret, vous cherchez quelque chose ?

— Pas quelque chose, quelqu'un ! Un homme d'une vingtaine d'années qui porte le nom de Ted Kolinsky. Il est recherché pour meurtre. Il se cachait chez une vieille dame de Blignac.

— Bon ! Vous l'avez retrouvé alors ? s'enquit Éric.

— Non ! Quand on a perquisitionné chez elle il y a une heure, il avait réussi à s'enfuir, mais il ne doit pas être bien loin à l'heure qu'il est. C'est pour cette raison qu'il y a des barrages un peu partout dans le coin. Si vous voyez quoi que ce soit qui vous semble étrange, prévenez-nous, vous voulez bien ?

— Pas de problème ! Bonsoir et bonne chance, termina Éric.

Toujours aussi nonchalamment, Éric remonta dans sa voiture, démarra avec un sourire et un signe de la main à l'adresse du policier.

— Un touriste ? lança le deuxième policier au premier lorsqu'Éric se fut éloigné.

— Ouais ! Rien à signaler.

— T'aurais dû fouiller la voiture !

— J'ai regardé dans le coffre. Mais crois-moi, il était trop à l'aise, trop sûr de lui pour avoir quelque chose à se reprocher, répondit le policier d'un ton goguenard. Les jeunes, tu vois tout de suite quand ils ont quelque chose à cacher !

Éric stoppa la voiture sur le bas côté, un bon kilomètre plus loin. Il poussa un long soupir de soulagement, observa ses mains : elles tremblaient encore. Ted sortit de sous sa couverture, réinstalla le bébé délicatement sur la banquette arrière. Quand il se retourna, Éric vit son visage pâle et tendu dans le rétro. Il ne put réprimer un rire nerveux.

— Putain ! On a eu chaud, murmura-t-il. Heureusement que le flic avait l'air de s'en foutre.

— Un peu, mon neveu ! jura Ted, se passant la main sur le visage. Je crois que j'ai jamais eu autant les boules. S'ils nous avaient trouvés avec le gosse, notre compte était bon ! N'empêche que c'était bien joué, mon vieux ! Merci !

— À une heure près, t'étais bon ! Ils ont perquisitionné chez la mamie. Tu ne peux plus y retourner. T'avais des trucs à récupérer là-bas ?

— Rien de très important. Par contre, tu vois qu'on a bien fait de prendre les flingues ! Tout ce que j'espère, c'est que la mamie n'aura pas rop de problèmes, répondit Ted.

— Si on réussit notre coup, elle ne sera pas ennuyée longtemps, le rassura Éric.

Quand ils arrivèrent à Lesigny, Éric prit la précaution d'appeler Katia au téléphone. Elle les accueillit, les yeux ronds d'étonnement. Avant toute chose, elle prit le bébé des bras de Ted et courut le coucher dans la chambre d'amis. Il ne s'était toujours pas réveillé, avait juste remué un peu en gémissant, histoire de trouver la meilleure position possible pour finir sa nuit. Katia passa délicatement ses doigts dans ses petites boucles blondes.

— Ce qu'il te ressemble, c'est fou ! lança-t-elle à Ted en les rejoignant au salon. Alors vous aviez raison, il n'était pas mort ce gosse !

Cette fois, elle s'était adressée à Éric.

— J'arrive pas à y croire. Je pensais qu'il n'était pas de toi, Ted, que c'était impossible...

— Mais moi aussi je croyais que c'était impossible, dans ma tête. Ça faisait des mois qu'on n'avait pas couché ensemble. Il n'y a eu qu'une nuit... une sorte d'accident ou de nostalgie du passé, je ne sais plus. En tout cas, je suppose que ça a suffi ! expliqua Ted.

— La preuve ! plaisanta Éric. Katia, à quelle heure Christophe doit rentrer ? Ça urge ! s'enquit Éric.

— J'en sais rien, il est sur un truc pas facile en ce moment, il n'a pas vraiment d'horaires. Je vais essayer de lui passer un coup de fil. Vu vos têtes, je suppose que c'est grave, n'est-ce pas ?

— Hum ! C'est surtout très urgent. Le temps presse ! lui répondit Éric.

Katia appela donc immédiatement le commissariat et mit en marche l'interphone pour qu'ils entendent la conversation.

— Bonjour ! Katia Domergues, je voudrais parler à Christophe, il est dans le coin ?

— Non, toujours pas rentré, ma puce ! répondit une voix masculine, et je ne pense pas qu'il va revenir très tôt. Il devait t'appeler, il va certainement le faire. Je crois bien qu'il est « *de planque* » toute la nuit.

— Merde ! Il faudrait que je lui parle d'urgence. On ne peut pas le joindre dans sa voiture ?

— Bon, je vais essayer de le joindre par radio. Je lui dis quoi ? Qu'il te rappelle ?

— Si tu arrives à l'avoir, vois si ça lui est possible de passer à la maison. Il n'y en a pas pour longtemps, mais c'est important. Merci !

En l'attendant, Éric mit brièvement Katia au courant des dernières nouvelles.

— Katia, je suis désolé, mais je n'ai rien dans le ventre depuis ce matin. Tu ne voudrais pas me préparer un petit truc ? Tu serais un amour !

— Tu sais quoi ? Ça fait tout drôle de se retrouver à nouveau tous les trois...

Elle sourit et se précipita dans la cuisine. Elle leur prépara un énorme plateau campagnard.

Christophe arriva alors que les deux hommes terminaient leur en-cas.

Quand Éric et Ted l'eurent mis au courant de tout ce qui s'était passé, il s'assit sur un fauteuil en face d'eux, se prit la tête dans les mains et réfléchit un instant.

— Je ne vous cache pas que ça ne m'arrange guère d'avoir le gosse ici, finit-il par dire. Il va falloir faire très vite. Si quelqu'un découvre sa disparition et qu'on le retrouve chez moi, je ne vous dis pas ce que je vais prendre sur le dos. D'un autre côté, je reconnais que vous n'aviez pas le choix. Ton père arrive demain matin ? C'est ça ? demanda-t-il à Éric.

Ce dernier acquiesça.

— Bon ! Je vais aller voir mon chef et je vais faire mon possible pour avoir un mandat de perquisition afin de fouiller chez Camperro, chez sa frangine et à l'hôpital. Je sens que ça ne va pas être facile. D'autre part, Éric, il faut que tu ailles chercher Jenny, que tu la mettes en sécurité. Toi, Ted, tu vas rester ici cette nuit. Dès demain matin, il faut que je voie Thierry Corsini, qu'il me dise tout ce qu'il sait. Ted, on va devoir quand même t'arrêter pour t'interroger. Tu resteras peut-être en garde à vue quelques heures, mais ça ne devrait pas porter à conséquence, je pense. Jenny témoignera dès que possible, mais il me faut d'autres témoins. Je vais contacter ton représentant, je pense que ça peut servir. J'espère qu'on va pouvoir arrêter au moins José Camperro. À partir de là, je suis presque sûr qu'on aura d'autres témoignages au village. Maintenant, est-ce que je peux compter sur Julien Guermandes ?

— Si on arrive à récupérer Adrien, pas de problème, confirma Éric. Ted, tu es prêt à te rendre s'il le faut ?

— Bien sûr ! De toute façon, je n'ai pas vraiment le choix, je ne vais pas passer ma vie à me cacher. Il faudra bien trouver une solution, ne serait-ce que pour Anthony.

— Éric, commença Christophe, j'ai essayé d'aller voir Adrien Guermandes. Je n'ai pas de très bonnes nouvelles. Tu viens de me dire que Guermandes et sa femme n'avaient pas pu le revoir depuis trois mois environ parce que son cas s'est subitement aggravé ?

— Oui, c'est ce que Julien m'a dit tout à l'heure.

— Son cas s'est tellement aggravé qu'en fait, il est mort depuis trois mois.

Un silence de plomb tomba sur la pièce.

— Putain ! Génial ! Qui est-ce qui va se dévouer pour annoncer ça à Julien ? murmura Éric.

— Désolé Éric, mais je crois que tu vas être le premier à le revoir, sous-entendit Ted. Sans vouloir faire de l'humour noir, il y a au moins une chose de sûre, c'est qu'on peut compter sur Julien, maintenant. Et en portant plainte contre le toubib, on va pouvoir le foutre dedans. Il n'a pas le droit de cacher la mort de leur enfant à des parents.

— C'est à ça que je pensais quand j'ai parlé de l'hôpital. Si j'arrive à prouver que le médecin chef est corrompu au dernier degré, qu'il cache des morts, qu'il cautionne de fausses incapacités, qu'il a la garde d'un enfant déclaré mort depuis trois ans et tout le reste, je vais n'en faire qu'une bouchée. Étant donné que là, j'ai des preuves écrites, solides, ça ne devrait pas me prendre bien longtemps ! jubila Christophe. C'est pour ça qu'il faut se dépêcher de sortir Jenny du domaine. On n'aura aucun mal à démentir son incapacité par l'entremise de n'importe quel médecin. Il faudra ensuite qu'elle porte plainte, histoire de récupérer des dommages et intérêts pour préjudice moral !

— Je ne pense pas qu'elle s'acharnera à le poursuivre, elle voudra plutôt essayer d'oublier, ne pas étaler sa vie au grand jour. Je l'imagine mal au cours d'un procès, répondant à un tas de questions sur sa vie intime, sur tout ce qu'elle a subi. Et puis tu connais les avocats de la défense ? Ils feront tout pour la descendre en flammes et la faire culpabiliser. Pour moi, en tout cas, il est hors de question qu'elle subisse ça ! Psychologiquement, elle ne tiendra pas le coup. De toute façon, il y aura déjà bien assez de charges contre lui sans avoir à en ajouter.

Katia et Ted avaient échangé un regard bref et entendu qui n'avait pas échappé à Éric. Il chassa rapidement les idées qui lui venaient à l'esprit. Il ne supportait pas de penser à un probable inceste, qui devenait un viol, d'ailleurs !

— Christophe, je voulais voir mon père le premier, mais je ne sais pas si j'en aurai le temps. Il doit arriver demain matin à l'hôtel de la Balance. Il y descendra sous le nom de Jérôme Bertier. Vas-y le plus tôt possible ! Explique-lui ce qui se passe. Avec son témoignage, tu auras certainement la possibilité d'arrêter Camperro. Tu n'auras qu'à foncer au haras, j'y serai avec Jenny.

— C'est pas une bonne solution, Éric. Tu seras en danger là-bas et Jenny aussi. Va la chercher et emmène-la ailleurs, conseilla Christophe.

— Pour aller où ? Je n'ai nulle part où l'emmener. Non ! Je vais rester là-bas avec elle. De toute façon, je suis armé, je ne pense pas qu'on coure de trop gros risques. Et puis, si je veux voir Julien, je n'aurai pas le choix. D'ailleurs, ça pourrait être utile que l'un de nous soit dans les murs, répondit Éric.

— Attends ! Là-bas, il y aura Hervé, Camperro et peut-être son frangin, le commissaire avec des hommes puisqu'ils voulaient me coincer, reprit Ted.

— Peu importe ! Qu'est-ce que tu veux qu'il m'arrive ? Ils n'ont rien contre moi ! Bon, moi je vous laisse, j'y vais, trancha Éric.

— Moi, je retourne au commissariat, je dois voir mon supérieur. Je ne sais pas à quelle heure je reviendrai. Ted veille sur Katia pendant ce temps, termina Christophe.

— Tu peux compter sur moi, lui promit Ted.

— Éric, tu peux venir une minute ? l'interpella Christophe en l'entraînant dans une autre pièce qui semblait faire office de bureau. Il faut que je te parle de quelque chose de très important et de strictement confidentiel, ajouta-t-il alors qu'ils se retrouvaient seuls.

Ouvrant le tiroir du bas d'un meuble de rangement, il en sortit une épaisse chemise cartonnée qui ne portait aucune inscription. Il la posa sur une table, entre Éric et lui, et garda la main posée dessus.

— Je vais te confier ça. Tu es la seule personne au monde, avec moi, à savoir que je possède ces documents. Je n'ai pas besoin de t'expliquer à quel point j'ai confiance en toi. Même Katia n'est pas au courant.

— Alors pourquoi moi ?

— Parce que s'il m'arrivait quelque chose, je sais que tu continuerais pour moi, et je ne veux pas qu'après ma mort tout ça retombe sur Katia. Et puis, je ne sais plus comment m'en sortir tout seul ! Toi, en tant que journaliste, tu pourrais faire quelque chose de ça, tout en me couvrant. Là-dedans, il y a de quoi fomenter une révolution dans la région, voir le pays.

Éric ouvrit la chemise, jeta un coup d'œil aux premières feuilles.

— Putain ! Qu'est-ce que ça veut dire ? murmura-t-il, n'en croyant pas ses yeux.

— Je vais tout t'expliquer.

Quand il eut terminé son récit, Éric tombait des nues.

— Écoute, actuellement je ne suis pas en mesure de cacher ça. Tout cela doit rester ici. Je le récupérerai dès que possible, mais pour l'instant, c'est plus en sécurité ici ! Où veux-tu que je le mette à l'abri ? Chez Camperro, chez Ted ou dans ma voiture ?

— T'as raison, je le conserve ici. S'il devait m'arriver quelque chose, tu sais où le trouver !

— Il ne t'arrivera rien, bon sang ! s'énerva Éric. Je viendrai chercher ça dès que la situation sera un peu plus calme, d'accord ? Par contre, s'il m'arrive quelque chose à moi, confie-le à Ted ou à mon père !

— C'est d'accord, mais je préférerais quand même que ce soit toi qui t'en charges. Maintenant, on y va !

— Promettez-moi d'être prudents, murmura Katia, alors qu'ils atteignaient la porte d'entrée.

Christophe prit le temps de lui déposer un léger baiser sur les lèvres avant de sortir rejoindre Éric. Ils prirent chacun leur voiture et se séparèrent.

Inconsciemment, Éric roula moins vite que la dernière fois où il avait fait le trajet. Par précaution, il testa même plusieurs fois les freins. Il ne put réprimer un frisson d'angoisse lorsqu'il passa devant le lieu de son accident. Il avait envie d'être plus vieux d'une semaine, d'une toute petite semaine, uniquement pour savoir s'ils allaient réussir. Il n'était plus très sûr de lui et pourtant, cette fois, il n'était plus question de faire machine arrière.

- 26 -

En arrivant au domaine, Éric coupa le moteur bien avant qu'il ne soit audible depuis l'habitation. Il cacha la voiture entre les arbres derrière l'écurie. Avec la plus grande précaution et dans l'ombre, il parvint jusqu'à l'entrée. Mais depuis le pas de la porte, éclairée par un rayon de lune, il aperçut la silhouette d'Hervé près d'un box, il était assis à même le sol et demeurait immobile. Manifestement, il surveillait la chambre de Jenny. Éric ressortit sans bruit. Il faisait le tour du bâtiment en cherchant un moyen de monter là-haut sans être vu, lorsqu'il se heurta presque à Julien. Celui-ci avançait à pas de loup et dans l'ombre, lui aussi.

— Je me demandais bien quand tu allais revenir, murmura Julien. Des nouvelles ?

— On a le gosse de Ted. Il est avec lui chez Katia. Christophe pense que dans un premier temps, Ted devra se rendre. Cette nuit, il va essayer d'obtenir des mandats de perquisition pour fouiller l'hôpital et faire arrêter le beau-frère et la sœur de Camperro et je l'espère, Camperro dès demain matin. Jenny est toujours là-haut ?

— Oui, mais Hervé surveille la trappe. J'ai fait comme si je rentrais à la maison et je suis revenu pour guetter. Pour l'instant, tout est calme. Je t'attendais pour te prévenir de ne pas passer par là… Et pour Adrien, qu'est-ce qui va se passer ?

Éric prit Julien par le bras, l'entraîna à l'abri un peu plus loin, derrière les arbres.

— Par où est-ce que je peux entrer ? questionna Éric.

— Il y a une corde qui pend. Tu peux monter par la vieille porte du haut, elle est entrouverte. Jenny est prévenue, elle ne la fermera pas, elle t'attend, répondit Julien.

— J'espère plutôt qu'elle dort, ronchonna Éric. Elle va avoir besoin de toutes ses forces !

— J'ai réussi à lui faire casser la croûte, c'est déjà pas si mal ! Alors, tu as des nouvelles de mon fils ?

Éric hésita, baissa les yeux, poussa un léger soupir. Quand il leva le regard vers Julien, celui-ci arborait une mine défaite. Silencieux, il paraissait attendre la sentence, comme résigné, le regard vide de toute expression.

— Il est mort, n'est-ce pas ?

— Depuis trois mois, oui, murmura Éric, soulagé que Julien lui tende une perche, ne sachant pas comment lui annoncer la terrible nouvelle. Je suis vraiment désolé, Julien... J'étais prêt à tout pour...

— Je sais, Éric, je sais ! Je m'y attendais, tu sais ? Tous les médecins qu'on a vus ne nous ont pas caché qu'il avait une espérance de vie très courte. Il n'était pas seulement autiste, il souffrait de plusieurs autres déficiences.

Julien avait la gorge nouée, parlant sans regarder Éric, les yeux pleins de larmes, poussant de gros soupirs comme s'il essayait de chasser son désespoir.

— Celui à qui j'en veux le plus, c'est Camperro. Il m'a volé les quelques années que j'aurais pu passer avec le petit. Il s'en est servi comme d'un otage. Pour lui, j'ai dû laisser tomber ton père et Pierre Kolinsky. Ils étaient mes meilleurs amis. Je ne pourrai plus jamais regarder ton père en face.

— Ne t'inquiète pas, il comprendra. Lui-même a dû partir pour protéger sa famille, il ne pourra pas t'en vouloir.

— Tu parles, même en cachette, je n'ai pas pu protéger Ted...

— Lui non plus ne t'en veut pas. Il te connaît trop bien pour mal te juger. Mon père devrait être là dans la matinée. J'aurais bien voulu savoir ce qui s'est passé ici avant de le voir, murmura Éric, mais je crois que je n'en aurai pas le temps...

— Je vais te dire, moi, ce qui s'est passé. Je n'ai plus rien à perdre ! Voilà ! Quand Camperro s'est rendu compte que ton père, Pierre et moi étions prêts à prendre possession du domaine, il a pris peur. Moi, j'avais les mains liées, donc il n'avait pas intérêt à se débarrasser de moi, il a préféré m'utiliser. Le problème, c'était ton père. Camperro a alors kidnappé ta petite sœur, Sandy. Il l'a gardée trois jours, le temps que ton père se laisse convaincre de partir. Là où ça s'est gâté, c'est que ta mère et Isabelle avaient la même voiture, tu te souviens ? Une Ford Fiesta rouge. Ta mère avait ramené la sienne chez Poclin, le garagiste, pour un problème d'embrayage, je crois. Camperro a acheté Poclin. Il lui a offert une grosse somme d'argent pour qu'il trafique les freins. Le problème c'est que, dans le même temps, Isabelle a aussi amené sa voiture chez lui pour une simple révision. Poclin devenait vieux et il buvait pas mal. Il a confondu les deux voitures. Le lendemain, Isabelle se tuait. Camperro est devenu fou. Il a fait venir Poclin au domaine, l'a poignardé et l'a enterré dans un coin du jardin.

— Et personne ne s'est rendu compte de rien ? s'étonna Éric.

— Oh si ! Ton père ! Et il a vraiment chopé la trouille.

— Je commence à comprendre pourquoi il ne voulait pas que je revienne, souffla Éric.

— Attends ! Le pire reste à venir. Je vais essayer d'être clair, mais c'est assez complexe. Pierre Kolinsky avait contacté un de ses anciens amis, Jean-Pierre Derry, pour lui proposer de s'associer avec lui. Il avait l'intention de quitter le domaine, de démissionner pour récupérer sa part de l'association et placer cet argent dans l'intérêt de Jenny. Derry a marché. Kolinsky a donc donné sa démission, mais en apparence, il était resté en bons termes avec Camperro. Du coup, celui-ci a assuré le haras chez eux. Il était même le principal client de l'agence.

— Oui, je sais tout ça, coupa Éric. Ensuite, au bout d'à peu près deux mois, Derry s'est rendu compte qu'il manquait du fric dans la caisse, à tel point qu'ils ont été obligés de mettre la clé sous la porte. Où partait le fric ?

— Eh bien ! Tu en sais plus que je croyais ! s'étonna Julien d'un ton las. Camperro faisait du chantage à Pierre Kolinsky. Il avait besoin de fric pour le haras. En échange de sommes d'argent, il laissait entrevoir à Pierre la possibilité de récupérer Jenny. Camperro repoussait chaque fois l'échéance en augmentant ses prix. Pierre devenait fou de ne pas pouvoir récupérer la garde de sa fille. Il perdait les pédales, il aurait fait n'importe quoi pour elle. Quand Derry s'est rendu compte que l'agence était dans le rouge, il s'est rendu chez Kolinsky, l'a insulté. Bref, il ne lui a pas laissé le temps de s'expliquer. Pierre a enfin compris qu'il ne récupérerait jamais Jenny comme ça. Il s'est rendu chez Camperro, a essayé de négocier pour tenter de récupérer une partie de l'argent qu'il lui avait donné. Le ton est monté. Pierre l'a menacé de tout raconter à Derry. Il est parti en claquant la porte, est rentré chez lui, a appelé Derry, lui a donné rendez-vous dans un restaurant. Il était décidé à tout lui dire. Ensuite, il a pris un bain pour se calmer. Un poste de radio branché est malencontreusement tombé dans sa baignoire. C'est Ted qui l'a trouvé.

— Je sais ça aussi, l'interrompit de nouveau Éric. Mais qui a fait ça ? Camperro ?

— Camperro ne se salit les mains que lorsqu'il y est obligé, tu sais ? Je n'ai pas de preuve, mais pour moi, c'est Hervé. Il est beaucoup plus dangereux qu'on ne le pense. Camperro s'en sert d'homme de main en quelque sorte. Bref, Derry est venu voir Camperro afin d'essayer de négocier à son tour, dans le but de sauver l'agence. Encore une fois, le ton est monté. Apparemment, Derry avait fait sa petite enquête, il en savait un peu trop. Il a eu le tort de le faire savoir à Camperro, de le menacer. José l'a abattu d'un coup de fusil de chasse dans la cuisine. J'étais là, ton père aussi. Derry a été enterré avec Poclin, quelque part par là.

Julien montrait le domaine d'un geste vague. Son visage offrait l'expression même du désespoir, de la lassitude, il paraissait comme désabusé. Éric avait pâli, il était presque haletant. Bien sûr, il se doutait... Il savait que son père était mêlé à quelque chose de grave, mais de là à penser à un crime... Il sentait un malaise grandir en lui.

— Mais pourquoi vous n'avez jamais essayé d'alerter les autorités en douce ? Il y avait sûrement quelque chose à faire, accusa-t-il enfin.

— Tu verras quand tu auras des enfants, tu repenseras à tout ça ! Peut-être que là tu comprendras que n'importe qui est capable de disjoncter pour sauver ses gosses. Ton père, tout comme moi, avions le couteau sous la gorge. La police, sous les traits du commissaire Camperro, nous a fait comprendre qu'il valait mieux ne faire aucun bruit. L'affaire a été très vite étouffée. Il n'y a que Ted qui a un peu trop ouvert sa gueule. Résultat ? Il s'est retrouvé en cavale en moins de temps qu'il ne faut pour le dire. Il a quand même eu du bol, ce fumier de Camperro ! Il cherchait un moyen de se débarrasser de Ted quand cette Espagnole est venue presque se jeter à ses pieds. Et Ted a fait la connerie de s'en mêler !

— Mais quand mon père est parti, il aurait pu essayer de faire quelque chose depuis là-bas ? insista Éric.

— Écoute ! Le lendemain de ce crime odieux, ta petite sœur était kidnappée, chez toi et en présence de ta mère qui s'est battue pour la petite et qui a même été blessée ! Mets-toi à la place de ton père. Il aurait juré n'importe quoi à Camperro pour récupérer sa fille entière. Quand ça a été le cas, Isabelle s'est tuée à la place de ta mère ! Ton père savait que les kilomètres ne les mettraient pas à l'abri. Il savait que même là-bas, au moindre faux pas, il morflerait. Qu'est-ce que tu voulais qu'il fasse ? Qu'il prévienne la police de là-bas ? Elle aurait immédiatement transmis le dossier à la police de Blignac, c'est-à-dire au commissaire Camperro ! Et tu crois que cinq cents ou même mille kilomètres auraient arrêté un taré comme Camperro ?

Éric ne répondit pas. D'un côté, il comprenait son père. N'était-il pas, lui aussi, prêt à faire n'importe quoi pour protéger Jenny ? De l'autre côté, toute cette histoire l'écœurait profondément. Il avait été élevé dans un esprit cartésien et presque manichéen. Il n'admettait pas qu'un seul homme, aidé bien entendu, réussisse à tenir tout un village et même plus, sous sa coupe sans que personne ne puisse rien faire. Il n'admettait pas non plus qu'un homme fût capable d'en tuer un autre de sang-froid, devant témoins, et que tout le monde se soit tu pendant des années. Il n'était pas du genre à s'écraser, il était plutôt prompt à se révolter, fonceur, impulsif. Évidemment, cela lui avait parfois porté préjudice, mais jamais au point de le calmer. Cette fois encore, il irait jusqu'au bout, même si pour cela il devait faire tomber son propre père. Il n'avait pas le choix. Il avait eu beau mûrir sa décision, il n'en ressentait pas moins un profond malaise. Sur la balance, face à Jenny, Thierry ne faisait pas le poids. Il secoua vivement la tête comme pour en chasser toutes les idées noires et se décida à aller la rejoindre.

— Je veux qu'elle dorme un peu. Si elle m'attend, il vaut mieux que j'y aille, précisa-t-il à Julien. Toi, tu devrais rentrer et rester avec Marianne. Cherche le numéro de Christophe Derry dans l'annuaire. Tu peux en avoir besoin, on ne sait jamais. Et de toute façon, à bientôt !

— O.K., mais pas d'imprudence, Éric ! Avance à pas de loup. Tu es le seul à pouvoir la sortir de là, ne l'oublies pas !

Éric acquiesça et s'éloigna en silence. Avec une facilité surprenante, il grimpa à la corde jusqu'à la grande porte de bois qui donnait sur le refuge de Jenny. Le plus silencieusement possible, il se hissa à l'intérieur, remonta la corde qu'il déposa sur le sol et referma la grande porte. Il cligna un instant des yeux, le temps de s'adapter à l'obscurité, quand un faisceau de lampe de poche s'alluma. Jenny était assise sur son matelas, les genoux entre les bras, adossée au mur. Ses yeux gonflés trahissaient de longues crises de larmes. Elle était sur le qui-vive. Elle lui fit penser à une petite biche traquée, terrorisée. Alors qu'elle ouvrait la bouche pour le questionner, il lui fit signe de se taire et lui montra la trappe du doigt. Jenny avait déjà tiré la table dessus pour empêcher qui que ce soit de monter par là. Quand il arriva à son niveau, elle se jeta contre lui, elle tremblait.

— Mon Dieu, j'ai tellement eu peur de ne jamais te revoir, murmura-t-elle en soupirant.

Il la serra plus fort contre lui, enroulant ses doigts dans sa crinière d'or, déposant de petits baisers sur ses cheveux.

— Je t'ai dit que je ne te laisserai pas tomber, chuchota-t-il à son oreille.

— Et Ted, tu l'as vu ? souffla-t-elle.

— Non seulement je l'ai vu, mais en plus, je suis parti avec lui pour récupérer Anthony. On a échappé à un barrage de police, à une perquisition dans la baraque où il s'était réfugié. Bref ! On a récupéré ton cher neveu. Ted et lui sont en sécurité chez Christophe Derry, chuchota-t-il.

Elle lui offrit un sourire enfantin qui traduisait son soulagement. Maintenant, elle pouvait enfin penser à elle et surtout à Éric.

— Et pour nous, qu'est-ce qui va se passer ? murmura-t-elle.

— Tout ce qu'on a à faire, c'est rester en vie jusqu'à demain matin. Ça ne devrait pas être trop difficile.

Brièvement, il lui exposa leur plan. Jenny semblait encore sceptique, inquiète. Elle savait que Camperro s'avérerait un adversaire coriace. Jamais il ne se laisserait faire. Traqué, il allait se transformer en bête féroce.

— Maintenant, il faudrait que tu dormes. Tu vas avoir besoin de toutes tes forces, demain !

Elle fixa sur lui un regard suppliant.

— Tu... tu ne restes pas avec moi ?

— Bien sûr que si, lui répondit-il avec un sourire plein de tendresse.

Il s'allongea près d'elle. Instinctivement, elle se blottit contre lui. Il la serra contre son torse, lui caressant les cheveux, les sens en alerte. Bon sang, cette fille avait le don de lui faire perdre tout contrôle sur lui-même. Il tenta de réguler sa respiration, il fallait qu'elle dorme, se répétait-il en vain. Il déposa un léger baiser sur son front puis lui murmura :

— Demain, tout sera fini. On va démarrer une nouvelle vie tous les trois, tu verras !

Elle leva vers lui un visage angélique, empreint de douceur, d'ingénuité. Plus que jamais, elle avait l'air d'une femme enfant en quête d'affection, de sécurité. Ses longues mèches dorées tombaient en désordre sur ses épaules, sur son visage. Leurs regards s'étaient accrochés et ne semblaient plus pouvoir se détacher l'un de l'autre. Ses lèvres entrouvertes paraissaient attendre un baiser qu'il ne put lui refuser, malgré toutes ses bonnes résolutions. Avec une douceur infinie, il prit possession de sa bouche. Il l'embrassa d'abord avec tendresse, mais rapidement la passion s'empara d'eux. Ils se serraient l'un contre l'autre comme s'ils voulaient se fondre en un seul corps. Éric ne parvenait plus à penser. Seul comptait le corps de Jenny qu'il fit basculer sous lui. Ses mains prenaient peu à peu possession de chaque centimètre de son corps. Haletant, il se laissait emporter par l'enivrante douceur de sa peau. Se fiant à ses frémissements, son souffle, il dosait savamment ses caresses, ne lâchant ses lèvres que pour les reprendre plus passionnément encore. Sans qu'elle en prît vraiment conscience, elle se retrouva nue sous lui. Elle se sentait brûler de passion. Une vague douleur lancinante naissait dans le creux de son ventre tant elle le désirait. Jamais elle n'avait ressenti de plaisir, de désir aussi intense. S'il la lâchait maintenant, elle en mourrait certainement. Maladroitement, elle s'attaqua à son jean, ses doigts rencontrèrent sa virilité. Éric l'aida fébrilement. Plus rien d'autre ne comptait qu'elle, que son souffle dans son cou, ses doigts sur lui, son corps arqué contre le sien. Du genou, il la fit s'ouvrir et s'insinua entre ses cuisses. Il la prit avec douceur, réfrénant ses ardeurs passionnées, la caressant plus encore, lui murmurant des paroles tendres, comme s'il voulait encore la rassurer. Il buvait ses gémissements à ses lèvres. Une folle passion les emporta tous les deux. Leur corps ne leur appartenait plus. Jenny avait l'impression d'avoir perdu conscience, de ne vivre plus qu'à travers Éric. Elle enlaçait ses doigts dans ses cheveux, l'ébouriffait. Elle s'enivrait du parfum de son corps, de sa peau, de ses muscles qu'elle sentait durcir, rouler sous ses doigts. Le plaisir montait en elle, toujours plus fort. Au bord du gouffre, elle murmura son prénom. Il l'encouragea avec une tendresse passionnée. Il étouffa son cri de plaisir sous ses lèvres, serrant plus fort contre lui son corps secoué par les spasmes du plaisir. Enfin, enfouissant son visage dans le cou de Jenny pour étouffer un gémissement rauque, il laissa exploser sa passion sur son ventre. Haletants, en sueur, ils restèrent enlacés longtemps. Éric roula sur le côté, l'attira contre lui, caressant tendrement ses cheveux, sa nuque. Il sentait sa respiration encore précipitée contre sa poitrine. Quand elle leva son doux visage rayonnant vers lui, ses yeux brillaient de passion... pouvait-il dire de bonheur ? Elle lui sourit tendrement. Il resserra son étreinte, embrassant son front, ses yeux, ses joues, ses lèvres. Il nota que c'était la première fois qu'il la voyait sourire ainsi. Il sentit sa poitrine se gonfler de bonheur.

— Jenny, tu es merveilleuse, lui murmura-t-il à l'oreille. Je n'ai jamais connu de femme comme toi !

Elle releva vivement la tête vers lui. Il sentit ce qu'elle allait dire et la devança pour l'en empêcher.

— Jamais, jamais ! répéta-t-il. Maintenant, il faut absolument que tu dormes. Je reste près de toi. Repose-toi, s'il te plaît. Et arrête de me regarder avec ces yeux là ou je ne réponds plus de rien.

Elle rougit légèrement, sourit puis, sans un mot de plus, se blottit contre lui et ferma les yeux. Elle se sentait si lasse, si merveilleusement lasse. Elle ne tarda pas à sombrer dans un profond sommeil.

Éric, lui, ne parvint pas à s'endormir. Une question le tourmentait violemment. Il enfila silencieusement son jean, prit ses cigarettes, entrouvrit la grande porte de bois et s'installa pour fumer et profiter du fin croissant de lune qu'il apercevait à peine. Ce n'était pas le moment que quelqu'un repère sa cigarette dans l'obscurité. Il jeta un regard plein de tendresse à la jeune fille nue, recouverte seulement d'un drap. Sa longue chevelure d'or s'étalait en désordre autour d'elle : mon Dieu, c'en était indécent d'être aussi belle ! Avec un douloureux pincement au cœur, il dut se rendre à l'évidence. Ted avait sûrement raison pour Jenny. Il avait suffisamment d'expérience en la matière pour se rendre compte qu'il n'était pas le premier homme pour elle, et comme elle ne fréquentait personne... Il sentit une vague de révolte le submerger. Il jeta un regard vers le pistolet posé à même le sol, près du lit. Il luttait pour garder son sang-froid. Il ne devait pas faire de bêtise en attendant Christophe. Et pourtant, si Camperro dormait, ce serait tellement facile de lui mettre une balle dans la tête ! Même cette éventualité ne lui suffit pas. Non ! Pour Camperro, il souhaitait une mort lente, douloureuse, insupportable, et pourtant, ce serait tellement simple d'aller le provoquer, le faire sortir de son lit, le tuer à main nue... s'il dormait !

- 27 -

Camperro ne dormait pas. À l'instant où Éric tentait de se raisonner, il fit son apparition à l'écurie. D'un signe, il appela Hervé. Ils restèrent dans l'ombre, à proximité de la porte de l'écurie.

— Éric n'est pas revenu ? Elle est toujours là-haut ? Et pas de trace de Ted ? questionna José.

— Non, Ted n'est pas encore arrivé et elle n'a pas bougé, répondit Hervé, mais elle n'est pas seule !

— Comment ça, pas seule ? Qui as-tu laissé monter ?

— Éric ! Mais il n'est pas monté par là. Il a dû passer par la porte du hangar.

— Merde ! Ça veut dire qu'il se méfie. Il a même dû planquer sa voiture. Et si lui a pu rentrer discrètement, ça veut dire que Ted peut être monté aussi, ragea Camperro.

— Non, ça m'étonnerait fortement que Ted se trouve là-haut, ironisa Hervé d'un ton goguenard à voix basse, à moins qu'il ne soit voyeur et Éric et Jenny suffisamment pervers pour baiser devant lui.

— Comment tu sais ce qu'ils faisaient ? s'irrita Camperro.

— J'ai cru entendre un léger bruit, j'ai collé mon oreille à la trappe. Ils ont fait leur possible pour étouffer le bruit, mais il n'y avait aucun doute sur ce qu'ils faisaient. D'ailleurs, votre fille a eu l'air de prendre son pied, s'amusa Hervé.

— Cette putain n'est pas ma fille, petit con. Mets-toi ça dans la tête ! vociféra Camperro en tentant de maîtriser sa voix. J'avais raison quand je lui ai dit que, non satisfait d'Isabelle, il allait essayer de se taper Jenny, continua-t-il plus calmement. Tu dis qu'ils étouffaient les bruits volontairement ?

Comme Hervé le confirmait catégoriquement, Camperro se frotta le menton en réfléchissant.

— Ça veut dire qu'ils se savent surveillés ! Mon instinct me dit qu'ils ont été bien plus loin que je ne le pense. Ils sont trop dangereux. Il est impératif qu'on fasse le ménage total ici. Voilà ce qu'on va faire. On va faire sortir les chevaux le plus silencieusement possible, les mettre dans l'enclos, puis je mettrai le feu à l'écurie.

Camperro parlait à mi-voix, comme à lui-même, les yeux dans le vide, un rictus perfide aux lèvres.

— Il faut mettre un terme définitif à tous nos petits tracas. Ils vont tous disparaître, un à un. Après, ici ce sera le paradis. On pourra enfin respirer !

— Mais patron, hasarda Hervé. Si Éric ne dort pas, il va entendre et...

— Non ! Je sais qu'il n'a pas beaucoup dormi ces derniers temps. Hier encore moins que d'habitude puisqu'il s'est planté en bagnole. En plus, après une partie de jambes en l'air, je ne crois pas qu'il pète la forme. Il a dû s'endormir, c'est sûr !

— Mais...

— Quoi encore ? Des remords ?! C'est pas le moment ! C'est toi qui es le plus impliqué dans tout ça, ne l'oublie pas. Moi, je pourrai toujours m'en sortir. Toi, tu es un bouc émissaire en puissance, menaça Camperro.

— C'est pas ça ! ragea Hervé, j'ai aucun remord, et puis, ne me menacez pas parce que si je tombe, vous tombez avec moi. Ça non plus, ne l'oubliez pas ! Maintenant, écoutez-moi. Vous allez dire quoi aux flics et aux assurances ? Que vous pressentiez un incendie et que du coup, par prudence, vous avez sorti les chevaux ? Il faut les laisser dedans, foutre le feu puis les sortir pendant l'incendie, si vous voulez que ça ait l'air d'un accident !

— Imbécile ! Est-ce que tu as déjà entendu le bordel que peut faire un animal quand il sent le feu ? C'est le meilleur moyen de réveiller Corsini ! Après, on pourra dire ce qu'on veut puisqu'on sera les seuls témoins. Qui viendra nous contredire quand on expliquera qu'on a sorti les chevaux pendant l'incendie et que celui-ci avait débuté au-dessus. Jenny n'est pas nette ! Elle aura mis le feu en laissant une bougie allumée. Le haut brûlait déjà, on n'aura rien pu faire, expliqua Camperro en faisant de grands gestes. Et comment pouvait-on savoir que Corsini était là-haut ? Maintenant, c'est toi qui m'écoutes ! Il n'y a que deux issues, celle-là et la porte du hangar. Quand les chevaux seront sortis, c'est moi qui mettrai le feu à l'écurie. Toi, tu vas chercher un fusil et tu te planques dans les arbres, de façon à tirer si Éric ou Jenny cherchent à sortir par là. Quand leurs corps seront carbonisés, on ne verra plus les impacts de balles. Ensuite, demain, on s'occupera de Julien et de Marianne.

— Pourquoi eux ? sursauta Hervé. On peut encore en avoir besoin ! Et puis, ils ne représentent aucun danger, au contraire, Julien est complice...

— Julien était complice pendant tout le temps où son fils était notre otage. S'il apprend sa mort, il devient un redoutable danger. Et Éric est déjà allé si loin… Qui sait s'il n'est pas déjà au courant ? Thierry Corsini et Pierre Kolinsky étaient les amis de Julien. De plus, il a beaucoup d'affection pour Jenny, Éric et Ted. Si on supprime les trois...

Camperro n'eut pas besoin de terminer sa phrase pour qu'Hervé comprenne ce qui allait se passer dans ce cas. Silencieusement, ils rentrèrent dans l'écurie et recouvrirent le sol avec de la paille pour qu'elle étouffe le bruit des sabots, puis un à un, ils firent sortir les chevaux. L'oreille aux aguets, ils traquaient le moindre bruit chaque fois qu'ils passaient sous la trappe. Ils évitèrent précautionneusement de passer sous la porte du hangar. Pour mener les chevaux dans l'enclos, derrière la maison, ils faisaient le tour par l'autre côté.

Alors qu'il allait terminer sa cigarette, Éric crut apercevoir une ombre à quelques pas. Il se recula dans l'obscurité de la pièce tout en continuant à observer les alentours. L'ombre devint plus précise. Grâce à un rayon de lune, il reconnut Christophe. Celui-ci regardait dans la direction de la porte et semblait chercher un moyen de monter.

Prudemment, Éric entrouvrit la porte. Christophe l'aperçut et lui fit signe de descendre. Éric prit le temps de s'assurer que Jenny dormait toujours aussi profondément. Il ramassa son arme, la glissa dans sa ceinture, enfila son tee-shirt, jeta la corde par la porte et se laissa glisser jusqu'au sol. Les deux hommes se mirent rapidement à l'abri des arbres, sans pour autant perdre de vue la grande porte derrière laquelle dormait Jenny. À sa grande surprise, Éric reconnut Ted à l'abri d'un buisson. Son regard allait de l'un à l'autre non sans angoisse. En effet, les deux jeunes hommes avaient une mine des plus sombres.

— Qu'est-ce qui se passe ? murmura Éric.

— J'ai rien pu faire, se désola Christophe. Le Commissaire Camperro a pris les devants. Il a prévenu ma hiérarchie que je continuais l'enquête sur la disparition de mon père. Il leur a dit que j'étais allé harceler plusieurs personnes, dont le Médecin-chef, le beauf de Camperro. Et ce fumier porte plainte. Ma *copine-indic* qui est infirmière là-bas s'est fait choper en train de fouiller dans les dossiers. Elle a été obligée de dire pour qui elle le faisait. Bref ! Je suis mis à pied, sur la touche ! Dans l'immédiat, il ne reste plus qu'une chose à faire, récupérer Jenny et se barrer d'ici ! Quand j'aurai le témoignage de ton père, s'il veut m'accompagner ce sera jouable, mais pas avant !

— Tu parles ! Camperro aura déjà tout compris et il se sera barré, ragea Ted.

— Non ! Il y a une autre solution, l'interrompit Éric. Christophe, fonce chez Julien. Il est prêt à témoigner, il est au courant de tout, il m'a tout raconté. Il te suivra au commissariat et racontera tout. Demain matin, tu pourras intervenir quand même !

— Alors, tu sais ce qui s'est passé pour mon père ? Il est mort, n'est-ce pas ? Qui l'a tué ? interrogea Christophe, les poings serrés.

— Oui ! Je suis désolé. Il a été tué par Camperro d'un coup de fusil. Excuse-moi d'être aussi brutal, mais on n'a pas vraiment le temps…

Christophe acquiesça simplement. En son for intérieur, il avait toujours su, mais l'entendre de vive voix, aussi clairement, aussi brutalement, avait de quoi le bouleverser. Pour faire un peu diversion, Éric s'adressa soudain à Ted.

— Qu'est-ce que tu fous là, toi ? Ils n'attendent que ta venue !

— Je ne pouvais plus rester chez Christophe, je l'aurais mis encore plus dans la merde si on m'avait trouvé là-bas. D'autre part, je voulais te prévenir que Christophe n'interviendrait pas demain matin. Et ici, tu aurais pu avoir besoin de moi, au cas où, se justifia Ted. Qu'est-ce qu'on...

Éric lui sauta dessus, le bâillonnant de sa main. D'un geste du menton, il indiqua une direction à Christophe. En effet, Hervé venait de sortir de l'ombre. Passant tout près d'eux, il s'arrêta vers un arbre à quelques mètres. Il mit en bandoulière un fusil de chasse, grimpa dans l'arbre, s'installa sur une branche. Il chargea le fusil, mit en joue la porte du hangar, puis il attendit.

Tous les trois étaient restés silencieux, interdits. Enfin, ce fut Éric qui réagit le premier. À l'aide de gestes et de mimiques, il fit comprendre aux deux autres de ne pas bouger. Il allait essayer de le maîtriser. Ted et Christophe approuvèrent, mais se tinrent prêts, néanmoins, à intervenir si besoin s'en faisait sentir. Éric se glissa telle une ombre jusqu'au pied de l'arbre où Hervé était perché, mais de l'autre côté du tronc. Le cœur battant, il priait pour que Jenny ne se réveille pas. Si elle se présentait à la porte, Hervé ne la louperait pas, la distance à vol d'oiseau entre la porte du hangar et sa position étant très courte. Il s'interrogea sur la marche à suivre. S'il grimpait dans les branches pour le rejoindre, Hervé risquait de l'entendre. L'autre solution consistait à grimper dans un arbre voisin et à lui sauter dessus. Mais là, le risque serait plus grand. D'abord, Hervé l'entendrait peut-être, ensuite, il risquait non seulement de se rompre les os, mais également de louper Hervé.

Sans plus d'hésitation, il sauta et s'accrocha à la branche la plus basse, puis s'immobilisa. Hervé n'avait pas bougé, il semblait concentré sur sa cible. Une légère brise s'était levée dans la soirée. Le bruissement des feuilles lui était d'un grand secours, couvrant partiellement le bruit de son ascension. Tel un félin, il se hissa jusque dans le dos le tireur sans que ce dernier s'en rende compte. Vif comme l'éclair, il le désarma puis le bâillonna. À peine l'arme avait-elle touché le sol que Ted la ramassait et mettait Hervé en joue. Dès qu'Éric l'eut lâché, Hervé tenta de se débattre. Il n'eut que le temps de recevoir en pleine tête un formidable coup de boule qui le projeta au sol. Éric sauta derrière lui. Hervé gisait par terre, inanimé. Christophe qui arrivait lui prit le pouls.

— Laisse, il est seulement assommé, confirma Éric. Il faut l'attacher. T'as quelque chose ?

Christophe sourit en sortant ses menottes. Passant les bras d'Hervé de chaque côté d'un tronc d'arbre plus éloigné, à l'abri des regards, Christophe prit un malin plaisir à lui passer les menottes bien serrées.

— Tu sais où habite Julien ? lança Éric. Alors, fonce ! Moi, de mon côté, je vais aller chercher Jenny.

Ne perdant pas une seconde, Christophe disparut dans la nuit. Quelques instants plus tard, Ted et Éric entendirent ronronner un moteur au loin.

Éric pensa que rien n'était encore gagné et que la fin de la nuit serait certainement très longue à venir. Il regretta d'avoir assommé Hervé. Il aurait dû le faire parler avant. De toute évidence, celui-ci n'agissait, pas de son propre chef. Quelles étaient les intentions de Camperro ? Contrairement à ce qu'il croyait, ce cher José ne devait pas dormir. Où était-il pour l'instant et que mijotait-il ? Éric s'apprêtait à aller rejoindre Jenny quand il entendit un hurlement qui provenait justement de sa chambre. Ted et lui se retournèrent comme un seul homme.

— Il a foutu le feu, hurla Ted en apercevant une fumée noire sortir des écuries.

Il s'élança dans la direction du bâtiment. Éric le rattrapa et le jeta par terre pour l'arrêter.

— J'y vais, planque-toi ! s'écria Éric. Au cas où tu en aurais l'occasion, si tu vois Camperro, maîtrise-le, mais ne le tue surtout pas. Ce serait vraiment trop dommage !

Galvanisé par l'inquiétude, Éric se rua vers la corde qui pendait encore sous la grande porte. En deux temps, trois mouvements, il se hissa au-dessus. Quand il ouvrit grand le battant, la fumée l'empêcha dans un premier temps, de distinguer Jenny. Les flammes attaquaient déjà une partie du plancher, au milieu de la pièce. Le lit devait être juste derrière. Il l'appela à plusieurs reprises sans obtenir la moindre réponse. Ses yeux commençaient à le brûler, la fumée lui prenait la gorge. Il avançait presque à tâtons. La chaleur devenait étouffante ; la terreur le gagna. Il sentit son estomac se tordre. Il hurla encore une fois son prénom, s'élança de l'autre côté des flammes en rasant le mur. Enfin, il l'aperçut, recroquevillée dans le coin de la pièce le plus éloigné. Haletante, tremblant de tous ses membres, sanglotant, le regard terrorisé, serrant ses bras autour d'elle, elle semblait comme dans un état second. Quand il s'élança vers elle, elle hurla, tentant de reculer encore.

— Jenny, il faut sortir, c'est moi !

Peine perdue, elle sanglotait de plus belle. Il tenta de l'attraper par un bras, mais elle se débattit comme une furie.

— Non, non ! Cria-t-elle. Ne me touche pas ! Laisse-moi ! Tu me fais mal... J'ai mal !

— Jenny ! Reprends-toi, c'est moi, c'est Éric ! Viens, il faut faire vite !

Elle se débattit de plus belle, tentant de lui échapper. Ses paroles devenaient incohérentes. Soudain, d'une voix aigüe, elle murmura entre deux sanglots déchirants :

— Je ne veux plus jouer, Papa, je t'en supplie ! Arrête ! Ne me fais plus mal !

Éric sentit ses entrailles se nouer. Il avait du mal à respirer tant il avait la gorge serrée. Il tremblait de colère, de frustration, de douleur aussi.

Le feu gagnant du terrain, l'atmosphère devenait irrespirable. De son côté, Jenny fut prise d'une quinte de toux qui paraissait ne plus en finir. Éric en profita pour l'attraper par les épaules. Alors qu'elle se débattait avec la force du désespoir, il la secoua violemment.

— Je ne suis pas Camperro ! Réveille-toi, bon sang ! Jenny ! Regarde-moi !

Elle continuait à ne pas l'entendre, à essayer de se dégager de l'emprise de ses mains, à le supplier de ne plus la toucher. La toux ne la quittait plus. Éric lui-même n'arrivait plus à respirer. À bout d'arguments, il la gifla à toute volée. La violence du choc dut lui faire reprendre conscience, car elle se calma instantanément. Comme si elle se réveillait d'un long cauchemar, son regard terrorisé refléta quand même un léger soulagement. L'instant d'après, elle se jetait dans ses bras et s'accrochait à lui désespérément. Il la souleva, gagna le cabinet de toilette, tenta de mouiller un linge de bain pour le poser sur le visage de Jenny. Mais il eut vite fait de lâcher le robinet brûlant en poussant un cri de douleur. Vivement, il la reprit contre lui, atteignit le lit que les flammes menaçaient dangereusement, y saisit une couverture, mais alors qu'il allait l'enrouler autour d'elle, elle se déroba et recula.

— Jenny ! On n'a plus le temps, il faut traverser, vite ! cria Éric qui commençait à suffoquer.

— Pas le feu ! Je ne peux pas ! Va-t'en !

Éric prit son visage à deux mains et la supplia.

– Jenny ! Fais-moi confiance, je t'en supplie ! Il faut traverser, c'est notre seule chance !

Elle refusa d'un hochement de tête. Elle semblait en proie à une frayeur incontrôlée. Ses lèvres sans couleur tremblaient, son visage était devenu livide. À présent, le feu formait, une barrière entre eux et la seule issue possible. Les flammes léchaient déjà la charpente. La trappe s'écroula soudain à quelques pas, entraînant avec elle la table ainsi qu'une partie du plancher, faisant jaillir une montagne d'étincelles qui monta jusqu'au toit. Éric sentait le feu sous ses pieds. Tout le reste n'allait pas tarder à s'écrouler aussi. À bout de patience, il l'attrapa de force, l'immobilisa contre lui, enroula la couverture autour d'eux. Il s'élança dans les flammes, serrant Jenny à l'étouffer. Il l'entendit à peine hurler. Alors qu'il atteignait la porte, la couverture prit feu, il la jeta dans le foyer d'un geste vif. La corde commençait, elle aussi, à subir l'assaut des flammes. Qu'à cela ne tienne, il se laissa pratiquement tomber dans le vide — Jenny toujours dans ses bras — pour la cramponner un peu plus bas. Il eut juste le temps de descendre d'un bon mètre quand il entendit la voix de Ted. Sans réfléchir, il lâcha Jenny. Ted, en la rattrapant, amortit sa chute. Ils roulèrent tous les deux sur la terre battue sans se faire le moindre mal. Il était temps, la corde céda l'instant d'après. Éric fit une chute spectaculaire, roulant lui aussi sur le sol. Il poussa un juron de douleur. Ses côtes avaient pris un nouveau coup. Il resta quelques instants au sol, cherchant sa respiration, crachant, toussant, suffoquant.

Ted, lui, s'était relevé immédiatement et serrait Jenny très fort contre lui. Il tremblait de peur pour elle. Elle haletait, toussait violemment. Au bout de longues secondes, elle finit par retrouver un souffle presque normal. L'air plus frais de la soirée adoucissait la douleur que lui infligeaient ses poumons. Elle se mit soudain à pleurer doucement contre lui, comme si elle n'avait plus de force. Quand elle leva la tête, ce fut pour voir une poutre en flamme se détacher du toit et fondre en direction d'Éric. Elle hurla. Dans un ultime réflexe, ce dernier roula sur le côté. Le bois calciné tomba à seulement quelques centimètres de lui. Lâchant Jenny, Ted se précipita vers lui.

— Éric, ça va ? Pas trop de dégâts ?

Haletant, reprenant son souffle avec difficulté, Éric ne put même pas lui répondre. Il laissa tomber lourdement sa tête sur le sol. Il se tenait les côtes. Quand enfin il se redressa en grimaçant, Ted lui lança :

— Mais pourquoi t'as mis tout ce temps ? Qu'est-ce que tu foutais ? Putain ! J'ai jamais eu aussi peur de ma vie !

— Bon sang !... Deux fois... en vingt-quatre heures !... Elle va finir... par me tuer ! hoqueta Éric avant de vraiment répondre à Ted... La peur du feu, tu te souviens ? Elle a disjoncté, elle a perdu la tête. Elle ne me reconnaissait même plus ! T'avais raison, je crois qu'il l'a violée !

Éric parlait avec difficulté, d'une voix éraillée, hachée. Ted pâlit d'un coup, fixant son ami comme s'il ne comprenait pas ses paroles puis soudain, Éric vit les muscles de ce dernier se bander. Son regard devint si haineux qu'il en frôlait la folie. Ted se leva brusquement, fondit sur le fusil qu'il arma. Éric eut toutes les peines du monde à le raisonner.

— Tu vas aller le chercher chez lui ? Tu crois qu'il ne t'attend pas ?

Mais Ted ne l'entendait même pas. Ils en étaient presque arrivés aux mains quand Éric, encore essoufflé, en position d'infériorité, utilisa le dernier argument qui lui vint à l'esprit.

— Et Jenny ! Pense à elle ! Il faut d'abord la mettre en sécurité ! Après on se chargera de lui tous les deux... Ted ! Elle a besoin de nous, elle est en état de choc !

Ted se laissa enfin désarmer.

— De toute façon, je ne sais pas où il est ! Il n'était pas chez lui, je suis rentré pour appeler les pompiers, avoua ce dernier.

Au fond de lui, Éric sentit un léger soulagement. D'accord, ce n'était pas encore la police, mais c'était déjà un bon début. Camperro ne les attaquerait pas de front devant une dizaine de pompiers. Ils retournèrent tous les deux vers Jenny. Elle s'était de nouveau recroquevillée contre le tronc d'un arbre, serrant ses genoux contre elle, entourés de ses bras, dans la position d'une femme qui vient de subir la plus horrible des ignominies. Ted resta en arrière, il ne savait que faire ni que dire. Il ne savait plus quelle attitude adopter vis-à-vis d'elle. Éric s'en approcha doucement. Il s'agenouilla près d'elle, lui toucha tendrement l'épaule. Elle sursauta, lui offrant un regard horrifié. Les larmes se remirent alors à couler sur ses joues. Quand il l'attira contre lui, elle se laissa tomber entre ses bras. Les sanglots reprirent le dessus. Son corps était secoué par des spasmes de douleur.

Éric se contentait de lui masser la nuque, lui caresser les cheveux. Il était incapable de prononcer la moindre parole tant sa gorge était serrée. Il se sentait en proie à toute sorte de sentiments, tiraillé entre la douleur, la compassion, la frustration et la haine.

— Il m'a... il m'a... violée, hoqueta-t-elle entre deux sanglots. Et je ne m'en souvenais pas !

— C'est fini ! tenta de la calmer Éric, la gorge nouée. Je ne laisserai plus jamais personne te faire souffrir, je te le jure !

— Il me faisait... tellement... mal... Je le... suppliais... mais il riait... Il...

— Tais-toi ! Je t'en supplie, la pria Éric.

Elle enfouit son visage au creux de son épaule. Celui-ci la serra très fort contre lui, les poings crispés. Les mots restaient coincés dans sa gorge. Que pouvait-il bien faire ou dire à présent ? Il aurait voulu être en mesure d'effacer ce drame de sa mémoire, de la protéger... Il aurait tellement préféré qu'elle ne se souvienne jamais ! Ses paroles lors de son arrivée au haras revinrent le frapper en plein cœur comme un poignard :

— *Je veux que tu t'en ailles ! Où tu étais toutes ces années, quand j'avais besoin de toi ?*

Ted s'était approché en silence, mais en croisant le regard embué de larmes d'Éric, il rebroussa chemin. Il portait toujours son arme à la ceinture. Il fit mine de s'enfoncer dans le sous-bois, mais lorsqu'il fut hors de vue, il bifurqua vers la maison. Il allait buter ce monstre qui avait détruit sa famille.

Jenny qui commençait à se calmer doucement eut soudain un sursaut.

— Les chevaux, s'écria-t-elle. Il faut les sortir !

D'un bond, elle fut sur ses pieds. Éric la rattrapa et la ramena de force dans l'ombre, à l'abri de la végétation.

— Ils ne sont plus dans les écuries, il a dû les faire sortir avant. On les aurait entendus bien avant que les flammes n'atteignent ta chambre. Et on ne sait pas où est Camperro, peut être qu'il nous cherche. Reste à l'abri !

Jenny se laissa retomber sur le sol. Tout se bousculait dans sa tête. C'était comme si son cerveau s'était rempli de coton. Elle n'était plus capable de la moindre pensée cohérente. Elle était en train de devenir folle. Elle n'avait plus qu'une envie obsédante, un seul besoin, dormir, dormir et ne plus jamais se réveiller, plus jamais !

Les sirènes hurlantes des premiers camions de pompiers retentirent dans la nuit. Jenny sursauta et chercha Éric du regard, mais il n'avait pas bougé. Il était toujours là, près d'elle. Il regardait fixement au loin, dans la direction des gyrophares, comme s'il cherchait quelque chose. D'une pression de la main sur son bras, il la rassura, puis il l'aida à se lever pour s'enfoncer plus loin dans le sous-bois. Il la fit se rasseoir sur un matelas de mousse, à l'abri d'un gros buisson et s'éloigna quelques instants. Il alla s'assurer qu'Hervé n'avait pas repris connaissance. Par mesure de sécurité, il enleva son tee-shirt, l'enroula autour du cou du prisonnier, en mit une partie sur sa bouche en guise de bâillon. Il fit un nœud savant qui, si Hervé cherchait à se débattre, se resserrerait sur sa gorge. Il ne devait pas être libéré avant l'arrivée de Christophe. Un ennemi en moins, ce n'était pas négligeable. Il rejoignit ensuite sa voiture, soigneusement cachée, y prit le léger pull-over et un blouson de Jean qu'il avait laissé traîner sur la banquette arrière, et revint vers Jenny. Il la força à enfiler le pull bien qu'elle se soit défendue d'avoir froid. Quand le feu l'avait réveillée, elle ne s'était que sommairement vêtue d'un Jean, d'un tee-shirt et d'espadrilles.

— Bon sang, où est passé Ted ! maugréa-t-il en revenant près de la jeune fille.

Ted s'apprêtait à pénétrer dans l'habitation, l'arme au poing, quand le premier camion de pompiers stoppa dans la cour. Il se rejeta dans l'ombre et les observa. Les soldats du feu se mirent immédiatement au boulot dans un brouhaha de bottes, de tuyaux qui se déroulaient à grande vitesse, d'ordres lancés d'un ton sec. C'est alors qu'à quelques pas de lui apparut Camperro. Il était en culotte de pyjama, à demi habillé, les cheveux en bataille comme s'il venait de se réveiller. Il jouait les ahuris, pleurait son écurie et ses pauvres chevaux.

Ted arma son revolver et visa, mais Camperro était déjà entouré du lieutenant de pompier et de plusieurs de ses hommes. Dans un sursaut de lucidité, malgré la haine qui lui broyait les entrailles, il baissa son arme. Il n'avait certes pas besoin d'un vrai crime sur les bras. Il s'apprêtait donc à faire marche arrière quand des pneus crissèrent brutalement devant la porte d'entrée. Camperro se précipita vers la voiture. Son cher commissaire de frère en sortait !

Ted ressentit un violent frisson le long de son échine. Discrètement, il recula et s'enfonça rapidement dans le sous-bois. Il lui fallait retrouver Éric de toute urgence. En fait, ce fut Éric qui l'aperçut et l'attira vers eux.

— Le commissaire Camperro vient de faire son apparition, ragea celui-ci.

Il expliqua la mise en scène de Camperro qui jouait les innocents.

— Il va certainement chercher Hervé. Pourvu qu'il ne le retrouve pas, songea Éric à haute voix.

— On aurait dû le buter !

— Non, pour l'instant, on n'a rien à se reprocher, il faut que ça dure, ou que ça ait l'air d'un accident !

— Si on ne peut rien faire alors, reprit Ted, il vaut mieux qu'on se barre, où est ta voiture ?

— Laisse tomber ! Regarde par là, murmura Éric.

En contrebas, la seule route qui menait au haras était occupée par un barrage de police.

— Tu crois que c'est pour moi ? hasarda Ted.

— En tout cas, on ne peut pas passer par là, à moins de se barrer par le bois à pied ! Et encore, je crois qu'on n'irait pas loin, expliqua Éric.

— Bon sang, je dois leur faire vraiment peur. Tu as vu combien ils sont ? s'inquiéta Ted.

— On est coincé ici ! Il ne nous reste plus qu'à prier pour que Christophe s'en sorte et arrive rapidement, sinon...

Éric ne termina pas sa phrase. Il avait tiré le pistolet de sa ceinture et en vérifiait le chargeur.

Jenny ne bougeait pas, les yeux dans le vide, elle ne semblait plus concernée par ce qui se passait autour d'elle. Éric l'attira doucement contre lui. Elle se laissa faire, s'allongea à demi par terre, la tête appuyée contre son torse.

— Jenny, essaie de dormir un peu, lui conseilla Éric. Ça va aller ! On va s'en sortir, tu n'as rien à craindre !

Elle leva vers lui un regard épuisé, presque vide d'expression, le même regard que le jour de son arrivée au haras, exactement une semaine auparavant, pensa Éric, la gorge nouée. Il leva les yeux en direction de Ted. Les deux hommes échangèrent un regard inquiet. Pas besoin de parler pour se comprendre. Tous les deux avaient craint qu'elle ne tienne pas le choc. C'était le cas. Psychologiquement, elle était à bout.

- 28 -

Mercredi 9 juillet

Les pompiers s'étaient affairés pendant plusieurs heures pour venir à bout de l'incendie qui avait presque totalement ravagé les écuries et qui avait menacé pendant longtemps l'habitation. Pendant tout ce temps, Éric, Ted et Jenny s'étaient planqués à proximité de la voiture. Les policiers avaient prospecté avec des lampes de poche, mais en vain. Alors que le jour commençait à pointer, le feu rendit l'âme. Après de nombreuses discussions entre les pompiers, la police et Camperro, la brigade des soldats du feu mit les voiles.

Éric sentit son estomac se serrer. La situation devenait bien plus dangereuse, et toujours pas de nouvelles de Christophe. Hervé s'était réveillé, il subissait un mal de crâne phénoménal. Il avait bien essayé de se débattre, mais se sentant progressivement étranglé, il s'était vite calmé. Par chance, les flics n'avaient pas cherché dans sa direction.

Il était à peine six heures du matin quand Ted secoua vivement Éric. Deux camions de police arrivaient presque silencieusement, suivis par une voiture banalisée. Ils s'arrêtèrent à la hauteur du barrage de police. Un ordre sec dut leur être lancé, car dans les deux minutes qui suivirent, les policiers en place avaient fait disparaître le barrage, étaient montés dans leurs véhicules et avaient disparu en direction de Blignac. Quand la voiture fut suffisamment proche pour qu'Éric puisse discerner des visages, il poussa un profond soupir de soulagement et se détendit un peu. Il lança un léger sourire à Ted qui avait également reconnu les passagers. Christophe était monté dans le premier fourgon. Dans la voiture, Éric avait reconnu son père et Julien.

— Celui qui est assis près de Christophe, dans le premier fourgon, c'est le Commissaire-divisionnaire qui dirige la brigade criminelle de Lesigny, commenta Ted qui le connaissait. C'est lui le supérieur hiérarchique de Christophe. Il l'a pas mal soutenu. Je pense que ça ne doit pas lui déplaire d'intervenir ici.

— Un gros bonnet, alors ! sourit Éric. Vu les fourgons, ils sont venus en nombre. On va enfin voir le bout du tunnel. Jenny, ça va ? C'est bientôt fini !

Jusqu'alors, elle n'avait pas bougé, sans pour autant avoir fermé l'œil un seul instant. À nouveau, elle se contenta de regarder Éric et d'acquiescer. Elle semblait complètement dans le brouillard, comme si elle ne comprenait pas ce qui se passait. Elle était ailleurs, l'esprit embrumé. Éric réprima un soupir d'inquiétude. Le visage ne Ted s'était rembruni. Sa mine anxieuse n'échappa pas à Éric.

— Qu'est-ce qu'on fait, on se montre ? questionna Ted.
— Non, non ! Attends de voir la suite, on ne sait jamais ! rétorqua Éric, plus prudent.

La voiture s'était garée en retrait des fourgons. Depuis leur abri, Éric et Ted ne pouvaient tout voir. Aussi Éric confia-t-il Jenny aux bons soins de Ted et se glissa vers les ruines de l'écurie qui fumaient encore. Des policiers en tenue jaillirent des véhicules qui s'étaient arrêtés bien avant la maison. Ils se séparèrent en petits groupes et se dispersèrent autour des bâtiments. Ils étaient armés jusqu'aux dents. Quelques hommes accompagnaient Christophe et le Commissaire-divisionnaire. Il y eut des cris, des éclats de voix. Le groupe ressortit de la maison, encerclant les deux frères Camperro.

La voiture démarra et vint se garer près des fourgons. Thierry Corsini suivi de Julien Guermandes, en sortirent et rejoignirent les autres. Éric pouvait apercevoir le visage rongé par l'inquiétude de son père. Il se rapprocha prudemment, ne sachant pas très bien s'il devait se montrer ou non. Alors qu'il hésitait, une autre troupe de policiers arriva.

— On a fouillé toute la maison, il n'y a personne d'autre !

— Bon sang, où sont passés mon fils, Ted et Jenny ? s'écria Thierry Corsini à l'adresse de José Camperro.

— Peut-être sont-ils carbonisés tous les trois, mais j'en suis pas certain, répondit ce dernier en souriant ironiquement.

Leurs regards s'accrochèrent et la tension pleine de haine entre les deux hommes semblait presque palpable.

C'est ce moment que choisit Éric pour sortir de sa cachette. Le premier regard qu'il croisa fut celui de son père. Thierry ferma les yeux un instant. Sur son visage, un sentiment d'intense soulagement se peignit, vite effacé par une nouvelle inquiétude. Éric avait les traits tellement tirés, le teint très pâle, il semblait épuisé. Il était torse nu sous sa veste en Jean et de grosses marques noires bleutées apparaissaient au niveau de ses côtes. Il semblait boiter également. Il tenait à la main un fusil de chasse chargé. Christophe fut le premier à réagir. Il s'approcha rapidement d'Éric.

— Où sont Ted et Jenny ?

— Plus loin, en sécurité.

— Éric, donne-moi ce fusil, murmura soudain Christophe, en croisant son regard empreint de haine.

Éric ne répondit pas, fit un écart pour l'éviter. Machinalement, il arma le fusil et le pointa en direction de José Camperro. Comme dans un état second, il ne pensait plus à rien, sauf à la colère et à l'envie de meurtre qui lui tordait les entrailles. Inconsciemment, il avait attendu ce moment durant des années. Le commissaire Camperro essaya d'intervenir, mais fut rapidement retenu par l'un des policiers. Deux de ses collègues tentèrent de s'interposer, mais firent marche arrière devant la menace de l'arme. Éric ne s'arrêta qu'à quelques pas de Camperro, lui collant le canon en pleine poitrine. Son doigt était crispé sur la détente. Tout le monde retint sa respiration. Personne n'osait bouger.

Les deux hommes se fixaient à présent sans un mot. Les yeux d'Éric brûlaient de rage. Quant à Camperro, il arborait un sourire narquois et ne lâchait pas un instant les yeux de son adversaire comme pour le provoquer.

— Baissez votre arme, murmura le commissaire avec diplomatie. On va s'occuper de lui, on vous le jure ! Ne faites pas ça. Si vous n'obéissez pas, je serai dans l'obligation de vous en empêcher, de demander à mes hommes de tirer... Et je n'aimerais pas ça du tout ! Allez, ne faites pas l'imbécile !

Éric semblait ne pas entendre. Par contre, le cliquetis des armes à poing des policiers autour de lui ne lui échappa pas.

Thierry, d'un bond, s'interposa entre eux et son fils. Il le supplia à voix basse :

— Éric, il n'en vaut pas la peine ! Nous avons tous une raison de le tuer, mais il ne vaut vraiment pas la peine qu'un seul d'entre nous gâche sa vie. Baisse ce fusil, s'il te plaît !

— Allez ! Obéis à papa, ironisa Camperro, toujours souriant.

Éric sentit son doigt cramponner plus fort la détente. En fait, il luttait contre lui-même, se cherchant des raisons de ne pas tuer cette ordure. Il en crevait tellement d'envie. Le silence était retombé. Jenny et Ted s'étaient approchés à leur tour. Comme un automate, malgré Ted qui tentait de la retenir, Jenny se dirigea droit vers Éric. Tout le monde laissa passer la drôle de jeune fille, menue, perdue dans un pull qui semblait immense sur elle, le regard vide. Elle mit la main sur le canon du fusil et tenta de le baisser.

— Éric, fais-le pour moi, s'il te plaît, murmura-t-elle.

Avant même de la regarder, il savait que s'il croisait son regard, il capitulerait. À l'instant où il le fit, elle gagna la partie. Lentement, il baissa son arme. Christophe la lui enleva des mains. Un soupir de soulagement général se fit entendre.

— Déconne pas ! Laisse-le-moi, lui chuchota-t-il à l'oreille. Je te jure qu'il partira d'ici les pieds devant. Ce n'est pas le moment, c'est tout ! Patience !

Jenny s'était encore approchée d'Éric qui, passant son bras autour de sa taille, la serra contre lui. Elle pouvait sentir ses muscles durs, tendus à l'extrême, sa main trembler sur sa hanche. Thierry, la main sur l'épaule de son fils, le fit encore reculer, et l'entraîna plus loin.

— Éric, c'est fini maintenant ! Il est foutu. On le tient. Calme-toi, s'il te plaît... et pardonne-moi !

Les derniers mots de Thierry firent sur Éric l'effet d'une gifle. Comme s'il revenait subitement à la réalité, il fixa son père gravement. Il n'en croyait pas ses oreilles.

— Il n'y a jamais eu assez de dialogue entre nous. J'ai eu tout faux ! Je ne me suis jamais rendu compte de l'importance que toute cette histoire avait pour toi. Si seulement j'avais pu m'en douter, je te jure que je t'aurais tout dit plus tôt ! s'excusait encore Thierry.

— De toute façon, c'était déjà trop tard, murmura Éric en pensant à Jenny qu'il serra plus fort encore.

— Comment ça ? Je ne comprends pas, trop tard pour quoi ?

Il resta sceptique devant le silence de son fils, mais n'insista pas. Il n'avait jamais vu Éric dans un tel état, aussi tendu, aussi violent.

— Il est arrêté, reprit Thierry. Qu'est-ce que tu veux de plus ? Il ne s'en sortira pas. Je vais témoigner, Julien aussi ! À la limite, la seule chose qui nous manquerait, c'est l'endroit où il a enterré les corps, mais en fouillant, on finira bien par trouver. Alors du calme, détends-toi !

— Moi, je sais où il les a enterrés, murmura Jenny d'une toute petite voix.

Interdits, les trois hommes se tournèrent d'un coup vers elle.

— Comment ça, tu sais ? la questionna Éric avec douceur et stupeur.

Jenny luttait de toutes ses forces pour parler. Il fallait qu'elle leur dise tout ce qu'elle savait. Mais des années d'isolement à ne parler quasiment à personne avaient laissé des séquelles. Elle se retrouvait au milieu d'étrangers. Seule, la présence d'Éric la rassurait un peu. Les mots restaient coincés dans sa gorge. Elle se conditionna, essayant d'oublier tous les autres. Elle se conduisit comme si Éric était seul, comme si elle ne s'adressait qu'à lui. Le cœur battant un peu trop fort, la respiration précipitée, elle réussit à s'exprimer de façon hachée.

— Il a toujours... fait comme si je... n'existais pas, il ne s'est... jamais méfié de moi... J'étais derrière la porte... de la cuisine quand il a tué... Monsieur Derry... Dans la soirée, il l'a enterré avec l'aide d'Hervé... là ! montra-t-elle du doigt, tout près de l'écurie, à peu près à un mètre du mur. Il a dit qu'il... rejoindrait Poclin, ajouta-t-elle.

Christophe avait soudain pâli. Il chancela légèrement, se passa la main sur le visage, mais reprit très vite le dessus.

— Alors depuis le début, tu as toujours su, murmura Éric incrédule. Et tu ne m'as jamais rien dit !

— En te parlant, je signais ton arrêt de mort, chuchota-t-elle en se blottissant tout contre lui.

— Et Hervé, au fait, où est-il ? questionna Julien.

— Attaché à un arbre, dans le bois derrière, à environ cinquante mètres à gauche de l'écurie, expliqua Éric.

Christophe se tourna vers le commissaire qui commençait à poser des questions aux frères Camperro. En quelques mots brefs, il lui répéta les paroles de Jenny. Trois policiers coururent chercher des pelles dans la direction que leur indiquait Julien, deux autres partirent récupérer Hervé.

— Jenny, répète à Christophe ce qui s'est passé avec l'espagnole. Il faut innocenter Ted, la supplia Éric.

Il la sentait trembler contre lui. Il comprenait à quel point tout cela devait être difficile pour elle. Sur l'appel d'Éric, Christophe revint vers eux accompagné du commissaire. Au prix d'un effort surhumain, Jenny, se répétant qu'elle faisait ça pour Ted, réussit à raconter l'épisode du meurtre de la touriste espagnole. Chaque mot avait du mal à sortir de sa gorge et représentait pour elle un terrible effort de concentration. Ses phrases étaient hachées, hésitantes. Avec soulagement, elle écouta Julien confirmer son témoignage.

José Camperro s'était retourné en direction de Jenny. Il avait tout entendu. Le visage défiguré par la rage, il l'insulta, la traita de débile, de petite pute, de tous les noms d'oiseaux qui lui passaient par la tête. Il lui crachait sa haine en plein visage avec une hargne qui confinait à une crise de folie.

— Je ne regrette absolument rien de ce que j'ai fait ! cracha-t-il. Si c'était à refaire, je ferais pire encore ! Si j'avais su qu'un jour on en arriverait là, je me serais occupé de toi plus sérieusement et sans relâche jusqu'à ce que t'en crèves !

Le sang reflua du visage d'Éric. Thierry le vit se tordre de haine. Aidé de Christophe, ils eurent toutes les peines du monde à le maîtriser et à le calmer. Malgré ses blessures qui le faisaient toujours souffrir, Éric distribuait les coups. Il n'y avait plus ni père, ni amis, que la haine et le besoin de défoncer le visage de Camperro, le voir saigner, se couvrir de sang... Réussissant enfin à l'immobiliser, ils l'entraînèrent plus loin. Reprenant un peu la maîtrise de lui-même, Éric se tourna alors vers Jenny. Il devait à tout prix l'éloigner de ce taré. Il craignait plus que tout au monde, sa réaction, mais il fut surpris par son attitude. Pour la première fois, la rage au ventre, elle ne baissa pas les yeux, bien au contraire. Elle se redressa de toute sa petite taille et lui fit face, à quelques pas de lui. Elle le provoquait du regard. Elle parvint même à lui sourire ironiquement, puis elle lui tourna le dos et partit rejoindre Ted qui se tenait un peu à l'écart. Une fois près de son frère, elle se tourna de nouveau vers Camperro, comme pour le provoquer encore. Éric sentit un frisson glacé descendre le long de son dos. Il y avait quelque chose de désespéré dans le regard de Jenny, quelque chose qui ressemblait à un accès de folie. Il pressentait qu'elle allait craquer.

Ted cracha alors sa haine à Camperro :

— C'est tout ce que t'as trouvé, le cocu ? Mon père a sauté ta femme, fils de pute ! Et elle a aimé ça, au point de lui faire un bébé ! Grosse merde !

Il y eut soudain une bousculade. José Camperro réussi à s'emparer par surprise de l'arme d'un policier et tira plusieurs fois. Éric sortit le pistolet toujours dans sa ceinture, caché par sa veste. Christophe en avait fait de même. Avec un centième de seconde d'écart, les deux hommes vidèrent leur chargeur sur Camperro dont le corps criblé de balles s'écrasa lourdement sur le sol dans une mare de sang. Le policier désarmé s'était écroulé lui aussi. Dans le même temps, Ted s'était jeté sur Jenny pour la protéger. C'était elle que Camperro avait visée, mais ce fut Ted qui roula sur le sol. Il ne se releva pas. Jenny avait crié, elle s'était penchée sur son corps où s'élargissaient deux taches rouges. Elle pleurait, sanglotait. Elle avait attrapé Ted par son pull et le secouait en le suppliant de se relever...

Sans perdre une seconde, le commissaire donnait déjà des ordres tout en demandant d'urgence par radio des secours et des ambulances.

Le commissaire Camperro se débattait comme une bête enragée, menaçant de tuer tout le monde. Il fut rapidement ceinturé, maîtrisé puis traîné jusqu'au premier fourgon.

Éric avait lâché son arme. Bousculant tout le monde sur son passage, il s'était précipité, suivi de Christophe. Agenouillé auprès de Ted, il lui prit la tête et l'installa le plus confortablement possible sur ses genoux. Christophe avait pratiquement arraché son tee-shirt et, l'ayant lacéré et roulé en boules, tentait de réduire le débit de sang qui jaillissait des blessures.

— Ted, ne ferme pas les yeux, regarde-moi, ne cessait de lui répéter Éric. Ça va aller, tu vas t'en sortir !

— Vous... l'avez... eu ? hoqueta Ted d'une voix faible.

Éric lui souleva légèrement la tête pour qu'il puisse voir ce qu'il restait du grand Camperro. Ted grimaça ce qui aurait dû ressembler à un sourire. Sa main s'accrocha au bras d'Éric.

— Si... je ne m'en sors pas... souffla-t-il, occupe-toi... de Jenny... Je te la confie... Tu ne la laisseras pas, hein ?

— Ne dis pas de conneries, tu sais bien ! Mais tu veilleras sur elle avec moi ! Tu m'entends ?

Comme s'il n'avait attendu que sa réponse, Ted ferma les yeux. Les bras d'Éric s'étaient cramponnés sur son corps, il le secouait doucement.

— Ted ! Ne fais pas ça, j't'en prie ! Tiens le coup ! Ne me laisse pas maintenant qu'on a gagné ! Ne me fais pas ça, Ted !

Les sirènes des ambulances se firent entendre au loin. Bientôt, elles furent sur place, mais pour Éric, les minutes avaient duré des heures. Il priait pour qu'ils arrivent plus vite, ces maudits secours. Sa main gauche tenait le cou de Ted. Il sentait son pouls ralentir progressivement. Les ambulanciers eurent vite fait de prendre en charge les deux blessés : Ted et le policier. Ils firent reculer tout le monde. Éric avait lâché le corps de son ami avec peine. Immédiatement, il rejoignit Jenny, la prit dans ses bras. Ses sanglots s'étaient transformés en spasmes nerveux. Elle semblait avoir des difficultés à respirer, comme si elle était prise d'une crise d'asthme. Seuls des gémissements sortaient de sa gorge. Son corps s'était raidi, ses muscles contractés. Éric tentait de la calmer, de la rassurer, mais en vain. Il la serrait contre lui, ne sachant quoi faire d'autre. Il sentait la panique le gagner. Thierry avait accouru, lui aussi.

— Allonge-la par terre, elle est en état de choc, conseilla-t-il vivement. Il faut qu'elle se calme !

À peine eut-il terminé sa phrase qu'Éric sentit le corps de Jenny se détendre contre lui. Elle venait de perdre connaissance.

Il l'allongea par terre. Un instant, il craignit pour sa vie. Mais non, il sentait son pouls battre dans son poignet. Il tenta de la réanimer en vain, rien n'y fit. Par moments, son corps tressautait, elle murmurait des sons, des mots incohérents, comme si elle essayait de revenir à elle, mais ses yeux restaient clos.

— Laissez-moi faire, le poussa doucement un infirmier. Elle est en état de choc. On va l'emmener elle aussi, elle a besoin de soins.

Éric dut se faire violence pour la lâcher, la laisser partir.

— Je viens avec elle, murmura-t-il.

— Vous la rejoindrez à l'hôpital, il n'y a pas assez de place pour vous dans l'ambulance, précisa l'infirmier. Et ça ne sera pas un luxe de vous faire soigner, vous aussi, ajouta-t-il en jetant un coup d'œil sur le buste marqué d'Éric. Vous avez sûrement une ou deux côtes cassées…

Éric eut un geste de refus, intercepté par son père.

— Viens Éric ! Où est ta voiture ? Je t'y emmène ! Laisse-les partir, il y a urgence.

Alors que les ambulances repartaient, gyrophares allumés, Éric se rendit compte qu'il tremblait de tous ses membres. Il sentait son cœur battre à cent à l'heure dans sa poitrine au point qu'il s'en sentit presque mal. Il savait que c'était nerveux. L'esprit embrumé, il essayait de remettre de l'ordre dans sa tête, mais celle-ci refusait de fonctionner. Il ne savait plus que faire ni où aller. Il ne ressentait qu'un immense vide, une douleur insupportable lui oppressant la poitrine, lui serrant la gorge. Désorienté, il ne tenta même pas un geste lorsque les policiers passèrent près de lui, embarquant Hervé. Le corps de José Camperro avait été enlevé, lui aussi, pour être conduit directement à la morgue. Le silence était retombé sur le domaine. Seul résonnait le bruit des pelles des hommes qui creusaient à l'endroit indiqué par Jenny. Le soleil commençait à pointer ses premiers rayons, réchauffant l'atmosphère. La journée promettait d'être belle et chaude. Ce n'était vraiment pas un jour pour mourir, pensa Éric. Il était en plein cauchemar. Il se prit à espérer qu'il allait se réveiller.

- 29 -

— Commissaire ! interpella Thierry Corsini. Nous sommes à votre disposition, mais avant, j'aimerais bien conduire mon fils à l'hôpital.

— C'est d'accord. Dans la mesure du possible, passez tous les deux au Commissariat dans la journée pour une première déposition. Pour l'instant, je ne lance pas de mandat d'arrêt contre vous, mais ne quittez pas la région jusqu'à la fin de l'enquête. Vous resterez à notre entière disposition pendant tout ce temps, lui enjoignit le Commissaire.

— Vous ne m'arrêtez pas pour complicité de meurtres ? questionna Thierry.

— Si Derry a raison, vous avez été contraint et forcé. Il n'y aura certainement pas de poursuites. En fait, vous faites partie des victimes. Et puis, il y a longtemps qu'on a la famille Camperro dans le collimateur. Dans la région, beaucoup de monde tenait à les voir tomber. Ce que je vous dis est officieux bien sûr, mais je pense que l'affaire sera vite classée, d'autant plus que votre témoignage ainsi que celui de monsieur Guermandes sont capitaux. Occupez-vous de votre fils. Nous ne sommes pas à quelques heures près.

— Et mon fils, vous n'allez pas l'arrêter non plus ?

— Pourquoi voulez-vous que je l'arrête ?

— Il a vidé son chargeur sur José Camperro et...

— Monsieur Corsini, l'interrompit le commissaire. Camperro a été abattu par un lieutenant de la Brigade criminelle dans l'exercice de ses fonctions, lors d'une action policière et parce que sa vie avait été menacée par ledit Camperro. Personne ne viendra dire le contraire, pas même le médecin légiste, faites-moi confiance ! C'est moi qui ai ramassé l'arme de votre fils. Officiellement, cette arme ne s'est jamais trouvée là.

— Merci Commissaire, murmura Thierry, en serrant chaleureusement la main que lui tendait le commissaire.

— C'est moi qui vous remercie. Votre fils et vous, nous avez enlevé une belle épine du pied. Ne vous faites pas de souci pour la suite des événements !

Christophe s'était approché d'Éric qui n'avait pas bougé. Celui-ci regardait toujours dans la direction où les ambulances avaient disparu. Il lui posa la main sur l'épaule et la serra, en signe de réconfort.

— Ça va aller, maintenant. Ils vont s'en sortir, essaie de te détendre un peu, va te reposer, manger un morceau.

— Non, murmura Éric qui avait du mal à parler. Je vais à l'hôpital.

— Éric, merci pour tout. Merci pour ton aide. On n'y serait jamais arrivé sans toi ! Je vais attendre qu'ils retrouvent... les corps. Je vais appeler Katia et je te rejoindrai à l'hôpital, d'accord ? reprit Christophe, avec émotion.

— Je ne voulais pas que ça se passe comme ça ! Tous ces dégâts...

— Personne ne le voulait, Éric, mais aucun de nous n'est responsable. Tout le monde a fait ce qu'il a pu... Tu ne pouvais rien faire de plus !

Celui-ci se contenta d'acquiescer de la tête, la gorge serrée. Il regarda un instant les ruines encore fumantes de l'écurie. Quel dommage, c'était un beau bâtiment. Et surtout la chambre de Jenny... Elle avait accueilli leur première et unique nuit d'amour. À ce souvenir, il sentit son cœur se serrer. Thierry lui toucha le bras, le ramenant à la réalité. Ils se dirigèrent vers sa voiture, toujours cachée. Sur la demande de son père, il lui remit les clés. Il agissait comme un automate, comme si quelque chose en lui était mort. Une vive douleur dans les côtes, lorsqu'il s'assit sur le siège passager, vint brutalement lui rappeler que, malgré tout, il était encore vivant. Il laissa tomber son crâne contre l'appui-tête du siège et ferma les yeux, une main serrant ses blessures. Le trajet se passa sans qu'aucun d'eux ne prononce une parole.

Thierry se sentait horriblement frustré : la douleur morale d'Éric était palpable et il ne savait que faire ou dire pour l'apaiser. Il s'en voulait tellement, plus que jamais ! Il ne s'était pas rendu compte, ou n'avait pas voulu admettre que son fils n'était plus l'adolescent turbulent et insouciant d'autrefois. Il ne l'avait pas vu grandir, changer, évoluer. Maintenant, il lui semblait être assis à côté d'un étranger. Il était évident qu'Éric aimait profondément Jenny, mais depuis quand ? Il se remémora les paroles de Johanna :

— *Je crois qu'il n'a jamais vraiment aimé Isabelle... C'est quelque chose qu'une mère peut ressentir... Ce n'était pas une fille pour lui. Je l'imaginerais plutôt avec quelqu'un de plus doux, de plus discret...*

L'avait-elle vraiment « ressenti » ? Ou s'était-elle aperçue de quelque chose ? Éric lui avait-il parlé de Jenny ? Lorsqu'ils habitaient Blignac, Il n'avait jamais eu le moindre doute sur la liaison qui unissait Éric et Isabelle. A cette époque, est-ce qu'Éric était déjà attiré par Jenny ? Cela expliquerait pourquoi il avait laissé passer quatre ans avant de revenir au village. Jenny n'avait alors que quatorze ans : un an de plus que Jessica.

Lorsqu'ils arrivèrent à l'hôpital, ce fut pour apprendre que Ted se trouvait au bloc opératoire. Il était en vie, mais son pronostic vital était engagé. Jenny, elle, n'avait pas repris connaissance. Il fallait attendre l'avis des médecins. En désespoir de cause, Éric se laissa entraîner par une infirmière. Son père avait finalement réussi à le convaincre de se faire soigner. Dans l'immédiat, il n'avait rien d'autre à faire. Les radiographies confirmèrent qu'il souffrait de deux côtes cassées, deux côtes fêlées, sans compter de nombreuses petites commotions. Il se laissa enrouler le torse dans une bande très serrée. Il réprima un gémissement de douleur et serra si fort le siège où il était assis que les jointures de ses doigts blanchirent. Il lui semblait avoir plus mal et plus de peine à respirer depuis qu'il était bandé.

Refusant de se reposer comme le lui conseillait l'infirmière, il rejoignit son père dans le hall d'attente. D'un regard, il comprit que Thierry n'en savait pas plus. Un médecin s'approcha soudain d'eux.

— Vous êtes des proches de Jennifer Camperro ? demanda-t-il.

Comme Éric acquiesçait, sur le qui-vive, il continua.

— Vous la connaissez bien ?

— Plutôt, oui !

— Est-elle souvent sujette aux malaises ? Souffre-t-elle d'une maladie neurologique ou cardiaque ? A-t-elle subi un choc psychologique ?

— Elle a fait quelques petits malaises ces derniers temps, répondit Éric soudain inquiet. Elle a subi une noyage hier et un début d'asphyxie dans la soirée...

— Elle a perdu connaissance ?

— Pour la noyade, oui, pas pour l'asphyxie.

— Elle a eu du mal à reprendre connaissance ? Qui s'en est occupé ?

— Moi. Et oui, j'ai eu du mal à la réanimer. Depuis, elle a très peu dormi et mangé. Elle a subi plusieurs chocs émotionnels aujourd'hui. Qu'est-ce qui se passe pour elle ? souffla Éric.

— On m'a fait un bref résumé de ses dernières vingt-quatre heures, mais si vous avez d'autres informations, il faut me les donner.

Éric hésita un instant et finalement resta silencieux.

— Elle se trouve dans un coma vigile, commença le médecin.

— Comment ça, un coma ? s'écria Éric, anxieux. Qu'est-ce que vous allez faire ?

— Rien pour l'instant. L'abolition de la conscience est incomplète, les stimulations douloureuses ou les bruits intenses provoquent chez elle, une réaction et ne révèlent pas de troubles neuro-végétatifs. Il existe quatre stades de coma. Elle est dans un coma de stade I. C'est en quelque sorte une défense du cerveau. Je vais essayer d'être plus clair. Quand une personne subit une accumulation d'émotions fortes ou un choc psychologique important, le subconscient décide de limiter les dégâts. Il dresse alors une barrière face aux agressions extérieures. En d'autres termes, il coupe le son et l'image. S'il arrivait que le subconscient ne joue pas ou que partiellement son rôle dans un cas semblable, le patient risquerait de sombrer dans une profonde dépression ou dans un état schizophrénique, une sorte de folie, expliqua le médecin. Ce genre de coma survient en général à la suite d'une grosse fatigue, accompagnée d'un état nerveux extrême, d'une souffrance morale ou d'un choc psychologique profond.

— Et son inconscience va durer combien de temps ? questionna Éric haletant, le cœur battant soudain plus vite.

— Un jour, peut-être deux, une semaine... Je ne peux pas me prononcer. En fait, cela ne dépend que d'elle.

— Est-ce que je peux lui parler ? Elle m'entendra ?

— Il y a de grandes chances, et c'est pour cette raison que je ne vous laisserai pas la voir avant au moins trois jours. Vous savez, la nature est bien faite. Si son cerveau a décidé cette coupure, c'est qu'elle en a vraiment besoin, continua le médecin. En la sollicitant par la parole, vous risquez de la ramener prématurément à la réalité. Par contre, quand son subconscient aura décidé de sortir du coma, c'est qu'il sera prêt à faire face. Dans trois jours, qu'elle ait repris connaissance ou non, je vous laisserai la voir.

Éric, plus que tout autre, mesurait la gravité du choc qu'elle avait subi. Et si elle ne revenait pas à elle ? Si elle restait dans cet état pendant des années ? Il ferma un instant les yeux pour chasser de pareilles pensées. Il était fatigué, la lassitude pesait sur ses épaules, tel un poids énorme. Il avait besoin d'une cigarette. Alors qu'il se dirigeait vers la sortie, Thierry le rattrapa.

— Éric, où tu vas ? l'interpella celui-ci.

— Fumer ! J'ai besoin de prendre l'air, j'étouffe ici, répondit-il, soudain oppressé.

Mais l'air extérieur ne lui apporta aucun soulagement. Il commençait à faire très chaud.

— Éric, on a du temps devant nous. Tu devrais te changer, prendre une douche. On ne peut pas dire que tu sois très présentable. Et je pense qu'un bon café te ferait du bien.

Éric hésitait encore, jetant un regard aux fenêtres de l'hôpital quand son père ajouta que ni Ted ni Jenny n'allaient s'enfuir pendant leur absence. Qu'ils soient là ou ailleurs ne changerait rien à la situation. Éric n'avait d'ailleurs plus vraiment l'envie ni la force de lutter contre l'autorité parentale. Il suivit son père sans protester.

— Ramène-moi au haras. Toutes mes affaires et mon matériel sont là-bas, demanda Éric.

— Je crois plutôt qu'on va se rendre à l'hôtel, suggéra Thierry. On fait sensiblement la même taille. Il ne devrait pas y avoir de problème pour te trouver un Jean ou un tee-shirt, et...

— Non ! Je veux aller au haras ! insista Éric. Si tu préfères, je te dépose à l'hôtel et j'y vais seul.

— Pas question ! Je ne pense pas que tu sois en état de conduire, ni physiquement ni moralement !

Thierry reprit à contrecœur, le chemin de Blignac.

Au haras, trois policiers étaient postés en surveillance. À côté de l'écurie, un trou de la grosseur de deux cercueils demeurait béant. Un tas de terre gisait sur le côté. Le sol avait dû être longuement piétiné. Éric s'adressa à l'un des policiers.

— Les corps ont été retrouvés ?

— Oui, tous les deux !

— Ils n'étaient pas identifiables, je suppose ?

— Disons qu'ils étaient reconnaissables à ce qu'ils portaient, expliqua le jeune policier, une chevalière, une médaille... Les cadavres vont être examinés, on ne tardera pas à en savoir plus très bientôt.

— Christophe Derry était encore là quand vous avez exhumé les corps ? demanda encore Éric.

— Oui, malheureusement ! Le commissaire lui a demandé de partir, mais en vain. Il est resté jusqu'à la fin. Il a mal supporté la découverte du cadavre de son père, il en a été malade... Mais il a vite repris le dessus ! Sacrée force de caractère, ce gars ! Deux ans qu'il se bat pour ça et il n'a jamais lâché !

Éric regagna ce qui avait été sa chambre. Il regroupa ses affaires. En repartant, il ne put s'empêcher de faire un détour par la chambre de Camperro. Sur le pas de la porte, il resta interdit. Une sorte d'autel avait été dressé dans le fond de la pièce. Un grand guéridon supportait une dizaine de cadres dans lesquels apparaissaient des photos d'Isabelle à tout âge. D'autres étaient épinglées partout sur le mur. Des bougies éteintes depuis peu étaient disposées parmi les cadres.

— Il était complètement fêlé, murmura Éric à l'adresse de Thierry qui venait de le rejoindre.

— Il était fou de sa fille. Je ne pensais pas que sa mort l'avait affecté à ce point, répondit Thierry.

— Tu parles ! Tu ne sais pas à quel point il en était fou, cracha Éric. Il couchait avec elle depuis des années. En plus, il est indirectement responsable de sa mort. Il visait maman, mais...

— Poclin s'est trompé de voiture, je sais ! Tu comprends maintenant pourquoi on est partis si vite ? Mais tu es sûr qu'il... enfin, c'était sa fille ? s'étonna Thierry, interloqué.

— Il y a des tarés que ça ne dérange pas ! Il parait même qu'Isabelle appréciait, en plus, continua Éric... Je ne savais pas qu'il avait kidnappé Sandy.

— Hum ! Jusqu'à hier, je n'avais jamais eu aussi peur de ma vie.

— Je suis désolé, papa... Je ne voulais pas te dire que j'étais ici parce que je savais que tu essaierais de me faire rentrer, mais je ne pouvais pas laisser Jenny, c'était plus fort que moi. Au fur et à mesure de mes découvertes, je me rendais compte que tu étais impliqué. Je ne savais plus quoi faire. J'étais pris entre deux feux. Je ne pouvais pas laisser tomber Jenny, et en même temps j'avais peur de te porter préjudice. Plus j'y réfléchissais, moins j'avais le choix, s'expliqua soudain Éric qui ressentait le besoin de parler.

— Tu as fait ce qu'il fallait. Quoi qu'il arrive par la suite, je veux que tu saches que jamais je ne t'en voudrai. Au contraire, je crois que je n'ai jamais été aussi fier de toi !

Tous deux s'étreignirent avec chaleur.

— On a des années à rattraper tous les deux ! Est-ce que tu veux bien me laisser une deuxième chance ? murmura Thierry. J'ai l'impression que je commence à peine à te découvrir...

Éric acquiesça en souriant. En sortant de la chambre, il ne put s'empêcher de jeter un coup d'œil à la cheminée qui trônait à côté de l'autel improvisé, la cheminée dont Ted lui avait parlé. Ses yeux dérivèrent ensuite vers le lit... Il sentit une vague de nausée le submerger. Écœuré, il détourna les yeux et sortit sans un regard en arrière.

Sur la table de la cuisine, des tas de feuilles de papier s'étalaient, déchirées, lacérées : le reportage. Éric sourit intérieurement. Il en avait gardé un exemplaire, mais ne savait pas s'il le remettrait à la rédaction. Il devrait changer les noms des lieux, des personnes, choisir d'autres photos... Peut-être même que tout passerait à la poubelle !

— Raconte-moi ce qui s'est passé depuis ton coup de fil d'hier, lui demanda Thierry.

— Toi, à quelle heure es-tu arrivé ?

— Dans la nuit, vers quatre heures du matin. Christophe Derry m'attendait dans le hall de l'hôtel.

Éric lui rapporta les détails des derniers événements, mais il se rendit compte que Christophe en avait déjà dit pas mal.

En sortant, Éric traversa les ruines de l'écurie. Il ne restait rien des maigres affaires que pouvait posséder Jenny. Le plancher s'était écroulé. Le matelas, en grande partie calciné gisait sur le sol. Un bout de papier bruni était encore coincé dessous. Par curiosité, Éric s'en empara et le retourna. Il s'agissait d'une photo de lui qui avait été découpée. Il s'en souvenait. C'était Ted qui l'avait prise cinq ans auparavant. À l'origine, il y figurait avec Isabelle. Il supposa que Jenny avait dû s'emparer du cliché et le découper. Cette idée lui fit chaud au cœur et lui arracha un semblant de sourire. Depuis combien de temps avait-elle cette photo ? Instinctivement, il la glissa dans la poche arrière de son Jean.

À l'hôtel où était descendu son père, Éric fit un brin de toilette, se changea, récupéra la photo.

— Papa, je vais acheter des clopes, tu veux quelque chose ?

– Non, merci ! Prends ton temps, je vais prendre une douche.

- 30 -

Johanna n'avait pas fermé l'œil de la nuit. Elle avait fait les cent pas dans la maison, passant d'une pièce à l'autre. Le temps semblait s'être arrêté. Elle sentait son estomac se tordre à chaque instant. Son regard revenait sans cesse au téléphone. Quand est-ce que Thierry allait l'appeler ? Et pour lui annoncer quelle catastrophe ? S'il était arrivé quelque chose à son fils...

Jessica la rejoignit à la cuisine en début de matinée. Sandy était chez ses grands-parents. Elle avait souhaité y aller et Johanna n'avait rien fait pour l'en dissuader, bien au contraire. Cette dernière tenta de faire bonne mine devant sa fille.

— Il est bien tôt pour que tu sois déjà levée. Tu ne serais plus une adepte de la grasse matinée ? lança-t-elle d'un ton enjoué.

— Qu'est-ce qui se passe, maman ? Pourquoi personne ne veut rien me dire ? Je ne suis plus une gamine, je suis capable de comprendre bien des choses, non ? Qu'est-ce qui est arrivé à Éric ?

— Mais rien ! Pourquoi tu...

— Je parle du coup de fil qu'on a reçu avant-hier. Papa et toi, vous êtes devenus livides. Ensuite, papa est parti à toute vitesse et toi tu tournes autour du téléphone. Je veux savoir où est mon frère et ce qui se passe ! C'est en rapport avec Blignac, n'est-ce pas ? s'entêta Jessica, anxieuse.

— Pourquoi Blignac ? sursauta Johanna. Il t'en avait parlé ?

— Non, non ! Mais vous, je vous ai entendus en parler ces derniers temps, se rattrapa Jessica de justesse. Et comme Éric n'est pas là, j'ai pensé...

— D'accord ! Quand on est parti de Blignac, il s'y était passé des choses graves. Disons que ton père et moi étions au courant de faits que nous n'aurions pas dû connaître. On a reçu des menaces et, quand Isabelle s'est tuée en voiture, c'était à la suite d'une erreur. C'est ma voiture qui était visée. Puis Sandy a été kidnappée et séquestrée pendant deux jours...

Jessica avait pâli, écoutant sa mère avec stupéfaction. Elle n'osait pas imaginer la suite et pourtant, le cœur battant plus vite, elle pressentait le pire.

— Éric était loin. Papa et moi avons préféré nous taire et vous mettre à l'abri. Mais à la fin de ses études, cet entêté est reparti là-bas. Pourquoi ? J'en sais rien. En plus, il s'est logé chez la personne qui nous menaçait.

— Le père d'Isabelle ? suggéra Jessica.

— Comment tu sais ça ?

— Je m'en doutais : continue !

— Peu à peu, Éric a découvert tout ce qu'on lui cachait. De plus, il a renoué avec Ted qui est recherché par la police...

— Ted recherché ?! Pourquoi ? bondit Jessica.

Elle avait gardé un très bon souvenir de Ted. Elle le considérait un peu comme son second grand frère. Un peu, car aujourd'hui quand elle pensait à lui — et cela lui arrivait très souvent — ce n'était plus vraiment sous les traits d'un frère qu'elle le voyait. Bien sûr, elle n'était qu'une enfant à l'époque, elle l'avait certainement idéalisé depuis... Mais il l'avait toujours profondément fascinée.

— Je ne sais pas au juste. En fait, tous les problèmes sont liés à la même affaire. Éric s'en est mêlé pour sortir son copain du pétrin. Il a parlé de Jenny, aussi. Là, j'avoue que je ne comprends pas ce qu'elle vient faire là-dedans. Apparemment, Éric veut la soustraire à sa famille. Bref ! Le coup de fil qu'on a reçu était anonyme. On nous a dit qu'Éric était trop curieux, qu'on ferait mieux de le faire revenir à la maison sans tarder, qu'un accident était si vite arrivé... Éric a appelé hier matin, il a eu un accident de voiture. Ses freins ont été trafiqués. Il a eu de la chance de s'en sortir. Tu penses bien que ton père a compris tout de suite où il était. Il est parti là-bas, persuadé que ton frère est très gravement menacé. Il veut témoigner auprès de la police pour tout ce qui s'est passé il y a quatre ans, quitte à être arrêté, du moment que ça peut sauver Éric...

— Arrêté ? s'écria Jessica. Mais alors, c'est bien plus grave que je ne le pensais ! Vous avez été témoin d'un meurtre ou quoi ?

— Indirectement, de deux meurtres oui ! Sans compter l'accident d'Isabelle, lâcha Johanna dans un murmure.

Le silence était tombé comme une masse dans la cuisine. Jessica repoussa son petit déjeuner. D'un seul coup, elle n'avait plus faim. Elle était pétrifiée d'angoisse. Elle avait toujours adoré son frère, l'avait inconsciemment placé sur un piédestal. Il était le plus beau, le plus grand, le plus fort. Il faisait figure, pour elle, de héros, d'exemple à suivre. Tout ce qu'il disait était parole d'évangile. Pour la première fois de sa vie, elle essaya d'imaginer ce qui se passerait s'il ne revenait pas, s'il venait à disparaître. Elle sentit la panique la gagner et devint si pâle tout à coup que Johanna s'alarma.

— Jessica, tu ne te sens pas bien ?

— Si, si… Ça va... Est-ce que tu penses qu'Éric est vraiment en danger ?

— J'en sais rien ! Je ne voulais pas t'en parler tant que je n'avais pas de nouvelles…

— Réponds-moi ! s'écria Jessica. Ted et Éric, qu'est-ce qu'ils risquent ?

— J'en sais rien ! hurla Johanna... Excuse-moi, reprit-elle aussitôt. Je ne devrais pas m'emporter, mais je deviens folle à attendre comme ça !

Jessica fit le tour de la table et prit sa mère dans ses bras.

— Il va s'en sortir. Ne t'inquiète pas ! J'ai toujours cru dur comme fer qu'il ne pouvait rien arriver à Éric !

Elle croisa les doigts dans son dos pour conjurer le sort. Johanna tenta de se secouer. Il fallait qu'elle s'occupe l'esprit. Thierry ne téléphonerait peut-être pas avant le soir. Elle n'allait tout de même pas passer la journée à s'angoisser comme ça ?

Une bonne heure plus tard, quand le téléphone sonna, Johanna bondit pour décrocher, Jessica sur ses talons. Cette dernière appuya sur la touche du haut-parleur afin d'écouter la conversation.

— Jo ? demanda simplement Thierry.

— Thierry ! Si tu savais comme j'attendais ton coup de fil ! Tu as vu Éric ? Qu'est-ce qui se passe ?

— Ça fait seulement quelques heures que je suis là et il est arrivé tellement de choses !

Johanna réprima un frisson d'angoisse. À sa voix, elle comprit que Thierry n'était pas dans son assiette.

— D'abord, j'ai vu Éric. Il n'est pas au mieux de sa forme, mais il est vivant. Il est légèrement blessé à la suite de l'accident de voiture, quelques côtes cassées, des commotions. Bref, rien de très grave. Par contre, il n'a ni dormi ni mangé depuis je ne sais combien de temps. Il est sur les nerfs. Voilà pour les bonnes nouvelles.

— Parce qu'il y en a de mauvaises ? susurra Johanna au comble de l'anxiété.

— Je t'avais bien dit que je sentais que tout ça allait finir dans le sang ? Eh bien, je ne me suis pas trompé ! Ted et un policier ont été grièvement blessés par balle. Camperro a été abattu par au moins seize balles. Quant à Jenny, elle est dans le coma...

Jessica s'était instinctivement reculée du téléphone. Le teint blafard, tremblante, elle regardait sa mère sans pouvoir proférer une parole. Johanna lui jeta un regard surpris avant de questionner Thierry.

— Ted va s'en sortir, n'est-ce pas ?

—... Je ne sais pas ! Je n'ai pas beaucoup d'espoir !

— Tu m'appelles d'où, là ?

— De l'hôtel. J'ai eu l'impression qu'Éric allait craquer à l'hôpital, alors j'ai réussi à le traîner jusqu'ici. Il est parti chercher des clopes, c'est pour ça que j'en profite pour t'appeler.

— Qu'est-ce qui s'est passé ? demanda encore Johanna.

— Quand on est arrivés au haras avec la police pour arrêter Camperro, ce fumier avait déjà mis le feu à l'écurie, là où Jenny avait installé sa chambre. Il espérait que Ted et Éric seraient avec elle et qu'ils crameraient tous les trois. Coup de bol, Éric et Ted n'y étaient pas. Par contre, ils ont eu du mal à en sortir Jenny. Bref, quand on est arrivés, Éric était armé, il était prêt à buter Camperro à bout portant, de sang-froid. Jo !... Je n'ai jamais vu notre fils dans cet état-là. Je te jure qu'il m'a fait peur ! Il n'y a que Jenny qui est parvenue à l'en empêcher, mais je te passe les détails. Camperro a réussi à s'emparer du flingue d'un des flics, l'a abattu, puis a tiré sur Jenny. Ted a voulu la protéger, il a pris deux balles. Du coup, Éric et le fils Derry ont vidé leur chargeur simultanément sur Camperro. Je ne t'explique pas le carton ! Et personne n'a rien pu faire pour les en empêcher.

— Oh ! Mon Dieu, chuchota Johanna, les yeux fermés, le cœur palpitant. C'est Éric qui a tiré ? Il va être arrêté alors ? reprit-elle.

— Non ! Le commissaire compte le protéger. Dans la panique, il a récupéré le flingue d'Éric. Il estime que Camperro a été tué par un flic dans l'exercice de ses fonctions et en légitime défense, en l'occurrence Christophe Derry.

— Il n'y aura pas de poursuites contre Éric, alors ?

Thierry acquiesça.

— Qu'est-ce qui va se passer maintenant ? interrogea Johanna.

— Je suis obligé de rester ici quelques jours, le temps de l'enquête. De toute façon, je ne partirai pas sans Éric, qui lui-même ne partira pas sans Jenny... On n'est pas sorti de l'auberge !

— Jenny ? Elle a été blessée ?

— Elle n'a pas été blessée, mais a été transportée à l'hôpital en état de choc. D'après le médecin, elle est tombée dans une sorte de coma à la suite du choc psychologique, de la tension de ces derniers jours cumulés avec un état de grande fatigue... Bref, tout n'est pas encore très clair. Tout ce que je sais, c'est qu'Éric en est dingue et ne partira jamais sans elle. Il refuse de se nourrir, de dormir... Dans cinq minutes, il va revenir, prendre la voiture et repartir à l'hôpital... J'avoue avoir l'impression de ne plus le reconnaître. Je ne sais plus comment l'aborder ni lui faire entendre raison, se plaignit Thierry. Si tu avais vu avec quelle violence il a tiré sur Camperro ! Si tu avais vu le mal qu'on a eu à le maîtriser à plusieurs reprises... Son regard... je ne le reconnaissais plus.

— Thierry ! Sandy est chez mes parents. Jessica et moi arrivons. Je prends la voiture.

Les larmes aux yeux, Jessica eut soudain envie de sauter au cou de sa mère. Pour la première fois, celle-ci ne la considérait plus comme une petite fille, mais comme une alliée. Du moins, c'est ainsi qu'elle avait interprété sa réplique. Cette fois, on ne la reléguait pas dans sa chambre sous prétexte que cela ne la concernait pas. Et puis elle avait un besoin impérieux de rejoindre Éric. Sans savoir d'où lui venait cette sensation, il lui semblait que son frère avait besoin d'elle. De plus, elle serait près de Ted...

— Johanna ! reprit Thierry, je ne sais pas si c'est une bonne idée que tu viennes. Qu'est-ce que tu vas fabriquer ici, à part attendre !? Il n'y a rien d'autre à faire, et puis je ne suis pas d'accord pour que Jessica t'accompagne.

— Écoute-moi bien. Devenir folle ici ou m'ennuyer là-bas, à tout prendre, je préfère encore m'ennuyer là-bas. Au moins, je serai près d'Éric, quoi qu'il arrive ! Quant à Jessie...

Avant que sa mère n'ait eu le temps de continuer ou que son père n'ait prononcé un mot, Jessica s'était emparée du téléphone.

— Eh, papa ! Ne fais pas les mêmes erreurs avec moi qu'avec Éric ! Une fois, cela ne t'a pas servi de leçon ? Il faut que je fasse comme lui, que je parte de la maison pour que tu cesses de me considérer comme une gamine ? Que tu le veuilles ou non, je viens ! Si ce n'est pas avec maman, ce sera par mes propres moyens !

Thierry était resté quelques instants interdit. Jamais sa fille ne lui avait parlé sur ce ton. D'un autre côté, elle avait peut-être raison. En tout cas, si elle se révélait aussi entêtée qu'Éric, il ne pourrait pas l'empêcher de débarquer, alors autant qu'elle reste sous sa coupe.

— Ne t'énerve pas, ma puce ! C'est d'accord ! Je te réserve une chambre supplémentaire. Ta mère connaît l'hôtel et l'adresse. Et surtout, prenez votre temps, soyez prudente sur la route !

Sans perdre une minute de plus, toutes les deux coururent rassembler le strict nécessaire, quelques vêtements, affaires de toilette... Johanna appela ses parents, leur expliqua en gros, ce qui se passait, car inévitablement, quatre ans plus tôt, ils avaient vaguement entendu parler de cette histoire, sans en connaître pour autant tous les détails. Après quoi, la mère et la fille sautèrent dans la voiture. Elles avaient au moins cinq heures de route à faire.

— Maman ! Si j'ai bien compris, Jenny était la petite sœur d'Isabelle ? interrogea-t-elle. Je ne l'ai pas connue, moi ? Je ne m'en souviens absolument pas !

— Ça ne m'étonne pas. Moi-même, je ne l'ai jamais rencontrée. Officiellement, elle vivait un peu comme une petite sauvage. Personne ne la voyait jamais. Elle passait son temps à fuir les gens, à se cacher. On disait là-bas qu'elle était attardée mentale et muette, que c'était un petit laideron insignifiant, qu'elle n'avait de contact qu'avec les chevaux. Personne ne s'est vraiment intéressé à elle. De temps à autre, ton père la croisait sans plus. En fait, elle passait inaperçue. C'était parfois à se demander si elle existait vraiment.

— C'est étrange qu'Éric se soit entiché d'une fille pareille ! C'est vraiment pas son genre. Après une Isabelle qui rayonnait de beauté, de vie, d'arrogance... Qu'est-ce qu'il a pu lui trouver ? reprit Jessica, pensive.

— Elle n'est peut-être pas ce que tout le monde en disait. D'après ce que ton père a sous-entendu au téléphone, elle aurait plutôt été cachée par Camperro puisqu'elle n'était pas sa fille. Elle n'a pas dû avoir une vie facile, la pauvre petite, tenta d'expliquer Johanna.

— De toute façon, pour qu'Éric en soit si amoureux, il faut vraiment qu'elle ait quelque chose d'exceptionnel. Et si Ted est resté proche d'elle, c'est qu'il avait aussi une bonne raison. J'espère qu'il n'en est pas amoureux aussi...

— Pourquoi ? Ça t'embêterait que Ted soit amoureux de Jenny ? s'enquit Johanna, un semblant de sourire aux lèvres.

— Ben oui ! C'est quand même le meilleur ami d'Éric. Ce serait con qu'ils se disputent la même nana. Et puis j'ai toujours trouvé Ted génial ! Tu ne te souviens pas que, chaque fois qu'il venait à la maison, j'étais accrochée à ses basques, que je passais mon temps sur ses genoux, et que lui, il était toujours prêt à me trimbaler partout, même quand Éric n'était pas d'accord ? Il disait que j'étais sa petite sœur à lui aussi !

— Sûrement parce que cela lui manquait de ne pas en avoir une. Quand tu le reverras, n'oublie pas que tu as vieilli. Ne va pas lui sauter sur les genoux, il pourrait se poser des questions, plaisanta Johanna.

Du coin de l'œil, elle vit sa fille rougir légèrement et détourner la tête.

— S'il reste en vie suffisamment longtemps pour que je le revoie, murmura finalement Jessica, la voix lourde d'émotion.

— Tant qu'il y a de la vie, il y a de l'espoir. Il faut toujours croire au miracle, tenta de la rassurer Johanna. Après tout, papa n'avait pas de nouvelles fraîches de son état de santé. Les docteurs ne s'étaient pas encore prononcés. Et puis, il n'est pas forcément objectif, il était encore sous le choc quand il a appelé... Il y avait beaucoup de sang... Ça ne veut pas dire que...

- 31 -

Comme l'avait prévu Thierry, dès son retour, Éric voulut repartir à l'hôpital. Après avoir quémandé en vain des nouvelles de Ted, ils se rendirent à la cafétéria. Éric avait presque retrouvé un aspect humain. Il se contenta de boire du café, ne pouvant rien avaler de solide. Les yeux perdus dans le vide, il ne prononçait pas un mot. Il ressassait dans sa tête les derniers événements de la journée. D'accord, ils avaient eu Camperro. Et alors ? Est-ce qu'il valait tout le sang coulé ? N'auraient-ils pas mieux fait de fuir à l'étranger tous les trois ? La voix de la raison lui soufflait que non ! Une vie de cavale, à toujours fuir, ce n'était pas une solution. Mais y avait-il eu une solution convenable ? N'avaient-ils pas loupé quelque chose ? Qu'est-ce qui avait mal tourné ?

En l'interpellant, Katia le sortit de ses sombres pensées. Instinctivement, il se leva. Elle se jeta dans ses bras. Sans un mot, ils restèrent enlacés un moment.

— Est-ce que ça va, toi ? finit-elle par lui demander en se reculant.

— J'ai déjà eu des jours meilleurs, murmura-t-il les larmes aux yeux, essayant de lui sourire.

— Christophe m'a raconté ce qui s'est passé. Tu as des nouvelles de Ted ?

— Pas pour l'instant. Il est au bloc opératoire, on n'a pas encore vu de toubib.

— Mon Dieu ! Pourvu qu'il s'en sorte, ne serait-ce que pour son fils, murmura Katia.

— C'est vrai, je l'avais complètement oublié ! Où est-il maintenant ? demanda Éric.

— Je l'ai laissé chez une amie voisine. Il est adorable. Il n'a pas pleuré, alors qu'il ne nous connaît pas !

— Je crois qu'il doit apprécier la différence, personne ne s'est beaucoup occupé de lui, précisa Éric.

— Et Jenny ?

Éric lui répéta les propos du docteur.

— Il a raison, elle a besoin de beaucoup de repos après tout ce qu'elle a enduré. Tu verras, tout ira mieux quand elle reviendra à elle. Et puis, elle pourra s'occuper d'Anthony pendant un certain temps. Je pense que ça leur fera du bien à tous les deux. Anthony la connaît, elle, tenta de le rassurer Katia.

— Je voudrais que tout aille mieux quand elle se réveillera, mais je n'y crois pas beaucoup, murmura-t-il.

Ses yeux en disaient plus long qu'il n'aurait voulu et Katia comprit à quoi il faisait allusion. Elle lui serra le bras en signe de réconfort. Son geste semblait lui dire :

— *On en reparlera plus tard, quand on sera seul !*

— Au fait, tu connais mon père ? lança Éric en se tournant vers Thierry.

Katia le salua en souriant.

— Et Christophe, comment a-t-il accusé le coup pour son père ? reprit Éric à l'adresse de Katia.

— Il en a gros sur la patate, lui répondit Katia. De toute façon, il savait à quoi s'attendre. Tu sais, Christophe n'est pas le genre de mec à s'apitoyer sur lui-même. S'il craque, ce sera en privé. En public, c'est un vrai roc. Il donne l'impression que jamais rien ne l'atteint ! Malgré tout, je crois que, quelque part, il est soulagé. C'est dur, mais c'était encore pire de ne pas savoir ! Il est venu ici avec moi. Il est allé demander des nouvelles de son collègue.

C'est à ce moment précis que Christophe, justement, les rejoignit.

— Mon collègue a eu du bol. Il va s'en sortir. Je pensais qu'il avait pris une balle dans la tête, une autre sous les côtes.

La première balle a ripé sur son crâne, sans y pénétrer. Ça l'a assommé et le cuir chevelu saigne toujours beaucoup. Quant à la deuxième balle, elle l'a traversé de part en part sans toucher le moindre organe. Il va en avoir pour quelque temps, mais sa vie n'est pas en danger.

— Eh bien tant mieux ! En voilà déjà un sorti d'affaire, murmura Éric, qu'est-ce qui va se passer pour Anthony ?

— La sœur de Camperro et son mari, le fameux médecin chef ont été arrêtés, eux aussi. Le Commissaire que tu as vu tout à l'heure m'a dit qu'il s'occupait de tout. Il va s'arranger pour que Katia et moi ayons la garde du petit en attendant que Ted puisse le reconnaître et le récupérer, expliqua Christophe.

— Et... si Ted ne s'en sort pas ? s'inquiéta Éric.

— Première solution, Anthony est récupéré par la DASS, mais le mieux pour lui serait que quelqu'un le prenne en charge, voire l'adopte, je veux dire quelqu'un de proche...

— Comme Jenny ou moi ? sourit Éric à l'allusion de Christophe.

— Vous n'y êtes pas obligés...

— Il n'est pas question que ce gosse aille dans un foyer, trancha Katia. Au cas où ni Jenny ni toi ne le prendriez, je ferais une demande d'adoption.

— Katia, ça n'est pas évident. Nous ne sommes pas de sa famille et puis on devrait en parler. Je veux dire... On ne peut pas décider de ça à la légère, reprit Christophe.

— Tu sais bien que Jenny voudra le récupérer, le cas échéant. Moi-même, je ne laisserai pas le gosse de Ted dans un foyer, lui répondit Éric.

— Excusez-moi ! les interrompit Thierry. Je suis largué, là ! Ted a un enfant ?

Éric mit rapidement son père au courant de tout ce qu'il ignorait encore à propos de Ted, mais aussi de Jenny. Ils remontèrent ensuite vers la salle d'attente.

Alors que Christophe discutait avec Thierry, Katia s'approcha d'Éric et lui demanda quelques détails sur le début de la nuit fatidique. Éric lui raconta brièvement ce qui s'était passé, mais elle dut souvent l'interroger plus précisément pour obtenir des précisions.

— Tu sais, Ted m'a parlé de Jenny, de sa peur du feu... Comment a-t-elle réagi pendant l'incendie ? lui demanda-t-elle doucement.

Éric avait les yeux baissés comme s'il étudiait les dalles du sol. Il ne leva pas la tête, mais elle perçut une tension chez lui. Il resta un moment silencieux puis :

— Il m'a appris que tu avais bientôt terminé tes études de psy ! Quand il m'a répété votre conversation à ce sujet, je ne l'ai pas cru. Ou plutôt, je ne voulais pas le croire. Je voulais de tout mon cœur que vous vous soyez plantés, murmura-t-il.

— Et... on avait raison, n'est-ce pas ?

— Hum, j'aurais préféré qu'elle ne se souvienne jamais !

— C'est encore plus mauvais, tu sais ? Refouler ce genre de traumatisme, ce n'est pas bon du tout. Il faut que ça sorte, qu'elle finisse par l'accepter pour s'en libérer. Elle n'oubliera sans doute jamais, mais elle sera capable de vivre avec ça, de prendre du recul par rapport à ce qu'elle a enduré. Petit à petit, elle l'enfouira dans son passé...

— Dans combien de temps ? Qu'est-ce qui va se passer quand elle reviendra à elle ? Qu'est-ce qui va se passer pour nous deux ? Et si elle ne se réveillait pas ? Si le traumatisme était si important qu'elle reste dans le coma pendant des années ? C'est possible, n'est-ce pas ? questionna-t-il en proie à une terrible inquiétude.

— Ça peut arriver en effet, mais c'est rare. Apparemment, elle a une certaine force de caractère. Elle devrait réussir à prendre le dessus. Il faudra que tu l'aides, qu'elle sente que tu la soutiens. Est-ce que... je ne voudrais pas être indiscrète, mais...

— Est-ce qu'on a couché ensemble ? Oui, un moment avant l'incendie...

— Ça s'est bien passé ? Je veux dire... A-t-elle eu des réticences, des peurs ? questionna-t-elle un peu gênée.

— Non ! C'était génial...

— Alors rien n'est perdu. Elle sera capable de faire la part des choses. Elle a eu une expérience positive avant de se souvenir. Ça veut dire que même si elle garde quelques séquelles sur le plan psychique, elle sera rassurée sur le plan physique et sexuel. Avec de la patience, de la tendresse, tu sauras lui faire oublier... Avec les sentiments que tu lui portes, tu ne devrais pas avoir à te forcer, je me trompe ? Tu l'aimes vraiment beaucoup, hein ?

— J'en suis dingue, murmura-t-il dans un souffle.

— C'est ton meilleur atout ! Tout ira bien, tu verras, le rassura-t-elle en appuyant sa main sur sa cuisse.

— Je voudrais pouvoir te croire, chuchota-t-il en la regardant enfin, un début de sourire aux lèvres.

Il avait beau s'en défendre, il devait bien s'avouer que cette discussion avec Katia lui avait fait du bien. Il sentait qu'il avait eu besoin de parler de ce drame à quelqu'un, mais à qui ? D'un autre côté, il ne voulait pas que cela s'ébruite. Le moins de monde possible devait être au courant. Pour le bon équilibre de Jenny, il ne fallait pas que les gens sachent. Il ne voulait pas qu'on la regarde avec pitié. Elle ne le supporterait pas et lui non plus.

De lui-même cette fois, il se mit à lui raconter précisément ce qui s'était passé dans la chambre en flammes. D'une voix enrouée, il lui répéta mot pour mot ses paroles.

— Ça prouve exactement ce que je disais à Ted. En fait, il a dû la violer il y a longtemps de cela et elle a enfoui ça dans sa mémoire. Son subconscient a provoqué une amnésie partielle. C'est ce qui arrive quand la personnalité en question est incapable de supporter la réalité des choses. Plutôt que de sombrer dans la folie, elle s'est réfugiée dans l'inconscient. Mais il est resté des séquelles, par exemple sa peur du feu. A mon avis, il devait y avoir du feu dans la cheminée à ce moment-là. Elle a dû focaliser son attention dessus pour pouvoir supporter...

— Arrête ! supplia-t-il, la voix cassée.

— Je suis désolée, excuse-moi, murmura-t-elle honteuse. Je me suis laissée emporter par le sujet.

Tous deux restèrent silencieux un bon moment.

Une infirmière vint les prévenir que le chirurgien qui avait opéré Ted était sorti et qu'il les attendait dans le service des soins intensifs.

— Nous avons réussi à extraire les deux balles qu'il a reçues. L'une d'elles a perforé les poumons. Quant à l'autre, elle s'est logée dans les intestins, mais les dégâts sont limités. Malgré tout, il a perdu beaucoup de sang. Sa tension est toujours très faible et il est encore sous assistance respiratoire, expliqua clairement le médecin.

— Mais il va s'en tirer, n'est-ce pas ? prononça Éric, le regard à la fois anxieux et plein d'espoir.

— Nous ne sommes pas encore en mesure de nous prononcer. S'il passe les prochaines quarante-huit heures sans encombre, nous pourrons le considérer comme sorti d'affaire.

— Je suppose que nous ne sommes pas autorisés à le voir pour l'instant ? demanda Katia.

— Non, pas avant au moins quarante-huit heures, mais sachez que nous faisons tout ce qui est en notre pouvoir pour le sauver. Je ne devrais pas m'avancer à ce point, mais j'ai bon espoir. Il est jeune, plein de force, il est solide, tenta de les rassurer le médecin.

— Tu vois ? Il va s'en sortir, j'en suis persuadé ! lança Thierry à l'adresse d'Éric. Maintenant qu'on a eu des nouvelles, il faut qu'on aille au commissariat, je l'ai promis au commissaire. Il a fait beaucoup pour nous deux, c'est la moindre des choses de tenir nos engagements.

— Tes engagements ! rectifia Éric. Je n'ai rien promis, moi. Je ne lui ai même pas parlé. Il est hors de question que je m'en aille d'ici. Si Jenny se réveille et que je ne suis pas là, ça pourrait être dramatique pour elle.

— Éric, moi je reste ici en t'attendant. Si elle se réveille, je serai là, l'encouragea Katia. Il faut que vous alliez faire votre déposition. Votre témoignage est crucial !

— Pour elle, tu es une parfaite inconnue, Katia et elle ne fait confiance à personne. Elle n'est jamais sortie du haras. Elle va se réveiller dans un environnement qu'elle ne connaît pas, entourée d'étrangers. Il faut que je sois là ! objecta Éric.

— Je suis désolé de te dire ça, mais à mon avis, il est beaucoup trop tôt pour qu'elle revienne à elle d'ici la fin de soirée, reprit Thierry. Viens avec moi, on doit y aller !

À contrecœur, Éric se laissa entraîner. Il espérait simplement que ça ne durerait pas des heures.

Les choses allèrent plus vite qu'il ne le pensait. Ce fut le commissaire en personne qui les reçut en présence de deux lieutenants. Dans un premier temps, Éric leur transmit tout ce qu'il savait, en essayant de n'omettre aucun détail. Il avoua que, pour le bien du petit Anthony, ils avaient été obligés de l'enlever, Ted et lui. Le commissaire convint que la méthode s'avérait un peu expéditive et quelque peu illégale, mais il ne put les en blâmer. Il rassura Éric. Il allait faire tout son possible pour que ce « *détail* » de l'enquête ne leur porte pas préjudice. Il confirma également ce que lui avait dit Christophe quelques heures auparavant. Il avait suffisamment de relations pour s'arranger afin que Katia et son futur mari obtiennent la garde temporaire de l'enfant.

— Quant à vous, je vous saurais gré de ne plus jamais parler du fait que vous avez tiré sur José Camperro. C'est le lieutenant Christophe Derry qui, après sommations, l'a abattu en état de légitime défense. Nous sommes bien d'accord ?

— Ce n'est pas moi qui risque de vous contredire sur ce point-là, admit Éric avec un sourire las. Mais pourquoi faites-vous tout ça pour mon père et moi ?

— Il y a près de quatre ans que je cherche à faire tomber Alain Camperro, commissaire à Blignac. Je le soupçonnais de corruption envers diverses administrations, divers propriétaires entre autres, mais je n'ai jamais eu suffisamment de preuves. De plus, il était l'un de mes pairs, ce qui me liait terriblement les mains, expliqua le commissaire. Quand j'ai vu le nom de Camperro apparaître dans l'enquête concernant la disparition du père d'un de mes lieutenants, vous pensez bien que j'ai sauté sur l'occasion. Malheureusement, nous sommes vite tombés dans une impasse. Pour la protection de Christophe — et surtout pour l'empêcher de faire des bêtises — j'ai dû le freiner. Lorsque vous avez pris contact avec lui, il m'en a immédiatement fait part. Il était très enthousiaste et comptait beaucoup sur votre présence là-bas pour en découvrir davantage. Il ne s'est pas trompé. Je peux donc en toute sincérité vous avouer que, personnellement, vous m'avez enlevé une belle épine du pied. C'est la moindre des choses que je vous renvoie l'ascenseur.

— *Personnellement* ! Oui, je crois que c'est le terme exact, sous-entendit Éric.

— Qu'entendez-vous par là ? sourit le commissaire, sûr de lui.

— Je ne pense pas que ce soupçon de corruption soit à la base de votre lutte contre Camperro. Je crois qu'il existe d'autres raisons inavouées, répondit Éric, avec un petit sourire qui en disait long.

— Je ne vois pas vraiment où vous voulez en venir, Monsieur Corsini, vraiment, mais continuez, vous commencez à m'intéresser !

Le commissaire avait perdu son sourire plein d'assurance. Son regard semblait vouloir percer à jour Éric.

— Si vous n'y voyez pas d'inconvénient, je voudrais commencer par entendre le témoignage de votre père. Ensuite, j'aimerais avoir une nouvelle conversation avec vous, à titre personnel, bien entendu !

— Ce sera avec grand plaisir, acquiesça Éric.

Il sortit du bureau du commissaire, un léger sourire aux lèvres. Il était sur le point de s'ouvrir une petite issue de secours sur l'avenir. Si ce que lui avait confié Christophe à titre confidentiel s'avérait exact, son avenir financier serait assuré pour un temps. Peut-être même, ces confidences lui offriraient-elles un emploi stable. De plus, il n'avait aucune raison de douter de la véracité des révélations de Christophe puisque ce dernier les avait étayées de preuves concrètes. Tout ce qu'il avait exigé d'Éric, c'est que ce dernier ne révèle à personne ses sources et que son nom n'apparaisse nulle part, ce qui ne devait pas poser problème.

Alors qu'il sortait du bureau, Éric croisa le regard interrogateur de son père. Il se contenta de lui sourire légèrement. Pour la énième fois de la journée, il s'offrit une pause cigarette-café. L'après-midi tirait à sa fin, la chaleur devenait un peu moins lourde. Il aurait dû se sentir fatigué, ses côtes le faisaient encore souffrir, mais il n'éprouvait toujours pas le besoin de dormir. Tout ce qui lui importait était de retourner à l'hôpital et d'attendre derrière des portes éternellement fermées. Quarante-huit heures d'attente pour Ted, soixante-douze au minimum pour Jenny. Comment allait-il pouvoir tenir le choc ? Le temps semblait s'être arrêté.

Il savait que pour garder le cap, il lui faudrait manger et dormir. Il allait devoir se forcer.

Au bout d'une heure et de trois cafés avalés, Thierry le rejoignit, accompagné du commissaire.

— Je suis à votre disposition, l'interpella ce dernier.

— Pour l'instant, je vais retourner à l'hôpital. Ce que nous avons à nous dire peut attendre, si ça ne vous dérange pas. Je n'ai pas la tête à ça pour l'instant, lui répondit Éric.

— Je comprends ! Dès que vous voudrez me parler, vous me contacterez, approuva le commissaire.

Ils se serrèrent la main et se séparèrent.

— Éric, il est déjà tard. On va aller à l'hôtel, casser une croûte et dormir un peu. Demain est un autre jour. De toute façon, les visites vont être terminées à l'hôpital, et je ne pense pas qu'ils te laisseront passer la nuit là-bas. Tu ne peux rien faire de plus. Maintenant, il faut te reposer, imposa Thierry.

— Il faut que j'aille rendre la voiture au garagiste à Blignac, affirma Éric. Mais d'abord, je veux retourner à l'hôpital, pas longtemps, juste pour avoir peut-être les dernières nouvelles, voir Katia et Christophe. Ensuite, je te rejoins à l'hôtel, c'est d'accord ?

— Bon ! Je suppose que si tu en as décidé ainsi, ce n'est pas la peine que j'insiste ? rétorqua Thierry. Je te propose une chose. Tu vas à l'hôpital. Moi, je vais à l'hôtel. Ta mère et Jessica ne vont pas tarder à arriver. Je les ai appelées ce matin et elles viennent nous rejoindre. Ensuite, j'irai avec Johanna ramener ta voiture, O.K. ?

— Et Sandy, qu'est-ce qu'elles en ont fait ?

— Elle est chez mamie pour quelques jours. On fait comme ça ?

A l'hôpital, il n'en apprit pas davantage. Katia et Christophe rentrèrent pour s'occuper d'Anthony. Quand il arriva à l'hôtel, Éric apprit que son père, avant de partir avec sa mère pour Blignac, s'était occupé de lui réserver une chambre. Jessica était dans la sienne. Il l'y rejoignit.

Quand il entra, elle lui sauta au cou. Éric n'avait jamais ressenti un tel plaisir à la revoir. Comme elle ne cessait de le questionner sur tout, il se mit à lui parler, plus comme à une amie qu'à une cadette. Il lui résuma la situation plutôt qu'il ne la lui exposa. Il commençait à en avoir assez de raconter toujours la même chose. Elle l'écouta intensément sans jamais l'interrompre sauf pour lui réclamer, le cœur battant, des nouvelles de Ted. Il fit de son mieux pour la rassurer, mais elle n'en fut pas dupe.

— En tout cas, il me tarde de connaître Jenny. J'espère qu'on s'entendra bien toutes les deux. J'ai toujours rêvé d'avoir une sœur de mon âge. D'ailleurs, j'ai du mal à t'imaginer avec une fille à peine plus âgée que moi.

— C'est vrai ! sourit Éric. Je ne m'en étais pas rendu compte. Sûrement parce que la vie qu'elle a menée l'a fait mûrir plus vite.

— C'est ça ! Dis que je ne suis qu'une gamine par rapport à elle, l'interpella Jessica.

— J'ai du mal à te voir vieillir, moi aussi, plaisanta Éric. La maladie de papa doit être contagieuse.

Ils se mirent à rire tous les deux. Pour la première fois depuis longtemps, Éric parvint à se détendre un peu.

Thierry et Johanna les rejoignirent bientôt. Johanna put serrer dans ses bras, ce fils pour lequel elle s'était tant inquiétée.

— Tu m'as manqué, murmura-t-il.

— Comme j'ai eu peur, moi, lui répondit-elle. La prochaine fois que tu me fous une trouille pareille, je jure de t'achever de mes propres mains, continua-t-elle, utilisant, sans le savoir, la même formule qui était venue naturellement aux lèvres d'Éric lorsqu'il avait réanimé Jenny sur la plage.

Il se laissa convaincre de les accompagner au restaurant de l'hôtel. Il se força à dîner, plus pour faire plaisir à sa mère que par besoin. Mais, comme s'il n'attendait que ça, son estomac se réveilla dès les premières bouchées. Il mangea plus qu'il ne s'imaginait pouvoir le faire. Il en fut de même pour la nuit qui suivit. Il pensait ne pas pouvoir fermer l'œil, mais à peine fut-il allongé qu'il tomba dans un profond sommeil réparateur.

- 32 -

Jeudi 10 juillet

Quand Éric émergea des bras de Morphée, son premier réflexe fut de regarder l'heure. N'en croyant pas ses yeux, il voulut s'asseoir d'un bond, mais retomba rapidement sur le dos en se tordant de douleur, le souffle coupé. Il avait oublié ses côtes cassées. Quand la douleur devint moins vive, il se leva précautionneusement. Après une toilette rapide, il s'habilla en hâte. Il était bientôt midi. Il rageait intérieurement. Comment avait-il pu dormir autant alors que son meilleur ami était peut-être en train de mourir ? Il se maudissait.

Il frappa à la porte de la chambre de ses parents. Ce fut sa mère qui ouvrit.

— Bon sang, pourquoi vous ne m'avez pas réveillé, vous avez vu l'heure ? maugréa-t-il.

— Tu avais besoin de dormir ! On a défendu à quiconque de te réveiller. Tu ne te sens pas mieux, maintenant ? se justifia Johanna.

— Non ! Je devrais être à l'hôpital depuis des heures.

— Ton père y est. Il téléphonera s'il y a du nouveau. Il ne bougera pas de là-bas tant que tu ne l'y auras pas rejoint. Alors pas de panique, tu n'as rien loupé. Et d'abord, tu vas me faire le plaisir d'avaler un solide petit déjeuner. Après, tu feras ce que tu voudras ! trancha Johanna sur un ton qui n'admettait aucune réplique.

Aussi Éric s'exécuta-t-il sans protester. Après quoi, il se rendit à l'hôpital où rien n'avait changé. Les heures s'égrenaient lentement. Il passait son temps à fumer, boire du café, faire les cent pas. Le temps semblait s'être arrêté.

Le commissaire-divisionnaire vint le rejoindre à la cafétéria en fin d'après-midi.

— Je viens à vous puisque vous n'avez pas l'air d'avoir envie de venir me parler, ce que je comprends vu les circonstances. Nous avons des choses à nous dire. Puis-je vous offrir quelque chose à boire ?

Les deux hommes commandèrent un café et choisirent une table isolée afin d'être tranquilles.

— Comment vous êtes-vous soudain intéressé à l'affaire Camperro ? questionna le commissaire curieux.

— Je connais mon père. Je voulais savoir pourquoi il était parti si vite de Blignac alors qu'auparavant, il s'y plaisait tant. Ce n'était pas son genre de fuir comme ça, se mit à expliquer Éric. Et puis, j'avais envie de revoir mes amis, de savoir ce qu'étaient devenus Ted et Jenny. Ils me manquaient.

— Mais quand vous avez commencé à comprendre dans quel guêpier vous vous étiez fourré, vous n'avez pas eu envie de fermer les yeux, de rentrer chez vous ? Parce que vous avez vite compris, n'est-ce pas ?

— J'ai vite compris que la situation était grave, mais je ne savais pas à quel point. Vous croyez que j'aurais pu partir en laissant tomber mon meilleur ami, accusé de meurtre et en cavale ? Que j'aurais pu feindre de ne rien savoir de la vie de merde de Jenny ? À ma place, vous l'auriez fait, vous ? s'obstina Éric.

— Je crois que non, je suppose que j'aurais agi comme vous, admit le commissaire. En attendant, je suis content que vous l'ayez fait ! Qu'avez-vous donc appris de plus ? interrogea-t-il.

— Vous concernant ? termina Éric, avec un léger sourire.

Le commissaire acquiesça d'un signe de tête.

— Avant de vous dire quoi que ce soit, je veux votre promesse que vous ne chercherez pas à savoir de qui je tiens les informations que je vais vous révéler. Et, au cas où par hasard, vous apprendriez qui est cette personne, vous allez me garantir que vous « *oublierez* » son identité et que rien ne rejaillira sur elle ! J'ai votre parole ? se méfiait encore Éric.

— Je crois que je n'ai pas le choix. Vous avez ma parole. J'espère que ces révélations ne recèlent rien d'illégal ? Imaginez dans quelle situation inconfortable vous me mettriez !

— J'en suis parfaitement conscient, ainsi que du fait que vous êtes déjà au courant d'une grande partie de ce que je vais vous dire, ironisa-t-il. Vous ne trouverez rien d'illégal concernant mon indic. Pour les autres protagonistes, ce sera à vous de juger, convint Éric. Voilà ce que je sais : le docteur Pelletier, beau-frère de Camperro, comptait se présenter à la députation. Avec les magouilles de ses deux beaux-frères et ses propres relations dans le milieu politique et médical, il avait de grandes chances d'être élu, suffisamment de gros bonnets ont été corrompus dans ce but. Le clan Camperro au complet a peu à peu fait main basse sur les meilleurs terrains de la région, une centaine d'hectares environ. Une fois élu, le nouveau député aurait donné son aval pour une opération immobilière qui aurait coûté plusieurs millions : parc d'attractions, hôtels luxueux, complexes sportifs, etc. Cela aurait rapporté une fortune aux propriétaires des terres concernées. Le haras de José Camperro devait devenir un centre hippique. Seulement toute la partie de la côte concernée par ce projet risquait d'être polluée et bétonnée. Les gens du coin s'y opposaient catégoriquement et auraient voulu que leur région reste telle quelle. Si le projet avait vu le jour, Blignac aurait pratiquement été rayé de la carte. Le commissaire Camperro avait de grandes chances de prendre votre place, vu son ancienneté et ses relations avec le préfet, vous auriez été muté ailleurs. D'autre part, le point stratégique de ce grand projet immobilier visait un terrain que vous désiriez : celui où se trouvait la maison de vos parents. Ceux-ci ont été obligés de vendre à la suite d'une pression financière venant des Camperro. Vous vouliez ce terrain pour retaper la maison familiale et y installer votre fille. Mais José Camperro en était déjà pratiquement propriétaire, il ne restait plus que quelques tractations. C'était là votre première raison de coincer le commissaire Camperro et par le fait, le reste de sa famille. Votre deuxième raison, c'est que vous aussi, vous êtes prêt à vous présenter à ce même fauteuil de député. Tout le monde sait que votre premier cheval de bataille est justement de vous opposer à ce projet immobilier. Vous vouliez faire tomber le commissaire Camperro pour corruption de hauts magistrats, mais il vous manquait les preuves nécessaires, n'est-ce pas ?

— Vous me sidérez, murmura le commissaire. Il me les manque toujours ! Nous n'avons pas grand-chose contre ce maudit Camperro. Ça ne m'étonnerait pas qu'il s'en sorte bien. Il retournera sa veste en jurant qu'il n'était pas au courant des magouilles de son frère et de son beau-frère. Il demandera que justice soit faite. Il enfoncera son beau-frère et se présentera au siège de député à sa place pour continuer son œuvre. Il va s'en sortir avec les honneurs !

Son front plissé dénotait une profonde réflexion. Il jouait inconsciemment avec sa petite cuillère qu'il frappait sur la table. Il resta un moment silencieux.

— Vous en savez presque autant que moi, alors que vous n'êtes de retour que depuis quelques jours… Je vous ai donné ma parole de ne pas chercher à connaître qui vous a renseigné, mais je ne vous cache pas que je suis très intrigué. Très peu de gens sont au courant de cette affaire. Sincèrement, bravo ! Vous êtes doué ! Si, un jour, vous avez besoin d'un emploi, vous me feriez un grand honneur en acceptant de travailler pour moi !

— Essayez-vous déjà de m'acheter ou votre proposition est-elle sincère ? savoura Éric avec satisfaction, un sourire ironique aux lèvres.

— Disons les deux ! se mit à rire franchement le commissaire. Vous me plaisez, j'aime votre franc-parler. Mais allons plus loin dans vos propos. Pourquoi ce dossier vous intéresse-t-il tant ? Avez-vous des preuves à me fournir ? Et enfin, qu'attendez-vous de moi ?

— Cela fait beaucoup de questions d'un coup, sourit Éric. D'abord, je ne fais que mon métier.

— Je ne pense pas que votre métier pèse beaucoup dans cette enquête. Comme moi, vous en avez fait une affaire personnelle. Jouons franc-jeu ! Moi, je veux les preuves qui me manquent pour abattre — au sens figuré — le commissaire Camperro. Vous, qu'est-ce que vous voulez obtenir en échange des informations que vous allez me révéler ?

— Je veux un scoop ! Je veux l'intégralité et l'exclusivité de cette affaire que je vais étaler au grand jour pour le journal qui paiera le mieux. Cela pourrait aboutir pour moi, à une embauche et j'ai besoin d'un emploi stable, lança Éric d'un ton franc et posé qui prouvait à quel point il se sentait sûr de lui et déterminé. Quant à vous, vous avez tout à y gagner. Vous aurez le beau rôle dans cette affaire. Votre fille aura sa maison restaurée et vous aurez obtenu sans aucun doute votre siège de député. D'un point de vue personnel, continua Éric, je veux décimer la famille Camperro. Ils ont fait trop de mal autour de moi. Si le commissaire Camperro refait surface, ni Ted ni Jenny ne seront plus en sécurité. Il tentera de récupérer les biens de son frère, alors que Jenny doit en hériter. José Camperro a reconnu Jenny comme sa fille et a empêché son vrai père de la récupérer, cela s'est retourné contre lui. Il a offert sur un plateau un domaine immense et une petite fortune à la personne qu'il détestait le plus au monde, à moins qu'il n'ait fait un testament, mais j'en doute. Il ne devait pas s'attendre à partir si vite.

— Nous avons tous les deux intérêt à ce que la famille Camperro reste derrière les barreaux pour de longues années, répondit le commissaire Castan. Il ne nous reste plus qu'à échanger nos informations, à nous associer en quelque sorte. Mais avez-vous les preuves dont j'ai besoin ?

— J'en ai tout un dossier : une grande partie des tractations passées avec de hauts magistrats. Tout est sur papier, des lettres prouvant la correspondance entre le médecin et le préfet, mais aussi avec de gros bonnets de la scène politique nationale. Il y a aussi des photos sur lesquelles les Camperro se trouvent dans des lieux publics accompagnés de personnes qui, soi-disant, ne les connaissent pas. J'ai également des doubles de factures, des extraits de livres de compte... J'ai suffisamment de preuves concrètes pour faire tomber même les branches les plus éloignées de la famille. J'ai même des contacts avec des individus prêts à témoigner en personne, en échange d'une certaine protection, ou à condition que leurs noms ne soient pas dévoilés au grand jour. Certaines d'entre elles sont relativement connues. Il y a des carrières en jeu.

— Nom de Dieu ! Qui vous a fourni tout ça ? rugit le commissaire, les yeux exorbités. Êtes-vous sûr de la véracité de tous les documents ?

— Evidemment ! J'ai vérifié, répondit Éric.

— O.K., vous avez ma parole ! Vous avez l'intégralité et l'exclusivité de toute l'affaire du point de vue médiatique. Mais vous attendrez que nous ayons procédé à toutes les arrestations avant de faire paraître votre article !

— Bien entendu ! Toutefois, j'aimerais de votre part un document qui stipule par écrit ce que vous venez de me dire. Et encore une chose : Jenny ne doit être mêlée ni de près ni de loin à tout ce qui va suivre. Je veux qu'on la laisse tranquille, qu'on lui foute la paix !

Le commissaire acquiesça, souriant face à la méfiance d'Éric, mais reconnut qu'il n'était pas facile en affaire. Il accepta tout en bloc. Il allait connaître le plus grand succès de sa carrière ! Cela n'avait pas de prix. Ils convinrent d'un rendez-vous discret, le lendemain en fin d'après-midi, sur les lieux mêmes de l'hôpital. Personne ne devait savoir ce qui se tramait entre eux.

Ce soir-là, lorsqu'Éric rentra à l'hôtel, il n'y avait toujours pas d'amélioration dans l'état de santé des deux blessés, mais il avait de quoi s'occuper l'esprit au lieu de tourner en rond, le cerveau en ébullition. Il s'attela donc au travail et commença à rédiger le dossier qui allait lui ouvrir bien des portes. Il bossa d'arrache-pied toute la nuit. Pendant ce temps-là au moins, il ne pensait pas à Jenny. Elle lui manquait tellement. Il avait un besoin presque physique de la voir, de lui parler, de la toucher. Son sourire, le soir du drame, lui revint à la mémoire. Il espéra de toutes forces la revoir sourire ainsi un jour.

- 33 -

Vendredi 11 juillet

Éric passa une nouvelle journée à l'hôpital. Dans l'après-midi, il envoya sa mère et sa sœur en ville pour y faire des achats, leur demandant d'acheter des vêtements pour Jenny, le nécessaire utile à une femme, la base d'une garde-robe. Elle en aurait peut-être besoin bientôt. Et puis, cela donnait une occasion aux deux femmes de bouger un peu et de se changer les idées.

— Quelle taille fait-elle ? demanda Jessica.

— Elle est un peu plus menue que toi, tu verras bien. Par contre, prends-lui des vêtements simples du genre Jeans, tee-shirts, rien de trop provocant, elle ne les mettrait pas, précisa Éric.

Alors qu'elles venaient de le rejoindre, en fin d'après-midi, le médecin qui s'occupait de Ted vint à leur rencontre.

— Je peux enfin vous assurer que Thierry Kolinsky est tiré d'affaire. Il est encore inconscient, mais n'est plus sous assistance respiratoire. Il devrait reprendre connaissance rapidement. Sa convalescence sera certainement longue, cependant vous pourrez certainement le voir dès demain.

Éric sentit monter en lui un soupir de soulagement. Il croisa le regard empli de joie et d'espoir de sa sœur et en fut surpris. Depuis son arrivée, elle avait manifesté un grand intérêt pour l'état de Ted.

— *Il faudra que j'aie une conversation avec elle à ce sujet !* pensa-t-il.

Cette excellente nouvelle lui avait fait un bien fou, et malgré tout, cette sensation de boule à l'estomac persistait.

— Du côté de Jenny, il n'y a rien de nouveau ?

— Pour l'instant, non. Elle semble plus calme, sa tension s'est stabilisée, mais elle est toujours inconsciente, lui expliqua le médecin. Toutefois, son état n'est pas plus préoccupant qu'il y a trois jours. Comme je vous l'ai déjà dit, il n'y a qu'à attendre.

— Quand est-ce que je pourrai la voir ? demanda-t-il presque suppliant.

— Dès demain. Au point où l'on en est et puisqu'il n'y a pas d'amélioration, vous pourrez toujours essayer de lui parler. Peut-être arriverez-vous à lui faire reprendre connaissance.

Lorsque le commissaire se présenta, il fut ravi d'apprendre que l'état de Ted s'était amélioré et que son pronostic vital n'était plus engagé. Discrètement, Éric et lui s'éloignèrent. Castan tendit à Éric une enveloppe contenant la lettre autorisant Éric à faire paraître son article et lui assurant l'exclusivité du dossier.

Thierry, non pas qu'il surveillât son fils, avait été intrigué par l'attitude d'Éric au commissariat. Il avait été également surpris d'apprendre que la veille, Éric et l'officier de police avaient longuement discuté ensemble. Aujourd'hui encore. Il avait jeté un coup d'œil curieux à l'épaisse serviette que son fils avait emportée avec lui à l'hôpital. Innocemment, il l'avait questionné, mais Éric était resté évasif, mystérieux.

Quand le commissaire les eut salués et eut tourné les talons, il demanda de nouveau à Éric.

— Qu'est-ce qui se passe ? Qu'est-ce que tu négocies avec lui ? Je sais que tu ne veux pas en parler, mais aiguille-moi au moins un peu. C'est top secret ?

— Je ne peux pas en parler pour l'instant, mais si tout se passe comme je le souhaite, tu le sauras bientôt. En gros, j'essaie de protéger et la tranquillité et l'avenir financier de Jenny. Je ne peux pas t'en dire plus !

De retour à l'hôtel, il se remit au travail avec le double des documents qu'il avait conservés, car prudent, il avait photocopié tout le dossier. Thierry le dérangea donc en plein boulot.

— Si on allait dîner au restaurant ce soir ? Ça nous changera les idées.

— Non, allez-y sans moi, j'ai du travail. Je voudrais finir.

— Qu'est-ce que c'est, un article ?

Éric avait rabattu la couverture de la chemise sur les pages manuscrites alors que son père essayait d'y jeter un coup d'œil.

— Top Secret ! sourit-il. Ne t'inquiète pas, tu seras bientôt au courant. Emmène maman au resto. Moi, je reste là.

— Je peux rester avec toi ? demanda soudain Jessica qui venait de les rejoindre avec un air de chien battu. Je te jure que je ne te gênerai pas, que je n'essaierai pas de lire ce que tu fais. Je prendrai juste un bouquin !

Éric ne put résister à la mine suppliante de sa sœur. Il profita de leur intimité pour essayer d'en savoir plus sur ses sentiments envers son ami.

— Tu te souviens bien de Ted ? questionna-t-il.

— Ben, évidemment ! Je te ferais remarquer que j'avais un peu plus de treize ans quand on est partis, s'étonna Jessica.

— Oui, mais moi, quand je n'étais plus là, tu ne le voyais plus ?

— Disons… rarement !

— Il t'a toujours appréciée. Je me souviens qu'il me disait souvent qu'il aurait voulu avoir des frères et sœurs, convint Éric. Toi aussi tu l'as toujours bien aimé, non ?

— ... Tout ce que je sais, c'est que je ne l'ai jamais oublié. Je pense souvent à lui. Il m'attirait. Je le trouvais mignon, gentil. J'ai rêvé à maintes reprises, que je le revoyais, avoua-t-elle en rougissant légèrement.

— Et avec ton copain, vous en êtes où ?

— Je me suis fait larguer. Je t'ai dit qu'il était trop bien pour moi. C'était la coqueluche de l'école, et comme je n'ai pas voulu lui céder... avoua Jessica, encore plus gênée.

— Tu as très bien fait ! S'il n'y avait que ça qui l'intéressait, il a eu bien raison de se casser, ce petit con.

Éric sourit intérieurement. Était-ce vraiment du petit ami de Jessica qu'il parlait ? Ou était-ce en pensant à lui ? À dix-huit, dix-neuf ans, il faisait partie de ces « *petits cons* » qui n'étaient intéressés que par *ça* ! Le grand amour, l'attente qui resserre les liens, c'était pour plus tard, beaucoup plus tard, pensait-il à cette époque.

— De toute façon, ce n'est pas lui qui était trop bien pour toi. Il ne te méritait pas, c'est tout. Et puis, quand un mec n'est pas capable d'attendre une nana, c'est qu'il ne tient pas à elle. Tu es toute seule et tu penses encore plus à Ted, je me trompe ? murmura Éric.

— Peut-être que non !

— Méfie-toi, Jessie. Tu l'as peut-être un peu trop idéalisé ! Tu le voyais avec des yeux de petite fille. Maintenant, vous avez changé chacun de votre côté. Tu ne peux pas vraiment dire que tu le connaisses. En plus, il y a quelques années de différence entre vous. Tu es tellement jeune ! Je ne voudrais pas que tu te fasses d'illusions, lui expliqua-t-il avec bienveillance.

— Est-ce que tu te rends compte que ce que tu me dis, Ted aurait pu le dire à Jenny ?

Éric resta sans voix. Il n'avait pas vu les choses sous cet angle. Il finit par en rire. Ils savourèrent leur repas en regardant la télévision, puis Éric se remit au travail tandis que Jessica lisait, allongée sur son lit. Pas une fois, elle ne l'interrompit ni ne lui posa la moindre question. Elle se sentait bien, uniquement parce qu'elle était avec lui. Le silence entre eux ne la gênait pas. Elle le ressentait comme un signe de complicité, de quiétude.

Il était très tard lorsqu'elle finit par aller se coucher. Éric travailla encore sur son article. Il savait qu'il n'aurait pas droit aux visites le lendemain matin à l'hôpital. Il en profiterait pour dormir un peu. Il se coucha alors que le soleil était déjà levé, et sombra comme une masse.

Samedi 12 juillet

Éric dormit profondément toute la matinée. Jessica vint le réveiller afin qu'ils déjeunent en famille. Il fonça ensuite à l'hôpital. Avant de voir Ted, il dut encore attendre que les infirmières aient fini les soins. Enfin, l'une d'entre elles lui permit d'entrer et lui précisa même qu'il avait repris connaissance. Elle lui demanda de ne rester que quelques minutes, d'éviter de le faire parler afin de ne pas le fatiguer.

Éric pénétra dans la chambre avec une certaine appréhension. Sa gorge se serrait à l'idée de trouver à son ami une mine de mourant et de le voir branché de partout. Qu'est-ce qu'il pourrait lui dire si lui-même constatait qu'il n'avait pas bonne mine ? Devrait-il lui mentir ? Les rideaux étaient tirés afin d'empêcher le soleil d'inonder la pièce de sa chaleur et de sa lumière. Une légère pénombre, une certaine fraîcheur rendaient l'atmosphère presque agréable pour une chambre d'hôpital. Ted semblait dormir. Éric s'approcha de lui en évitant de faire le moindre bruit. Il n'était plus que perfusé, mais encore très pâle. En fait, il avait l'air moins mal qu'Éric ne l'avait craint. Ted ouvrit les yeux alors que son ami finissait d'approcher. Il esquissa un sourire las.

— Bienvenue dans le monde des vivants, murmura Éric avec un sourire.

— C'est celui que... je préfère quand même, répondit Ted avec difficulté. (Il parut avoir du mal à reprendre son souffle)... mais je croyais... l'avoir quitté... définitivement !

— T'as failli ! Tu peux te vanter de nous avoir foutu une belle trouille ! Maintenant tout va bien, mais il faut que tu te reposes. Évite de parler, lui conseilla Éric.

Ted gardait aux lèvres cette ébauche de sourire provoquée par la vue de son meilleur ami. Il ferma les yeux quelques instants. Éric crut même qu'il s'était rendormi, mais très vite, il fixa de nouveau ses yeux clairs sur Éric.

— Jenny ? questionna-t-il dans un chuchotement.

— Tu lui as sauvé la vie, répondit Éric.

Il hésitait à lui dire la vérité. Il ne savait pas vraiment quelles conséquences pouvaient avoir ses paroles sur l'état de Ted. Soit la vérité le motiverait pour s'en sortir plus vite afin de porter secours à sa sœur, soit le souci, l'angoisse et le découragement prendraient le dessus. Éric décida donc de ne rien dire pour l'instant.

— Elle va bien. Je m'occupe d'elle, ne te fais pas de souci. Il faut que tu te remettes vite, elle a besoin de toi, continua Éric.

— Je voudrais... la voir... dis-lui de venir.

— Non, je ne pense pas que ce soit le bon moment. Elle est encore en état de choc. Pour l'instant, elle se repose, elle fait une sorte de cure de sommeil. J'ai peur que ça la déstabilise de te voir maintenant. Attends un peu, laisse-la reprendre le dessus, mentit Éric.

— J'ai... pas l'air en... pleine forme... ? tenta de plaisanter Ted.

— C'est pas encore tout à fait ça, mais ça va venir, lui répondit Éric en souriant.

La réaction de Ted ne l'étonnait pas. Il le retrouvait tel qu'il l'avait laissé quatre ans auparavant. Même dans un état grave, il plaisantait, donnait en permanence l'impression de se moquer de tout le monde, y compris de lui-même. Éric avait toujours admiré et envié son appétit de vivre, son insouciance. *À l'instinct, mon vieux* ! Cette phrase lui revenait immédiatement à l'esprit dès qu'il pensait à Ted. Cette fois, son instinct avait failli lui coûter la vie.

Le cœur plus léger, Éric quitta la chambre lorsque d'un geste, une infirmière vint mettre fin à leur conversation.

— Ted, je dois partir. Je reviendrai demain. Repose-toi ! Dès que je le pourrai, je ramènerai Jenny, promit-il en se maudissant intérieurement.

Il aurait tellement voulu que ce soit la vérité. Ted se contenta de sourire et ferma les yeux. Éric le regarda encore un instant. Ted avait toujours été si plein de vie qu'il avait du mal à réaliser qu'il s'agissait de lui, à peine conscient, sur ce lit.

Il fut enfin autorisé à voir Jenny. Quand la porte s'ouvrit, Éric remarqua tout d'abord qu'il régnait dans la pièce la même pénombre diffuse, la même atmosphère fraîche que dans la chambre de Ted. Le lourd silence l'enveloppa littéralement. Il ne l'avait pas remarqué auparavant. Il s'approcha du lit, tira un fauteuil et s'assit tout près d'elle. Le cœur serré, une boule au creux de l'estomac, il ne pouvait détacher son regard de son visage d'ange. Elle avait l'air plus reposée que jamais, ses traits étaient détendus. Elle semblait dormir en toute quiétude. Ses cheveux dorés pendaient sur le bord du lit, tel un tapis d'or sur un écrin blanc. La seule perfusion que le médecin lui avait posée contenait du glucose, de quoi la nourrir un minimum pendant tout le temps où elle resterait inconsciente.

— Jenny, tu me manques tellement, murmura-t-il, la gorge serrée par l'émotion.

Pour la première fois depuis le drame, il laissa ses sentiments prendre le dessus, il laissa les larmes couler sur ses joues. Il posa son visage sur sa main. Il n'aurait pu dire combien de temps il resta ainsi. Se reprenant enfin, il prit sa main dans la sienne et se mit à lui parler. Il lui avoua combien il l'aimait, combien elle lui manquait. Il lui confia les projets d'avenir qu'il avait échafaudés pour eux deux. Il lui parla également de Ted, lui expliqua qu'il était hors de danger et que lui aussi avait besoin d'elle. Il passa plus d'une heure près d'elle sans que bouge le moindre cil. Elle avait l'air tellement sereine, tellement calme qu'il lui semblait qu'elle allait ouvrir les yeux à chaque instant. Il finit par sortir à la demande discrète d'une infirmière.

— Ça ne sert à rien de rester plus longtemps pour aujourd'hui, vous reviendrez demain.

Le soir, il rendit compte à ses parents des visites qu'il avait faites à Jenny et à Ted. Jessica semblait boire ses paroles. Johanna se contenta de serrer fort son bras en signe de réconfort.

— Il faut que tu aies de la patience !

Thierry enchaîna sur un autre sujet.

— Éric, j'ai vu le commissaire, il m'a permis de rentrer à la maison. Je reviendrai pour le procès du médecin et du commissaire Camperro. Pour l'instant, l'enquête avance bien, il n'a plus besoin de moi. Notre boulot nous attend, ta mère et moi. On ne peut rester ici indéfiniment. Qu'est-ce que tu en penses ? Notre présence t'est-elle encore indispensable ?

— Non ! Je vous téléphonerai pour vous donner des nouvelles. De toute façon, vous ne pouvez rien faire de plus ici. Et je tiens à te remercier, papa. Je ne m'attendais pas à ce que tu risques d'être arrêté pour me venir en aide ! Comme tu le disais, je crois qu'on a pas mal de choses à rattraper tous les deux !

Thierry se contenta de sourire chaleureusement à son fils. Si Éric lui donnait une seconde chance, cette fois il ferait en sorte de ne pas le décevoir. Il ressentait un immense soulagement. Pour la première fois depuis des années, il se sentait plus léger. Il pouvait envisager l'avenir sous un jour meilleur, sans inquiétude, sans épée de Damoclès suspendue au-dessus de sa tête. Il avait appris à vivre avec une menace constante pesant sur ses épaules et celles de sa famille. Maintenant, grâce à son fils, tout était terminé. Il se demandait comment il avait pu supporter cette situation si longtemps. Ils allaient tous recommencer à vivre comme avant, comme n'importe quelle famille normale.

— Et moi, je suis obligée de rentrer ? demanda Jessica d'une petite voix.

— Évidemment, qu'est-ce que tu veux faire ici ? répondit Thierry. Éric a déjà assez de soucis comme ça sans avoir en plus à s'occuper de toi !

— Je veux rester ici avec lui, quémanda-t-elle en jetant un regard plein de détresse à son frère. Je voudrais pouvoir revoir Ted. Ça lui ferait peut-être du bien de me revoir !

— Jessica, ponctua Thierry, Ted et toi vous connaissez à peine. Tu n'es que la sœur de son ami, tu sais ? Pourquoi est-ce qu'il aurait besoin de toi ?

— Ted a toujours eu beaucoup d'affection pour Jessie, lança Éric, venant enfin à la rescousse de sa sœur. Moi, je pense que ça ne lui ferait certainement pas de mal de la revoir, ça lui apporterait un petit air frais, plein de souvenirs.

— Tu crois que tu vas avoir le temps de t'occuper de ta sœur pendant quelque temps ? ironisa gentiment Thierry, alors que tu n'as même pas le temps de venir dîner au restaurant avec nous, alors que tu passes ton temps, soit à l'hôpital, soit dans ta chambre, à écrire je ne sais quel article ?

— Eh ! Elle n'est plus un bébé, je n'ai pas à lui donner de biberon à heure fixe ni à lui changer ses couches ! plaisanta Éric. Et puis, j'ai vraiment besoin d'elle, justement parce que je passe beaucoup de temps à l'hôpital. Si elle pouvait taper mon article au fur et à mesure que je l'écris, ça m'enlèverait une épine du pied, ça lui permettrait de se faire un peu d'argent de poche. Et puis, quand Jenny reprendra connaissance, il y aura du boulot. Je ne vais pas la ramener comme ça à la maison du jour au lendemain. Elle a toujours vécu à la sauvage. Il lui faudra un temps d'adaptation, toute une rééducation sociale. Je voudrais qu'elle fasse d'abord connaissance avec Jessie. Elles ont pratiquement le même âge. Jenny sera sûrement moins angoissée de débarquer chez nous si elle connaît déjà Jessica. Enfin... si toutefois vous voulez bien nous héberger quelque temps avec Jenny, le temps de nous trouver quelque chose ? sous-entendit Éric en souriant.

— Et si on dit non ? plaisanta Johanna.

— On ira à l'hôtel en attendant !

— Idiot, va ! lança-t-elle en riant. Je suis d'accord avec Éric, reprit-elle à l'adresse de Thierry. Ta fille est assez grande pour se débrouiller seule, et je serai plus tranquille si elle reste ici. En plus, on pourrait en profiter tous les deux pour passer un peu de bon temps ensemble. Depuis quand ne nous sommes-nous pas retrouvés seuls tous les deux ? Sandy est chez ses grands-parents...

Dimanche 13 juillet

Thierry et Johanna étaient repartis dans la matinée. En début d'après-midi, Éric et Jessie rendirent visite à Katia, Christophe et Anthony. Le petit s'était rapidement acclimaté. Katia et Christophe lui avaient déjà acheté le nécessaire en jouets et vêtements. Anthony babillait, grimpait sur les genoux de chacun, souriait, tout heureux qu'on s'occupe de lui. D'après Katia, c'était un enfant facile, sage et obéissant, il pleurait rarement, était vraiment très attachant. Éric raconta à Christophe son entrevue avec le commissaire et les perspectives qui s'ouvraient à lui.

— Il se doute que tout vient de moi, lui confia Christophe. Hier, il a fait deux ou trois allusions que je n'ai pas relevées. Je fais comme si je ne comprenais pas de quoi il parle. Mais je sais qu'il sait et il sait que je sais qu'il sait ! plaisanta-t-il.

— Tant que ton nom n'apparaît pas officiellement, cela n'a pas d'importance, n'est-ce pas ? C'était certain qu'il se douterait de qui ça vient. Je ne connais pas assez de monde ici. Si ça reste tacite entre vous, ça peut te servir !

— Je le pense aussi. Ton article avance ? Tu as trouvé un journal intéressé ? questionna Christophe.

— Ça avance, mais je n'ai pas encore eu le temps de chercher de journal. Je voulais revoir le commissaire, m'accorder avec lui avant de faire quoi que ce soit. Je le rencontre demain soir pour les derniers détails. Jessica va m'aider à taper l'article et je me mets en quête d'un journal cette semaine.

Katia et Christophe décidèrent de rejoindre Éric et Jessica à l'hôpital avant d'aller dîner ensemble.

- 34 -

Mercredi 16 juillet

    Éric avait rencontré plusieurs fois le commissaire depuis le lundi précédent et, quand ils ne s'étaient pas vus, ils s'étaient téléphoné. Castan voulait garder un droit de regard sur ce qu'écrivait Éric, et ce dernier devait connaître sur le pouce chaque détail, chaque évolution de l'affaire. Grâce aux preuves fournies, Castan put faire inculper le commissaire Camperro et son beau-frère, le docteur Pelletier. Les biens des Camperro furent mis sous séquestre. Plusieurs sommités de la scène politique régionale commençaient à se faire du souci et se savaient sur la sellette. Un vent de panique soufflait insidieusement dans la région. Les journalistes de divers horizons se mirent à fureter tous azimuts. Le vent tournait, la tempête s'approchait.
    Éric contacta l'un des plus grands journaux nationaux. Il avait choisi en premier lieu celui-ci, car son siège social était installé dans une ville proche de celle où habitaient ses parents et où il s'installerait certainement bientôt. Il relata en gros ce qu'il s'apprêtait à faire éditer. Bien sûr, le rédacteur en chef auquel il s'était adressé fut fortement intéressé, à tel point qu'il proposa à Éric de le rencontrer dès le vendredi suivant.
    En début d'après-midi, il se rendit comme d'habitude à l'hôpital avec Jessica. Il allait d'abord voir Ted, puis passait une ou plusieurs heures dans la chambre de Jenny qui restait

désespérément inconsciente. Le doute s'était peu à peu insinué en lui. Il avait beau essayer de garder espoir, il s'enfonçait dans la morosité. Jessica s'en rendait compte, mais ne savait que faire. Éric parlait de moins en moins, se repliant sur lui-même. Il mangeait et dormait peu, mais travaillait d'arrache-pied. Même Katia et Christophe qui ne restaient pas plus d'une journée sans prendre de nouvelles, n'arrivaient plus à le dérider et commençaient à se faire du souci pour son état nerveux. Jessica appelait régulièrement ses parents, mais cachait un peu la vérité au sujet de son frère, ne voulant pas les alarmer. Johanna aurait été capable de tout laisser tomber de nouveau pour venir soutenir son fils. Éric n'aurait pas forcément apprécié. En attendant, celui-ci n'avait pas encore permis à Jessica de voir Ted. Pourtant aujourd'hui, il lui avait proposé de l'accompagner. Le cœur battant, elle l'avait suivi, espérant enfin rencontrer le blessé. Éric entra d'abord seul dans sa chambre. Ted était réveillé.

— Comment tu vas aujourd'hui ? le questionna Éric.

— C'est pas encore la grande forme, mais ça va ! Et vu ta tête, je dirais presque que je vais mieux que toi, tenta de plaisanter faiblement Ted. Et Jenny ?

— Je te parlerai d'elle plus tard. Il y a quelqu'un qui veut te voir depuis plusieurs jours. Je ne peux pas la retenir plus longtemps ! sourit Éric.

— Katia ?

— Non !

Éric fit entrer Jessica. Elle s'approcha à pas de loup, lentement, retenant son souffle. Elle avait soudain peur de l'état dans lequel elle découvrirait Ted. Dès qu'il l'aperçut, un large sourire se dessina sur son visagei. Jessica poussa un imperceptible soupir de soulagement. Ted n'avait pas beaucoup changé. Mis à part sa pâleur et ses yeux cernés, il était toujours aussi mignon. Il avait quelque chose de plus... la maturité peut-être.

— Ma puce, murmura Ted. Si tu savais comme je suis content de te voir ! Je me sens déjà mieux, sourit-il en lui tendant la main.

Jessica, la gorge serrée, lui sourit chaleureusement et prit sa main dans la sienne. Elle la serra un instant très fort.

— Moi aussi, je suis contente de te revoir. Tu m'as tellement manqué ces quatre dernières années ! lança-t-elle spontanément.

— Pourquoi ? Ton grand frère n'a pas continué à t'acheter des nounours en chocolat ? plaisanta-t-il.

— Non ! Il m'a oubliée, répondit-elle en riant.

Ils restèrent un instant silencieux, toujours main dans la main. Et soudain, Éric se sentit de trop, et se recula légèrement, les laissant discuter quelques minutes.

— Éric, j'ai pas encore vu le toubib aujourd'hui. Si tu le vois avant moi, tu peux lui demander quand je pourrai sortir ? lui demanda Ted.

— Tu plaisantes, j'espère ? bondit Éric. Tu n'espères tout de même pas sortir dans les heures qui suivent ?

— Si, pourquoi ? Tu ne crois pas que je vais rester allongé dans ce pieu pendant des mois ? D'accord, je suis encore un peu faible, avoua Ted qui commençait à s'essouffler, mais d'ici une semaine...

— Tu ne changeras jamais, grommela Éric. On en reparlera dans une semaine, d'accord ? Pour l'instant, pense seulement à te reposer et à reprendre des forces.

— Éric, il faut que je voie Jenny, s'il te plaît ! J'en ai besoin, ajouta Ted.

Éric et Jessica s'étaient lancés un regard inquiet et bref. Éric hésita encore quelques secondes, puis :

— Ted, il faut que tu saches qu'en fait, Jenny est ici aussi, lui dit doucement Éric.

Le visage de Ted se figea, crispé par l'angoisse. Il ferma un instant les yeux.

— J'ai pas pu la protéger, alors ? Tu m'as menti, elle a été blessée ? C'est ça ?

— Non ! Tu lui as bien sauvé la vie, mais elle a craqué nerveusement quand tu es tombé. En fait, elle est dans le coma.

Éric lui transmit les explications du docteur telles qu'elles lui avaient été données, en veillant à ne pas se montrer trop alarmant.

— Tu dis que ça ne doit pas durer très longtemps, mais elle est déjà dans le coma depuis une semaine, murmura Ted.

— Je sais ! Je vais la voir tous les jours, je lui parle, j'espère simplement qu'elle m'entend, lui répondit Éric la gorge serrée. D'après le docteur, elle ne reviendra à elle que lorsque son esprit se sera apaisé.

— Parce que tu crois qu'il s'apaisera un jour ? maugréa Ted, amer. Après tout ce qui s'est passé ?

Une infirmière vint demander aux visiteurs de bien vouloir laisser le patient se reposer.

— Essaie de ne pas te faire trop de soucis, lui murmura Éric, je m'occupe d'elle. Katia et Christophe voulaient venir te voir aujourd'hui, mais manifestement, Jessie et moi t'avons monopolisé. Je pense que tu les verras demain.

Ted acquiesça en tentant de sourire, mais l'angoisse marquait son visage.

Éric passa encore plus d'une heure dans la chambre de Jenny. Près d'elle, il semblait oublier tout ce qui l'entourait. Il lui prit la main, déposa un léger baiser sur ses joues et ne cessa de lui parler. Les larmes aux yeux, il la suppliait inlassablement de revenir à elle.

Une infirmière vint, par un geste, lui suggérer de sortir, mais Éric ne la vit même pas. Il sursauta légèrement lorsque Jessica, s'étant approchée, lui posa une main sur l'épaule. Quand Éric disait que Jenny était très belle, il était encore loin de la vérité, pensa-t-elle. Elle ne se lassa pas d'admirer sa longue chevelure dorée, son visage fin au teint de porcelaine, ses lèvres épaisses, rose pâle, à peine entrouvertes, ses longs cils clairs qui sellaient ses yeux effilés, en forme d'amande. Même son corps, pourtant menu, semblait taillé de la main d'un artiste, tant il semblait exempt de tout défaut sous le drap blanc.

Dimanche 20 juillet

Éric avait rencontré deux jours auparavant, le P.D.G. et le rédacteur en chef du journal hebdomadaire, spécialisé dans les reportages économico-politiques qu'il avait contacté. Tous trois s'étaient mis d'accord. Ce scoop qui leur tombait du ciel avait mis les deux visiteurs de bonne humeur. Ils étaient aux anges. Éric obtint un bon prix de son article et décrocha même un contrat de six mois qui débuterait début septembre. Suite à cela, si tout se passait bien, il avait de grandes chances d'obtenir une embauche. Ils avaient prévu, autour de la table d'un des plus grands restaurants de Lesigny, que l'article paraîtrait le lundi suivant.

Éric avait donc travaillé toute la nuit, avec l'aide de Jessica, pour terminer l'article. Dans la matinée, le commissaire Castan était venu prendre connaissance du résultat. Le rédacteur en chef était reparti quelques heures plus tard avec le si précieux dossier. Éric savait que cet article ferait du bruit dans tout le pays. Il devait s'attendre à ce que les médias et les journalistes de télévision débarquent dans la région. Il aurait certainement à répondre à pas mal de questions posées par de futurs confrères. Ses parents avaient bien fait de partir, ils seraient plus tranquilles. Par contre, il allait, aujourd'hui même, prendre certaines mesures pour protéger la tranquillité de Ted et de Jenny. Il ne manquait plus que les paparazzi envahissent l'hôpital !

Ted reprenait des forces. Il commençait à bouger, à vouloir se lever, à ronchonner, à demander quand il pourrait sortir. Bref, il allait mieux. Depuis quelques jours, Katia, Christophe et Jessica lui rendaient visite à tour de rôle. Katia lui avait même amené Anthony quelques instants.

Quant à Éric, il passait toujours davantage de temps auprès de Jenny, sans le moindre résultat. L'état de santé de Ted le rassurait, mais ne parvenait pas à le rendre plus optimiste. Il savait que, même s'il en parlait peu, Ted aussi souffrait du sommeil prolongé de Jenny.

Quand Éric arriva à l'hôpital avec Jessica, en début d'après-midi, il trouva Ted plus inquiet et troublé que les jours précédents. Il avait été autorisé à passer un moment avec Jenny et avait pu constater par lui-même l'état de sa sœur. Éric appela le commissaire pour lui demander de placer des hommes en surveillance à l'hôpital afin d'éviter que Ted et Jenny subissent les conséquences de la tempête juridico-politique qui se préparait. Ce fut le commissaire en personne qui se chargea de prévenir le personnel du centre hospitalier. Aucun journaliste ne devait être autorisé à pénétrer à l'intérieur et a fortiori dans les chambres des personnes concernées. Alors qu'il se dirigeait vers la chambre de Jenny, Éric croisa l'infirmière qui s'occupait d'elle. Elle lui confia qu'elle avait été agitée une partie de la nuit, mais que son état n'avait pas évolué pour autant.

Comme d'habitude, il lui prit la main, se mit à lui parler. Du dos de la main, il caressa sa joue.

— Jenny, je t'en supplie, ouvre les yeux. Même Ted est inquiet. Il a besoin de toi pour guérir plus vite. Tu n'as plus à te protéger derrière ce maudit coma, lui murmurait-il doucement, des larmes dans la voix. Tout est terminé, tout va bien maintenant. On va commencer une nouvelle vie, nous deux. Tu n'as pas le droit de rester plongée dans l'inconscience, tu n'as pas le droit de les laisser gagner. Camperro doit se fendre la gueule dans sa tombe. Même s'il n'est plus là, il continue à nous emmerder ! Ne le laisse pas gagner, reviens vers moi, Jenny, supplia-t-il.

Soudain, il eut l'impression de sentir bouger ses doigts au creux de sa main. Le cœur battant soudain la chamade, il s'approcha encore plus près d'elle. Caressant ses cheveux, il reprit, d'un ton oppressé.

— Jenny, fais un effort, je t'en supplie ! Bats-toi pour revenir. J'ai besoin de toi. J'en peux plus de te voir dans cet état. C'est moi qui vais craquer, maintenant !

Cette fois, il en était sûr, sa main avait bougé. Un formidable espoir enfla dans son cœur. Il se redressa sur son fauteuil sans perdre de vue une seconde son visage. Il vit ses lèvres tressaillir, sa tête bougea légèrement. Malgré les recommandations des infirmières de ne pas trop la toucher, Éric se leva soudain, la prit par les épaules et la secoua doucement avec d'infinies précautions. Il continuait à lui parler, mais le ton avait changé. Il était gorgé d'espoir. Il la pressait d'ouvrir les yeux, de revenir à elle.

Enfin, l'inespéré se produisit. Elle finit par cligner des yeux et les ouvrit. D'abord dans le brouillard, elle ne vit pas grand-chose, puis son regard qui errait autour de la pièce s'arrêta sur le visage concentré d'Éric. Leurs regards se perdirent un instant l'un dans l'autre. Éric tenait toujours la main de Jenny dans la sienne, il y déposa le front, fermant momentanément les yeux et poussant un énorme soupir de soulagement. Quand il releva la tête, ce fut pour lire une interrogation dans les yeux de Jenny. La gorge nouée par l'émotion, il ne put que lui murmurer quelques mots.

— J'ai cru que tu ne te réveillerais pas, j'y croyais plus.

L'interrogeant du regard, elle semblait ne pas comprendre de quoi il parlait.

— Depuis combien de temps est-ce que je dors ? demanda-t-elle faiblement.

— Depuis onze jours précisément. On peut dire que tu t'es fait attendre, répondit-il en souriant.

Elle le regarda, hébétée, se demandant un instant si elle avait bien compris.

— Onze jours ? Tu es sûr ?

— Un peu, oui ! Ça fait onze jours que je ne vis plus et que je passe tout mon temps auprès de toi. Je peux te dire que j'ai eu le temps de compter !

— Ted ? sursauta-t-elle soudain en pâlissant, est-ce qu'il est... ?

— Il va mieux, et il se fait aussi beaucoup de souci pour toi. Il a pu venir te voir ce matin.

En quelques mots, Éric lui donna des détails sur l'évolution de son état de santé. Comme si elle commençait seulement à émerger, elle s'inquiéta soudain du lieu où elle se trouvait. Il la vit s'agiter, se troubler, et se hâta de la rassurer, de la calmer. Elle semblait encore si faible.

— Je suis à l'hôpital ? s'inquiéta-t-elle. Quand est-ce que je pourrai sortir ? Qu'est-ce qui va se passer ? Où vais-je aller ? Je n'ai plus rien, plus d'affaires, plus...

— Jenny, Jenny ! Du calme ! Je suis là ! Je reste près de toi et je m'occupe de tout, d'accord ? Pas de panique. Il n'y a pas de raison pour que tu restes longtemps ici. Ensuite, on ira vivre quelque temps chez mes parents en attendant de trouver un chez nous. Ne t'inquiète de rien pour l'instant.

Ses lèvres tremblaient, elle respirait plus rapidement, ses yeux reflétèrent soudain de l'angoisse. Petit à petit, tout revenait à la surface. Elle laissa sa tête retomber lourdement sur l'oreiller et ferma les yeux. Éric eut peur qu'elle ne perde à nouveau connaissance. Il serra plus fort sa main et l'appela doucement.

— Qu'est-ce qui va se passer ? J'ai tellement peur, murmura-t-elle soudain, les yeux pleins de larmes. J'ai peur de l'extérieur, des gens... J'ai toujours pensé que je ne pourrais jamais vivre ailleurs qu'au domaine. Au moins là-bas, j'avais mes marques, chuchota-t-elle angoissée.

Éric la compara, une fraction de seconde, à un aveugle qui recouvre la vue après des années de cécité et qui a peur de tout ce qu'il découvre. Il appréhendait à juste titre son réveil, ses réactions.

— Tout va bien se passer, je te le jure ! Je ne te quitterai pas un instant. Quoi qu'il arrive, je serai toujours près de toi. Tu as confiance en moi, n'est-ce pas ? Maintenant, je vais aller chercher le docteur, continua-t-il lorsqu'elle eut acquiescé.

Mais au moment où il allait s'éloigner, elle le retint par la main.

— Ne t'en va pas, pas tout de suite ! Quel docteur ? Tu vas rester ici, n'est-ce pas ?

Pour la calmer, Éric renonça à sortir de la chambre. Il appuya sur la sonnette reliée au bureau des infirmières. L'une d'elles ne tarda pas à arriver. Elle sourit à la vue de Jenny éveillée, tout en lui glissant quelques mots gentils, elle vérifia sa perfusion et repartit chercher le médecin.

— Jenny, il faut que tu prennes sur toi. Tu n'as rien ni personne à craindre ici. Je ne pourrai pas rester indéfiniment dans ta chambre. Je vais rester un maximum aujourd'hui et je reviendrai demain. Il faut que tu te reposes, que tu restes calme, tu comprends ce que je dis ?

Elle acquiesça, la gorge serrée. Elle se sentait oppressée, angoissée. Elle n'osa pas en faire part à Éric. Tout ce qui l'attendait lui était inconnu. Elle ne savait même pas à quoi s'attendre et cela la terrorisait. Elle avait su se défendre contre la haine et le mépris de Camperro parce qu'elle les connaissait. Mais à cet instant, elle se sentait complètement désemparée.

Le médecin ne tarda pas à se présenter. Avec un sourire, il commença par lui parler, lui expliquer ce qui lui était arrivé. Ensuite, il enchaîna sur les examens qu'elle aurait à passer, sur les quelques jours qui l'attendaient. Jenny ne le quittait pas des yeux, plus par méfiance que par attention, mais pas un son ne sortit de sa bouche. Quand il posait des questions, elle répondait d'un signe de la tête ou éludait l'interrogation en baissant les yeux. Pour l'instant, il se contenta de lui prendre seulement la tension. Éric retint son souffle. Il avait aperçu le léger pli soucieux sur le front du médecin. Ce dernier glissa quelques mots discrets à l'infirmière, puis se tourna de nouveau vers Jenny, lui conseillant de se reposer. Il fit signe à Éric de le suivre. Celui-ci vint embrasser Jenny et la rassurer une dernière fois.

— Repose-toi, je reviens dès que possible, tu n'as rien à craindre ici. L'essentiel, c'est que tu te remettes le plus vite possible pour que je puisse t'emmener. Et dis-toi que Ted est tout près, lui murmura-t-il à l'oreille d'un ton encourageant.

Il ne sut si elle avait été sensible au dernier argument, mais elle tenta de lui sourire et le laissa partir.

— Sa tension remonte dangereusement, lui confia le médecin dès qu'ils furent hors d'écoute de Jenny. J'ai peur qu'elle ne fasse des crises d'angoisse. Elle est complètement stressée. J'ai besoin d'en savoir plus sur elle, sur son passé. Par quoi a-t-elle été traumatisée ?

Tout en parlant, le médecin avait entraîné Éric jusqu'à son bureau. Lorsqu'ils furent installés, celui-ci tenta de lui raconter un peu la vie qu'avait eue Jenny jusqu'au jour du drame, en omettant volontairement l'épisode du viol.

— En fait, résuma le médecin, c'est une enfant qui a passé sa jeune vie sans le moindre contact avec le monde extérieur. Du jour au lendemain, on lui ouvre la porte et elle se trouve confrontée à un milieu inconnu, peuplé d'étrangers. Et tous ceux qui l'entourent lui semblent hostiles, voire menaçants et dangereux, tout comme l'étaient les seules personnes avec lesquelles elle avait quelques contacts !

— Presque tous. Elle n'a jamais parlé qu'à la femme qui s'occupait d'elle dans sa petite enfance, à Ted et à moi, précisa Éric.

— Évidemment, elle n'a jamais fréquenté un milieu social quelconque, genre école...

— Jamais, confirma Éric.

— Eh bien, ce n'est pas gagné ! Je ne vous cache pas qu'il y a toute une éducation à revoir. Elle va être obligée d'apprendre à vivre en société, en quelque sorte. Apprendre ce qu'elle aurait dû acquérir par expérience au cours des premières années de sa vie. Il va vous falloir de la patience. Tous ces problèmes ne vont pas se régler en quelques semaines, quoique si je m'en réfère à ce que vous m'avez dit, elle possède malgré tout une intelligence et une force de caractère plutôt solides. Le fait qu'elle se soit éduquée seule en matière de lecture, écriture, culture générale, cela tient presque du miracle, ou du génie ! Il y aura probablement des séquelles, bien sûr, mais les dégâts devraient être limités.

— Ce serait bien si c'étaient toujours les mêmes personnes qui s'occupent d'elle pendant le temps où elle restera ici, proposa Éric. Ces personnes devront tenir compte de sa fragilité, de son traumatisme afin de ne pas la brusquer. Je sais que je n'ai pas de conseil à vous donner, mais dans l'intérêt de son équilibre psychique et mental, il faut qu'elle sorte d'ici rapidement.

— Je suis tout à fait d'accord avec vous. Tout d'abord, je vais lui prescrire des calmants légers pour endiguer l'angoisse et lui permettre de se reposer au maximum. Il n'y a aucune raison pour qu'on la garde très longtemps parmi nous. Le seul problème, c'est... Vous devez d'ailleurs être plus au courant que moi. Il y a une histoire de tutelle à laquelle elle doit être soustraite. Le commissaire Castan m'a vaguement expliqué de quoi il s'agissait. J'ai ensuite reçu la visite d'un expert en psychologie. Celui-ci doit rencontrer Jennifer et lui faire passer un certain nombre de tests psychologiques afin d'évaluer ses capacités mentales et son quotient intellectuel.

— Est-ce que ces tests seront vraiment fiables et significatifs ? Je veux dire, l'état psychologique de Jenny ne risque-t-il pas de les fausser ? Si elle passe les tests dans un état d'angoisse avancé, elle risque de les louper et les résultats ne refléteraient pas vraiment où elle en est, s'inquiéta Éric.

Par exemple, continua-t-il, elle a du mal à communiquer avec les gens, ça peut aller d'une sorte de bégaiement à un blocage total.

— Tout son vécu va être pris en compte, bien entendu, le rassura le médecin. De toute façon, l'expert ne va pas arriver et démarrer les tests de but en blanc. D'abord, il s'agit d'une femme. Jenny sera peut-être plus à l'aise avec elle qu'avec un homme. Dans un premier temps, la psychologue va passer du temps à discuter avec elle pour la cerner. Si vous voulez mon avis, malgré quelques petits problèmes d'élocution, Jennifer n'aura aucun mal à prouver sa capacité de compréhension, voire son intelligence. D'une façon générale, les artistes ou les intellectuels ne sont pas des gens dont le point fort est la communication. Les génies en mathématiques ont toujours l'air de débiles, vous ne trouvez pas ?

Éric sourit. Ce toubib avait raison. Si Jenny était déclarée « *attardée mentale* », il ne devait pas y avoir beaucoup de « *gens normaux* » sur cette terre.

— De toute façon, même si les tests se révélaient négatifs, reprit le médecin, la tutelle serait caduque, étant donné le contexte dans lequel elle a été prononcée. Le cas échéant, il faudrait alors mettre en place un autre moyen de protection. Mais faites-lui confiance, ainsi qu'à la psychologue qui va s'occuper de son cas. Tous les psy ne sont pas forcément incompétents, plaisanta le médecin.

Plutôt rassuré et le cœur plus léger, Éric se précipita vers la chambre de Ted. Il affichait un tel sourire que ce dernier ne douta pas un instant de la nouvelle qu'il apportait.

— Elle a repris connaissance ? demanda-t-il en retenant son souffle.

— Oui, pendant que j'étais près d'elle, sourit Éric.

— Comment elle va ? Comment a-t-elle réagi ? Tu lui as parlé ? Le médecin l'a vue ?

Éric sourit puis répondit patiemment à son ami. Il lui retransmit ce que le médecin venait de lui expliquer. Ted parut soucieux au départ, mais son optimisme naturel ne tarda pas à surpasser celui d'Éric.

Lorsqu'ils sortirent de l'hôpital, il était déjà tard. Éric et Jessica trouvèrent un restaurant. Éric semblait tellement soulagé, libéré. Jessica retrouvait enfin *son* frère. Bien sûr, celui-ci se faisait du souci pour l'avenir, sa future vie avec Jenny et tous les problèmes qu'ils auraient à régler à deux. Il sollicitait régulièrement l'avis de Jessie. Il lui demanda même son aide dans ce qu'il appelait déjà « *la rééducation de Jenny* ». Jessica s'en enorgueillit et accepta avec enthousiasme et optimisme. Rien ne pouvait lui faire plus plaisir que le fait que son frère lui demande de l'aide. Elle était aux anges. Non seulement elle allait récupérer définitivement son cher aîné, mais en plus, elle gagnerait une sorte de sœur, une amie... Enfin, elle l'espérait !

- 35 -

Lundi 21 juillet

Éric avait passé une nuit des plus reposantes. Cela faisait des lustres qu'il n'avait pas aussi bien dormi. Alors qu'il déjeunait avec Jessica, elle sortit un journal caché sous sa serviette de table et le lui tendit en souriant.

— Surprise ! s'écria-t-elle. Tu n'as pas l'air pressé de savourer ton premier succès !?

Éric lui prit le journal des mains le sourire aux lèvres. Alors qu'il le dépliait, il ne put réprimer un « *Waouh* ! » de satisfaction. Il avait la totalité de la première page avec en prime, le reportage dans son intégralité, qui prenait à lui seul cinq pages. Tout avait été édité, de la moindre photo à la photocopie du document le plus essentiel. Il ressentit une violente satisfaction en fixant la photo de famille qui réunissait la sœur, le beau-frère et les deux frères Camperro. Leur nom, leur famille étaient traînés dans la boue. Toute leur machination, étalée à tout vent, allait déchaîner les foudres des habitants de la région contre eux. Éric en ressentait une jouissance presque douloureuse. Jamais il ne se serait cru capable d'une telle haine. Lui vivant, aucun membre de la famille ne se relèverait de cette affaire.

Il appela ses parents pour leur annoncer que Jenny avait repris connaissance. Son père venait de lire, lui aussi, le fameux article.

— Tu n'as pas peur d'être allé trop loin ? lui demanda-t-il, presque agressif. Est-ce que tu as pensé aux retombées probables ?

— J'en ai absolument rien à foutre ! explosa Éric. J'ai dit que j'irai jusqu'au bout et je le ferai, que ça te plaise ou non. J'espérais quand même avoir ton soutien. Visiblement, ce n'est pas le cas !

— Tu veux vraiment que je te dise ce que je pense de ton satané article ? rugit Thierry, qui continua, compte tenu du silence déçu d'Éric. Eh bien, il est diablement bon ! Tu m'en bouches un coin et je m'en veux énormément de ne pas être à Lesigny avec toi parce qu'à cette heure-là, si j'étais là-bas, on se noierait certainement dans le champagne. Et tu veux que je te dise autre chose ? Je crois que ta mère et moi sommes encore plus fiers de toi aujourd'hui que le jour où tu as obtenu ton diplôme !

Éric resta sans voix, hébété. Il en était à se demander s'il avait bien entendu quand son père l'interpella à l'autre bout du fil.

— Eh ! Tu es toujours là ? Je t'ai bien eu, hein ?

— Je trouve ça très drôle, maugréa Éric. J'étais juste en train de me demander si j'avais bien compris ce que tu disais, ou si tu plaisantais.

— Je ne plaisante jamais avec les choses sérieuses, Éric. Tu devrais le savoir. Quand je suis arrivé au boulot ce matin, mes collègues et mon patron m'ont félicité. Comme je ne savais pas de quoi ils parlaient, j'ai cru à une plaisanterie. Arrivé à mon bureau, il y avait le journal déplié en évidence, ouvert à la première page. Je l'ai lu et relu trois fois pour bien me convaincre que je ne rêvais pas ! Tu ne peux pas savoir comme ça m'a fait plaisir de découvrir cet article, mais le plus fantastique, c'était le nom de l'auteur, en bas de la page. Je n'en croyais pas mes yeux. Tu as bien caché ton jeu ! Jamais je ne me serais douté que tu en savais autant. Comment tu t'y es pris pour déterrer toute cette... ce tapis de pourriture ?

— Je t'expliquerai ça plus tard, lui répondit Éric en riant.

Il n'arrivait pas, lui non plus, à en croire ses oreilles. Son père était rarement aussi prolixe. Un instant, il entendit encore ses anciennes paroles résonner douloureusement en lui. Il n'avait alors que treize ou quatorze ans lorsqu'il avait surpris son père en grande conversation avec l'un de ses collègues — qu'Éric détestait d'ailleurs et dont le fils entamait des études d'avocat — en train de dire :

— *Malheureusement, je ne pense pas que mon fils fera quelque chose de sa vie ! C'est une tête de mule qui n'en fait qu'à sa tête, c'est le cas de le dire. Il n'en rame pas une à l'école ! C'est ma hantise. Je me demande déjà s'il va passer sa vie au chômage ou en prison.*

Bien sûr, l'exagération n'était pas dépourvue d'humour et d'ironie, mais ces propos avaient blessé Éric au plus profond de lui. Il ne les avait jamais oubliés. Aujourd'hui, il avait atteint son but. Il avait réussi ! Il en ressentit un bonheur, une fierté intense, ainsi qu'un élan d'affection envers son père. Il se surprit lui-même à regretter qu'ils ne soient pas réunis en cet instant précis.

— Maman aussi a lu l'article ? questionna-t-il.

— Bien sûr. Elle m'a appelé immédiatement au bureau. Tu pourras également féliciter Jessica. Vous avez fait du bon boulot à vous deux !

— Je lui dirai ! Sinon je t'appelais pour autre chose. Jenny s'est réveillée hier !

— Génial ! Comment va-t-elle ? Elle est complètement tirée d'affaire, maintenant ?

Ils discutèrent encore quelques minutes puis Thierry lui passa Johanna :

— Tu reviens quand, alors ? Bientôt ?

— Je ne sais pas. Je voudrais déjà savoir ce que va décider Ted quand il sortira de l'hôpital. Il faut que je l'aide à récupérer son fils, aussi. Je ne sais pas ce qu'il a l'intention de faire, comment il va s'y prendre, où il va aller...

— Si je comprends bien, on risque de récupérer Ted aussi à la maison ? insinua Johanna.

— Je ne voudrais pas vous imposer ça. Est-ce que tu pourrais me trouver un petit appartement dans le coin ? Ça nous dépannera en attendant, lui proposa Éric.

— Je vais regarder, mais ça risque de prendre du temps. En attendant, vous viendrez tous les quatre à la maison, on se débrouillera. Ce ne sera que temporaire ! Ça te va ?

Éric remercia chaleureusement sa mère. Que pouvait-il espérer de plus ?

Quand il voulut, en début d'après-midi, sortir de l'hôtel pour se rendre à l'hôpital, une dizaine de journalistes stationnaient déjà dans le hall. Ils se précipitèrent vers lui en lui demandant de leur accorder quelques minutes. Il sourit et leur recommanda de lire le journal. Il n'avait rien à ajouter. Il fut également contacté par des directeurs d'agences de presse. C'était fou comme le boulot lui courait après maintenant qu'il n'en cherchait plus !

À l'hôpital, il fut intercepté par le médecin de Jenny qui le fit entrer dans son bureau. Il lui présenta la psychologue qui allait s'occuper de Jenny. Éric fut surpris. Il ne s'attendait pas à quelqu'un de la sorte. Elle devait avoir la quarantaine, portait un Jean et un tee-shirt. Ses cheveux mi-longs, négligemment lâchés, retombaient sur ses épaules. Elle avait l'air décontractée, une façon de sourire et une voix très douces. Éric dut s'avouer qu'elle ne pouvait qu'inspirer confiance. Le médecin les laissa seuls.

— J'aimerais en savoir un peu plus sur Jennifer avant de la rencontrer. Que pouvez-vous m'apprendre sur elle ? commença directement la psychologue.

— Je n'ai rien à vous apprendre. C'est à elle qu'il appartient de le faire ou pas, insinua Éric. Cela dépendra de vous !

— Est-ce à moi que vous ne faites pas confiance, ou bien à ma profession ? demanda-t-elle en souriant.

— Je dois avouer que je suis relativement méfiant par rapport à votre profession, comme vous l'avez deviné. Peut-être allez-vous me proposer une psychanalyse pour savoir quel élément dans mon enfance a suscité ma méfiance envers des gens comme vous ? plaisanta Éric.

— Je ne pense pas que vous ayez besoin de mes services, répondit-elle du tac au tac. Vous m'avez l'air assez équilibré. J'ai contacté Madame Guermandes, Marianne, j'ai discuté avec elle. Elle s'est occupée longtemps de Jenny et elle en connaît beaucoup sur son enfance, mais il me manque encore certains éléments.

— Marianne est la seule personne à s'être vraiment occupée de Jenny. Si elle vous a dit tout ce qu'elle savait, je n'ai rien d'autre à ajouter. Tout ce que vous êtes susceptible d'apprendre en plus, ce sera par elle, si toutefois vous parvenez à la faire parler, lui confia Éric.

— Est-ce que vous pensez qu'elle *me* parlera ? questionna-t-elle plus sérieusement.

— Il vous faudra de la patience. Surtout, ne la brusquez pas. Le tout, c'est de réussir à la mettre en confiance.

— Est-ce que vous voulez bien assister à l'entretien, au moins au début ? Madame Guermandes m'a confié que Jennifer n'avait vraiment confiance qu'en vous, voire en son frère. Lui ne pouvant être présent, je pense que si vous êtes là, elle se sentira quelque peu rassurée, vous comprenez ?

— Ça ne risque pas de porter préjudice à votre entretien ? hésita Éric.

— Elle ne parlera que plus facilement si elle est accompagnée. Peut-être n'aura-t-elle pas besoin de votre présence bien longtemps. Nous y allons ? proposa la psy.

— Avant que vous ne commenciez, j'aimerais la voir seul à seule. Vous n'y voyez pas d'inconvénient ?

— Non, c'est d'accord. Je reste ici. Appelez-moi lorsqu'elle sera prête.

La première chose qu'Éric constata en entrant dans la chambre de Jenny fut le soulagement qui se peignit sur son visage. Elle lui sourit timidement. Il vint l'embrasser avec tendresse.

— Comment tu te sens ? murmura-t-il.

— Un peu dans les « vaps » ! Je crois qu'ils me droguent ici, sourit-elle.

— C'est juste pour que tu sois moins angoissée, pour que tu te reposes mieux. Jenny, une psy va venir te voir.

— Je sais, le docteur m'a expliqué.

Elle baissa les yeux. Éric remarqua le léger tremblement de ses doigts sur le drap. En levant la tête, elle croisa son regard anxieux.

— Ça va aller, tu sais ? Je vais prendre sur moi, je n'ai pas le choix. Plus vite ce sera passé, plus vite je sortirai d'ici.

Éric lui sourit tendrement. Elle avait un sacré cran. À présent, c'était elle qui essayait de le rassurer. Il avait tellement de choses à lui dire, à lui demander avant que la psy ne le fasse pour lui. Il aurait voulu lui en parler avant, mais il n'avait pas le temps, et il ne savait pas par quoi commencer. Ce fut elle qui mit le sujet tabou sur le tapis. Les yeux baissés, la mine crispée, les mains jointes fortement, sa voix ne fut qu'un murmure.

— Tu as parlé à quelqu'un de... ce qui s'est passé... avec *lui* ?

— Non, répondit-il doucement. Je n'ai pas à en parler à qui que ce soit, ce n'est pas à moi de le faire.

— À ton avis, est-ce que je dois en parler à la psy ?

— Ça, c'est uniquement à toi de le décider. Personne n'est au courant. Personne ne te reprochera de l'avoir dit ou non. Fais comme tu le sens. Si tu penses que ça va t'aider, fais-le. Si c'est une épreuve, laisse tomber. Avec la psy, laisse-toi aller, ne réfléchis pas avant de répondre, dis ce qui te passe par la tête. Si toi, tu trouves ça stupide, elle, ça l'intéressera... Jenny, est-ce que tu veux que je reste avec toi, au moins au début, ou est-ce que tu préfères rester seule ?

Elle leva des yeux embués de larmes vers lui. Il serra sa main dans la sienne.

— Est-ce qu'ils seront d'accord pour que tu restes là ? chuchota-t-elle.

— Oui ! Je resterai en arrière, je ne dirai rien, mais je serai là, si tu le veux.

Elle acquiesça silencieusement, puis reprit la gorge serrée.

— Qu'est-ce que ça va changer pour nous, que je me souvienne ? Il aurait mieux valu que j'oublie définitivement, n'est-ce pas ?

— Non, il fallait que ça sorte pour que tu en sois libérée. Ça ne changera jamais rien entre nous, je te le jure, murmura-t-il en prenant son visage entre ses mains.
— Pour toi ! Mais moi ?... Je ne pourrai plus...

Il la força à croiser son regard. Elle éclata en sanglots en se jetant dans ses bras. Elle se blottit tout contre lui pour qu'il la serre très fort, pour qu'elle sente ses muscles autour d'elle la protéger. Il la laissa pleurer un moment, lui caressant la nuque pour la calmer.

— J'ai tellement peur de te perdre, hoqueta-t-elle. Si tu me laissais, je...
— Ça n'arrivera jamais, tu m'entends ? Jamais !
— Si... Ça arrivera... si tu n'as pas ce que tu veux avec moi ! affirma-t-elle.
— Jenny, je sais qu'il te faudra du temps, qu'il nous faudra de la patience à tous les deux. Mais on fera ce qu'il faut pour que ça marche, d'accord ? Du moment que tu es près de moi, j'ai tout ce que je veux !

Il prit son menton, lui fit lever la tête, lui sourit, ce qui eut le don de la calmer un peu. Éric lui laissa le temps de se reprendre avant d'aller chercher la psy.

Comme prévu, il prit une chaise et s'installa dans un coin de la pièce d'où Jenny pouvait le voir. La psychologue, Élisabeth Constance, prit d'abord le temps de faire connaissance avec Jenny. Elle la fit parler de sujets anodins. Avec une grande diplomatie et un art fantastique d'amener le sujet sur le tapis sans éveiller le moindre soupçon, elle aiguilla Jenny sur son séjour à l'hôpital, ce qu'elle avait ressenti en se réveillant, ce qui s'était passé juste avant. Éric était surpris par la tournure que prenait l'entretien. Cette femme avait vraiment un don. Au départ, Jenny était très tendue, mais il l'avait vue progressivement se détendre. À présent, elle s'exprimait avec naturel, sans hésitation, comme si elle avait toujours connu son interlocutrice.

Avec subtilité, le docteur Constance parla à Jenny de Marianne, lui expliquant qu'elle l'avait rencontrée. Jenny eut un début de sourire affectueux à l'évocation de celle qui lui avait tout appris. Elle se mit à parler d'elle sans aucune retenue.

Éric eut soudain l'impression que sa présence gênait plus qu'elle ne servait à Jenny. Avec l'excuse d'aller chercher un café, il s'éclipsa, non sans avoir croisé le regard approbateur et reconnaissant de la psy.

Il rejoignit Jessica dans la chambre de Ted et les rassura sur la façon dont l'entretien avait débuté. Il leur fit part de son étonnement quant à la subtilité avec laquelle le médecin avait su gagner la confiance de Jenny et l'amener à parler sans méfiance.

— Ça prouve au moins qu'elle n'est pas si atteinte que ça, répliqua Jessica.

— Jessica ! s'indigna Éric.

— J'ai toujours adoré la diplomatie de ta sœur, lança Ted qui éclata de rire. Tu te souviens la première fois que je suis venu chez tes parents, le coup qu'elle m'a fait ?

Comme Éric, déjà le sourire aux lèvres, lui répondait négativement, Ted continua.

— À peine arrivé, en guise de « *bonjour* », la Miss m'a sorti un truc du genre « *Eh ! c'est propre par terre, t'aurais pu enlever tes godasses !* » Je ne savais plus où me mettre et si j'avais pu l'étrangler, je crois que je l'aurais fait !

— Moi, je t'ai dit ça ? s'écria Jessica, rouge de confusion. C'est pas vrai, je m'en souviendrais !

— En tout cas, moi, je m'en souviens ! Ce sont les premiers mots que tu m'as dits le jour même où j'ai fait la connaissance de toute la famille !

— Je n'avais aucun souvenir de ça. Par contre, je me souviens que j'ai dû pratiquement te traîner chez moi parce que tu n'osais pas entrer, précisa Éric tordu de rire.

— Pour parler plus sérieusement, tu as fait très fort ! Je savais déjà que tu ne lâchais pas facilement quelque chose qui te tenait à cœur, mais là, vraiment : chapeau ! Et dire que je ne te croyais qu'à moitié quand tu me disais que tu les ferais tous tomber un par un, qu'on allait se les faire, affirma Ted.

— Bref ! Ça veut dire « *Mes félicitations* » ? émit Éric en riant.

— Euh ! En bref, oui ! éclata de rire Ted.

- 36 -

— Qu'est-ce que vous ressentiez pour votre mère ? questionna Élisabeth Constance.
— Rien... Je la connaissais à peine. Je ne la voyais jamais. Elle faisait comme si je n'existais pas, alors je faisais pareil... Je ne la considérais que comme la mère d'Isabelle.
— Vous n'avez jamais ressenti le besoin d'avoir une maman ?
—... J'avais Marianne. C'est la seule mère que j'ai eue, dans tous les sens du terme, c'est elle qui m'a sauvée !
— De quoi ?
— De la folie ! Elle m'a forcée à me rendre compte que je n'étais pas bête, que j'existais, que j'étais capable d'apprendre, de faire aussi bien que les autres. Je crois que, sans elle, je serais vraiment devenue folle.
— Vous auriez voulu aller à l'école ?
— ... Je ne sais pas... Je ne pense pas que je m'y serais adaptée parce que, partout où je suis allée — c'est-à-dire en très peu d'endroits — on m'a toujours considérée comme retardée. On me regardait comme... une sorte de monstre... Je n'aurais pas supporté l'attitude des autres enfants à l'école. En fait, je ne regrette pas de ne pas l'avoir fréquentée.
— Et votre père ?
Élisabeth vit le visage de Jenny se fermer.
— Le vrai, je ne l'ai jamais vraiment connu... L'autre, je le hais, finit par murmurer Jenny.

— Vous ne voulez pas en parler ?

— … Il n'y a rien à en dire. C'était quelqu'un de détestable. Tout le monde le haïssait. Vous avez lu le rapport de police ? Il a tué deux hommes de sang-froid, violé et tué une femme.

— Vous étiez là quand il les a tués ?

— Le premier non ! Je l'ai juste vu faire un trou et y déposer un grand sac. Je ne savais pas encore qui c'était, mais j'avais compris qu'il s'agissait d'un cadavre. Le deuxième, il l'a abattu d'un coup de fusil, dans la cuisine. J'étais derrière la porte, j'allais entrer. J'ai tout vu. Et pour la touriste espagnole, j'étais sur la falaise avec mon frère. Camperro est arrivé en voiture. Il a vu cette fille. C'est vrai que, de loin, elle ressemblait à Isabelle. Il lui a parlé puis l'a agressée. Ted est intervenu, mais un employé du domaine, son homme de main, est arrivé. Il a assommé Ted. Camperro s'est jeté à nouveau sur la fille et l'a poignardée avec le couteau de Ted.

— À chaque fois, vous avez tout vu ? Comment avez-vous réagi ?

— J'avais une peur bleue de lui. D'une part, j'ai compris que, si je le gênais, il n'hésiterait pas à m'éliminer, d'autre part, il voulait attraper mon frère. Il savait que tant qu'il me tenait, il tenait indirectement Ted. Et moi j'étais consciente qu'il ne m'éliminerait pas tant que Ted resterait libre. Alors j'ai demandé l'aide de Julien pour m'installer au-dessus de l'écurie. Je voulais pouvoir dormir le plus loin possible de lui. C'était pour moi une question de sécurité. Pendant des mois et des mois, je faisais des cauchemars, toutes les nuits, des cauchemars sanglants… Puis ils se sont espacés… Encore maintenant, ça m'arrive parfois.

— Et avec Isabelle, quels rapports aviez-vous ?

Élisabeth Constance s'était hâtée de changer le cours de la conversation en frissonnant d'horreur.

— Je la détestais, elle aussi… Presque jusqu'à sa mort je l'ai détestée. Elle avait tout ce qui me manquait, une famille, des amis... Éric et Ted !

— Pourquoi presque jusqu'à sa mort ?

— Parce qu'un an auparavant, elle s'est retrouvée enceinte. *Sa mère* ne l'a pas supporté, elles se sont mises à se mépriser. Je ne suis pas sûre qu'elle voulait cet enfant, mais son père l'a forcée à le garder. Et c'est là que pour elle, tous les problèmes ont commencé. Éric n'était plus là pour la soutenir, Ted non plus. Elle s'est retrouvée dans la même situation que moi, isolée et sans défense, elle n'a pu se tourner que vers moi.

— Comment avez-vous réagi alors ?

— Elle me faisait pitié, j'ai fait ce que j'ai pu à mon niveau pour l'aider. Mais je ne lui en voulais plus, elle est devenue un peu plus... humaine. J'avais l'impression qu'elle me regardait autrement à ce moment-là. Vous savez, quand personne ne semble vous remarquer, que vous avez l'air transparente, vous finissez par vous demander si vous existez vraiment ! Alors quand quelqu'un vous prête attention, même si c'est par mépris, ou par pitié, ça prouve qu'on est vivant... Je crois qu'elle a souffert les derniers temps... et quelque part, j'avais mal pour elle. Elle avait tellement l'habitude d'être choyée, adorée, adulée... toujours au centre des attentions. Elle est tombée bien bas, après. Et je savais, moi, ce qu'elle pouvait ressentir.

Élisabeth Constance nota mentalement que Jenny ne parlait pas de l'inceste liant Isabelle à son père. N'était-elle pas au courant, ou bien évitait-elle volontairement le sujet ? Elle tenterait de le découvrir plus tard. Elle relança le sujet.

À ce moment-là, vous ne lui en vouliez plus, mais n'était-ce pas aussi parce qu'Éric n'était plus là ?

— ... Peut-être... Sûrement... oui !

— Parlez-moi d'Éric et de Ted.

— Quand je les ai connus, tous les deux en même temps, je les ai détestés aussi. Ils étaient toujours avec Isabelle. Elle les manipulait, elle se jouait d'eux. Moi, j'en étais malade parce que quelque part, je les trouvais fantastiques l'un comme l'autre. Je trouvais tellement dommage que des garçons comme eux perdent leur temps avec une fille pareille. Je leur en voulais de ne pas réagir. En fait, les premières fois où je les ai vus, eux ne me connaissaient pas encore. Je me cachais pour les observer, les écouter... Éric avait une façon de parler, de contrarier les autres... d'avoir toujours raison. Isabelle, quant à elle, n'avait aucune culture. Je crois que parfois, elle ne comprenait pas de quoi ils parlaient, alors elle se mettait à rire, avec une belle voix grave qui sortait de la gorge et elle les faisait changer de conversation ou d'activité, elle redevenait *le centre*. Puis, un jour, je me suis rendu compte qu'elle passait de l'un à l'autre. Je ne savais pas à cette époque qu'ils étaient de connivence. Pour moi, c'était une trahison envers Éric. Je l'ai détestée encore plus fort, et lui aussi parce qu'il était aveugle.

— Éric a toujours eu beaucoup d'importance pour vous, n'est-ce pas ? Depuis le premier jour où vous l'avez vu, même si vous n'étiez qu'une enfant ?

— Oh oui ! sourit Jenny. Je passais mon temps à prier pour qu'il vienne à la maison avec Isabelle et, quand il était là, je le maudissais silencieusement. Je me cachais, je les suivais, je les guettais... Il était devenu *mon* obsession, d'autant plus que je n'avais pas le droit de l'aimer moralement. C'était le petit ami de ma sœur et pour lui, je n'existais pas.

— Il n'a jamais essayé de vous parler, de se rapprocher de vous ?

—— Si ! Mais c'est moi qui le fuyais comme s'il avait la peste. J'étais persuadée que c'était une façon de... se moquer de moi après coup, avec Isabelle. J'avais l'impression d'être salie, rabaissée quand il me regardait. Je ne supportais pas le regard qu'il posait sur moi, lui ! Alors que le regard des autres m'indifférait.

— Vous l'aviez déjà entendu se moquer de vous ?

— Avec du recul, je ne pense pas... Mais à l'époque, j'étais devenu paranoïaque. Si je l'entendais rire alors que je sortais d'une pièce, j'étais persuadée que c'était à mes dépens.

— Il y avait beaucoup de personnel au domaine, n'est-ce pas ? Quels rapports aviez-vous avec eux ? Et avec Ted ?

— Je n'avais pas le droit de parler au personnel. De toute façon, à part Marianne, je ne parlais jamais à personne. La plupart d'entre eux croyaient que j'étais muette. J'ai joué le jeu parce que ça me permettait d'avoir la paix. En général, j'évitais les hommes... Ils avaient tous une façon de me regarder... C'était comme s'ils me souillaient de leur regard...

Pour rien au monde, je n'aurais voulu les approcher, ils me faisaient peur.

Inconsciemment, Jenny se frottait les mains l'une contre l'autre avec force, comme pour en effacer les traces.

— Ted et Éric aussi ? la questionna le médecin.

— Oui, au début... Quand Éric est parti, Ted est venu plus souvent au domaine, et il a commencé à s'intéresser à moi. Cela a pris du temps, mais peu à peu, j'ai fini par me sentir bien avec lui, en sécurité... Je ne le considérais plus comme un homme, mais comme un ami. Il m'a appris beaucoup, lui aussi. Je me suis sentie moins seule... Puis tout s'est écroulé. Isabelle et *sa* mère sont mortes. Ted a été mis dehors du domaine avant d'être accusé de meurtre. Il venait toujours me voir, mais en cachette. C'est là que j'ai appris de sa bouche qu'il était mon frère.

— Qu'est-ce que ça vous a fait d'apprendre cela ?

— Ça m'a soulagée. Je ne faisais plus partie de cette maudite famille. J'en avais une à moi. C'était comme si j'avais une deuxième chance. Je n'étais pas du sang de ceux que je détestais le plus au monde... Quand j'étais plus jeune, dès que j'en avais l'occasion, je m'évadais dans mes rêves, je m'inventais une famille, des amis... Je devenais *Isabelle* dans *mon* monde, sourit Jenny amèrement. Quand Ted m'a appris qui j'étais, c'était un peu comme si mon rêve se réalisait.

— Vous m'avez parlé de la grossesse de vo... d'Isabelle. J'ai lu les rapports de police concernant ce qui s'est passé il y a quelques semaines. Le bébé d'Isabelle n'est pas mort, contrairement à ce que tout le monde croyait. Pourquoi avait-il tant d'importance pour vous ? Vous saviez que c'était l'enfant de Ted ?

— Oui... C'est Isabelle qui me l'avait dit. Elle savait que si *son* père l'apprenait, il tuerait le bébé. C'est pour le protéger qu'elle a fait appel à moi. Elle m'a également prié de prendre soin de lui s'il lui arrivait quelque chose. Elle est morte deux jours après. Ce bébé, c'était... Il faisait partie de ma famille dans tous les sens du terme. Il n'était pas désiré, il était rejeté, c'était un fardeau... Je voyais en lui ma vie qui recommençait, je ne voulais pas qu'il vive la même chose que moi, mais j'avais les mains liées.

— Qu'est-ce qui s'est passé dans votre tête le jour où Éric est revenu ?

— Je savais qu'on aurait un invité pendant quelques jours parce qu'*on* m'avait ordonné de préparer la chambre d'amis, mais j'ignorais de qui il s'agissait. Ça a été un véritable choc de le revoir. Tout s'écroulait.

— Qu'est-ce qui s'écroulait ?

— La vie que je m'étais forgée jusqu'à son arrivée. Tout était réglé. La journée, je faisais le ménage, je bossais au domaine, j'étais le *fantôme*. La nuit, je redevenais Jenny, je voyais Ted... J'avais réussi à ne plus avoir mal quand je pensais à Éric. Il était devenu un personnage de mon monde imaginaire... Je sais que ça peut paraître ridicule...

— Ça n'a rien de ridicule, Jenny, continuez !

— J'avais réussi à vivre à peu près normalement sans lui. J'avais mis des mois, des années à y parvenir… Et d'un coup, il débarquait. Il foutait tous mes repères par terre... Mais une chose primordiale avait changé : Isabelle n'était plus là. Je pensais qu'il était venu retrouver une partie d'elle... Peu à peu, je me suis rendu compte qu'il ne l'aimait pas, qu'il ne l'avait jamais aimée. Il ne la respectait même pas.

— Qu'est-ce que vous avez ressenti alors ?

— Je lui en ai voulu. J'ai eu mal pour Isabelle... Je ne sais pas pourquoi...

— Vous n'avez pas espéré qu'il se tourne vers vous ?

— Non, surtout pas ! Je voulais éviter ça, je ne voulais même pas y songer. Nourrir le moindre espoir pour moi, c'était recommencer à souffrir. Éric ne pouvait avoir le moindre sentiment envers moi parce qu'à un moment ou à un autre, il me comparerait à Isabelle... Dés le départ, je n'avais pas la moindre chance.

— Qu'est-ce qui vous a fait changer d'avis ?

— Certaines discussions avec Ted, et l'attitude d'Éric surtout... J'avais beau essayer de me persuader que je n'avais pas ma chance avec lui, je ne pouvais quand même pas m'empêcher de garder un petit espoir. Alors je me suis dit que je n'étais pas à une déception près, que ça valait peut-être le coup de me donner une dernière chance. Il me semblait qu'il y avait de la sincérité dans ses yeux. Il y a des gestes, des choses qu'on ne maîtrise pas et qui nous trahissent souvent. C'était le cas pour Éric, il avait des gestes, des regards, des paroles.... J'ai choisi de lui faire confiance. Je ne vivais plus que pour lui déjà, alors je me suis dit que, si je subissais un échec, j'aurais peut-être la force qui m'a manqué toutes les années passées pour aller jusqu'au bout.

— Jusqu'au bout de quoi ?

— Jusqu'au suicide... Je n'ai jamais eu la force ni le courage... mais je me suis toujours dit que, le cas échéant, le jour où je ne m'en sortirais plus, j'aurais toujours cette issue de secours. Ça me rassurait quelque part d'avoir une solution de repli... En fait, quand j'ai cru Éric mort, j'ai tenté de me suicider, mais c'est bizarre, je ne me suis pas dit que j'allais le faire, ça s'est fait tout seul. Je ne me souviens même pas comment je suis arrivée sur la falaise, je n'ai pas décidé de tomber. C'était comme si tout se décidait en dehors de ma volonté... J'étais comme dans un état second. Tout ce dont je me souviens, c'est du froid de l'eau... Je suffoquais, mais je n'arrivais pas à remonter... J'ai jamais eu si peur de ma vie, murmura Jenny en frissonnant, au rappel de ce moment où elle s'était vue mourir.

— Vous avez essayé de remonter ? Vous ne vous êtes pas laissée aller ?

— Je crois que je ne voulais pas vraiment mourir. Je me suis battue un moment. Il m'a semblé que quelqu'un essayait de me sortir de l'eau, mais j'ai perdu connaissance... Pour la première fois, je me suis sentie bien...

— Expliquez-moi ce que vous avez ressenti.

— Je me sentais légère, j'avais l'impression de ne plus avoir de corps, plus de douleur, plus de sentiments, plus rien... Je me sentais monter, c'est comme si j'étais au-dessus de la scène, soudain libérée. Mais il y avait une voix qui revenait sans cesse, qui m'appelait. Elle ressemblait à celle d'Éric. Je crois que c'est pour la rejoindre que je suis revenue... Je sais qu'il a eu vraiment peur. Il avait un regard désespéré, des larmes plein les yeux... Je m'en suis voulu de lui avoir fait tant de mal. À partir de cet instant, je n'ai plus douté de lui.

— Jenny, la journée, vous vous maquilliez ?

— Comment ça ?

— Comme toutes les filles de votre âge, pour vous rendre plus jolie.

Jenny eut une moue de dégoût puis un petit rire amer.

— Je n'ai jamais été une fille comme les autres. Je ne voulais surtout pas être jolie. Je ne voulais pas qu'on me regarde, qu'on me remarque...

— Pourquoi ?

— Parce que le regard des autres me faisait mal. Je préférais qu'on m'ignore.

— Tout à l'heure, vous m'avez dit que l'indifférence des autres vous poussait à vous demander si vous existiez vraiment...

— Oui, mais c'était avant...

— Avant quoi, Jenny ?

—... Tant que j'étais une enfant, je souffrais qu'on ne me remarque pas, je souffrais de l'indifférence des autres. Après, plus vieille, je préférais qu'on ne me voie pas, qu'on m'ignore... En fait, je me maquillais, oui, mais pour m'enlaidir ! Je portais les vêtements les plus moches et les plus larges que je pouvais trouver, je me faisais un teint malade, je m'attachais les cheveux... Plus je ressemblais à un épouvantail, mieux je me sentais. Je voulais éviter que...

Jenny s'était arrêtée, les larmes aux yeux. Elle resta silencieuse un moment, puis reprit tout de même en croisant le regard encourageant du docteur.

— Je voulais éviter que les hommes me remarquent, qu'ils me regardent et me désirent. C'était ma seule défense. Je savais que, si l'un d'eux essayait de me violer, personne ne me viendrait en aide.

— Pourquoi avez-vous si peur des hommes ? Pourquoi vous auraient-ils violée ? Tous les hommes ne sont pas des monstres !

— Je les entendais souvent parler de moi. Ils savaient qu'ils ne pouvaient toucher à Isabelle, la fille du patron, sans rendre celui-ci fou de rage et ils le craignaient, alors que moi, tout le monde se foutait de ce qui pouvait m'arriver, donc pourquoi pas ? Je suis consciente d'avoir un corps... attirant. Je ne voulais pas qu'on le remarque.

Élisabeth en convint silencieusement. Elle ne pouvait s'imaginer une Jenny laide, malingre et blafarde, perdue dans de trop grandes frusques. Elle était si belle aujourd'hui en face d'elle ! C'était vrai qu'elle avait un corps attirant. Le docteur aurait même été plus loin dans le terme. Elle avait un corps de rêve. N'importe quel homme normalement constitué ne pouvait l'ignorer. Élisabeth Constance s'était rendu compte que Jenny cachait quelque chose de plus grave, de plus profond, mais celle-ci déjouait un à un tous ses pièges et réussissait toujours à s'en sortir avec une explication qui n'était pas la bonne certes, mais qui tenait la route. Encore une fois, elle la félicita mentalement : « Bien joué ! Bien évité plutôt ! »

— Comment voyez-vous votre avenir aujourd'hui ?

— Je ne sais pas... J'ai un peu peur, je ne sais pas ce qui m'attend. C'est comme si j'entrais dans une pièce toute noire où je n'ai jamais mis les pieds... Tout ce qui me rassure un peu, c'est la présence d'Éric. Je suis obligée de m'en remettre complètement à lui. Je suis sûre qu'il ne me laissera pas tomber. Je ne veux pas penser au contraire.

— Je crois que ça suffit pour aujourd'hui, à moins que vous n'ayez envie ou besoin de me parler d'autre chose ?

— Toute cette conversation va rester entre nous, n'est-ce pas ?

— Bien sûr, je suis tenue par le secret professionnel. Vous pouvez me faire confiance. Rien de ce qui a été dit ici ne franchira ces murs. Si vous avez besoin de me parler d'autre chose, vous pouvez le faire... mais vous n'y êtes pas obligée.

Jenny semblait en proie à un choix difficile. Elle hésitait, elle était nerveuse. Elle regardait souvent par la fenêtre, comme s'il elle avait voulu s'envoler. Pour la première fois de sa vie, elle avait vidé son sac, elle avait tout raconté à une inconnue. Elle ne parvenait pas à comprendre ni comment ni pourquoi. Mais elle se sentait fière d'en avoir eu la force. Il fallait convenir que le médecin avait su l'y aider. Elle ressentait un bien fou à se vider. Si seulement le fait de lui dire... le reste, pouvait la soulager autant, la libérer ! Elle ne savait pas si elle le pourrait. Après un temps de silence, Élisabeth se leva, prit la main de Jenny dans la sienne.

— Je crois que ça suffit pour aujourd'hui. Vous avez déjà fait un très grand pas en avant. Il ne faut peut-être pas aller trop vite. Je vous laisse mes coordonnées. Si vous avez besoin de me parler, ou quoi que ce soit d'autre, n'hésitez pas ! Appelez-moi de jour comme de nuit, d'accord ?

— Vous savez qu'il y a autre chose, n'est-ce pas ? murmura Jenny.

— Je m'en doute, oui... mais vous n'êtes pas obligée de m'en parler pour l'instant.

— Il m'a violée quand j'étais plus jeune.

Elisabeth Constance se rassit immédiatement, surprise de l'aveu direct de Jenny.

— C'était de ma faute...

Jenny avait avoué cela d'une voix calme, le regard perdu au loin, par la fenêtre. Élisabeth en eut le souffle coupé. Jamais elle ne l'aurait crue capable de se lancer.

— Non, c'est faux, il ne faut pas dire cela, Jenny ! s'exclama-t-elle après un temps de surprise. Vous êtes la victime, pas la coupable. Il est tout à fait normal que vous vous sentiez responsable, mais c'est faux. Il faut vous convaincre du contraire, il faut que vous l'acceptiez. Je sais que c'est difficile, mais vous pouvez y arriver.

Jenny sentait les larmes couler sur son visage, mais elle ne faisait rien pour les retenir ni les essuyer. Elle évitait toujours le regard du docteur.

— Je sais tout ce que vous allez me dire. J'ai beaucoup lu sur ce sujet entre autres, reprit Jenny. La lecture, c'était ma planche de salut. Je lisais tout et n'importe quoi. Je suis tombée plusieurs fois sur des articles sur ce sujet dans des magazines médicaux que me rapportait Marianne. Je connais toutes les explications psychologiques des troubles qui découlent d'un viol, le sentiment de culpabilité, surtout lorsqu'il s'agit d'enfants. Mais je sais, moi, que je suis en partie responsable. Isabelle et *lui* s'enfermaient souvent ensemble dans une chambre. Je ne sais pas pourquoi, mais c'était un père qui me manquait le plus. J'enviais Isabelle, j'aurais donné n'importe quoi pour qu'il m'emmène. Un jour, je me suis cachée pour voir ce qu'ils faisaient. Je n'ai pas tout compris à l'époque, mais je sentais que c'était mal, j'ai pris peur. J'ai cru qu'il ne m'avait pas vue. Trois jours plus tard, c'était en hiver, Isabelle et *sa* mère étaient parties en ville. Il m'a attrapée et m'a demandé si je voulais toujours savoir ce qui se passait dans la chambre. J'ai essayé de m'enfuir, de me débattre... J'ai pas eu la force...

Jenny ne put continuer, les sanglots et l'émotion l'en empêchèrent.

— Oh, mon Dieu, murmura le docteur en lui prenant la main. Jenny, je crois que…

— Je ne sais... même plus combien de temps... ça a duré. Tout ce... dont je me souviens... c'est que j'avais tellement mal... Il m'empêchait de crier... en me bâillonnant avec ses mains... Alors je me suis... cramponnée... j'essayais de me concentrer sur le feu... dans la cheminée... Je ne pouvais plus... fermer les yeux... Quand... ça a été fini... là, j'ai fermé les yeux... de toutes mes forces... Je voulais mourir... Je me suis réveillée... dans l'écurie, le soir... il faisait nuit... Je ne savais plus ce qui s'était passé... ce que je faisais là... Je ne me souvenais plus de rien...

— Comment vous sentez-vous, maintenant ? murmura le docteur après un long silence.

— Mieux, chuchota Jenny... Je crois que j'avais besoin d'en parler... Je sais qu'il va me falloir du temps... mais je vais m'en sortir !

— Ça, je n'en doute pas un instant. Est-ce que quelqu'un d'autre est au courant ?

— Ted peut-être… et Éric. Éric surtout ! Il était là au moment où j'en avais le plus besoin... quand j'ai revécu cette... horreur... Depuis ça, j'avais toujours eu peur du feu, sans savoir pourquoi. Quand je me suis réveillée dans ma chambre en flammes, j'ai perdu les pédales... J'étais redevenue petite. Éric est venu me chercher, mais c'était *l'autre* que je voyais... Je me suis débattue... Éric a tout de suite compris... En fait, je crois que Ted et lui s'en doutaient. Ted avait remarqué ma terreur de la moindre flamme. Il a souvent essayé de me questionner, de prêcher le faux pour savoir le vrai… Il se doutait de ce qui s'était passé, il était au courant pour Isabelle et son père. Il a sûrement dû en parler à Éric... Je crois que c'est grâce à lui, et aussi pour lui, que je vous en ai parlé. Je veux être libérée, je veux oublier à nouveau... J'ai peur de mes propres réactions lorsqu'il va me toucher… plus tard.

— Faites-lui confiance. Il vous aime suffisamment fort pour vous aider à passer cette épreuve.

— Est-ce que vous pensez que j'ai... un problème ? Est-ce que je suis vraiment... attardée mentale ?

— Je pense que vous avez surtout été fortement traumatisée et perturbée par tout ce qui vous est arrivé, mais je tiens à vous rassurer. Vous avez une intelligence et une force remarquables. Si ! Franchement ! reprit le médecin en voyant le léger sourire ironique de Jenny. Je connais beaucoup de personnes qui auraient tourné casaque ou sombré dans une dépression sans fond, ou encore se seraient suicidées. Vous avez été capable de surmonter, d'analyser et de faire face à tout ce qui vous est arrivé. C'est exceptionnel, je vous assure ! Demain après-midi, je dois vous faire passer des tests de logique, d'intelligence. Pour ma part, je n'en ai pas besoin, je sais à quoi m'en tenir, mais ils vous seront utiles pour faire lever la mise sous tutelle dont vous faites l'objet. Maintenant, vous allez essayer de vous reposer. Si vous avez besoin de quoi que ce soit, appelez-moi à n'importe quelle heure du jour ou de la nuit, demain ou dans six mois. Je serai toujours disponible pour vous Jenny, ne l'oubliez pas. À demain !

- 37 -

Le docteur Élisabeth Constance s'adossa contre la porte qu'elle venait de refermer. Machinalement, elle passa la main sur son visage et poussa un long soupir de lassitude. Lorsqu'elle releva la tête, son regard heurta celui impénétrable d'Éric. Il était appuyé, nonchalant contre le mur d'en face, un café à la main. Il la fixait et semblait savourer son désarroi. Son attitude la mit mal à l'aise. Elle lui proposa un entretien dans le bureau du médecin, libre pour l'instant.

— Toutes mes félicitations ! Apparemment, vous avez su gagner sa confiance ! lança Éric légèrement anxieux.

— C'est une jeune femme exceptionnelle ! Elle peut parfaitement se passer de mes services ! S'exclama Élisabeth, admirative. Si elle est encore en vie et saine d'esprit, c'est grâce a une satanée force de caractère doublée d'une intelligence hors du commun. Je n'en reviens pas. De toute ma carrière, je n'ai jamais eu affaire à une telle personnalité !

— Je ne vous le fais pas dire, ironisa Éric.

— Ça ne veut pas dire qu'elle n'a pas besoin d'aide, rétorqua-t-elle.

— Ça, je le sais, vous ne m'apprenez rien. Ce que je veux que vous me disiez, c'est si votre entretien a été positif dans le sens où Jenny doit être libérée d'une mise sous tutelle.

— Je m'en occupe, l'assura la psychologue. Le rapport médical que je présenterai au juge ne laissera aucune place au doute quant à sa santé mentale. Demain, elle doit passer des tests de logique, de réflexion, des tests mathématiques, pour mesurer son quotient intellectuel. Je suis obligée de les lui faire passer, même si je me doute des résultats, confirma-t-elle.

— D'après Marianne, elle a rattrapé sa sœur de quatre ans son aînée, en matière d'études, sans jamais être allée à l'école, précisa Éric. C'est elle qui lui réexpliquait tous ses cours. Quand vous savez qu'elle n'a eu que très peu de contact avec le monde extérieur, On a du mal à comprendre comment elle a pu acquérir la culture générale qu'elle possède.

— C'est une chance que vous soyez revenu et que quelqu'un lui permette de recommencer sa vie. Elle est jeune, elle n'oubliera jamais totalement. Mais avec le temps, la peur, la douleur, la méfiance s'apaiseront. Elle a énormément besoin de stabilité, de sécurité. Elle s'en remet complètement, aveuglément à vous ! lui rappela Élisabeth.

— Je le sais. Elle en est arrivée à un point où elle ne peut plus tout supporter seule. Il lui faut se reposer sur quelqu'un, convint Éric.

— Elle m'a parlé du viol, elle m'a tout raconté.

Élisabeth vit le visage d'Éric se contracter. Elle craignit un instant qu'il tente de détourner la conversation ou d'y mettre un terme, ce qu'elle aurait considéré comme un refus de sa part d'assumer la réalité, mais il resta silencieux.

— Elle m'a dit que vous saviez, l'encouragea le docteur Constance.

Elle voulait qu'il parle, qu'il s'épanche. Elle avait besoin de savoir entre quelles mains Jennifer était tombée. Éric resta silencieux encore quelques secondes.

— Quand Ted m'en a parlé, j'ai refusé de l'entendre. J'ai cherché d'autres raisons pour lesquelles elle aurait eu peur du feu. Je ne supportais pas l'idée qu'il ait pu la toucher. Mais, plus je l'observais, plus le temps passait et plus j'étais obligé de convenir que Ted avait certainement raison, jusqu'au moment de l'incendie où j'en ai eu la preuve flagrante. Elle était comme dans un état second, se débattait, pleurait... Je crois qu'elle revivait ce qui s'était passé, me suppliant de la laisser partir, de ne plus lui faire mal.

L'émotion et la douleur qu'il avait ressenties alors resurgissaient et l'empêchaient momentanément d'aller plus loin. Après quelques minutes de silence, il reprit.

— Il a fallu que je la gifle pour qu'elle reprenne ses esprits. Une fois dehors, elle a vraiment compris ce qui lui était arrivé et qu'elle avait oublié pendant des années. Ça a été un premier gros choc. Ensuite, quand Ted s'est jeté sur elle pour la protéger des coups de feu, qu'il est tombé en sang, elle a cru qu'il était mort et elle ne l'a pas supporté.

— Peut-être que, si elle n'avait subi qu'un choc à la fois, elle aurait pu y faire face, mais je crois que c'est la combinaison des deux qui l'a amenée à se réfugier dans l'inconscience, pensa tout haut Élisabeth.

— En plus, la veille, elle a tenté de se suicider et a échappé de justesse à une noyade. J'ai eu du mal à la réanimer, j'ai vraiment cru que je ne pourrais pas la sauver. Tout ça l'a beaucoup affaiblie physiquement, ajouta Éric.

— Elle m'a également parlé sa tentative de suicide. Je crois que ça l'a amoindrie psychologiquement aussi. Quand quelqu'un est à bout de forces, il ne trouve plus l'énergie psychique de s'en sortir. Elle a tenté de se suicider parce qu'elle vous a cru mort. C'est pour ça que je vous dis qu'elle s'en remet aveuglément à vous. Elle est persuadée que sans vous, elle n'a plus aucune issue, plus aucune raison de vivre. Il va vous falloir de la patience pour la remettre sur les rails, surtout sur le plan... sexuel.

— Ça, je m'en doute, répondit Éric d'une voix morne. Mais est-ce que les séquelles psychologiques dans ce domaine ne sont pas irréversibles ? Je veux dire, est-ce qu'elle pourra un jour avoir une vie sexuelle normale ?

— Il n'y a pas de règle pour ce genre de cas. Tout dépend des sentiments, de la patience dont vous ferez preuve l'un envers l'autre. Ce qu'il aurait fallu, malgré son jeune âge, c'est qu'elle ait eu des rapports sexuels normaux, voire positifs pendant sa période d'amnésie. Sans ça, elle se basera sur la seule expérience qu'elle aura eue. Cela risque d'être catastrophique, du moins pendant un premier temps. Elle sera toujours partagée entre sa peur de la douleur et la peur de vous perdre. Elle n'agira plus par envie, mais parce qu'elle aura l'impression de ne pas avoir le choix, elle fera son devoir en quelque sorte. Par contre, si elle avait connu l'acte d'amour, celui qui apporte du plaisir, non de la souffrance, elle serait plus à même de faire la différence. Elle arriverait, petit à petit, à oublier le côté douloureux et dégradant, pour ne garder que le côté plaisir, tendresse. Elle serait plus à même d'accepter ce qui s'est passé, et de se tourner vers l'avenir.

Éric resta pensif durant un instant.

— Nous avons fait l'amour quelques heures avant l'incendie, finit-il par lâcher, surpris lui-même par la facilité avec laquelle il se laissait aller à évoquer des choses aussi intimes alors qu'ils ne se connaissaient pratiquement pas.

— Ça vous choque si je vous demande comment ça s'est passé ?

— Non. C'était... génial. Paradoxalement, comme je me doutais déjà qu'il avait abusé d'elle, c'était plutôt moi qui appréhendais, sourit Éric.

— Alors, rien n'est perdu, répondit Élisabeth avec un sourire encourageant. Je pense que vous tenez suffisamment l'un à l'autre pour passer cette épreuve.

Quand il sortit du bureau, Éric dut convenir qu'Élisabeth Constance ne s'était pas trompée dans le choix de son métier. Son savoir-faire était époustouflant. En un après-midi, elle était parvenue à obtenir ce qu'il avait cherché à faire durant plusieurs jours, faire parler Jenny. Il espérait tellement que le fait de s'être déchargée du lourd fardeau que celle-ci s'entêtait à porter seule, allait la soulager, l'aider à reprendre le dessus !

Il la rejoignit sans tarder. Ses yeux gonflés trahissaient sa récente crise de larmes, mais il préféra ne pas y faire allusion.

— Comment ça s'est passé ? lui demanda-t-il souriant.

— Bien ! Enfin, je crois... Je ne pensais pas y arriver et pourtant, murmura-t-elle, j'ai quand même peur du résultat. Si j'étais vraiment attardée mentale ?

— Je pense que je m'en serais rendu compte, sourit Éric. Tu l'as convaincue, elle ! C'est l'essentiel. C'est elle qui va présenter ton dossier. J'espère que tout ça va très vite se régler, reprit Éric. J'en ai marre. J'ai envie qu'on s'en aille d'ici tous les deux, qu'on passe un peu de bon temps !

— Tu crois que je vais bientôt sortir ?

— Je vais voir le médecin, mais, ça doit être imminent !

— Je n'ai plus rien à me mettre... Et Ted, tu veux partir sans lui ?

— Ma sœur s'est chargée d'acheter le minimum dont tu auras besoin en fringues et autres. Pour le reste, on va rester à l'hôtel quelque temps en attendant Ted. Après, on mettra le cap à l'Ouest, on foutra le camp de cette région. Tu es d'accord ?

— Je n'ai pas le choix, je n'ai plus que toi et lui, répondit-elle d'une petite voix hésitante. J'irai où tu iras si tu veux bien m'emmener ? Et merci pour les vêtements...

— C'est bon, n'en parlons plus. Puisque tu n'es plus perfusée, tu peux bouger ? Si on allait voir Ted ?

Jenny approuva du regard, mais ne bougea pas pour autant. Éric sourit à son trouble. Elle portait toujours les chemises de nuit sommaires que l'on distribue dans les hôpitaux.

— Il y a de quoi te changer dans le placard. Je t'attends dans le couloir, précisa-t-il.

Dès qu'il eut fermé la porte, elle s'élança vers l'armoire et resta stupéfiée devant son contenu. Elle y découvrit plusieurs grands tee-shirts qu'elle pouvait utiliser en chemises de nuit, des sous-vêtements qu'elle qualifiait de luxueux, avec de la dentelle, du satin, de la soie... Elle trouva également un peignoir d'éponge blanche et moelleuse, une robe de chambre en coton provençal, deux Jeans, deux caleçons longs, des chemises et des sweat-shirts fantaisie... Elle n'avait jamais possédé de tels atours ! Éric n'avait pas lésiné sur les moyens. Elle se dépêcha de s'habiller. Quand elle sortit de la chambre après avoir revêtu l'un des grands tee-shirts et la robe de chambre en coton, elle croisa son regard approbateur et rougit légèrement, ce qui le fit sourire.

Ted l'accueillit avec un sourire chaleureux. Rien ne pouvait lui faire plus plaisir que de revoir sa sœur, sinon en pleine forme, du moins en meilleur état que lors de sa dernière visite. Jenny ne s'était pas rendu compte tout de suite de la présence de Jessica. Quand elle en prit conscience, elle eut un léger mouvement de recul, vite réfréné par Éric qui lui présenta sa sœur. Jenny la salua, mais resta réservée. Jessica semblait, elle aussi, un peu mal à l'aise, impressionnée. Peu après, ce furent Christophe, Katia et Anthony qui pénétrèrent dans la chambre. De nouveau, Jenny tenta de s'effacer, de se mettre en retrait, ne se sentant pas encore la force d'affronter des inconnus. Elle s'apprêtait à rejoindre sa chambre quand elle aperçut son neveu. Au même moment, ce dernier la remarqua. Spontanément, il lâcha la main de Katia et se précipita vers les jambes de Jenny auxquelles il s'accrocha passionnément, au risque de la faire tomber. Tout sourire, elle le prit dans les bras et le serra très fort contre elle. Toute envie de s'enfuir avait disparu. Le cœur battant, elle caressait les cheveux de l'enfant, l'embrassait, heureuse de se rendre compte qu'il avait très bonne mine. Dès lors, il ne lâcha plus celle qu'il appelait *« ma tata ssérie »*.

Quand l'heure des visites toucha à sa fin, Katia voulut récupérer l'enfant. Pour la première fois, il se mit à sangloter, s'accrochant frénétiquement à Jenny. Elle-même sentit les larmes lui monter aux yeux. Elle eut tout le mal du monde à lui expliquer qu'elle devait rester à l'hôpital et qu'elle ne pouvait le garder près d'elle.

— Bientôt, tu pourras rester tout le temps avec ton papa, tenta de le calmer Katia.

— Ze veux rester avec ma tata, sanglotait Anthony.

— Ne lui dites pas ça, supplia Ted. Il ne me connaît même pas !

— Tu sais, tata va bientôt sortir d'ici et, si tonton Éric veut bien, tu pourras rester avec eux, reprit Christophe.

Immédiatement, Jenny lança un regard suppliant à Éric. Si seulement elle pouvait garder ce petit bout de chou près d'elle ! Elle l'aimait tellement que le laisser lui arrachait le cœur. Elle luttait à chaque instant pour ne pas fondre en larmes et le serrer de nouveau contre elle. Éric se baissa alors vers Anthony et lui prenant la main :

— Tata Jenny sort demain de l'hôpital. Alors tu vas faire un gros dodo chez tata Katia et demain, on viendra tous les deux te chercher, d'accord ? Tu veux bien ?

Comme par enchantement, les larmes cessèrent de couler sur le visage de l'enfant qui s'éclaira d'un large sourire. Il leva la tête vers Éric. Tout naturellement, il lui sauta au cou en hochant la tête et lui fit un bisou sur la joue. Tout rassuré, il tendit la main à Katia et Christophe, prêt à partir.

Jenny retint Katia par le bras et lui chuchota plutôt qu'elle ne parla.

— Merci pour tout ce que vous faites pour lui !

— C'est normal, Jenny ! On ne se connaît pas, mais vous pouvez compter sur nous.

Jenny parvint à peine à la remercier tant elle sentait sa gorge serrée. Elle n'avait pas l'habitude qu'on la considère comme quelqu'un de normal. L'élan affectueux de Katia la touchait, bien qu'elle ne doutât pas du fait que cette amitié s'adressait plutôt à Éric et à Ted. Embrassant une dernière fois Anthony, elle les laissa partir, le cœur lourd. Mon Dieu, comme cet enfant lui manquait ! Éric et Jessica la raccompagnèrent jusqu'à sa chambre. Là encore, prenant sur elle, elle parvint à remercier Jessica pour ses achats. Celle-ci rougit, ne sachant que dire. En guise de réponse, elle prit la main de Jenny et la serra chaleureusement. Ce simple petit geste eut le don de toucher la jeune femme plus que n'importe quelle parole.

— Pour une sauvageonne, tu t'en sors plutôt bien aujourd'hui, lui murmura Éric, la charriant gentiment.

— Tu te moques de moi ? questionna-t-elle naïvement.

Il l'embrassa tendrement en niant.

— Non. Tu t'en sors mieux que je ne l'espérais.

Éric rencontra le médecin et lui demanda de faire le nécessaire pour que les tests aient lieu plus tôt. L'idéal serait que Jenny puisse sortir en fin de matinée. Le médecin n'eut aucun mal à se laisser convaincre et se débrouilla pour faire avancer l'heure des fameux tests.

Éric rentra à l'hôtel le cœur léger. Dès le lendemain, il serait de nouveau, définitivement, avec Jenny. Il n'osait encore y croire.

À la réception de l'hôtel, l'employé l'interpella.

— Monsieur Corsini ! Vous avez des messages. Plusieurs personnes ont essayé de vous joindre. Ils demandent à être rappelés. Le commissaire Castan est passé aussi. Il attend que vous le recontactiez !

— Je vous remercie, répondit simplement Éric, en ramassant la liasse de notes sur le comptoir.

Il les éplucha dans la chambre. Comme il s'en doutait, plusieurs messages émanaient de journaux nationaux, magasines divers. Il y avait aussi une convocation d'un juge à propos de la levée de tutelle de Jenny. Patiemment, il rappela chaque interlocuteur. Plusieurs journaux lui proposaient du travail, lui réclamaient des informations complémentaires sur les blessés et les circonstances du drame. Il avait aussi été contacté par des chaînes de télévision, était invité à des émissions d'informations ou documentaires, et même à un débat qui le confronterait à plusieurs personnages politiques éclaboussés par l'affaire Camperro. Éric ne répondit pas. Il verrait plus tard.

Quant à la convocation du juge, elle exigeait sa présence ainsi que celle de Jenny à l'audience qui devait statuer sur le sort de cette dernière, le vendredi 25 juillet, à 14 h 30. Éric appela immédiatement le docteur Constance. Celle-ci lui confirma la date et l'heure de l'audience puisqu'elle y était également convoquée en tant qu'experte. Elle le rassura, l'assurant de tout son soutien.

Il prit également contact avec le Commissaire Castan, lui donna des nouvelles de Jenny et de Ted. Ce dernier lui confia que l'affaire provoquait des remous plus importants qu'il ne l'avait imaginé. Il s'interrogeait quant à leur sécurité. Éric protesta. Pour l'heure, tout allait bien et il se sentait d'attaque, au cas où il aurait à défendre sa personne et celle de sa sœur. Le commissaire raccrocha après lui avoir fait promettre de l'appeler à la moindre alerte.

Sans s'alarmer pour autant, Éric resta perplexe. Et si le cauchemar devait recommencer ? Si quelqu'un essayait de s'en prendre à Jessie ou à Jenny ? Il avait frimé en répondant au commissaire. En réalité, il se sentait beaucoup moins sûr de lui qu'il n'avait voulu le montrer. Jusqu'à présent, il ne s'était guère préoccupé des retombées de toutes ces révélations.

- 38 -

Mardi 22 juillet

En allant rejoindre Jenny, Éric croisa le docteur Constance qui venait d'en finir avec les tests.

– Comme je l'avais pressenti, Jenny a passé tous les tests haut la main, sourit-elle. Je peux même vous dire que son quotient intellectuel est légèrement plus élevé que la moyenne. Il n'y a donc aucun problème !

Éric s'empressa de répéter les résultats à Jenny qui eut un léger sourire. En fait, son cœur s'était mis à battre la chamade : elle était normale ! Ce n'était pas vraiment une révélation pour elle, mais c'était la reconnaissance de ses facultés mentales par les autres qui lui importait surtout. Elle pourrait enfin regarder les gens en face sans avoir l'impression de lire de la pitié ou du mépris dans leurs yeux. Tous ses efforts, des années d'études par les moyens du bord, étaient enfin récompensés, reconnus. Elle en avait la gorge douloureuse. Une fraction de seconde, elle revit le visage d'Isabelle. Une sorte de joie méchante naissait en elle. Elle ne pouvait s'empêcher de lui murmurer silencieusement :

— J'ai tout ce que tu as toujours voulu : une certaine intelligence, et Éric !

Elle revoyait sa demi-sœur lancer à ce dernier, moqueuse, méprisante :

— *Laisse-la ! Tu sais, elle est attardée, elle ne comprend pas tout : il ne faut pas lui en vouloir, elle est née comme ça ! Il n'y a qu'avec les chevaux qu'elle communique !*

Puis ce fut le visage haineux de Camperro la traitant de débile qui la harcela soudain. Elle l'avait sa revanche sur eux, et sur la vie. Se secouant, elle partit prendre une douche, s'habilla en hâte. Éric allait s'impatienter. Le temps que les dernières paperasses soient remplies, et le jeune couple quittait l'hôpital. Jenny prit le temps de respirer l'air du dehors à pleins poumons. Elle se sentait au bord des larmes : des larmes de soulagement, mais aussi d'angoisse. Elle était tiraillée entre l'espoir et le bonheur d'une toute nouvelle liberté, qui plus est, avec Éric, et la peur de ce monde nouveau et inconnu qui s'ouvrait à elle. Comme s'il sentait son inquiétude, Éric la prit par la taille et la serra contre lui. Il l'aida à s'installer à l'hôtel dans sa chambre.

Il la sentit soudain mal à l'aise, préoccupée.

— Quelque chose ne va pas ? lui murmura-t-il tendrement.

Mais elle ne lui répondit que par un sourire timide et un hochement de tête négatif. Éric perçut tout de même au passage le regard inquiet qu'elle lança en direction du lit.

— Je dormirai dans le fauteuil, lui murmura-t-il alors. Il est hors de question que je te laisse seule dans une chambre à l'hôtel. Ne t'inquiète pas, je comprends, la coupa-t-il alors qu'elle allait intervenir.

Pour toute réponse, elle se réfugia dans ses bras, se pendit à son cou. Il la serra très fort alors qu'elle lui murmurait « Merci » au creux de l'oreille. Il la sentait trembler légèrement contre lui, il sentait son cœur battre très vite contre sa propre poitrine. Enfouissant ses doigts dans ses longs cheveux, il chercha sa bouche, l'embrassa longuement, tendrement. Haletant, il resserra son étreinte, il se sentait sombrer dans l'abîme du désir. Elle lui avait tellement manqué ! Il dut se faire violence pour arracher ses lèvres des siennes, mais dans un réflexe, une main sur sa nuque, ce fut elle qui l'attira de nouveau. Dans un léger frémissement, il reprit ses lèvres plus passionnément. Le cœur battant à ses tempes, elle répondit avec une ardeur redoublée à son baiser, accrochée à lui telle une naufragée, comme si sa vie dépendait de lui. Bouleversé, il l'appuya le dos au mur et se cala contre elle, glissant une jambe entre les siennes. Comme cela lui était déjà arrivé avec Éric, elle se sentit peu à peu perdre pied dans des sensations divines. Il était la seule personne au monde à lui faire perdre conscience de tout ce qui les entourait. Avec un reste de lucidité, elle s'étonnait de sa propre réaction. Elle aurait dû avoir peur, elle aurait dû essayer de lui échapper, se débattre. Au lieu de ça, elle attendait, provoquait la moindre de ses caresses, savourait sur sa peau son souffle précipité par le désir. Elle sentait au creux de son ventre monter un désir lancinant, presque douloureux. Elle essaya une seconde de se remémorer l'horreur qu'elle avait vécue, elle savait que ce cauchemar remonterait à la surface à un moment ou à un autre. Il valait mieux que cela l'arrête tout de suite plutôt que de tout gâcher quelques instants plus tard, en vain. Elle ne put même pas se souvenir du visage de Camperro. Les baisers et les caresses d'Éric la rendaient folle, lui faisaient perdre la tête. Elle n'attendait, ne souhaitait plus que le sentir en elle. Elle se cambra contre lui dans un gémissement. Les nerfs à fleur de peau, il se recula légèrement. Il fallait qu'il se sépare d'elle, qu'il s'éloigne avant qu'il ne soit trop tard. Il la respectait trop pour faire passer son désir avant tout. Quelques secondes de plus et il ne pourrait plus réprimer ses élans. Une fois encore, ce fut elle qui le retint, se cambrant plus fort contre lui.

— Jenny, c'est trop tôt, murmura-t-il d'une voix rauque et hachée.

— J'en ai besoin, chuchota-t-elle à son oreille. Je t'en prie... maintenant !

Galvanisé par son appel, il pesa plus fortement sur elle. Ses caresses devinrent plus passionnées, plus précises, plus profondes. Il buvait ses gémissements à ses lèvres, s'en enivrant, les noyant de baisers. Soudain, il la souleva de terre, la gardant serrée contre lui, la porta jusqu'au lit où il l'allongea en douceur. Pesant alors sur elle, il la caressa de nouveau avec une tendresse infinie, la débarrassa de son tee-shirt, s'attaquant ensuite à son jean. Leurs regards s'accrochaient, brûlants de passion, se suppliant mutuellement et silencieusement. Ils s'embrassaient, repoussaient les lèvres de l'autre pour les reprendre plus voracement. Éric mordilla son cou, de la base de son oreille au creux de son épaule, provoquant en elle de longs frissons le long de sa colonne vertébrale et un gémissement qu'elle ne put réprimer. Elle le débarrassa de son tee-shirt à son tour, s'enivrant de la douceur, de l'odeur de sa peau. Elle sentait contre elle ses muscles se tendre, rouler sous ses doigts. Tout son être dégageait une sensation de force, de puissance. Elle se donnait l'impression d'être si petite, si menue sous lui. Nulle part, elle ne s'était sentie aussi en sécurité qu'au creux de ses bras. Ses caresses devenaient de plus en plus passionnées, rapides. Se tordant, gémissant sous ses caresses, elle le suppliait par bribes de phrases, entrecoupées de soupirs de plaisir. Alors que les doigts d'Éric atteignaient le creux de ses cuisses, elle eut soudain une sorte de haut-le-cœur. Comme si elle avait momentanément perdu connaissance, elle ouvrit les yeux et ce fut José Camperro qu'elle vit au-dessus d'elle. La panique la gagna d'un coup, lui tordant les entrailles. Une violente douleur naquit de son sexe et embrasa son ventre, oppressant sa poitrine. Elle se débattit d'un coup, avec la force du désespoir. Éric ne chercha surtout pas à la retenir. Il se détacha d'elle immédiatement, la laissant fuir. Elle se réfugia dans un coin de la pièce, par terre, dos au mur, le visage caché derrière ses genoux repliés contre sa poitrine. Tout son corps tremblait, secoué de violents sanglots entrecoupés de gémissements.

 Éric avait roulé sur le dos, un bras replié sur ses yeux. Encore haletant, le cœur tambourinant dans sa poitrine, il se maudissait de sa faiblesse. Il était encore trop tôt, il le savait. Il n'aurait jamais dû agir ainsi, se laisser emporter par la passion. Il aurait dû s'éloigner d'elle ou du moins la raisonner. Il risquait de la perturber encore plus, de foutre en l'air tous les efforts qu'il avait faits pour gagner sa confiance. Emporté par le souvenir de leurs étreintes enfiévrées, il n'avait pas su dominer la situation, encore moins ses instincts, sa passion.

 Il la rejoignit, s'agenouillant devant elle. Avec une douceur et une tendresse infinies, il détacha ses bras crispés sur ses genoux, la força à lever la tête tout en lui murmurant des mots rassurants, essuyant les larmes sur ses joues dans une caresse. Redoublant de sanglots, elle se réfugia contre lui, enfouissant son visage inondé de larmes au creux de son cou. Durant quelques secondes, il la serra contre lui à l'étouffer, puis relâcha un peu son étreinte, la berçant comme il l'aurait fait avec un enfant.

— Je suis... désolée, hoqueta-t-elle. J'en avais... tellement... envie ! Je pensais... que...

— Ce n'est pas grave, murmura Éric tendrement. J'avais juste un peu raison. C'était trop tôt ! C'est moi qui suis désolé...

— C'était comme... dans l'incendie... Ça avait l'air tellement vrai.... C'est lui que je voyais... à ta place... J'avais... tellement mal...

— Calme-toi, la coupa Éric, c'est fini, tout est fini...

— Non... C'est un signe, sanglota-t-elle de plus belle. Il ne me... laissera... jamais tranquille... Il est là... je l'entends rire...

Éric prit son visage à pleines mains, lui fit lever la tête et planta son regard dans le sien.

— Jenny, écoute-moi bien ! Il est mort ! Enterré ! Tu n'entendras plus jamais parler de lui, d'accord ? Tu ne le reverras plus jamais ! Jamais, tu m'entends ?

Ils restèrent longtemps accroupis par terre, dans les bras l'un de l'autre. Progressivement, Jenny se calma, cessa de trembler et finit par se détendre.

Comme il n'était pas loin de midi, il lui proposa de commander à déjeuner dans leur chambre pour aller ensuite chercher Anthony chez Katia et Christophe. À plusieurs reprises, il tenta d'appeler le standard de l'hôtel, mais sans succès. Pensant que leur téléphone était peut-être en dérangement, Éric descendit à la réception. Il s'arrêta net au milieu des derniers escaliers, percevant un brouhaha de tous les diables, comme si une foule avait envahi le hall. Restant à couvert contre le mur qui jouxtait les marches, il se pencha discrètement. Des portes d'entrée jusqu'à la réception, le hall était empli de journalistes, paparazzi, photographes et même cameramen. Tout le monde parlait en même temps. Les questions des journalistes fusaient de partout sans même attendre les réponses. Tout ce qu'Éric comprit c'est qu'il s'agissait de Jenny. Apparemment, ils voulaient rencontrer celle dont on leur avait caché l'existence, et toutes les hypothèses, même les plus farfelues, fusaient à un rythme effréné.

— Est-il vrai que Jennifer Camperro n'était pas la vraie fille de José Camperro ? Vous l'avez vue ? Vous la connaissez ? Est-elle vraiment handicapée physique et difforme ? Est-il vrai qu'elle est attardée mentale ? De quelle maladie psychologique souffre-t-elle ? Est-elle seulement muette ou débile aussi ? osa même l'un d'entre eux.

Profondément écœuré et inquiet, Éric allait remonter lorsque le commissaire Castan apparut avec plusieurs de ses hommes. Ceux-ci prêtèrent main-forte au directeur et au réceptionniste de l'hôtel qui tentaient en vain de faire reculer la masse des vautours depuis un bon moment et qui manifestement commençaient à s'épuiser sans avoir réussi à les faire reculer d'un mètre. Par chance, ils avaient néanmoins réussi à défendre pour l'instant l'accès aux chambres.

— Commissaire, reprirent-ils tous en même temps, des rumeurs disent qu'elle aurait été séquestrée, maltraitée, voire violée ou torturée au domaine des Camperro. Pouvez-vous confirmer ces rumeurs ?

Éric sentait la colère monter en lui. Si ça n'avait été pour Jessica et Jenny, il serait descendu mettre son poing dans la figure de ces abrutis. Il avait une envie folle de taper dans le tas. Ils représentaient la partie de son métier qu'il détestait. C'était à cause de journalistes comme eux qu'ils avaient si mauvaise réputation.

Quand le commissaire prit la parole, le silence s'instaura plus ou moins, entrecoupé de murmures. D'une voix forte, il commença par dire son mécontentement et sa colère contre de tels agissements de la part des médias. Il les accusa de faire obstacle à son enquête, en accusa même deux ou trois précisément, de rétention d'informations et d'entrave à la justice, et les menaça d'arrestation. Pour le reste, il déclara que José Camperro n'avait eu qu'une fille, Isabelle Camperro, décédée quatre ans auparavant, que la jeune fille dont il était question était simplement employée au ranch et qu'aucune des rumeurs déballées n'avait de fondement. Une femme d'une trentaine d'années, assez jolie, l'air très sûr d'elle, prit la parole.

— Je suis native de Blignac, j'y ai passé toute mon enfance et j'y habite encore aujourd'hui. Je sais que les Camperro ont eu deux filles. J'ai même eu l'occasion de rencontrer Jennifer une fois quand elle était enfant. Le bruit a couru qu'elle n'était pas la fille de José Camperro, mais elle est bien la fille de sa femme, à moins que ma propre sœur, sage-femme de métier, n'ait eu des hallucinations lorsqu'elle l'a accouchée !

Sa remarque fit naître de légers rires dans la foule. Tout le monde s'était tu. Apparemment, elle savait de quoi elle parlait.

— J'ai connu également la famille Corsini, bien que je ne connaisse pas Éric, journaliste de talent je dois bien en convenir. Mais j'ai connu aussi la famille Kolinski, en particulier Thierry, dit Ted !

— Où voulez-vous en venir ? tonitrua le commissaire.

— Il y a eu des tas de rumeurs au sujet de cette jeune fille pour la bonne raison qu'elle a vécu recluse, cachée. Le mystère qui l'a toujours entourée éveille la curiosité de tous. On l'a aperçue une ou deux fois au village, rapidement, mais il y a de ça plus de dix ans. Personne ne sait actuellement si elle est vivante, morte, saine de corps et d'esprit. Le fait que ses parents l'aient cachée nous encourage à croire le contraire. Éric Corsini a, lui-même, soigneusement évité le sujet, alors qu'il est certainement le seul à tout connaître d'elle. Pourquoi ? Tout ce que nous voulons c'est justement mettre fin à ces rumeurs ! C'est pourquoi nous demandons la vérité au sujet de cette enfant. Et par la même, j'aimerais bien savoir pourquoi l'accès de l'hôpital nous est interdit et plus particulièrement la chambre de Thierry Kolinski que nous ne pouvons pas même joindre par téléphone.

Le silence était devenu d'or. On aurait entendu une mouche voler. Manifestement mal à l'aise, le commissaire se racla la gorge. Que pouvait-il bien répondre à cela ? Éric avait retenu son souffle. Pour qui se prenait-elle ? Oser demander à parler au téléphone à un blessé qui venait à peine de sortir du coma et dont la vie avait tenu à un fil pendant des jours. Cela tenait non plus de la conscience professionnelle, mais de la bêtise pure !

— *C'est elle qui est dérangée du cerveau !* pesta-t-il silencieusement.

Partagé entre la colère et la peur que Jenny n'ait à souffrir de tout ce remue-ménage, il hésitait sur la démarche à suivre. Comme le commissaire semblait chercher ses mots, Éric se lança.

— Jennifer ne vivait plus au domaine depuis quelque temps, mais elle était présente au moment de l'arrestation d'un des Camperro et du décès de l'autre. Lors de l'action de police, elle a été blessée, comme Ted Kolinski, grièvement blessée ! insista-t-il à l'adresse de celle qu'il surnommait déjà pour lui-même l'abrutie. Vous êtes priés de leur foutre la paix le temps qu'ils se remettent de leurs blessures.

— Alors vous êtes le fameux Éric Corsini ?! Mélanie Delpy ! Enchantée de faire votre connaissance ! lança la journaliste d'un ton qu'elle voulait enjôleur. Vous qui savez pratiquement tout sur cette affaire, pouvez-vous m'en dire plus sur toutes les rumeurs concernant Jennifer.

— Tout ce que je sais a été publié. Quant aux rumeurs dont vous parlez, je dirais même les tissus de merde que vous déballez, je tiens à préciser une chose. Comme vous le disiez si bien, je suis l'un des seuls à vraiment la connaître et je peux vous assurer qu'elle est, mises à part ses dernières blessures bien entendu, tout à fait saine de corps et d'esprit. Quant à sa soi-disant difformité, si vous possédiez un cinquième de son physique, Mesdames, la chirurgie esthétique serait un métier en voie de disparition ! Sur ce, bonne journée ! lança-t-il volontairement arrogant et blessant.

Tout au long de sa tirade, il n'avait cessé de fixer la fameuse journaliste, la toisant tant et si bien qu'elle avait fini par se sentir mal à l'aise et baisser les yeux. La dernière remarque d'Éric avait dû profondément la blesser, car elle l'avait foudroyé d'un regard furibond. Le commissaire avait souri, hésitant quant à la marche à suivre. Il demanda donc à tous les représentants des médias présents de vouloir bien quitter la place sans protester. Lorsque le hall fut de nouveau désert, Éric rejoignit le commissaire et le directeur de l'hôtel.

Les journalistes s'étaient contentés de sortir, mais ils attendaient sur les trottoirs situés en face et à proximité de l'entrée de l'hôtel.

— Le mieux serait que vous partiez avec Jenny et votre sœur, conseilla le commissaire. Mettez des kilomètres entre eux et Jenny si vous voulez la garder à l'abri de ces voraces !

— Même si je décide de partir sans Ted, ça ne sera pas avant la fin de la semaine. L'audience du tribunal qui doit statuer sur le cas de Jenny aura lieu vendredi. Jusque-là, nous sommes coincés ici. Il faut absolument que vous les empêchiez d'entrer à l'hôtel. Tenez-les autant que possible éloignés de nos chambres ! demanda Éric au directeur de l'hôtel.

— Vous pouvez compter sur nous. Tout le personnel va s'y mettre. Je vous assure que ce genre d'incident ne se reproduira plus ! le rassura ce dernier.

— Je vous remercie. En attendant, je vais devoir sortir cet après-midi. Y a-t-il une autre sortie, plus discrète ?

— Oui, par les cuisines. Elles donnent sur une petite impasse, vous devriez pouvoir sortir tranquilles de ce côté-là.

— Voici les clés de ma voiture. Pouvez-vous envoyer quelqu'un pour la déplacer et la garer près de cette sortie ?

— Éric, je laisse deux hommes pour assurer votre surveillance sur place, reprit le commissaire quand le directeur de l'hôtel eut acquiescé. On ne sait jamais ! Et les journalistes seront peut-être moins pressants.

— D'accord ! Merci pour votre aide. Autre chose : nous allons récupérer Anthony, et...

— Pas de problème, je m'occupe de tout ! le coupa le commissaire. Franchement, je préfère que vous récupériez le petit. J'ai déjà fait le nécessaire ; il n'y aura que quelques papiers à signer. Je vous recontacterai en temps voulu. En attendant, vous pourrez garder le gosse en toute légalité, vous en avez la garde temporaire.

Après avoir commandé trois repas, quand Éric regagna la chambre, il trouva Jenny à la fenêtre, protégée en partie par les rideaux.

— Les repas arrivent, je vais chercher Jessica ; j'ai mis du temps parce que j'ai discuté avec...

— Je sais, j'ai entendu du bruit, j'ai ouvert la porte pour écouter, murmura-t-elle. Eux non plus, ils ne vont pas me laisser tranquille. Peut-être est-ce qu'il faudrait leur dire la vérité, que je les rencontre. Après, ce serait terminé...

— Non, la coupa Éric. Avec eux, ce n'est jamais terminé. Ce sont des rapaces qui n'hésiteront pas à te harceler. Nous partirons dès que possible. En attendant, nous allons sortir d'ici discrètement pour nous rendre à l'hôpital. À partir de maintenant, quand nous serons ici, il ne faudra pas sortir de la chambre ni rester derrière les fenêtres.

Ils déjeunèrent rapidement puis se rendirent chez Christophe et Katia, récupérèrent l'enfant qui jubilait de retrouver *sa tata ssérie* et qui ne la lâcha d'ailleurs pas d'un millimètre. Ils passèrent une bonne partie de l'après-midi avec Ted. Celui-ci approuva la décision d'Éric au sujet de leur départ. Ils partiraient dès la fin de l'audience, le vendredi suivant. Quant à lui, il les rejoindrait dès qu'il le pourrait. Comme il le fit remarquer à Éric, il n'était pas seul puisqu'il restait encore Julien, Marianne, Christophe et Katia qui venaient le voir régulièrement. Julien ! Éric l'avait presque oublié. Il se promit d'aller lui rendre visite avec Jenny avant leur départ. Curieuse coïncidence, Julien et Marianne passèrent en fin d'après-midi, les invitèrent à dîner et leur proposèrent même de les héberger, prétextant qu'ils seraient plus tranquilles chez eux. Éric accepta le dîner, mais refusa l'hébergement. Il ne leur restait plus que quelques jours à supporter la pression médiatique. De plus, ils ne voulaient pas être une cause supplémentaire de dérangement pour le couple en deuil de leur enfant.

Ils passèrent une soirée délicieuse. Éric vit Jenny sourire plus souvent que ces derniers temps. Elle se retrouvait en territoire connu. Marianne l'avait chaleureusement embrassée et accueillie. Au moment du départ pour l'hôtel, Éric dut leur promettre de donner des nouvelles régulièrement.

À peine couchée, Jenny s'endormit comme une souche. Anthony avait été installé dans la chambre de Jessica, au grand plaisir de cette dernière. Éric aurait dû dormir sur le seul fauteuil qui trônait dans la chambre, comme promis, mais

Jenny avait protesté. Il pouvait très bien s'allonger près d'elle sans pour autant qu'il ne se passe rien. Seulement, alors qu'elle plongeait dans un profond sommeil, d'instinct, elle se blottit contre lui. Il dut faire appel à tout son self-control pour ne pas craquer. Il eut un mal fou à trouver le sommeil. S'endormir en sentant son corps collé au sien, en la serrant dans ses bras, relevait d'une épreuve de force, un supplice.

La maison de Julien et de Marianne était plongée dans une nuit noire. Jenny se trouvait dans le jardin. Il faisait froid. Sans en comprendre la raison, elle ressentait une profonde angoisse. Elle marchait vers la porte d'entrée avec l'impression de ne pouvoir l'atteindre. La peur la gagnait petit à petit, accrue par le silence qui régnait autour d'elle. Quand elle pénétra enfin dans le hall de la petite maison, elle appela, mais personne ne répondit. Le souffle court, le cœur battant, elle avançait lentement, presque à tâtons, dans la pénombre. Elle entendit soudain la voix d'Isabelle qui l'appelait doucement. Elle entra dans le salon à peine éclairé par une petite lampe posée sur un guéridon près de la télé. Alors qu'elle atteignait le centre de la pièce, la porte claqua derrière elle, la faisant violemment sursauter. Prise de panique, elle se précipita vers cette porte, s'acharnant sur la poignée en vain. Elle était enfermée. Avec horreur, elle entendit la voix de José Camperro. Se retournant brusquement, elle se retrouva face à lui. Il avait le torse et le visage couverts de sang. À travers ses vêtements déchirés, elle pouvait voir les impacts de balles sur sa peau. Il riait. Jenny hurla, mais aucun son ne sortit de sa gorge. Alors qu'elle tentait de gagner une fenêtre, il l'attrapa au vol, la bloquant au sol. Elle pleurait, le suppliait, se débattait de toutes ses forces, en suffoquant. Le sang coulait sur son visage, maculant ses vêtements, sa peau. Elle essayait de hurler avec l'énergie du désespoir sans réussir à émettre le moindre son. Elle parvint à se libérer, tenta de se relever. C'est alors qu'elle aperçut Éric au loin, au fond de la pièce. Il la regardait sans bouger. Elle cria son nom, le supplia en vain. Il ne bougeait pas. Il y eut une détonation suivie du rire tonitruant de Camperro. Comme au ralenti, terrifiée, elle vit une balle atteindre Éric en pleine tête, faisant éclater son crâne d'où jaillit une fontaine de sang.

Jenny se réveilla en sursaut, assise dans le lit en bataille. Elle continua à se débattre contre la poigne de fer d'Éric qui tentait de la maîtriser, durant quelques secondes encore. Elle était en sueur, le visage inondé de larmes, sanglotant à en perdre haleine, le cœur battant à lui faire mal dans la poitrine, les muscles tendus à l'extrême. Elle mit quelques instants avant de reconnaître Éric, de percevoir le son de sa voix. Finalement, elle cessa de se débattre et s'écroula contre lui, cherchant son souffle. Il la serra très fort dans ses bras, lui parlant doucement, cherchant à la rassurer, à la décontracter, mais elle sanglotait de plus belle, s'accrochant à lui comme s'il elle craignait qu'il ne la lâche. Elle s'efforçait de lui exposer, de façon hachée, presque incohérente, son cauchemar, tandis que ses paroles, ponctuées de spasmes violents, étaient à peine compréhensibles. Elle mit plus d'une demi-heure à se calmer. Alors qu'il essayait de l'allonger à nouveau, elle s'accrocha à ses épaules, calant son visage au creux de son cou. Encore secouée par des spasmes nerveux, elle le supplia de ne pas la lâcher, de ne pas la laisser seule.

— Je vais te chercher un verre d'eau, allonge-toi, je reste là. Calme-toi, c'est fini, chuchota-t-il à son oreille. Je reste près de toi. Je ne te laisserai plus jamais seule, je te le jure !

À la salle de bain, Éric chercha fébrilement les somnifères que le médecin avait prescrits à Jenny, au cas où le besoin s'en ferait sentir. Il fallait qu'elle en prenne pour se calmer et se reposer. Il était hors de question de la laisser accumuler fatigue et nervosité, comme elle l'avait fait au domaine avant de perdre connaissance. Il ne fallait pas non plus que le cauchemar recommence, sinon elle lutterait pour ne plus se rendormir. Il délaya deux comprimés dans l'eau. Quand il revint près du lit, il la couva un instant du regard. Elle était allongée sur le côté, creusant à peine l'oreiller. Ses cheveux dorés en désordre s'éparpillaient sur les draps et sur son corps. De fines mèches trempées de larmes collaient à son visage ravagé par les sanglots et l'angoisse. Tel un animal traqué, elle tremblait encore de tous ses membres, les yeux noyés de terreur. Éric la prit à nouveau contre lui pour l'aider à boire. Il la serrait dans ses bras, caressant sa nuque, déposant de légers baisers sur ses cheveux. Il voulut l'allonger, mais elle se cambra contre lui.

— Je ne veux plus dormir, murmura-t-elle. Je ne veux plus de ce sale cauchemar !

— Mais il faut que tu dormes pour te reposer, Jenny, c'est fini, tu vas dormir tranquille maintenant.

— Non, j'veux pas dormir... *Il* disait que dormir, c'était mourir un peu, murmura-t-elle, les yeux dans le vide.

Elle se retrouvait dans le même état qu'après l'incendie. Elle ne bougeait plus, les yeux fixant un point sur le mur. Elle semblait ailleurs, comme si elle essayait de se détacher de la réalité. Éric, anxieux, continuait à lui parler tout en lui caressant les cheveux. Il n'insista pas pour la forcer à dormir. Les somnifères allaient faire effet et elle ne tarderait pas à sombrer dans un profond sommeil réparateur.

Il avait appelé le médecin dès le lendemain matin, alors que Jenny dormait encore. Celui-ci lui avait conseillé de lui donner deux somnifères chaque soir pendant un bon mois, puis la dose devrait être réduite progressivement. Dans un premier temps, il lui fallait dormir beaucoup et éviter les cauchemars. Il était évident qu'elle en ferait pendant longtemps encore, même lorsqu'elle aurait arrêté les somnifères. Elle ne pouvait en quelques jours effacer une quinzaine d'années de traumatismes.

- 39 -

Vendredi 25 juillet

Jenny se réveilla plus tôt que les jours précédents. Elle avait fait une cure de sommeil forcé. Son état physique et moral s'en ressentait. Elle avait meilleure mine, l'air plus reposé, les traits plus détendus. Son corps s'était légèrement enrobé, lui faisant perdre son aspect squelettique et lui redonnant un physique d'adolescente. Éric avait passé des heures à la regarder dormir paisiblement. C'était presque trop beau qu'elle soit là, avec lui, qu'elle partage ses sentiments... Il notait les changements en elle avec plaisir. Elle avait presque perdu cette nervosité qui la faisait sursauter au moindre bruit, ce regard de biche traquée, toujours à l'affût du moindre risque. Elle semblait beaucoup plus calme, elle était beaucoup plus belle...

Ce matin-là, pourtant, son air préoccupé n'échappa pas à Éric. Il tenta vainement de la rassurer, mais elle sentait que lui non plus n'avait pas l'esprit tranquille. Il avait beau s'en défendre, il était inquiet. Cette audience allait avoir une importance capitale pour leur avenir. Jessica, debout de bonne heure pour une fois, vint les rejoindre rapidement. Sans vouloir le montrer, elle se rongeait également les sangs.

Plus l'heure approchait, plus Jenny devenait anxieuse.

— Et si le juge décide qu'elle doit rester sous tutelle, qu'est-ce qui se passera ? questionna Jessica.

Éric jeta un coup d'œil à Jenny qui, le souffle coupé, attendait sa réponse.

— Le problème n'est pas trop le fait de rester ou non sous tutelle, c'est plutôt qui sera nommé tuteur au cas où le jugement serait négatif, répondit Éric, l'air nonchalant. Mais pas de panique, il n'y aura aucun problème !

Il aurait voulu être convaincu lui-même par ses propres paroles, mais plus il y réfléchissait, moins il y croyait. Les médecins lui avaient bien dit que, d'un point de vue psychologique, elle découvrait aujourd'hui ce qu'elle aurait dû apprendre dès ses plus jeunes années. Elle avait beau être reconnue en possession de toutes ses facultés mentales et physiques, elle n'en restait pas moins vulnérable face au monde *extérieur*. Bien entendu, il était là, lui, pour l'épauler, la protéger, la suivre pas à pas. Mais le juge prendrait-il cela en compte ? C'étaient les capacités de Jenny à s'assumer seule et à gérer sa propre vie qui seraient jugées.

L'audience avait lieu en huis clos. Seuls étaient présents le juge, le docteur Constance, le commissaire Castan, Éric, un avocat commis d'office, sans oublier la principale intéressée. Les faits furent rappelés, insistant avec force détails sur le passé de Jenny. Éric, le commissaire ainsi que Jenny furent appelés à répondre aux nombreuses questions posées par le juge. Jenny commençait à avoir l'impression qu'elle ne verrait pas la fin de cette maudite audience. Le juge s'arrêtait sur des détails si insignifiants ! Son insistance sur certains points laissait un certain malaise planer sur elle. Elle comprit bien vite qu'ils auraient du mal à le convaincre. Celui-ci paraissait avoir déjà son propre avis sur l'affaire. Elle avait la gorge sèche et sentait son estomac se nouer.

Enfin, le docteur Constance prit la parole, défendant ardemment sa thèse, expliquant en détail toute la procédure qu'elle avait suivie afin d'asseoir son verdict, en tant qu'expert. Il en ressortit que Jenny était non seulement saine d'esprit, mais possédait en plus une intelligence et un sens de l'analyse remarquables. Élisabeth Constance insista également sur le fait que la mise sous tutelle de Jennifer ne reposait pas sur un examen médical légal puisque le médecin responsable était aujourd'hui en état d'arrestation. Jenny sentait son cœur battre à tout rompre. La partie était presque gagnée...

Soudain, Élisabeth changea l'orientation de son laïus : elle reconnut tout de même que, malgré ses capacités mentales, Jennifer avait subi de graves et profonds traumatismes, qu'elle n'avait jamais quitté le domaine où elle était née et où elle avait été quasiment séquestrée et donc ne possédait aucune expérience de la vie ni du monde extérieur. Elle se retrouvait sans famille ou presque, puisque son seul demi-frère, à peine reconnu comme tel, était actuellement hospitalisé et sans ressources. En quelques mots, elle ne voyait pas vraiment comment Jennifer, sans l'aide d'Éric, pourrait s'en sortir et s'assumer seule. En conséquence, elle demandait la reconduction de la tutelle, au moins pour un temps dit d'adaptation.

Jennifer eut l'impression que tout s'écroulait autour d'elle. Elle ressentit une énorme boule dans la poitrine. Elle baissa les yeux, luttant pour retenir ses larmes et tentant de calmer les coups redoublés de son cœur. Elle n'avait même pas la force de protester, encore moins celle de regarder Éric. Il voulait par-dessus tout faire tomber cette mise sous tutelle. Il devait être tellement déçu et en colère ! Éric, quant à lui, tenta de protester, mais on ne lui en laissa pas la possibilité. Quant à leur avocat, commis d'office parce qu'ils n'en avaient pas besoin, leur avait-on dit, il feignit d'être indigné, juste pour la forme. Il avait l'air de n'en avoir que faire et paraissait d'ailleurs d'accord avec le docteur Constance.

Le juge partagea leur avis également. Le verdict tomba. La mise sous tutelle était reconduite pour un an, période dite d'adaptation. Ce délai écoulé, Jennifer devrait se présenter à une nouvelle audience où son cas serait réétudié. Son tuteur actuel étant décédé, il fallait en trouver un autre. Le premier nom qui vint aux lèvres du juge fut celui de Thierry Kolinski. Mais comme l'avait précisé le docteur Constance, Ted était non seulement hospitalisé, mais également sans ressources, ce qui voulait dire qu'il n'était pas jugé capable d'assumer son rôle de tuteur. En conséquence, le juge demanda à Éric d'assumer ce rôle.

Ce dernier, rongé par la déception et la colère contre le docteur Constance, crut un instant avoir mal compris et fit répéter au juge ses paroles. Celui-ci réitéra sa question.

— Êtes-vous prêt, oui ou non, à assumer le rôle de tuteur envers Jennifer Camperro ?

Éric jeta un regard inquisiteur vers Jenny. Elle releva la tête sous le coup de la surprise, le fixa soudain avec un nouvel espoir, semblant le supplier silencieusement.

— Bien entendu ! répondit-il enfin.

Il tombait des nues. Après coup, il sentit des sueurs froides couler le long de son échine. Bon sang ! Ils avaient eu chaud et, dans le fond, ils s'en sortaient plutôt bien. Officiellement, il avait la responsabilité de Jenny pour un an ! Avec un brin d'humour, il se dit que, du coup, même si Jenny voulait le quitter pendant le délai imparti, elle n'en avait pas le droit. En y réfléchissant bien, c'était génial !

Dès la séance levée, tout le monde quitta la salle, mais le docteur Constance y retint Jenny, demandant à Éric de patienter quelques minutes dehors.

— Vous m'en voulez, n'est-ce pas ? attaqua Élisabeth.

— Pas vraiment, lui répondit Jenny après quelques secondes d'hésitation... Pas vraiment parce que cela s'est bien terminé, mais si le juge avait choisi quelqu'un d'autre ? Vous aviez promis de me soutenir, reprocha-t-elle.

— C'est ce que j'ai fait, Jenny ! Je voulais que nous parlions justement pour vous expliquer ma stratégie. Il était évident que c'était à Éric que l'on demanderait d'assumer le rôle de tuteur ; à qui d'autre aurait-on pu penser ? C'est une sécurité pour vous Jenny, que d'être encore sous tutelle. Je ne pense pas que cela se produira, mais imaginez que dans deux, trois ou six mois, Éric vous laisse tomber ? Qu'est-ce que vous deviendriez ? Vous n'avez pas de logement, pratiquement pas de famille, pas d'emploi... Quel moyen de subsistance trouveriez-vous ?

— Autrement dit, vous avez forcé Éric à s'engager envers moi ? C'est encore pire, je ne veux pas de ça ! Si un jour il voulait s'en aller, je ne le retiendrais pas de force. Je ne tiens pas à ce qu'il se sente prisonnier. Vous ne pouvez pas comprendre ça, vous ! Vous avez sûrement toujours fait ce qu'il vous plaisait. S'il reste avec moi par contrainte, il finira par me détester. Ça, je ne le supporterais pas. Je l'aime plus que tout au monde. Je veux qu'il soit heureux, lui !

— Jenny, il est un peu temps de penser à vous...

— Je ne compte pas. Je n'ai jamais compté pour personne si ce n'est pour lui justement ! s'énerva Jenny.

Au départ, elle s'était exprimée de façon calme, posée, mais plus elle parlait, plus elle s'agitait. Élisabeth poussa un soupir d'exaspération et secoua la tête.

— Vous voulez dire que vous voulez vivre avec Éric uniquement parce que lui le veut ?

— En grande partie, oui ! Je le veux aussi, de tout mon cœur. Tant que nous voudrons la même chose, tout ira bien. Mais le jour où nous n'aurons plus les mêmes désirs, c'est ce qu'*il* voudra qui primera. S'il veut vivre avec quelqu'un d'autre ou s'en aller, je ne le retiendrai pas.

— Vous ne vous battriez pas pour le garder ? s'exclama Élisabeth Constance, stupéfaite par un tel amour.

— Pour qu'il soit malheureux près de moi ? Je préfère qu'il soit heureux ailleurs ! Maintenant, il est coincé pour un an ! répliqua Jenny.

— Faux ! lança Éric qui venait de les rejoindre. C'est toi qui es coincée pour un an, précisa-t-il en souriant. Et j'avoue que ça n'est pas pour me déplaire.

Jennifer le fixa d'abord bouche bée, prête à protester, puis se ravisa en secouant la tête, un début de sourire aux lèvres. En sortant du tribunal, ils se rendirent directement à l'hôtel, juste le temps de prendre au passage Jessica et Anthony. Ils foncèrent à l'hôpital pour dire au revoir à Ted et lui apprendre le résultat de l'audience. Celui-ci sourit de façon espiègle à Éric.

— On dirait presque un coup monté, plaisanta-t-il. Méfie-toi de lui, Jenny ! Il est foutu de tout avoir organisé. Tu ne sais pas de quoi il est capable quand il veut obtenir quelque chose !

Jenny se contenta de sourire, confiante. Éric avait décidé de voyager de nuit. C'était le seul moment où la vigilance des journalistes qui campaient autour de l'hôtel se relâchait. Ils seraient chez les parents Corsini dans la matinée.

Ils promirent à Ted de l'appeler tous les jours. Quant à lui, il leur jura de les rejoindre très rapidement. Il allait déjà beaucoup mieux.

De retour à l'hôtel, il appela ses parents pour leur annoncer leur arrivée la matinée suivante. Johanna était folle de joie ; elle n'y croyait presque plus. Son fils allait être de retour définitivement. Elle appréhendait un peu de recevoir Jenny qu'elle ne connaissait pas et qu'elle savait très fragile psychologiquement, mais peu importait. Elle aurait Éric pendant un moment à la maison. Pour la première fois depuis des années, elle entrevoyait l'avenir sous un jour joyeux. Plus de problèmes, ses enfants autour d'elle. Même Thierry, pour une fois, montra sa joie.

Éric n'oublia pas d'appeler Julien et Marianne, Katia et Christophe, ainsi que le commissaire Castan. Celui-ci se montra soulagé de les voir s'éloigner de la région. Il ne serait pas tranquille tant qu'ils les sauraient sur place. Il confirma à Éric qu'il s'était occupé de tout pour Anthony et qu'il lui enverrait les papiers nécessaires chez ses parents.

Il était près de vingt-trois heures trente quand ils s'installèrent tous les trois dans la voiture. Jenny se sentait fébrile, à la fois anxieuse et folle de joie, excitée à l'idée de ce départ. Bien sûr, il lui en coûtait de laisser Ted ici, mais c'était provisoire, alors...

Par la vitre, elle regarda disparaître Lesigny, sans le moindre regret, avec un sentiment d'intense soulagement. Quand elle se retourna vers la banquette arrière, ce fut pour y voir Anthony paisiblement endormi, un nouveau nounours blotti dans ses bras et un léger sourire flottant sur les lèvres. Elle se sentit soudain moins oppressée et des larmes emplirent ses yeux, des larmes de soulagement et de... de bonheur ? Elle l'avait, son conte de fées !

Epilogue

Éric jeta un coup d'œil par le Velux ouvert de son bureau mansardé, attiré par les cris de joie et les rires d'Anthony. Ce dernier jouait dans la pelouse avec son père, Thierry, Sandy et Diabolo, le petit Cavalier King Charles tricolore qu'Éric avait offert à Jenny pour son dix-neuvième anniversaire. Celle-ci était assise avec Jessica et Johanna, à l'ombre d'un cerisier. L'été n'allait pas tarder à tirer à sa fin, mais il faisait toujours aussi chaud.

Éric s'accorda quelques secondes pour se délecter du tableau campagnard familial qu'ils formaient, tous.

Ted les avait rejoints dix jours après leur départ de Lesigny. Éric avait rapidement trouvé à louer un appartement pas très loin de chez ses parents. Ils s'y étaient installés tous les quatre. Éric adorait Anthony, mais il avait réussi à convaincre Jenny qu'elle n'était pas sa mère et qu'un jour ou l'autre, il irait vivre avec son père, ailleurs. Le fait de partager un logement avec Ted avait facilité les rapports entre le fils et le père et avait permis à l'enfant de s'attacher à lui. Ils étaient vite devenus inséparables. La scission entre Jenny et Anthony avait pu se passer en douceur.

Environ deux mois après la mort de Camperro, une fois la paperasserie terminée, Jenny, seule héritière, avait touché un véritable petit pactole, sans compter le domaine qu'elle s'était hâtée de revendre pour une somme plutôt coquette.

Tout ce qu'elle avait tenu à garder, c'était Satan, son étalon préféré.

C'était également elle qui avait acheté ce petit pavillon à la périphérie de la ville. Elle l'avait choisi parce qu'il ressemblait un peu à un chalet. Il y avait beaucoup de bois à l'intérieur. Il y régnait une atmosphère douce et chaleureuse. Tout de suite, elle s'y était sentie bien, juste en le visitant. Et puis, il était entouré d'un bout de terrain assez important. Elle l'avait acheté aussi et y avait fait venir Satan. Une petite écurie fut construite, juste pour abriter deux ou trois chevaux, au cas où elle en aurait accueilli d'autres plus tard. En fait, c'était Éric qui l'avait incitée à faire ce dont elle avait envie. Elle qui n'avait jamais rien possédé, hésitait à dépenser. Éric la poussait à s'accorder ce dont elle rêvait. Il savait qu'elle en brûlait d'envie, mais il n'y avait rien à faire, il lui fallait son approbation.

— Tu vois ? avait plaisanté Thierry à l'adresse de Johanna, tu disais que ton fils devait profiter de sa beauté et se faire entretenir. Dans le fond, il ne s'est pas si mal débrouillé !

— Oh ! Thierry ! Ne dis jamais ça devant lui, tu le vexerais. Son amour-propre ne le supporterait pas ! s'était exclamée Johanna.

Ted avait gardé l'appartement avec Anthony, et tous les week-ends, ils les passaient ensemble, ici ou chez Thierry et Johanna, ce qui permettait à Ted et à Jessica de se voir plus souvent. Depuis quelque temps, ils se voyaient même beaucoup ! pensa Éric avec un petit sourire. Ce serait marrant que chacun des deux amis vive avec la sœur de l'autre...

Jenny avait fini par se montrer plus sociable, plus souriante, plus détendue. Elle était devenue très proche de Johanna. Pour la première fois, elle entrevoyait ce que pouvait être une mère, ce qui lui fit ressentir plus cruellement le manque qu'elle avait subi. Peu à peu, elle s'était mise à considérer les parents d'Éric un peu comme les siens, à leur grand bonheur, d'ailleurs. Elle avait, inconsciemment besoin de se *procurer* une famille. Le terme « beaux-parents » prit alors tout son sens pour elle. De la même façon, Jessica et Jenny étaient devenues quasi inséparables. Jenny considérait cette dernière comme *sa sœur,* sa confidente, l'amie qu'elle n'avait jamais eue. Les cauchemars qu'elle faisait toutes les nuits s'étaient espacés pour disparaître complètement à l'heure actuelle. Exactement un an après l'audience qui avait désigné Éric comme tuteur de Jenny, une deuxième audience eut lieu. Quelques jours auparavant, le docteur Constance leur avait rendu visite. Elle avait été complètement sidérée par le changement intervenu chez la jeune fille. La tutelle fut définitivement levée.

À cette occasion, Jenny avait alors touché une somme d'argent relativement importante, venant de son véritable père. Comme Ted le lui avait appris un soir au domaine, Pierre Kolinsky, n'ayant pu reconnaître sa fille, lui avait ouvert un compte sur lequel il avait versé la somme qui lui venait de Camperro quand celui-ci lui avait racheté ses parts du haras. Ce compte devait être bloqué jusqu'à sa majorité, ainsi qu'en cas de tutelle ou de curatelle. Personne ne devait pouvoir le toucher à part elle. C'était un peu sa façon à lui de mettre sa fille à l'abri du besoin le jour où elle ne pourrait plus compter sur personne. Jenny avait tenu à couper la poire en deux et à partager son héritage avec Ted. Celui-ci avait d'abord refusé, mais Jenny, qui trouvait le partage plus que normal, l'avait menacé de verser sa part sur le compte d'Anthony — un compte qu'elle avait fait ouvrir et avait généreusement approvisionné avec une part de son propre héritage : la part qui lui venait de *sa mère* — Ted qui ne nageait pas sur l'or, avait fini par accepter.

Éric et Jenny s'étaient mariés peu après. Julien, Marianne, Christophe et Katia furent de la noce. Ted fut le témoin d'Éric et Jessica celui de Jenny. Sandy et Anthony rayonnaient en demoiselle et garçon d'honneurs. Ils étaient si fiers tous les deux. Éric ne voulait plus que Jenny porte le nom de Camperro et celle-ci s'en débarrassa avec joie. Depuis plusieurs mois, elle avait l'impression de vivre un véritable conte de fées. Du statut d'orpheline, attardée mentale sans ressources, elle était passée à celui de riche héritière mariée à l'homme qu'elle aimait le plus au monde.

Quelque part, cette situation gênait Éric, mais il n'avait pas vraiment le choix, et pour ménager son amour-propre, il se disait qu'il ne toucherait pas à cet argent, qu'il travaillait et ferait donc vivre sa petite famille avec son salaire. L'héritage mettrait du beurre dans les épinards et leur permettrait quelques folies. Bien investi, il constituerait une caisse de dépannage, au cas où. D'ailleurs, il avait tenu à ce qu'ils se marient sous contrat. Il avait souhaité que personne ne puisse toucher aux biens de Jenny, pas même lui, le cas échéant ! On ne sait jamais…

Embauché par le journal auquel il avait vendu l'article qui avait déclenché une véritable tempête politique, il avait réussi le tour de force d'y faire embaucher Ted comme photographe, ce qui leur permettait de travailler le plus souvent en collaboration. À plus ou moins long terme, ils avaient pour projet d'ouvrir un studio de photographes. Ted était plutôt doué pour les clichés. Et puis, ils avaient envie d'être leur propre patron un jour. Éric avait tout de même un espoir secret qui était de pouvoir vivre de l'écriture. Il espérait bien qu'un jour il serait reconnu comme écrivain. Bien sûr, pour l'instant, cela tenait de l'utopie, mais qui sait, un jour peut-être ?

Julien et Marianne, ainsi que Katia et Christophe venaient régulièrement passer quelques jours dans la région. Chaque fois, ils étaient fous de joie de se retrouver. Mais personne n'avait jamais plus abordé le sujet du *domaine maudit*, comme l'avait surnommé Ted. Christophe avait pris de l'avancement et secondait le commissaire Castan. Quant à Katia, elle avait obtenu son diplôme avec brio et s'apprêtait à ouvrir son propre cabinet de psychologue.

Les yeux d'Éric s'attardèrent avec attendrissement sur le ventre arrondi de Jenny. Leur bébé naitrait d'ici le début de l'hiver. Éric priait pour que ce soit une fille et qu'elle ressemble à sa maman ! Ils l'appelleraient *Mélodie*, comme celle du bonheur… Ce serait le bébé de l'amour…

Ce fut son père qui, du jardin, le sortit de sa douce rêverie.

— Éric ! Tu as assez bossé, descends un peu ! cria-t-il depuis le jardin. Viens m'aider, on va installer le barbecue pour tout à l'heure !

— J'arrive ! répondit Éric en souriant à Jenny qui avait levé vers lui un visage rayonnant.

Il se remit quelques secondes à son bureau sur son ordinateur. Il relut les dernières phrases tapées et mit un point final à son document : son premier roman ! Ecrit en collaboration avec Jenny. Il ne lui restait plus qu'à en trouver le titre. Il y en avait pourtant bien un qui lui trottait dans la tête depuis quelques jours... Et après tout, pourquoi pas ? Il enregistra son document, éteignit l'ordinateur, ferma son dossier, laissant traîner quelques feuilles de son manuscrit sur sa table de travail. Sur celle qu'il venait d'imprimer, on pouvait lire le titre :

« La fille de l'ombre ».

De la même auteure :

Elisa, jeune fille belle, riche, aimée, fréquente, envers et contre l'avis de sa famille aisée, une bande de motards et de musiciens de rock. Elle tombe éperdument amoureuse de Tommy, un jeune loubard, qui la séduit.
Lorsque le cadavre d'Elisa est retrouvé, Tommy en état de choc et en possession de l'arme du crime est arrêté et incarcéré.
Les parents de la jeune fille, désespérés, n'ont de cesse de protéger leur seconde fille, Laura. Mais celle-ci se sent irrésistiblement attirée par le milieu que fréquentait sa sœur. On lui a tout caché du meurtre d'Elisa. Par curiosité, par rébellion aussi, Laura va suivre ses traces et découvrir un milieu nouveau pour elle : celui de l'amitié, de la solidarité, de l'amour… mais également des vérités enfouies, des non-dits. Abordant le meurtre de sa sœur sous un autre angle, elle ignore jusqu'où sa quête de la vérité "*au nom d'Elisa*" va la mener !

ISBN 978-2-3221-1837-3